EN DÎNANT CHEZ QUENTIN

Du même auteur :

Retour en Irlande, Presses de la Cité, 1988.
Noces irlandaises, Presses de la Cité, 1990.
Les Secrets du shancarrig, Presses de la Cité, 1993.
Gens d'Irlande, Presses de la Cité, 1994.
Le Cercle des amies, Presses de la Cité, 1995.
Le Lac aux sortilèges, Presses de la Cité, 1996.
Portraits de femmes, Presses de la Cité, 1997.
Tout changera cette année, Presses de la Cité, 1997.
C'était pourtant l'été, Rocher, 1998.
Cours du soir, Presses de la Cité, 1998.
Sur la route de Tara, Presses de la Cité, 1999.
Histoires de rencontres, Presses de la Cité, 2000.
Nos Rêves de Castlebay, éd. de la Seine, 2001.
Les Saveurs de la vie, Presses de la Cité, 2001.

www.editions.jclattes.fr

Maeve Binchy

EN DÎNANT CHEZ QUENTIN

Roman

Traduit de l'anglais par Michèle Garène

JC Lattès
17, rue Jacob 75006 Paris

Titre de l'édition originale
QUENTINS
publiée par Orion, une filiale de
Orion Publishing Group Ltd, Londres

© Maeve Binchy, 2002
Tous droits réservés.
© 2003, éditions Jean-Claude Lattès pour la traduction française

*À mon très cher Gordon
Merci pour une vie entière de générosité,
de compréhension et d'amour.*

I

1

Ella Brady avait six ans la première fois que ses parents l'amenèrent Chez Quentin. Une femme vêtue d'une robe noire ornée d'un col en dentelle les conduisit à leur table. Et, après avoir installé les parents d'Ella, elle tira une chaise pour la fillette.

— Cette place devrait vous plaire, mademoiselle, elle vous permettra d'avoir une bonne vue d'ensemble.

Jamais encore on ne l'avait appelée « Mademoiselle ».

Sa mère et son père devaient certainement la contempler d'un œil attendri, comme à leur habitude. À en croire les photos de son enfance, ils lui vouaient une véritable adoration. Sa mère n'arrêtait pas de lui dire qu'elle était un amour de petite fille et son père qu'il regrettait de ne pas pouvoir profiter de sa compagnie au lieu d'aller au bureau tous les jours.

Une fois, Ella demanda pourquoi elle n'avait pas de frères et sœurs comme les autres. Sa mère lui répondit que Dieu n'avait envoyé qu'une enfant à leur famille, mais qu'ils avaient une chance inouïe qu'elle soit aussi merveilleuse. Des années plus tard, Ella aurait vent des nombreuses fausses-couches et de la succession de faux espoirs. Mais à l'époque, l'explication l'avait complètement satisfaite, d'autant que cela signifiait qu'elle n'avait à partager ni ses jouets ni ses parents avec personne, et que c'était loin de lui déplaire. Ils l'emmenaient régulièrement au zoo voir les animaux ; chaque fois qu'un cirque venait en ville, ils y allaient, et ils passèrent même un week-end à Londres où ils la photographièrent devant le palais de Buckingham. Mais rien n'avait jamais autant compté que sa première visite dans un restaurant d'adultes où on l'avait appelée Mademoiselle et où on lui avait donné une place de choix.

Les Brady vivaient dans Tara Road, dans une maison qu'ils avaient achetée des années avant que les prix ne commencent à grimper en flèche. C'était une maison de plusieurs étages avec un grand jardin à l'arrière où Ella pouvait convier ses camarades de classe. À l'achat, la maison était divisée en appartements, si bien que chaque étage bénéficiait d'une salle de bains et d'une kitchenette. Les Brady en avaient restauré la plus grande partie pour en faire une maison de famille et les amis d'Ella l'enviaient d'avoir pratiquement son petit univers à elle. La famille menait une vie paisible, réglée comme du papier à musique. Son père se rendait tous les jours à pied au bureau en vingt-deux minutes pour en rentrer en vingt-neuf parce qu'il s'arrêtait au pub pour lire le journal du soir en sirotant une bière.

Barbara, la mère d'Ella, ne travaillait que le matin. C'était elle qui s'occupait de l'ouverture d'un cabinet d'avocats en plein centre ville près de Merrion Square. On lui faisait une confiance absolue, disait-elle toujours fièrement, tous savaient que tout serait prêt à leur arrivée à neuf heures et demie. Leur courrier les attendait trié sur leur bureau. Elle répondait aux tout premiers appels de la journée en laissant entendre qu'ils étaient déjà au travail. Ensuite elle passait en revue l'énorme pile de papiers qui s'entassait dans ce qu'on appelait le panier de Barbara, où on déposait ce qui concernait les finances. Barbara se considérait comme une comptable hors pair et contrôlait d'une main de fer les quatre avocats bourrus pour qui elle travaillait. Où était ce reçu du voyage entrepris pour les besoins d'une affaire ? Et la facture de cette commande de papeterie qui venait d'être livrée ? Docilement, comme de bons petits garçons, ils lui livraient leurs comptes qu'elle conservait dans de grands livres. Barbara redoutait le jour où ils adopteraient l'informatique. Mais elle savait que ce n'était pas pour tout de suite. Ses patrons évoluaient très lentement. Ils n'auraient pas refusé de travailler à la plume d'oie s'ils avaient pu !

Barbara Brady quittait le bureau à l'heure du déjeuner. Au début, elle en avait besoin pour aller chercher Ella à l'école mais même quand sa fille fut assez grande pour rentrer accompagnée d'une horde de gamines joyeuses, Barbara continua à travailler à mi-temps. Elle savait qu'elle abattait davantage de travail en quatre heures et demie que la plupart en une journée entière. Et elle savait que ses employeurs en étaient conscients. Elle était donc toujours à la maison au retour d'Ella. Tout cela fonctionnait très bien. Ella avait quelqu'un à la maison pour lui donner son verre de lait accompagné d'un biscuit et écouter son récit coloré des événements du jour. Et pour l'aider à faire ses devoirs.

Grâce à ce système, Tim Brady revenait dans une maison en ordre où l'attendait un bon dîner quand il rentrait du cabinet d'investissement où il travaillait avec toujours plus d'angoisse les années passant. Et quand il rentrait, toujours à la même heure, Ella avait un second public pour ses merveilleux récits. Les rides d'inquiétude de son père s'estompaient progressivement quand elle le suivait dans le jardin. Elle lui posait des questions sur le bureau que sa mère n'aurait jamais osé évoquer. Avaient-ils une bonne opinion de lui là-bas ? Est-ce qu'un jour, il allait devenir chef ? Et plus tard, quand Ella comprit combien son père était malheureux dans son travail, elle lui demanda pourquoi il ne changeait pas d'emploi.

Tim Brady aurait pu le faire, mais les Brady étaient des gens d'habitudes. Ils avaient mis longtemps à se marier et encore plus à avoir Ella. Ils avaient presque quarante ans à sa naissance, une génération d'écart avec les autres parents. Mais ils ne l'en aimaient que davantage. Et ils étaient bien décidés à ce qu'elle profite de tout ce que la vie pouvait lui offrir. Ils transformèrent leur sous-sol en appartement indépendant qu'ils louèrent à trois employées de banque afin de constituer un fonds pour financer ses futures études. Ils ne faisaient jamais rien exclusivement pour eux-mêmes. Au début, cela avait fait hocher des têtes. N'en faisaient-ils pas trop pour cette petite fille ? Ne la gâtaient-ils pas outrageusement ? Mais finalement tous ceux qui nourrissaient des craintes durent convenir que tout cet amour et cette attention ne faisaient aucun mal à Ella.

Dès le début, elle avait paru capable de rire d'elle-même. Et des autres. Elle se transforma en une grande fille sûre d'elle, ouverte et gentille qui paraissait bien rendre leur affection à ses parents.

Ella collait les photos de tous les heureux événements de son enfance dans un album avec une légende en dessous : « Papa et maman et le chimpanzé au zoo. Le chimpanzé est à gauche », et chaque fois, elle éclatait de rire.

Même à l'âge de treize ans, quand les autres enfants auraient fui ces scènes de famille, Ella penchait sa tête blonde sur ces photos.

— C'est la robe bleue que je portais Chez Quentin ?
— Tu t'en souviens !

Son père était ravi.

— Le restaurant existe encore ?
— Et comment ! Il est plus chic, plus cher mais il existe encore et il marche très bien.
— Oh !

Ella parut déçue d'apprendre que c'était devenu cher. Ses parents se regardèrent.

— Cela fait longtemps qu'elle n'y est pas allée, Tim.
— Effectivement, dit le père, et ils décidèrent de retenir une table Chez Quentin le samedi soir.

Ella n'en perdit pas une miette. L'endroit paraissait bien plus luxueux qu'autrefois. La lettre Q était brodée sur les épaisses serviettes en coton. Les serveurs et les serveuses vêtus d'élégants pantalons noirs et de chemises blanches n'ignoraient rien de la composition des plats.

Brenda Brennan avait remarqué la jeune fille qui regardait autour d'elle avec intérêt. Elle était exactement l'adolescente qu'elle aurait adoré avoir. Éveillée, aimable, riant avec ses parents, visiblement reconnaissante d'être invitée à dîner dans un restaurant chic. Elles n'étaient pas toujours comme ça. Souvent elles s'ennuyaient, boudaient, et elle disait ensuite à Patrick qu'ils avaient peut-être eu de la chance de ne pas avoir eu d'enfants. Mais celle-là était le rêve de toute mère. Et ses parents n'avaient pas l'air si jeunes que ça. Légèrement voûté, l'air las, le père devait avoir soixante ans, et la mère, la cinquantaine. Des gens chanceux, ces Brady, d'avoir eu un tel trésor si tard dans leur vie.

— Qu'est-ce que les gens prennent en général ? Y a-t-il des plats préférés ? avait demandé la jeune fille quand Brenda leur avait apporté le menu.

— De nombreux clients apprécient notre manière de préparer le poisson... très simplement, servi avec une sauce. Et bien sûr, comme les végétariens sont bien plus nombreux à l'heure actuelle, le chef est obligé d'innover tout le temps.

— Il doit être très intelligent. Est-ce qu'il vous parle normalement tout en travaillant ? Je veux dire, est-ce qu'il est lunatique ?

— Oh ! il parle, mais pas toujours normalement. Il faut dire que, comme il est mon mari, il a intérêt à me parler sinon je le tue.

Ils éclatèrent tous de rire et Ella fut ravie d'être traitée comme une adulte. Puis Brenda passa à une autre table.

Ella se rendit compte que ses parents la fixaient.

— Qu'est-ce qu'il y a ? J'ai trop parlé ? fit-elle, consciente d'avoir la langue bien pendue.

— Mais rien, ma chérie. Je me disais juste que c'était un plaisir de t'amener ici, tu as un si bon contact avec les gens, répondit sa mère.

— Et je pensais pratiquement la même chose, renchérit son père, rayonnant.

Et quand Ella alla au lycée, elle se demanda s'ils ne l'aimaient pas trop. Toutes les autres filles de l'école prétendaient que leurs parents étaient de vrais monstres. Elle frémissait à l'idée que tout tourne soudain mal. Peut-être que ses parents n'aimeraient pas ses vêtements, sa carrière, son mari ? Tout allait trop bien pour l'instant. Et cela continua à bien se passer pendant les années qui étaient censées être un enfer, son adolescence. Toutes les autres filles de l'école étaient en guerre ouverte avec un parent ou les deux. Il y avait des scènes, des larmes et des drames. Mais jamais dans la famille Brady.

Barbara aurait pu juger trop moulantes les robes qu'achetait Ella. Tim aurait pu estimer trop forte la musique qui s'échappait de sa chambre. Ella aurait pu souhaiter que son père ne l'attende pas au volant de sa bonne vieille voiture confortable devant la discothèque pour la ramener à la maison à la fin d'une soirée, comme si elle avait encore six ans. Mais si l'un d'eux eut ce genre de pensées, personne n'en dit jamais rien. Si Ella se plaignait effectivement que son père soit trop aux petits soins pour elle et que sa mère ne cesse de se faire du souci à son sujet, c'était toujours avec affection. L'année de ses dix-huit ans, avant son entrée à l'université, leur famille était toujours l'une des plus enjouées et paisibles de l'hémisphère occidental.

Cela rendait Deirdre, l'amie d'Ella, très envieuse.

— Ce n'est vraiment pas juste. Ils ne t'ont même pas reproché de choisir les sciences. La plupart des parents refusent tout net de te laisser faire ce que tu veux.

— Je sais, répondit Ella, inquiète. C'est un peu anormal, non ?

— Ils ne se disputent même pas en plus, grommela Deirdre. Les miens n'arrêtent pas de s'engueuler, de se reprocher de trop dépenser, de trop boire – tout, en fait.

Ella haussa les épaules.

— Les miens ne boivent pas et, avec la location de l'appartement, ils ont tout l'argent nécessaire – et comme je ne me drogue pas, ni rien de tout cela, ils ne doivent pas avoir de soucis.

— Mais pourquoi sont-ils toujours en alerte rouge chez moi ? gémit Deirdre.

Ella ne pouvait pas l'expliquer... il ne semblait pas y avoir de problème, c'était tout.

— Attends un peu que nous voulions passer la nuit dehors et coucher avec des types, là, ça va coincer, reprit Deirdre, revancharde.

Mais bizarrement, le jour venu, cela ne coinça pas du tout.

Pendant leur première année universitaire, Ella et Deirdre s'étaient fait une nouvelle amie, Nuala, qui, originaire de la campagne, avait son propre appartement. En plein centre-ville. Si bien que, chaque fois qu'une soirée risquait de se prolonger trop tard, Ella racontait qu'elle dormait chez Nuala. Elle se demandait s'ils y croyaient vraiment ou s'ils soupçonnaient quelque chose. Peut-être n'avaient-ils pas envie d'être au courant de ses aventures possibles ? Voilà pourquoi ils s'abstenaient de poser des questions dont les réponses, si elles étaient honnêtes, risqueraient d'être inacceptables. Ils lui faisaient confiance comme ils l'avaient toujours fait. De temps à autre elle se sentait un peu coupable, mais cela n'arrivait pas si souvent.

Ella ne tomba pas amoureuse pendant ses quatre ans à l'université, ce qui en fit un cas à part. Mais elle eut des rapports sexuels. Pas des masses. Son premier amant fut Nick, un condisciple. Nick Hayes était avant tout un ami, mais un soir il lui avoua qu'elle l'attirait depuis leur premier cours. Elle était si paisible et si calme alors que, toujours bouillant d'impatience, il parlait fort et accumulait les gaffes.

— Ce n'est pas mon impression, répondit Ella sans mentir.

— C'est ce qui se passe quand tu es couvert de taches de rousseur et que tu es obligé de hurler pour retenir l'attention parce que tu vis dans une famille nombreuse.

— Je trouve ça sympa.

— Est-ce que cela veut dire que je ne te déplais pas ? poursuivit-il plein d'espoir.

— Je ne suis pas sûre.

Sa déception fut si visible qu'elle détourna les yeux.

— Est-ce qu'on ne pourrait pas simplement discuter au lieu de parler de désir ? J'aimerais en savoir plus long sur toi, que tu m'expliques en quoi la science est un bon moyen d'accéder à la mise en scène de cinéma... enfin... des tas de trucs, termina-t-elle maladroitement.

— Je te dégoûte, c'est ça ?

Il essayait de plaisanter mais il avait l'air très fragile.

— Je te trouve très séduisant, Nick.

Et c'est ainsi qu'ils devinrent amants.

Ce fut moins que réussi. Bizarrement cela ne les vexa ni ne les gêna. Ils en furent juste surpris.

Après quelques tentatives, ils s'accordèrent pour dire que ce n'était pas du tout ce à quoi ils s'attendaient. Nick avoua que c'était sa première fois à lui aussi et que peut-être ils devraient aller acquérir de l'expérience auprès de ceux qui n'ignoraient rien de la chose.

— Peut-être que c'est comme d'apprendre à conduire, déclara-t-il sérieusement. Il vaut mieux s'adresser à des professionnels.

Elle plut ensuite à un héros sportif qui n'en revint pas qu'elle refuse de coucher avec lui.

— Tu es frigide ou quoi ?

— Je ne crois pas, non.

— Oh si, tu dois l'être.

Bah ! songea-t-elle, cela ne lui ferait pas de mal de tenter le coup avec lui, puisqu'il était connu pour collectionner les conquêtes. Ce ne fut pas mieux qu'avec Nick, et comme ils n'avaient rien à se dire, ce fut probablement pire. Elle eut la petite satisfaction de s'entendre dire par le héros sportif qu'elle n'était pas du tout frigide.

Elle n'eut que deux autres brèves expériences ce qui, comparé aux aventures de Deirdre et Nuala, était très maigre. Mais Ella ne se découragea pas. Elle avait vingt-deux ans, elle était diplômée en sciences ; elle rencontrerait quelqu'un tôt ou tard. Comme tout le monde.

Nuala fut la première à tomber amoureuse. De Frank, un brun ténébreux. Nuala l'adorait. Lorsqu'il lui annonça qu'il partait pour Londres travailler avec ses deux frères dans leur entreprise de bâtiment, elle en eut le cœur brisé.

Devant l'urgence, les trois amies décidèrent de se retrouver Chez Quentin.

— Je pensais vraiment qu'il tenait à moi, comment ai-je pu me tromper à ce point ? pleura Nuala.

Elles avaient choisi le dîner d'avant-spectacle, moins cher, où les gens débarquaient à six heures et demie et partaient à huit. Cela permettait au restaurant d'avoir un deuxième service. Mais Deirdre, Ella et Nuala ne montraient aucun désir de s'en aller. Mon, la petite serveuse blonde et vive, se racla la gorge une ou deux fois, en vain.

Finalement Ella alla voir Mme Brennan.

— Je suis vraiment désolée. Je sais que nous ne sommes pas censées nous attarder, mais l'une de nous traverse une crise terrible et nous nous efforçons de lui remonter le moral.

Brenda éclata de rire malgré elle et malgré la file de clients qui s'allongeait au bar.

— Allez donc la consoler, répondit-elle avec bonne humeur. (Et se tournant vers Mon, elle ajouta :) Portez-leur une bouteille de vin rouge maison avec un mot : « Pour faire passer la crise. »

— Je croyais qu'on était censé virer les menus d'avant-spectacle, grommela Mon.

— Oui, vous avez raison, Mon, mais il faut aussi savoir s'adapter dans ce commerce.

— Une bouteille entière, madame Brennan ?

Mon était littéralement effarée.

— Oui, un vin très ordinaire, l'une des rares erreurs de Patrick. Plus vite on l'éclusera, mieux ce sera.

Les trois amies furent ravies.

— Dès que nous aurons un peu d'argent, nous viendrons ici pour un vrai bon dîner, promit Ella.

Et elles se mirent à réfléchir à un plan de bataille. Devaient-elles aller assassiner Frank sur-le-champ ou se contenter de le menacer ? Et si Nuala se trouvait un nouvel amant dans les deux heures, histoire de le ridiculiser ? Fallait-il qu'elle lui écrive une lettre déchirante de tristesse ? Aucune de ces solutions ne se révéla nécessaire, puisque Frank fit alors son entrée dans le restaurant. Il cherchait Nuala. Il eut droit à un accueil glacial. Il en parut ébahi. Elles semblaient être liguées contre lui.

— Bien, dit-il, tout rouge, presque au bord des larmes. Très bien, ce n'est pas ce que j'avais prévu, mais je me lance.

Il s'agenouilla et sortit une bague en diamant.

— Nuala, je t'aime, et j'attendais que tu me fasses savoir si tu verrais un inconvénient à m'accompagner en Angleterre. En ne te voyant pas réagir, j'ai cru que tu ne viendrais pas. Je t'en prie, épouse-moi.

Nuala le fixa, ravie.

— Je croyais que tu ne m'aimais pas, que tu me quittais.

— Tu veux bien m'épouser ? insista-t-il, presque violet à présent.

— Frank, je croyais que tu pensais d'abord à ta carrière...

Une veine battait dangereusement sur le front du pauvre garçon.

— J'étais tellement triste que j'ai même cherché un job à Londres...

Ella explosa.

— NUALA, TU L'ÉPOUSES OUI OU NON ? hurla-t-elle sous les yeux de toute l'assistance.

Nuala accepta et le restaurant entier applaudit.

Trois mois plus tard, Deirdre et Ella étaient demoiselles d'honneur.

— Je vais peut-être rencontrer l'homme de ma vie au mariage, dit Ella à sa mère. Ça va être difficile de me rater dans cette horrible tenue mandarine dont Nuala tient à nous affubler.

— Tout te va, dit Barbara.

— Allons, maman, je t'en prie. On dirait deux filles habillées pour vendre de l'essence dans une station-service ou pour distribuer des bonbons à un gala de bienfaisance.

— C'est stupide, tu es bien trop dure avec toi-même.

— Deirdre disait encore l'autre jour que vous ne me refusez jamais rien, que je suis pourrie gâtée.

— Rien ne pourrait être plus éloigné de la vérité.

— Enfin, maman, tu ne me reproches même pas de sécher la messe.

— Eh bien, je vais le faire si cela peut te faire plaisir, mais à quoi cela servirait-il ? De toute façon, le père Kenny dit que nous devrions nous occuper de nos âmes et non de celle des autres.

— Cela vient de sortir ? Le père Kenny aurait-il oublié les Croisades ?

— Tu ne vas tout de même pas me dire que tu penses que le père Kenny a personnellement participé aux Croisades ?

— Non, bien sûr, et je serai polie et respectueuse pendant toute la cérémonie du mariage, bien que je n'en revienne pas que Nuala veuille tout ce tralala religieux.

— Ah bon ? Et quand ton heure viendra, nous n'aurons pas à prévenir le père Kenny ?

— Non, maman, mais le temps que mon heure vienne, la mode sera peut-être de se marier sur Mars.

Ella ne rencontra pas l'homme de sa vie au mariage de Nuala, mais Deirdre tomba sous le charme d'un des frères mariés de Frank.

— Oh, Deirdre, je t'en prie, non. Je t'en supplie, laisse tomber.

— Mais qu'est-ce que tu veux dire ?

Les yeux de Deirdre brillaient d'innocence.

— J'en ai marre de te couvrir toi et cet imbécile fini, de faire patienter les photographes jusqu'à ce que la demoiselle d'honneur daigne revenir toute décoiffée avec un des garçons d'honneur, non mais à quoi songes-tu ?

— Allons, faut bien rire un peu. Nuala trouverait cela drôle elle aussi.

— Non, Deirdre, tu n'as rien compris, c'est son beau-frère à présent. Quelqu'un qu'elle va voir accompagné de sa femme deux fois par semaine à Londres. Nuala ne trouverait pas ça drôle et, de toute façon, elle n'en saura rien.

— Quel rabat-joie tu fais. C'est à cela que servent les mariages.

— Arrange ta robe, Deirdre, il y a d'autres photos à prendre. (La voix d'Ella était glaciale.)

— Arranger ma robe ? Mais pourquoi ?

— Tire-la derrière, elle est coincée dans ton slip.

Ella eut la satisfaction de voir Deirdre, décomposée, tirer sur sa robe qui, en réalité, n'était pas coincée du tout.

Au mariage, Ella rencontra la cousine de Nuala, qu'elle n'avait pas vue depuis des années. Elle s'apprêtait à quitter son poste de prof de sciences, Ella connaissait-elle quelqu'un que cela intéresserait ?

Ella répondit qu'elle adorerait reprendre le poste.

— Je ne savais pas que tu voulais enseigner, fit l'autre, surprise.

— Moi, non plus, jusqu'à maintenant.

Ses parents furent également très surpris par cette nouvelle.

— Tu sais que tu peux poursuivre tes études à l'université, il y a de l'argent pour ça, lui dit son père en désignant de la tête l'appartement d'en bas, où les trois employées de banque étaient contentes de payer le privilège d'habiter une bonne adresse comme Tara Road.

— Non, papa, vraiment, je suis allée au lycée, ils sont gentils. Ils ne voient pas d'inconvénient à ce que je n'aie pas d'expérience. Ils ont l'air de penser que je serai capable de gérer les gamins ; c'est vrai, je suis plutôt grande... ce ne sera pas inutile si cela tourne au bras de fer.

— Tu as un bon diplôme aussi, lui rappela sa mère.

— Oui, bien sûr – quoi qu'il en soit, il ne me reste plus qu'à décrocher ce diplôme d'enseignement, ce qui veut dire des cours du soir… et comme l'école est dans le quartier de l'université, je me disais que…

Comment leur annoncer qu'il était temps qu'elle quitte la maison ? Ils prirent la nouvelle très calmement.

— Nous nous étions demandé si cela te plairait de vivre dans l'appartement du sous-sol ? fit son père, hésitant.

— Tu serais libre d'aller et venir comme les employées de banque, ajouta sa mère. Personne pour venir t'ennuyer.

— C'est juste une question de distance, maman, vous ne m'avez jamais ennuyée.

— Tu sais, il pourrait se passer des jours sans que tu nous croises, comme les locataires. Et les murs sont épais…

Elle savait que ce serait leur dernière tentative avant de céder.

— Je ne crains pas que tu entendes le bruit de mes folles soirées, papa. Honnêtement, c'est juste pour faire plus rapide et plus simple. Et je pourrai venir souvent, voire passer des week-ends avec vous si vous le souhaitez.

L'affaire fut conclue.

— Attends, je n'y crois pas. Ton propre appart et en plus une chambre à la maison ! Tu ne trouves pas que tu exagères ? Pourquoi as-tu toujours tout, Ella Brady ? lui dit Deirdre.

— Parce que je suis fiable, voilà pourquoi. Je ne cause pas de problèmes. Je ne l'ai jamais fait. Voilà pourquoi j'ai une existence aussi facile.

Et tout se passa très bien. L'école lui plut ; ses jeunes collègues lui signalèrent les écueils, les emmerdeurs de la salle des profs lui déconseillèrent de se laisser entraîner dans des campagnes inutiles, lui expliquèrent comment préparer les réunions de parents d'élève et faire pression pour obtenir un meilleur équipement au labo. Elle aima les enfants et leur enthousiasme. Elle eut un peu de mal à se faire à l'idée qu'elle était de l'autre côté du bureau à présent. Ses cours du soir n'avaient rien de difficile et elle trouva un appartement dans une rue verdoyante à cinq minutes de l'école.

— Là je me sens libre, indépendante, expliqua-t-elle à Deirdre.

— Je ne vois pas pourquoi tu t'es embêtée ; chez tes parents, il te suffisait de mettre les pieds sous la table et, apparemment, tu n'as jamais ramené de mec ici.
— Comment le sais-tu ?
— Pourquoi, tu l'as fait ?
— Non, mais je pourrais.
— Tu vois ? fit Deirdre triomphante. Je ne sais pas pourquoi tu te sens si libre et indépendante, je ne vois vraiment pas.

Et d'une certaine manière Ella ne voyait pas non plus. Cela devait tenir au fait qu'elle échappait au spectacle du couple que formaient ses parents. Ils étaient âgés maintenant, dans la soixantaine, et ils s'accrochaient toujours au travail au lieu de prendre leur retraite comme leurs contemporains. Ils pourraient vendre une fortune leur grande maison de Tara Road et acheter plus petit. Et alors sa mère ne serait pas obligée de se rendre dans l'angoisse au cabinet juridique qu'elle soupçonnait de la garder par gentillesse. Et son père n'aurait pas à fréquenter ce qu'il considérait comme un univers d'hommes d'argent.

Ils s'entendaient bien, non ? Comme elle l'avait si souvent répété à Deirdre, ils ne se disputaient jamais. S'ils retransformaient la maison en appartements, les loyers leur permettraient de prendre leur retraite. Elle ne dirait rien pour l'instant, elle laisserait simplement l'idée faire son chemin.

Elle dînait avec eux au moins une fois par semaine et tous les dimanches, mais elle rentrait toujours chez elle. Elle prétendait mieux étudier dans son appartement. Quelques mois plus tard, elle leur suggéra de louer sa chambre.

Ils furent stupéfaits qu'elle puisse même y songer. Et ils ne voulaient pas prendre leur retraite. Que feraient-ils de leurs journées ?

Soudain la gaieté légendaire d'Ella la quitta. L'avenir se présentait plutôt mal. Quelle drôle d'existence ils devaient mener si eux qui étaient censés être heureux en ménage ne pouvaient même pas supporter l'idée de vivre côte à côte à la maison au lieu d'occuper des postes qu'ils jugeaient épuisants et angoissants !

— Je préférerais encore être nonne plutôt que d'avoir une vie de couple aussi vide, déclara très sérieusement Ella à Deirdre.

Deirdre travaillait dans un laboratoire où elle côtoyait beaucoup d'hommes.

— Tu pourrais aussi bien être nonne quand on voit comment tu vis. En fait, je crois que tu en es une en civil.

De Londres, Nuala garda le contact. Elle avait finalement décidé de travailler comme réceptionniste dans l'entreprise. Frank disait qu'il valait mieux que les secrets ne sortent pas de la famille, leur écrivit-elle.

— De quels secrets parle-t-elle ? se demanda Deirdre.

— Ses beaux-frères doivent sauter sur tout ce qui bouge là-bas, suggéra Ella.

— Très drôle. Mais que peuvent-ils bien cacher ?

— Oh ! enfin, Deirdre. Rappelle-toi comment ils étaient au mariage avec leurs costumes sombres et leur façon de systématiquement balayer la pièce du regard, toujours sur le qui-vive. Ces types n'ont jamais su ce que c'était de tenir convenablement des livres de compte ou de payer de vrais impôts.

— À t'entendre, tous les entrepreneurs du bâtiment sont des escrocs. Tu es vraiment bourrée de préjugés.

— Pas du tout, regarde Tom Feather ! Sa famille est honnête. Il y en a plein dans son genre. C'est juste que la bande de Frank me fait frémir.

— Si tu as raison, tu crois qu'ils ont mis notre copine dans le coup ?

— Pauvre Nuala, je détesterais être coincée dans cette bande.

— Tu vois, c'est drôle, mais je me suis fait coincer par Eric, le frère aîné, et j'y ai pas trouvé à redire, moi, fit Deirdre en riant.

— Tu tiens peut-être ta chance, ils organisent une réunion de famille ici à Dublin en l'honneur des parents de Frank. Nous sommes invitées.

— Génial. Je cours m'acheter un porte-jarretelles.

— Non, Deirdre, le mariage ne date que de trois ans,

ils ne t'auront pas oubliée. Nous resterons à l'écart de la famille de Frank.

La soirée fut très clinquante. On y croisa même des chroniqueurs et des photographes. Considérés comme le symbole d'une réussite irlandaise, Frank et ses trois frères ne cessèrent de poser avec des politiciens, des célébrités, leurs parents et leurs femmes.

— C'est un peu extravagant pour un quarantième anniversaire de mariage, non ? dit Deirdre. Les parents ont l'air un peu largués.

— Non, pour eux, c'est un triomphe. Une façon de montrer à quel point leurs fils ont réussi.

— Tu ne les aimes pas, Ella. Mais pourquoi ?

— Je ne sais pas, vraiment.

— Tu crois que Nuala est heureuse ?

— Oui, malgré son air un peu traqué. Mais elle a ce qu'elle voulait, donc elle doit être heureuse.

Ella se souviendrait de sa remarque parce qu'à cet instant, un homme lui rentra dedans, bousculé par un photographe de presse.

— Je vous en prie, monsieur Richardson, vous voulez bien vous joindre à la photo de groupe ?

— Non, c'est une soirée familiale.

— Comme ça, on serait sûr que la photo passerait dans les journaux...

— Non, merci, je préfère de loin discuter avec ces deux ravissantes jeunes femmes.

Ella se tourna vers cette voix calme et puissante. Et elle découvrit Don Richardson, consultant financier, dont la photo paraissait effectivement souvent dans la presse. Mais ces photos ne lui rendaient pas justice. Il était bel homme, sans nul doute – cheveux bruns bouclés, les yeux bleus – mais il avait l'art de vous regarder comme si vous étiez unique au monde. Elle comprit qu'elle n'avait pas rêvé quand, du coin de l'œil, elle vit Deirdre hausser légèrement les épaules et s'éloigner. Pour la laisser seule avec Don Richardson.

Ella n'avait jamais maîtrisé l'art du flirt. Son ami Nick prétendait que c'était une faiblesse chez une femme. Les hommes adoraient les regards glissés, furtifs. Ella était trop directe ; cela fichait toute la magie par terre. Elle regrettait à présent de ne pas l'avoir écouté. Là elle aurait bien aimé savoir comment s'y prendre.

Cela ne se révéla pas nécessaire.

Il lui tendit la main avec un grand sourire.

— Ella Brady de Tara Road, n'est-ce pas ? Je me présente, Don Richardson. Je suis ravi de vous rencontrer.

— Comment savez-vous qui je suis ? croassa-t-elle.

— Je me suis renseigné ; j'ai demandé à Danny Lynch, l'agent immobilier. Il vit à côté de chez vous apparemment.

— À côté de chez mes parents, plus exactement, s'entendit répondre Ella. Je n'habite plus chez eux, j'ai mon propre appartement.

— Pourquoi suis-je si heureux de l'apprendre, Ella Brady ?

Il n'avait cessé de sourire en retenant sa main dans la sienne.

2

Ella rentra seule chez elle. Elle se dit ensuite qu'elle avait dû prendre un taxi, mais elle n'en gardait aucun souvenir. Elle s'assit et s'efforça de faire le point. Cela ne lui arrivait pas à elle. C'était digne des films ou des articles de magazines débiles qui glorifiaient le coup de foudre. Don Richardson était un séducteur, tout le monde le savait, un homme qui gagnait sa vie en pressant les gens de lui faire confiance, en gardant un peu trop longtemps leur main dans la sienne, en plantant ses yeux dans les leurs. Il y avait manifestement une Mme Richardson dans la salle ce soir, peut-être la dernière en date d'une longue lignée. Et des petits Richardson à la maison pour réclamer de l'attention. Il n'était pas question qu'Ella Brady se lance dans cette voie. Elle avait essuyé les larmes de trop de copines crédules, convaincues que leurs petits amis allaient divorcer pour elles. Elle ne rejoindrait pas leur club. Les femmes avaient vraiment l'art de se bercer d'illusions. Elle l'avait vérifié à maintes reprises. Elle ne se prêterait jamais à ce jeu.

Le lendemain matin, il l'attendait devant l'école. Assis dans une BMW neuve, il sourit à son approche. Ella regretta de ne pas s'être mieux habillée. Mais il ne parut pas le remarquer.

— Surprise ?
— Très.
— Vous montez un instant ? S'il vous plaît.
— J'ai un cours qui m'attend.

Elle s'assit dans sa voiture. Elle fut tentée de faire une plaisanterie pour dissimuler sa nervosité et son trouble.

Mais elle décida de ne rien dire du tout. Qu'il s'explique.

— J'ai quarante et un ans, Ella, je suis marié depuis dix-huit ans à Margery Rice, fille de Ricky Rice, qui est théoriquement mon patron, ou du moins celui qui finance notre société. J'ai deux fils âgés de seize et quinze ans. Avec Margery, nous ne formons plus qu'un simulacre de couple – cela nous arrange tous les deux de rester ensemble, pour l'instant du moins. Cela arrange sans aucun doute son père et nos deux fils. Nous partageons une maison à Killiney, au bord de la mer. J'ai également un pied-à-terre dans le Centre financier.

» Margery consacre la plus grande partie de ses journées à jouer au golf ou à organiser des soirées de bienfaisance. Nous menons des existences complètement séparées. Vous ne briseriez rien si vous acceptiez de dîner avec moi Chez Quentin ce soir vers huit heures.

— D'accord, on se retrouve là-bas, dit Ella en descendant de voiture.

Elle avait les jambes toutes molles en entrant dans la salle des profs. Ella Brady, qui n'avait jamais raté un cours de sa vie d'enseignante, fonça chez le directeur pour lui annoncer qu'une urgence l'obligeait à quitter l'école à midi. Elle prit rendez-vous chez le coiffeur, chez la manucure et à l'institut pour une épilation à la cire. Elle acheta des fleurs pour son appartement, changea les draps, rangea et examina les lieux d'un œil critique. Elle perdait probablement son temps. Mais il valait mieux être prête.

— Vous êtes allée chez le coiffeur, lui dit-il quand elle s'installa dans un des box Chez Quentin.

— Vous êtes rentré chez vous pour vous changer. Ça fait une trotte jusqu'à Killiney.

— Des existences séparées, Ella, que vous me croyiez ou non.

Il avait un sourire extraordinaire.

— Bien sûr que je vous crois, Don. Maintenant que c'est réglé, il n'est plus nécessaire d'en parler.

— Et moi, ai-je des choses à régler ? D'anciennes amours, des soupirants jaloux, des fiancés potentiels dans les coulisses ?

— Rien du tout. Que vous me croyiez ou non.

— Je vous crois complètement, quelle merveilleuse soirée nous allons passer.

Et la soirée passa bien trop rapidement. Ella ne cessa de se répéter qu'il ne fallait pas lui annoncer sèchement qu'il était temps pour lui de rentrer au bercail.

Il avait déjà réglé cet aspect du problème. Ils se rencontraient en êtres libres ou pas du tout. Il lui raconta son déjeuner au bureau. Ils avaient fait appel à des traiteurs. Ce ne devait pas être facile de faire ce boulot, de tout préparer et de tout ranger après avoir vu défiler des hommes d'affaires imbibés de vodka-tonic.

Les traiteurs étaient des jeunes extraordinaires ; il referait appel à eux. Ils avaient même refusé d'être réglés en liquide sous prétexte que leur comptable piquait des crises à propos de la TVA.

— Tout le monde est dans ce cas, non ?

— Oui, bien sûr. Je voulais juste faire une fleur à la maison Scarlet Feather.

— Scarlet Feather ? Mais je les connais ! Tom et Cathy, ils sont adorables, s'exclama Ella, ravie qu'ils aient quelqu'un d'autre en commun.

— Oui, ils m'ont paru très bien. Ils ne vont pas faire fortune très vite, mais c'est leur problème.

Il parut un instant douter d'eux parce qu'ils ne feraient pas fortune rapidement. Un ange passa. Peut-être que Rice & Richardson n'appréciaient que les gens capables d'amasser des millions.

— Comment connaissez-vous les entrepreneurs, Eric et ses frères ?

— Oh ! Nous gérons quelques portefeuilles pour eux. Et vous ?

— Mon amie Nuala est mariée avec Frank, le cadet.

— Que cette ville est petite. Quand je pense que vous connaissez aussi les traiteurs ! Bien, mon ange, racontez-moi votre déjeuner.

Elle lui parla de la prof âgée qui craignait qu'ils ne se fassent irradier par le four à micro-ondes et du prof de gym qui s'était cassé les dents de devant en mordant dans un pain trop sec. Elle lui parla de la pétition des Troisièmes qui réclamaient de ne plus porter l'uniforme de l'école sous prétexte qu'il ridiculisait les adolescentes. Rien de tout cela ne s'était passé ce jour-là parce que Ella l'avait consacré à faire le ménage dans son appartement et à préparer son corps au cas où. Mais il s'agissait de vraies anecdotes tirées d'autres déjeuners dans la salle des profs et elles le firent rire. Et avec Don Richardson, cela allait être important de continuer à le faire rire.

Si vous vouliez être dans ses bonnes grâces, il fallait oublier d'être grincheux.

Oublier.

Il la raccompagna chez elle.

— J'ai passé une excellente soirée, lui dit-il.

— Moi aussi.

Elle avait la gorge serrée et la poitrine oppressée. Est-ce qu'elle devait l'inviter à entrer ? Ou est-ce que cela faisait un peu fille facile ? Non, elle attendrait qu'il prenne l'initiative.

— Bien, puisque j'ai votre numéro de téléphone, peut-être pourrions-nous sortir de nouveau, chère Ella ?

— Oui, avec plaisir.

Elle lui embrassa la joue et descendit de voiture pendant qu'elle en avait encore la force.

Il lui fit un signe de la main et démarra.

Elle ne passerait pas une seconde à se demander s'il allait parcourir les vingt kilomètres jusqu'à Killiney et son simulacre de mariage ou le kilomètre qui le séparait de sa garçonnière en ville.

Elle rentra chez elle et jeta un regard accusateur au vase de fleurs onéreuses qu'elle avait disposées avant de partir.

— Vous parlez d'un appât pour l'attirer ici.

Les fleurs ne bronchèrent pas.

Peut-être qu'elle devrait adopter un chat ou un chien, quelque chose pour l'accueillir d'un grognement quand elle rentrait seule. Mais elle ne rentrerait peut-être pas éternellement toute seule.

Le lendemain, c'était l'anniversaire de son père. Elle lui avait acheté un chèque-cadeau qui couvrait un dîner, une nuit et un petit déjeuner dans un hôtel du comté de Wicklow. Un endroit vieillot avec un immense jardin. Quand elle était petite, il leur arrivait d'aller y déjeuner le dimanche. Son père lui apprenait les noms des fleurs. Sa mère souriait beaucoup là-bas, en servant le thé l'après-midi dans le jardin.

Un bel endroit paisible. Ils pourraient en profiter quand ils le souhaiteraient le mois prochain. Cela allait leur plaire, non ?

Ils furent ravis, tous les deux. Ella sentit monter ses larmes devant tant de gratitude.

— Quel superbe cadeau ! ne cessa de répéter son père.

Ella se demanda pourquoi il n'y avait pas songé tout seul si c'était si génial que ça. Sa mère était aux anges, elle aussi.

— Nous allons tous les trois dîner Chez Holly et y dormir !

Ella comprit avec un choc qu'ils pensaient qu'elle les accompagnait.

— Quand y allons-nous ? Son père était excité comme un gamin.

— Un vendredi ou un samedi ? suggéra-t-elle.

Elle ne pouvait pas tout gâcher en leur expliquant qu'elle n'avait pas eu l'intention de venir avec eux.

— Tu choisis, répondit son père.

Don ne l'inviterait pas à dîner un samedi ; il devait consacrer cette soirée à sa famille.

Ils se décidèrent pour le samedi suivant. Ella s'apprêtait à téléphoner à l'hôtel pour faire la réservation quand son mobile sonna.

— Bonjour, dit Don Richardson.

Il ne s'était pas nommé. Cela dénotait une certaine arrogance de sa part. Mais elle n'était pas douée pour les petits jeux.

— Oh ! bonjour, fit-elle gentiment.

— On peut parler ?

— Toujours, dit-elle en se dirigeant vers l'escalier en colimaçon qui descendait dans le jardin.

Elle adressa un geste d'excuse à ses parents.

— Je me demandais si cela vous dirait de dîner samedi.

Elle regarda derrière elle dans le salon. Ses parents examinaient la brochure de l'hôtel comme s'il s'agissait d'une carte de chasse au trésor. Elle ne pouvait pas annuler.

Ella se retint à la rampe en fer forgé.

— Je suis désolée, mais je viens juste d'organiser quelque chose, à la minute près, et ce serait un peu difficile de...

Il l'interrompit.

— Peu importe. Je tentais ma chance. Il y aura d'autres soirées.

Il allait raccrocher. Elle s'efforça de le garder en ligne.

— Je regrette tant...

— Ce n'est pas grave, répliqua-t-il, cassant. Je rappellerai.

Et il raccrocha.

Pendant tout le dîner, elle eut le cœur lourd. Ensuite elle aida sa mère à faire la vaisselle et elles eurent une conversation carrément extraordinaire.

— Ella, tu n'aurais pas pu faire plus plaisir à ton père, c'est exactement ce dont il a besoin. Il vient de vivre un grand stress au travail.

— Alors pourquoi ne l'as-tu pas emmené Chez Holly ?

Ella espéra que son ton ne trahissait pas son impatience. Sa mère la scruta, effarée.

— Mais qu'est-ce que nous aurions fait là-bas ensemble, à nous regarder en chiens de faïence ? Autant rester ici.

— Tu ne penses pas ce que tu dis, maman.

— Quoi donc ?

— Que papa et toi n'avez rien à vous dire.

— Mais qu'est-ce que nous aurions à nous dire, est-ce que nous ne nous sommes pas tout dit ?

Pour sa mère, cela avait l'air d'être la chose la plus évidente au monde.

— Mais si c'est comme ça, pourquoi ne le quittes-tu pas, pourquoi ne vous séparez-vous pas ?

Sa mère lui prit le plat du dîner des mains.

— Allons, Ella, ne sois pas ridicule, pourquoi ferions-nous ça ? Je n'ai jamais entendu rien de plus idiot.

— Certains le font, mère.

— Pas des gens comme ton papa et moi. Revenons au salon pour parler de cette grande visite Chez Holly.

Ella eut l'impression d'étouffer.

Elle alla au cinéma avec Deirdre et prit un verre après. Elles bavardèrent normalement comme toujours. Ou c'est du moins ce que crut Ella. Puis Deirdre commanda un autre verre.

— Ils servent des sandwiches, tu en veux un ?
— Quoi ? Oh oui, n'importe quoi.
— Je t'en prends un aux chiures de mouche ?
— Quoi ?
— Ah ! bonjour, tu te réveilles.
— Je ne vois pas ce que tu veux dire.
— Ella, tu n'as rien vu du film, tu n'as pas desserré les dents et tu n'arrêtes pas de te mordiller la lèvre en t'agitant. Tu vides ton sac, oui ou non ?

Elle avait toujours tout confié à Deirdre depuis qu'elles avaient treize ans, mais là elle ne le pouvait pas. C'était étrange, il y avait à la fois trop peu et trop à raconter. Trop parce qu'elle venait de tomber amoureuse d'un homme infréquentable et que le couple de trente ans de ses propres parents, qu'elle avait toujours cru heureux, se révélait plutôt vide. Et trop peu à dire. Pour Deirdre, tout serait simple. Elle conseillerait à Ella de foncer, que l'homme soit marié ou non. D'agir selon son désir en évitant d'y laisser des plumes. Et elle ajouterait que les parents de tout le monde formaient des couples ratés, c'était comme ça, voilà tout.

— Rien, Dee, je rumine... c'est tout, je te jure.
— À d'autres !
— J'envie ta façon simple d'envisager les choses.
— Non, tu penses que je couche avec n'importe qui, que j'ai un cœur de pierre... allons, tu ne m'envies pas.
— Si. Raconte-moi ton dernier drame.
— Eh bien, j'ai eu une grande séance avec ce fameux Don Richardson, tu sais, ce consultant qu'on voit dans tous les journaux. Il est super, littéralement insatiable.

Deirdre étudia le visage d'Ella. Au bout de quelques secondes, elle eut l'air contrit.

— Ella, allons, je plaisantais.

Ella ne pipa mot. Elle se tenait la tête à deux mains comme pour s'éclaircir les idées.

— Ella, il ne s'est rien passé, je ne le connais même pas, idiote, je tâtais juste le terrain pour voir si c'est bien lui qui te plaît. Et on dirait que j'avais raison.

— Comment l'as-tu su ?

La voix d'Ella n'était plus qu'un murmure.

— Parce que je suis ta meilleure amie et parce que tu ne pouvais pas en détacher les yeux quand il t'a abordée à la soirée de Nuala l'autre jour.

— C'était seulement l'autre jour !

— Je commande une demi-bouteille de vin ?

— Une entière, dit Ella qui reprenait des couleurs.

Le samedi suivant, les Brady quittèrent Tara Road en milieu d'après-midi pour visiter Wicklow Gap avant d'aller Chez Holly. Puisqu'elle avait décidé de les accompagner, autant faire les choses bien. Leur offrir une journée et une nuit inoubliables. Bizarrement, Deirdre avait paru approuver qu'elle ait refusé le rendez-vous avec Don ce samedi soir. Accepter l'aurait fait paraître trop disponible. Il la rappellerait, elle s'y connaissait. Ella avait apporté une Thermos de café et trois petites tasses et ils admiraient le panorama dans le soleil de l'après-midi. Les collines étaient parsemées de genêts jaune vif et d'éclairs de bruyère mauve. Çà et là des moutons efflanqués erraient, l'air de se demander pourquoi il n'y avait pas davantage d'herbe à manger.

— Vous vous rendez compte, ne pas voir l'ombre d'une maison ou d'un bâtiment à deux pas de Dublin, c'est incroyable.

— Comme dans les landes du Yorkshire. J'y suis allé une fois, dit son père.

Ella l'ignorait.

— Toi aussi, maman ?

— Non, c'était avant mon règne, fit-elle cassante.

— Cela rappelle un peu l'Arizona aussi, tout cet espace, sauf que c'est un désert rouge là-bas. Vous vous souvenez la fois où vous m'avez donné l'argent pour le voyage en Greyhound ? Quand Deirdre et moi sommes parties à la découverte de l'Amérique ?

— Tu avais vingt et un ans, dit sa mère.

— Et tu nous envoyais une carte postale tous les trois jours, ajouta son père.

— Vous avez été très généreux. J'ai vu tant de choses

que je n'oublierai jamais, grâce à vous. Deirdre a dû travailler et emprunter de l'argent pour payer son voyage. Je ne crois pas qu'elle ait encore tout remboursé.

— À quoi bon avoir un enfant si on ne peut pas lui offrir des vacances ?

Les lèvres de Barbara Brady étaient pincées de désapprobation pour ceux qui ne prenaient pas au sérieux leur rôle de parents.

— Et qu'est-ce que l'argent une fois qu'il est dépensé, renchérit Tim Brady qui avait passé toutes ses heures, semaines et années de travail à conseiller des gens sur la meilleure façon de placer leur pécule et rien d'autre.

Ella était désemparée. Enfin ! Deirdre lui avait conseillé de ne pas se tuer à essayer de les comprendre, puisqu'il n'y avait probablement rien à comprendre.

L'hôtel-restaurant bourdonnait de conversations de gens dont la plupart étaient venus de Dublin pour le dîner. Mais la famille Brady avait ses chambres qui l'attendait, le temps de se promener dans les jardins, de prendre un bon bain avant de se retrouver dans le petit bar coquet pour siroter un sherry en étudiant le menu.

— Je dois dire que c'est un superbe cadeau, ne cessait de répéter son père.

— Tu es une fille si attentionnée, murmurait sa mère.

Ella leur raconta qu'elle adorait observer les gens au restaurant et imaginer des histoires à leur sujet. Comme ce couple près de la fenêtre, par exemple, des dealers de Dublin venus passer un agréable week-end respectable pour savoir à quoi ressemblait l'autre face du monde.

— Vraiment ? s'exclama sa mère, effrayée.

— Bien sûr que non, j'invente. Et ce groupe là-bas, qui sont-ils à ton avis ?

Lentement ses parents se mirent à participer au jeu.

— Le couple plus âgé tente de convaincre le plus jeune d'acheter un bateau avec lui, dit Tim Brady.

— Le jeune couple explique à l'autre qu'ils sont ruinés et qu'ils ont besoin d'un prêt, continua Barbara Brady.

— Je crois que c'est un truc de sexualité de groupe, ils ont tous répondu à l'une des petites annonces de week-ends échangistes de Miss Holly.

Ils riaient tous de cette folle idée surtout dans un endroit pareil quand Ella aperçut Don Richardson et sa famille qui se dirigeaient vers la salle à manger. Il regarda dans leur direction et les vit. L'image se figerait pour toujours dans l'esprit d'Ella. Les Brady en train de rire à une table et Don tenant la porte à son beau-père, ses fils de seize et quinze ans et sa femme Margery qui n'acceptait que des déjeuners de bienfaisance et passait le reste de son temps à jouer au golf. Margery, qui n'était ni grande, ni tapée, ni distante, mais qui portait un élégant tailleur de soie rouge avec un de ces sacs à main qui coûtent une fortune. Margery, de petite taille, qui souriait à son mari comme Ella ne pourrait jamais le faire puisqu'elle était de la même taille que lui.

Le père d'Ella était fasciné par le menu. Est-ce qu'une salade de truite fumée ne serait pas trop lourde comme entrée s'il prenait ensuite un *pie* arrosé d'une Guinness ?

Ella se demanda si elle n'allait pas s'évanouir. Cela voulait-il dire que, devant son refus de sortir avec lui, Don avait décidé d'endosser le rôle rare de Pater familias ? Se faisait-elle des idées ? Baissait-elle dans son estime parce qu'il la voyait avec ses parents ? Voire pire ? La saluerait-il dans la salle à manger ? Ella passa sa commande distraitement et choisit le vin. Il était trop tard maintenant pour demander qu'on les serve dans leurs chambres. Il fallait faire face.

Dans la salle à manger, la table du groupe Richardson était éloignée de la leur et le couple dont le mariage n'était plus qu'un simulacre leur tournait le dos.

Les parents d'Ella jouaient toujours. Les deux femmes là-bas projetaient une virée de vol dans les magasins ou discutaient du placement de leur père dans une maison de retraite, pensait sa mère. Selon son père, elles venaient de pirater un ordinateur et elles se demandaient comment dépenser les sommes détournées.

— Qu'en penses-tu, Ella ?

Ella songeait au langage corporel de Don et Margery Richardson visiblement à l'aise ensemble. Ils ne se caressaient pas, ne se tenaient pas la main, mais ils n'avaient rien de cette raideur qu'on voit souvent chez les couples qui ont pris leurs distances. Comme ses parents. Sauf ce soir où ils paraissaient très détendus.

— Ce sont des lesbiennes qui décident laquelle des deux va se faire inséminer cette fois, répondit-elle en oubliant qu'elle s'adressait à ses parents et non à Deirdre.

À sa surprise, ils trouvèrent cela hilarant et quand Don se tourna légèrement vers elle comme elle s'y était attendue, ils riaient tous de nouveau. Ella se sentit au bord de la crise de nerfs. Elle faillit se lever et hurler à la cantonade que la vie n'était qu'une mascarade ridicule et hypocrite. Mais il aurait fallu être courageux pour péter les plombs chez Miss Holly. Elle se dit qu'il s'arrêterait à leur table, les saluerait et dirait quelque chose de gentil et d'anodin. Il fallait qu'elle s'y prépare.

Son père enleva ses lunettes et parut ravi de reconnaître au moins un des convives.

— Dieu du ciel! mais c'est Ricky Rice, de Rice & Richardson, consultants.

— Oh! tu les connais, papa? articula-t-elle avec difficulté.

— Non, pas du tout, mais tout le monde a entendu parler d'eux. Mon Dieu, quelle clientèle! poursuivit-il en secouant la tête, envieux.

— Comment ont-ils réussi à avoir une telle clientèle à ton avis? dit sa mère qui observait la table.

— Ils connaissent tous ceux qui comptent apparemment, répondit son père en haussant les épaules, l'air vaincu et triste.

Ella était bien décidée à relancer l'ambiance. Elle les interrogea sur les prix de l'immobilier dans Tara Road. Une maison venait de s'y vendre pour une somme très coquette.

— Tu as drôlement bien fait d'y acheter une maison, papa.

— Nous voulions que tu puisses grandir dans un joli jardin, dit sa mère. Et cela a été merveilleux, non? Ça l'est encore, bien sûr.

— Mais tu n'y habites plus, enchaîna son père.

— Non, papa, pas à plein temps, mais je reviendrai vous voir comme toujours, là ou ailleurs.

— Qu'est-ce que tu veux dire, ailleurs? Sa mère paraissait très angoissée.

Mon Dieu, faites qu'il ne se retourne pas maintenant qu'ils ont tous l'air maussade et inquiet.

— Je veux dire qu'un jour vous aurez envie de vendre Tara Road pour acheter plus petit, non ? fit-elle un peu sèchement.

— Nous n'avons jamais même songé…, commença son père.

— Pourquoi quitterions-nous notre maison ?

— Tu sais ce Danny Lynch qui vivait dans Tara Road dans le temps ? Il prétend que c'est le moment de vendre.

— Il a plaqué sa femme et ses enfants – il n'a rien d'un modèle, dit sa mère.

— Mais il est agent immobilier.

— Non, plus maintenant. Apparemment son associé et lui ont fait des affaires assez louches, conclut-il très désapprobateur.

— Et quelqu'un qui trompe sa femme comme ça ne mérite pas d'être écouté, ajouta sa mère.

Il y eut un mouvement à deux tables de là. Ella le vit se lever. Elle sut qu'il allait venir. Faire rire ses parents. Vite !

Pas une mince affaire. Elle ne disposait que de trente secondes au mieux.

— Ne faites pas attention à ce que je raconte, Deirdre prétend que je suis obsédée par la propriété. C'est un autre de mes jeux, j'imagine des choses à propos des maisons. À part cet hôtel qui est le centre de l'échangisme européen, je suis sûre que le cabinet de maman donne à fond dans le blanchiment d'argent. Et attendez un peu que je vous dise ce qu'à mon avis trame la boîte de papa…

Elle s'interrompit à l'instant où il arrivait à leur table. Cela avait marché, ils la regardaient tous les deux avec de grands sourires, impatients d'entendre la suite.

— Bonjour, je m'appelle Don Richardson. Nous nous sommes rencontrés à la soirée de Frank et de Nuala cette semaine.

— Oh, c'est vrai. Don, je vous présente mes parents, Tim et Barbara Brady.

Sa poignée de main fut si ferme, son ton si chaleureux qu'elle ne ressentit que gratitude pour lui. Il ne s'adressait pas à ce couple comme un homme sur le point de séduire leur fille, de trahir sa femme ; elle le vit comme quelqu'un qui était venu sauver la conversation. Elle expliqua que c'était l'anniversaire de son père ; il expliqua qu'ils fêtaient le but gagnant de son fils dans un match. En quelques instants, il réussit à découvrir le nom de la société du père dont il fit l'éloge et il connaissait même le cabinet où travaillait sa mère, des avocats très respectés. Puis il s'éclipsa.

Ils l'évoquèrent en termes admiratifs.

— Il travaille très dur. C'est comme ça qu'il est arrivé où il est. On racontait que tout était dû à son beau-père, mais le cabinet n'était rien jusqu'à ce qu'il y entre.

— Et il a un bon rapport avec les gens, renchérit sa mère.

C'était idiot de tant se réjouir qu'ils l'apprécient. Et elle fut très heureuse du sourire qu'il lui adressa lorsqu'il sortit de la salle à manger. Elle savait qu'il ne tarderait pas à la rappeler. Mais elle ne se doutait pas qu'il téléphonerait à minuit.

— J'espère que je ne te réveille pas, dit-il sur son mobile.

— Non, je lisais, assise devant la fenêtre ; en fait, j'étais perdue dans la contemplation des ombres des buissons et des fleurs.

— Des buissons ? Des fleurs ? Mais où es-tu ?

— Chez Holly, nous nous y sommes rencontrés il y a environ quatre heures.

— Chez Holly ?

Il avait l'air très déçu.

— Enfin, Don ! À quoi joues-tu ?

— Si c'est un jeu, j'ai perdu.

— Où es-tu ?

— Je suis garé dans ta rue. J'espérais que tu m'offrirais un café.

— La fête de ton fils est donc terminée ?

— Et celle de ton père se poursuit ?

— C'est la vie.

Elle souriait maintenant, il était sous ses fenêtres à Dublin. Il n'était pas rentré dans sa maison de Killiney avec l'épouse en soie rouge. Ses liens avec son foyer devaient être très lâches, comme il l'avait dit. Il avait fait le voyage de Dublin sans être sûr de la voir. Elle devait lui plaire.

— Viens prendre un café un autre soir. Demain, par exemple.

— Demain ne m'arrange pas – une soirée importante de collecte de fonds politique – une séance de serrage de pinces.
Il avait l'air de le regretter.
— Eh bien, tant pis.
— Lundi soir ?
Deirdre lui avait recommandé de ne pas être trop disponible.
— Cela ne m'arrange pas, mais mardi ou mercredi, c'est bon.
— Alors mardi, puisque cela ne peut pas être plus tôt. Si j'apportais une bonne bouteille de vin, est-ce que tu me préparerais un steak ?
— Ça marche, répondit Ella qui se demandait comment elle allait supporter le nombre d'heures qui la séparait de mardi soir, huit heures.

Pendant qu'ils prenaient le petit déjeuner irlandais complet, Miss Holly vint bavarder avec eux.
— C'était bien agréable de rencontrer Don Richardson hier soir, dit la mère d'Ella, désireuse de montrer qu'ils connaissaient du beau monde.
— Oui, un homme très attaché à sa famille, ce M. Richardson, fit Miss Holly en opinant du chef. On voit de tout dans ce commerce, madame Brady, croyez-moi, et nombre de nos soi-disant hommes d'affaires n'ont pas les mêmes normes qu'avant, je vous assure.
— Il amène souvent sa famille ici ? demanda Ella d'une voix tendue en harponnant méchamment une saucisse.
— En fait, non, il travaille beaucoup. Généralement, c'est juste sa femme et les enfants, mais il ne manque jamais de téléphoner pour leur commander une bonne bouteille, et quand il le peut, il se joint à eux.
— Ah ! comme c'est gentil, dit Ella qui soudain se sentait beaucoup mieux.
Elle prit congé de ses parents à Tara Road en refusant de songer à l'après-midi solitaire et muet qui les attendait maintenant qu'elle n'était plus le centre de leur vie. Elle avait fait de son mieux pour les convaincre de vendre cette énorme maison. Pour libérer un peu d'argent qui leur aurait permis de partir en croisière, d'acheter une meilleure voi-

ture ou quoi qu'ils puissent désirer. Elle savait que peu importait où ils habitaient et la somme d'argent dont ils disposaient, ils n'allaient pas prendre leur avenir en main et en tirer le meilleur parti possible. Ce qu'elle allait faire. Elle allait avoir une histoire avec cet homme dangereusement séduisant. Même si elle devait en souffrir.

Son téléphone sonna. Elle se gara, mais son correspondant n'était pas celui qu'elle avait espéré. C'était Nick, son vieux copain de l'université.

— Oh, Nick!

— Eh bien, j'ai connu plus chaleureux comme accueil.

— Désolée, je suis en plein embouteillage.

— Menteuse! Tu viens de te garer, je suis juste derrière toi.

— Tu es de la police? fit-elle avant de jaillir de la voiture pour le serrer dans ses bras.

— Je t'ai vue devant moi et je me suis demandé si un déjeuner tardif te tenterait.

— Me tenterait? J'adorerais, oui.

Il lui raconta sa vie et elle ne lui dit rien de la sienne. Nick était un être avec qui il était si facile de parler, un vrai ami. Nul besoin de tout expliquer ni de se demander ce qu'il pensait. Tout était là, visible, sur son beau visage constellé de taches de rousseur et dans ses grands yeux verts. Il portait une veste de cuir noir et des lunettes de soleil relevées sur la tête. Cela aurait été si facile d'aimer quelqu'un comme lui au lieu de se lancer dans cette aventure. Elle le regarda avec affection.

Lors de leur dernière rencontre, il venait de créer avec deux autres une petite société de production de films baptisée Firefly Films, et ils se débrouillaient plutôt bien. Bien mieux qu'ils ne l'avaient espéré. Ils donnaient encore pas mal dans l'alimentaire en filmant des mariages et des pubs, surtout grâce au bouche à oreille. C'était comme ça que cela fonctionnait maintenant à Dublin – Nick avait trouvé un job à Tom et Cathy qui venaient de lui renvoyer l'ascenseur en le branchant sur une importante soirée de collecte de fonds à filmer le soir même. Un paquet de fric, le type voulait régler en liquide, mais cela ne faisait rien.

— Ce soir ?

Les yeux d'Ella dansaient.

— Ouais, il veut un quart d'heure bien ficelé des moments-clés montrant le plus de célébrités possible et les meilleurs morceaux oratoires, pas de longs discours barbants... nous pourrions travailler les yeux fermés.

— Nick, je peux t'accompagner ? Je t'aiderai, promis.

— Allons, Ella, tu n'y penses pas !

— S'il te plaît. J'irai te chercher des cafés, je porterai tes sacs.

— Pourquoi ?

— J'en ai envie, c'est tout. Nous sommes amis, non ? Tu voulais déjeuner avec moi et j'ai accepté, pourquoi n'aurais-je pas le droit de t'accompagner à cette soirée ?

— Tu vas t'ennuyer comme un rat mort.

— Nick, s'il te plaît !

— Bon, mais tu portes mes sacs, d'accord ?

— Je t'adore, Nick.

— Tu adores quelqu'un, ça, c'est sûr, tu ne touches plus terre. Mais ce n'est pas moi.

Elle les retrouva devant l'hôtel. Elle reconnut à peine Nick tant il était boulot-boulot et efficace.

— Voilà Ella. Elle n'y connaît rien mais elle est là pour donner un coup de main.

Ella sourit.

— J'ai toujours rêvé de faire du cinéma.

— Eh bien, vous n'avez pas choisi la bonne équipe, ce soir, ce n'est que de la vidéo, lâcha une petite jeune femme à l'air sérieux qui n'appréciait pas du tout l'intrusion de cette grande blonde.

— J'ai promis de ne pas déranger. (Elle se concentra sur la fille, les deux hommes ne posaient pas de problème et se moquaient bien qu'elle soit là ou non.) Dites-moi quoi faire ou ordonnez-moi de dégager et j'obéirai.

— Bon, d'accord, merci, grommela la fille.

— Comment vous appelez-vous ?

— Sandy.

— Bon, Sandy, je ne plaisante pas, je peux faire quelque chose ?

— Pourquoi êtes-vous ici ? reprit l'autre qui en pinçait visiblement pour Nick, probablement en vain.
À ses yeux, Ella représentait une menace.
— Parce que j'ai un faible pour quelqu'un qui va être ici et que c'était le seul moyen pour moi d'entrer.
Rien de plus payant qu'une franchise totale.
Sandy la crut aussitôt.
— Et il a aussi un faible pour vous ?
— Pas assez, répondit Ella, et elles devinrent amies à vie.
Elle rangea leur matériel dans un coin, alla chercher un pot de café dans la cuisine et réclama trois photocopies de plans de table. Et elle se rendit en fait très utile jusqu'à ce qu'elle voie entrer Don Richardson avec Margery à son bras.
Vêtue de soie vert foncé cette fois, elle arborait ce qui ressemblait fort à de vraies émeraudes. Elle connaissait tout le monde apparemment. On était un dimanche, et pourtant elle avait l'air de sortir droit de chez le coiffeur, elle devait avoir fait venir quelqu'un à domicile. On aurait dit une porcelaine de Dresde. Ella se sentit trop grande, disgracieuse, luisante de sueur, déplacée. Cachée derrière un pilier, elle regarda Don donner ses instructions à Nick. Et elle cessa alors d'aider l'équipe de Firefly Films, elle resta plantée là à contempler Don Richardson en tortillant une serviette entre ses mains.
Elle le vit à l'œuvre dans sa séance de serrage de pinces, comme il disait. Il multipliait les poignées de main, prenait certains invités par le coude. Il remerciait chacun pour son soutien avec un sourire éclatant de gratitude. Il était vraiment très doué.
Elle ne sut pas combien de temps elle resta plantée là alors que les convives de l'immense salle à manger dégustaient leur repas. Mais Don ne s'assit pas non plus, il passa de table en table, parlant ici, riant là, adressant un signe imperceptible à Nick s'il voulait qu'il braque sa caméra sur un groupe donné. Margery faisait tranquillement la conversation à des politiciens et à leurs épouses. Elle ne le cherchait jamais des yeux dans la salle, ne se demandait pas pourquoi il s'attardait trop longtemps à cette table et riait

tant avec ces deux femmes à la poitrine généreuse qui refusaient de le laisser partir. Était-ce parce qu'elle connaissait les règles du jeu ? Lui laisser la corde sur le cou était-il le plus sûr moyen de le voir rentrer ? Ou avait-il dit la vérité à Ella, à savoir qu'ils menaient vraiment des existences séparées ?

On dansait à présent, mais le travail de Firefly Films était terminé. Don Richardson n'avait pas voulu qu'on filme des invités au visage empourpré et à la main baladeuse sur la piste de danse. Ses hôtes voulaient voir une vidéo où ils se conduiraient bien, au coude à coude avec le dirigeant du parti, des ministres et des célébrités. Voilà pourquoi Nick, Ed et Sandy rentraient au bureau, afin de monter la vidéo et d'en faire une copie pour Don Richardson. Il l'attendait à son bureau le lendemain à l'heure du déjeuner. Cela voulait dire travailler toute la nuit.

— Je suppose que tu ne rentres pas avec nous pour nous filer un coup de main, Ella, dit Nick, sans aucun espoir.

— J'adorerais, fit-elle, coupable. Seulement j'ai des cours demain matin.

— Pourquoi est-ce que je savais que tu allais me faire cette réponse ? lui dit-il en lui donnant une bourrade amicale.

Sandy n'était plus jalouse du tout. Pendant qu'ils remballaient, elle murmura à Ella :

— Vous l'avez vu ?
— Oui.
— Il vous a vue ?
— Non.
— Vous êtes contente d'être venue ou vous le regrettez ?

La vérité vraie fit encore l'affaire.

— Un peu des deux, pour être franche, répondit Ella en sortant discrètement par derrière avant de risquer de voir Don Richardson tendre la main à sa minuscule épouse couverte d'émeraudes pour l'inviter à danser.

Elle rentra en taxi et ne réussit à fermer l'œil qu'à cinq heures du matin. Elle se réveilla vaseuse et de mauvaise humeur. À son entrée dans sa classe, elle ne se sentait pas mieux.

— Vous avez intérêt à bien vous tenir aujourd'hui, annonça-t-elle aux Premières qui avaient tendance à être difficiles.

— Vous avez passé une mauvaise nuit, mademoiselle Brady ? lui lança Jacinta O'Brien, l'une des plus effrontées.

Voyant Ella fondre sur elle, la classe retint son souffle. Elle n'allait tout de même pas frapper une élève ? Mais cela en donna fortement l'impression.

— Dans chaque classe, Jacinta, il y a toujours quelqu'un pour déconner et tout foutre en l'air pour tout le monde. Dans cette classe, c'est vous. J'allais vous traiter comme des adultes, vous dire la vérité – qui est que je n'ai pas fermé l'œil et que je ne me sens pas très bien. J'allais vous demander votre coopération pour pouvoir vous donner un cours aussi bon que possible. Mais non, comme il y a toujours quelqu'un pour déconner, ce sera interrogation écrite. Sortez vos feuilles.

Ella leur dicta quatre questions, puis elle s'assit, tremblante après sa sortie. Elle venait d'employer un langage inusité dans ce genre d'école.

Oh ! mais pourquoi n'était-on pas déjà mardi ?

À la fin de la journée, elle fut soulagée de rentrer chez elle.

— Alors comme ça, tu le suis comme son ombre maintenant ? lui dit Deirdre ce soir-là au téléphone.

— Comment le sais-tu ?

— C'était dans une rubrique mondaine. Je ne sais plus laquelle.

Comme d'habitude Ella marcha.

— Quoi ?

— Oh ! arrête, Ella. Quelle gourde tu fais. J'ai croisé Nick. Il m'a dit que tu voulais filmer la grande soirée de Don avec lui.

Ella se remit à respirer.

— Tu parles d'une capitale, on ne peut rien faire sans que tout le monde le sache.

— Mais tu n'as rien fait, n'est-ce pas ?

— Non, c'est pour demain soir. Cela aurait pu être ce soir, mais je me suis rappelé que tu m'as conseillé de ne pas être trop disponible.

— On déjeune mercredi ?

— Non, je n'ai pas beaucoup de temps ce jour-là... il faudra attendre la fin de la journée.
— Chez Quentin, le menu d'avant-spectacle ? J'invite ?
— À six heures et demie. J'y serai.

Huit heures sonnaient au clocher voisin de l'appartement d'Ella lorsqu'il frappa à sa porte.
— Je suis d'une ponctualité affligeante.
Une serviette à la main, il arrivait avec une orchidée et une bouteille de vin.
— Je suis ravie de te voir, répondit simplement Ella.
Quelque chose dans sa voix l'incita à tout poser sur la table pour la prendre dans ses bras.
— Ella, Ella chérie, je ne te ferai jamais souffrir, fit-il d'une voix hachée.
Et en le regardant avant de l'embrasser, Ella sut qu'il disait vrai.
Ils mirent l'orchidée dans un soliflore et préparèrent le dîner en sirotant un verre de vin blanc frais. Il coupa les champignons en lamelles ; elle fit la salade. Puis il ouvrit la bouteille de rouge qu'il avait apportée avant qu'ils ne s'assoient, comme s'ils avaient toujours vécu comme ça. Elle ne lui demanda pas s'il resterait toute la nuit parce qu'elle savait qu'il le ferait. Ils bavardèrent tranquillement. Il lui confia qu'il avait été content de rencontrer ses parents.
— Ils ont été contents de faire ta connaissance, mais ce doit être le cas de tout le monde.
— Tu sous-entends que je joue un rôle ? s'exclama-t-il, blessé.
— Non, je ne crois pas, tu aimes les gens et tu leur donnes l'impression d'être unique au monde. C'est ta façon d'être... même maintenant. Je parie que tu as collecté beaucoup d'argent dimanche. Elle avait les yeux brillants.
— Je ne sais pas, fit-il, pensif. Les gens ont été généreux, je les ai remerciés, c'est tout ; je voulais leur faire savoir que le parti appréciait sincèrement. Ce n'était pas de la lèche, juste de la gratitude.
— Le serrage de pinces.
— Je me mettais en boîte en disant ça, c'est juste que j'aurais préféré être avec toi.

— Tu es très doué pour ce genre de choses, je t'ai vu, lui dit soudain Ella.

Elle ignorait pourquoi elle avait fait cet aveu. Probablement parce qu'elle ne voulait ni mensonges, ni faux-semblants. À son étonnement, il se contenta d'acquiescer.

— Je sais, moi aussi je t'ai vue.

Elle se sentit rougir de honte. Il l'avait vue le suivre comme son ombre, pour reprendre les termes de Deirdre.

— Nick, celui qui a fait la vidéo, est un ami à moi. Il avait besoin d'aide.

— Bien sûr.

— En fait, il n'avait pas besoin d'aide, je lui ai simplement demandé si je pouvais venir moi aussi.

— Vraiment, Ella ? Pourquoi ? lui demanda-t-il, sa main légère sur la sienne.

— J'avais juste envie de te voir, Don. J'étais déçue qu'on ne se voie pas ce soir-là, alors j'ai voulu compenser.

Il se leva, prit son visage entre ses mains et l'embrassa.

— Je n'osais pas croire que cela puisse être ça, Ella. Je n'ai pas arrêté d'y songer depuis en priant pour que ce soit ça.

— Et tu m'aurais dit que tu m'avais vue ?

— Non, c'était ton affaire, je ne t'aurais jamais interrogée. Jamais.

— Tu étais très bon, Don. Infatigable.

— Non, j'étais très fatigué, je suis passé devant cette maison en regagnant mon appartement, j'ai vu de la lumière et j'ai compris que tu étais chez toi... mais...

— Mais quoi ?

— Mais nous avions rendez-vous ce soir. Je ne voulais pas avoir l'air d'un idiot trop impatient.

Elle avait les larmes aux yeux lorsqu'elle l'entraîna dans sa chambre. Et ce fut tout ce que ce n'avait jamais été avant, avec Nick ou avec le sportif ou avec les deux aventures d'une nuit. Ella resta blottie dans les bras de Don longtemps après qu'il s'était endormi. Quelle chance elle avait !

Le lendemain matin, elle se contenta de lui offrir un café et un jus d'orange. Il parut apprécier sa simplicité. Peut-être que Margery et les garçons faisaient trop de bruit et l'encombraient. Ella ne serait jamais comme ça.

Elle prit une pile de copies à emporter à l'école.
— Qu'est-ce que c'est ? demanda-t-il, intéressé.
— Oh j'ai donné une interro écrite aux Premières hier. L'avantage, c'est que cela t'accorde quarante minutes de tranquillité ; l'inconvénient, c'est qu'après il faut noter trente-trois copies de plus.

Il l'embrassa sur le bout du nez.
— Je ne sais rien de ta vie, Ella Brady.
— C'est probablement mieux ainsi, tu risquerais de mourir d'ennui.
— Je ne pourrais pas connaître l'ennui avec toi. (Il avait l'air très sérieux.) Est-ce que je peux revenir ce soir, un peu tard ?
— J'adorerais.

Ella s'était obligée à ne pas lui demander quand ils se reverraient.
— Je ne te gâche pas ta soirée ?
— Non, je retrouve Deirdre en fin de journée pour dîner Chez Quentin. Je serai rentrée à neuf heures. Ça ira ?
— Je serai ici vers dix heures. Je sortirai d'un dîner très sinistre et très sobre – une commission financière. Il va falloir que je prenne des notes et que je garde l'esprit vif, alors peut-être qu'on pourrait boire un verre de vin ensemble après.

Elle frissonna. Don Richardson, qui possédait une maison à Killiney, un appartement dans le centre financier et une autre maison en Espagne, allait dormir dans son petit appartement à elle deux nuits de suite. La veille, il lui avait dit qu'il l'aimait. C'était à croire qu'il était sincère.

Elle réussit à survivre à la journée et retrouva Deirdre Chez Quentin.
— Raconte-moi tout, exigea cette dernière sans lui laisser le temps de dire bonjour.
— Peut-être pas tout, mais une bonne partie.
— Dis-moi le principal, la seule chose qui compte, est-ce qu'il en redemande ?
— Il va rester toute la nuit ce soir, oui.
— Il est resté toute la nuit. Oh ! mon Dieu ! s'exclama Deirdre si fort que tout le restaurant les regarda.

— Merci, Dee, siffla Ella. Tu aurais dû réclamer un micro, cela aurait permis aux tables les plus éloignées de t'entendre.

— Ne vous inquiétez pas, les rassura Mon, la jeune serveuse qu'elles connaissaient et appréciaient toutes les deux.

Elle leur avait confié qu'elle avait toujours eu l'art de tirer le mauvais numéro chez elle en Australie et qu'elle avait perdu toutes ses économies à cause d'un homme en Italie. Deirdre et Ella l'avaient écoutée avec sympathie. Ah ! ces hommes. Mon venait de rencontrer un nouvel amour, plus âgé, plus sage et digne de confiance. Un dénommé M. Harris.

— J'espère que votre M. Harris n'est pas là ; il risquerait d'être choqué par ma grande gueule d'amie, lui glissa Ella à voix basse.

— Non, il n'est pas là et il ne serait pas choqué, mais dites-moi, est-ce que ce type avec ce superbe sourire et ces yeux bleu marine est vraiment resté toute la nuit ? murmura Mon.

— Dee, je vais te tordre le cou.

— N'en faites rien. Personne ne l'a entendue à part moi et, de toute façon, il n'y a que des touristes dans la salle, conclut Mon joyeusement.

Don resta cette nuit-là et la suivante. Le vendredi matin, il annonça qu'il allait passer quelques jours en Espagne.

— Je regrette d'y être obligé.

— Profites-en, réussit à dire Ella.

Elle ne demanda pas si c'était un voyage d'affaires ou de famille. Elle n'avait pas envie de savoir. Mais il le lui dit.

— Je m'occupe de pas mal de propriétés là-bas. Il faut que j'y aille au moins une fois par mois, ce n'est pas une corvée, certes. Il arrive que les garçons m'accompagnent si cela tombe pendant les vacances. Mais pas cette fois. Je serai rentré mercredi, peut-être pourrions-nous sortir dîner. Je ne veux pas que tu te lasses de cuisiner pour moi.

— C'est un plaisir, Don, vraiment, et peut-être qu'il est plus sage qu'on ne nous voie pas en public étant donné les circonstances.

Il parut surpris.

— Je t'assure, mon ange, je t'ai dit que cela ne posait pas de problèmes, nous menons des existences séparées. Il le répétait si souvent que cela devait être vrai.

Mais le lendemain une angoisse la poussa à appeler la maison Richardson à Killiney et à demander à parler à Mme Margery Richardson. Elle s'apprêtait à raccrocher quand une femme répondit.

— Je regrette, elle n'est pas là. Elle est partie pour l'Espagne. Elle sera de retour mercredi.

— Nick, c'est Deirdre.
— Oui, Deirdre, Firefly Films à ton service.
— Je suis inquiète pour Ella.
— Tu n'es pas la seule.
— Non, sérieusement. Elle n'est pas elle-même, Nick.
— Sommes-nous jamais nous-mêmes ?
— Arrête de faire de l'esprit, ce n'est pas drôle. Ce Don Richardson, où est-il en ce moment ?
— En Espagne. Il a commandé une autre douzaine de vidéos à livrer à son retour. Notre travail a eu l'air de lui plaire.
— Ce n'est pas l'important, Nick. L'important, c'est que Ella est malheureuse comme les pierres. A-t-il dit s'il partait pour affaires ou avec sa famille ?
— Comment le saurais-je ? Et quelle différence cela fait-il ?
— Ella est inconsolable.
— Ah! ces histoires d'amour ! C'est affreux.
— Ça, tu peux le dire. Je suis drôlement contente d'y avoir échappé.

— C'est merveilleux que Ella vienne passer tout un week-end avec nous, dit Tim Brady. Tu te rends compte, elle reste jusqu'à mardi.
— Oui.
— Cela ne te fait pas plaisir, Barbara ?
— Je serais plus contente si elle ne nous avait pas priés de répondre qu'elle n'est pas là et que nous ignorons où elle se trouve.
— Elle prétend avoir envie de se couper du monde un moment, pour respirer un peu.

— Peut-être, mais un homme a téléphoné quatre fois. Il prétend que son mobile est débranché et que cela l'inquiète.

— Fais confiance à Ella, ce doit être un type qu'elle ne veut pas encourager. Est-ce qu'il se présente ?

— Non, et je ne le lui demande pas.

Le dimanche, l'homme au téléphone dit qui il était.

— Madame Brady, c'est Don Richardson à l'appareil, nous avons eu le plaisir de nous rencontrer brièvement Chez Holly la semaine dernière... Il faut absolument que je parle à Ella. Pourriez-vous lui demander de m'appeler ? Je vous donne le numéro.

— Oh oui, bien sûr, monsieur Richardson, je me souviens. Heureuse de vous entendre.

— Si elle est avec vous... enfin, je me demandais si...

— Oh ! malheureusement elle n'est pas à la maison.

Barbara Brady avait horreur de mentir. Et elle savait qu'elle n'était pas très douée pour ça.

— Mais elle va bien finir par revenir, n'est-ce pas ? Je veux dire que vous la verrez, non ?

— Oh oui, bien sûr, répondit trop vite Barbara Brady.

Il lui dicta son numéro de téléphone et la remercia.

— Ella ? Je peux entrer ?

— Bien sûr, maman.

Assise, un coussin serré contre elle, Ella se balançait d'avant en arrière. Elle avait les yeux rougis.

— Don Richardson vient de rappeler, dit sa mère sur un ton saccadé. Cette fois, il a laissé son nom et son numéro de téléphone. Il a dit qu'il était en Espagne et je lui ai dit que je te donnerais le message et le numéro.

— Merci, maman.

— Tu vas dîner ?

— Non, maman.

— Tu as l'intention de nous dire à ton père et moi ce qui se passe ?

— Non, maman.

— Je te laisse à tes pensées alors.

— Je t'aime, maman.

— C'est ce qu'il y a de plus facile à dire au monde, je t'aime.

— Mais c'est vrai, répliqua Ella, blessée.

— Nous serons en bas si tu nous aimes assez pour te joindre à nous, reprit sa mère, les lèvres pincées.

— Elle ne peut pas avoir une histoire avec ce Don Richardson quand même, glissa Barbara à son mari d'une voix terrifiée.

Le père d'Ella fut choqué.

— C'est un homme marié, Barbara. Marié à la fille de Ricky Rice.

— Bien sûr, elle ne ferait pas une bêtise pareille.

Du haut de l'escalier, Ella entendit l'échange. Elle repartit dans sa chambre et fixa le vide un long moment. Ce n'était pas pratique de garder son portable éteint mais elle ne voulait pas recevoir de messages de lui et elle avait aussi décroché chez elle. Elle avait oublié l'école. Deux douzaines de roses rouges l'y attendaient le lundi.

« Arrête de te cacher, je t'aime », disait le message.

Tout le monde dans la salle des profs avait lu la carte avant elle.

— Oh ! je n'aurais jamais cru que mes élèves m'aimaient autant, s'exclama-t-elle en riant.

En sortant de la pièce, Ella entendit les commentaires.

— Elles ont dû coûter une fortune, dans les soixante-dix à quatre-vingts euros, fit l'une. Je te parie qu'il est marié, sinon il aurait signé la carte, fit une autre.

Ella serra les dents et se mit au travail. Elle n'aurait pas à penser à lui avant mercredi soir. S'il débarquait.

Il frappa à sa porte le mercredi à huit heures du soir. Il n'apportait ni fleurs, ni vin.

— Bonjour, Don.

— Que se passe-t-il ?

— Je ne comprends pas.

— Moi non plus. Je t'ai dit au revoir ici vendredi matin, je t'ai dit que je t'aimais, tu m'as dit que tu m'aimais. Puis je suis parti en voyage d'affaires en Espagne et soudain tu refuses de prendre mes appels et tu obliges ta mère à mentir. Que se passe-t-il, Ella ?

— Je ne sais pas. Que se passe-t-il donc ?

— À toi de me le dire. Moi, j'ai joué franc-jeu.

Il avait l'air très en colère.

Ils étaient toujours sur le seuil.

— Tu n'as pas joué franc-jeu. Tu ne m'as pas dit que tu emmenais ta femme en Espagne.

— Je n'ai emmené « ma femme », comme tu dis, nulle part !

— Ta femme est ce qu'elle est.

— Peu importe. Peut-être pourrions-nous finir cette discussion à l'intérieur.

Elle se résolut à le laisser passer.

Il entra dans son salon comme s'il était propriétaire des lieux et s'assit.

— Très bien, Ella, parle.

— Non, c'est à toi de parler. Tu as dit que tu allais en Espagne pour affaires et ensuite j'apprends que tu as emmené ta femme.

— Et comment interprètes-tu cela, Ella ?

— Peu importe, tu l'as emmenée.

— Je ne l'ai pas emmenée, elle a décidé d'y aller aussi, elle est propriétaire de la moitié de la maison.

— Mais tu ne m'as pas dit qu'elle y allait.

— Je n'en savais rien et, de toute façon, ce n'est pas important. Je t'ai dit que nous menions des existences séparées. Tu m'as dit que tu me croyais.

Il avait l'air effaré et bouleversé.

— Ouais.

— Qu'est-ce que ça veut dire ? Qu'est-ce que tu veux savoir ?

Après un silence, elle répondit à voix basse :

— Tu as couché avec elle ? Est-ce que tu couches toujours avec elle ?

Don Richardson se leva. Elle ne l'avait jamais vu aussi bouleversé.

— Je suis désolé, Ella. Je suis vraiment désolé. Je pensais avoir été clair, je pensais vraiment avoir fait le point de la situation devant ton école l'autre jour.

— Oui, mais...

— Et je croyais que tu avais dit avoir compris.

— Je le croyais mais...

— Mais tu ne comprends pas du tout, tu penses en fait que je pourrais t'aimer et coucher avec Margery, tu le penses vraiment, n'est-ce pas ?

— Je crois que c'est possible, oui.
— Alors nous n'avons plus grand-chose à nous dire, Ella, mon ange, n'est-ce pas ? dit-il tristement.
— C'est le cas ?
— C'est le cas, quoi ?
— Est-ce que tu couches avec elle ?
— Au revoir, Ella, fit-il en se dirigeant vers la porte.
— Alors c'est oui.
— En fait, c'est non, mais peu importe. Je ne resterai pas si tu entretiens de tels soupçons. Quelqu'un a vraiment dû te faire souffrir pour que tu sois aussi angoissée.
— Pas du tout, Don Richardson. Avant toi, personne ne m'a jamais fait souffrir, personne ne m'a touchée et je n'ai jamais aimé personne. Tu me racontes que c'est un voyage d'affaires et ensuite j'apprends que ta femme est avec toi, qu'y a-t-il de si anormal à être bouleversé ? Pas la peine de me transformer en monstre.
— Et comment l'as-tu appris, s'il te plaît ? fit-il, glacial.
C'était la fin. Ella le sentit.
— J'ai appelé chez toi et on m'a dit que la maîtresse des lieux était en Espagne.
Un autre silence.
— Merci, Ella. Merci pour tout, merci d'être venue m'espionner à la soirée de collecte de fonds, merci d'avoir vérifié les faits et gestes de ma famille, merci de tirer des conclusions hâtives, et surtout merci de ne pas me croire quand je te dis que je t'aime. Je suis désolé – mais je ne sais pas trop de quoi, finalement ? Pourquoi devrais-je m'excuser d'avoir été parfaitement honnête dès le début, de t'avoir clairement expliqué la situation, de t'avoir dit la vérité, de venir saluer tes parents, de les avoir appelés pour leur dire que je m'inquiétais que tu ne répondes pas au téléphone. Sont-ce là les actes d'une ordure ? Non, je crois que ce sont ceux d'un homme qui t'aime. Mais tu as des critères différents. J'espère sincèrement que tu trouveras ce que tu cherches. Tu es adorable, Ella. Un ange en fait et je te souhaite bien du bonheur.
Il était pratiquement à la grille lorsqu'elle le rattrapa, lui prit le bras et le supplia de revenir. Les gens qui promenaient leur chien dans la rue ombragée virent une blonde en larmes parlementer avec un grand et bel homme.

— Je suis désolée. Pardonne-moi. Donne-moi une dernière chance. Je me conduis comme une idiote parce que je t'aime à la folie. J'ai peur de croire que tu m'aimes, c'est tout. Reviens, je t'en prie.

Et si les gens avaient continué à regarder, ils auraient vu l'homme lui passer un bras autour de la taille et la ramener dans l'entrée allumée.

— Est-ce que cela veut dire qu'il va s'installer chez toi ? demanda Deirdre quelques jours plus tard.
— Bien sûr que non, c'est idiot.
— Pourquoi ce serait idiot ? Cela permettrait d'économiser le loyer de l'appartement du centre financier.
— Il faut bien qu'il dise qu'il est quelque part. Il ne peut pas dire qu'il vient ici, répondit Ella comme si c'était une évidence.
— Non, bien sûr.

— Pourquoi ne peut-il pas dire qu'il vit à la colle avec Ella si son couple n'est plus qu'un simulacre ? demanda Deirdre à Nick un peu plus tard.
— Je ne sais pas. Ce sont des questions qui me dépassent.

3

Leur vie prit progressivement un nouveau rythme. Ils se mirent à passer ensemble trois à cinq nuits par semaine. Ella ne voyait plus d'amis le soir parce qu'elle ne savait jamais si Don ne pourrait pas soudain se libérer.

Il restait les déjeuners, bien sûr. Deirdre posait tout haut les questions qu'Ella n'exprimait jamais.

— Alors, il la quitte ? Il vit pratiquement avec toi, bon sang !

— Il ne peut pas partir, à cause de son beau-père. Je te l'ai dit.

— Ricky Rice est un homme moderne. Il a entendu parler de divorce ; il sait que Don ne rentre pas tous les soirs dans le giron familial.

— Pourquoi précipiter les choses ? Nous sommes bien comme ça.

— Et tes parents, qu'est-ce qu'ils en pensent ?

Ella haussa les épaules.

— Cela ne les dérange pas.

— À d'autres, Ella. Personne ne se réjouit que sa petite fille soit le jouet d'un magnat.

Ella hurla de rire.

— Le jouet d'un magnat ! Un peu démodé, comme expression, non ? Et puis cesse de me donner des leçons.

Deirdre but une gorgée de vin et parla pour une fois très sérieusement.

— En fait, je ne cherche pas à te donner des leçons. Je

t'envie si tu veux savoir. J'adorerais être aussi absorbée et obsédée que toi.

Ella resta coite. Cela ne ressemblait pas à Deirdre d'être aussi franche. Cela exigeait autant de franchise en retour.

— Bon, d'accord, si tu veux savoir, cela ne réjouit pas du tout mes parents.

— Comment pourrait-il en être autrement?

— Eh bien ce serait possible s'ils s'autorisaient à vivre avec leur siècle, Dee.

— Ils ne sont pas pires que leurs contemporains.

— Oh! mais si, même à l'école ils ne réagissent pas comme ça.

— Je te vois mal dire aux bonnes sœurs que tu as un amant qui passe la moitié de la semaine avec toi.

— Il ne reste pratiquement pas de bonnes sœurs, sinon quelques vieilles qui tiennent les comptes ou s'occupent du jardin. Et certains profs sont âgés, mais ils ne passent pas leur temps à froncer les sourcils.

— Ils sont au courant?

— Ils ne l'ignorent pas. Mais ils ne posent pas de questions.

— Normal, ce ne sont pas tes parents.

— Ils vivent avec leur temps, eux.

— D'accord, mais tu ne peux pas reprocher à des parents de vouloir ce qu'il y a de mieux pour leur fille, dit Deirdre qui s'inquiétait pour son amie.

— Si j'avais une fille, je voudrais qu'elle soit heureuse, pas qu'elle soigne sa respectabilité. C'est ce qu'on peut souhaiter de mieux, non, d'être heureux?

Voyant qu'elle n'obtenait pas de réponse, Ella poursuivit:

— Deirdre! c'est ce que tu as dit il y a moins d'une minute! Tu m'envies d'être aussi heureuse.

— J'ai dit obsédée.

— C'est pareil.

Don apporta des vêtements qu'il rangea soigneusement dans l'armoire d'Ella. Il se servait de sa machine à laver et repassait lui-même ses chemises. Il lui arrivait de faire aussi du repassage pour elle. Le père d'Ella n'aurait jamais fait une chose pareille.

— Pourquoi pas ? Puisque j'ai le fer à la main, disait-il avec un sourire qui la faisait fondre.

Toutes les deux semaines environ, elle invitait ses parents à dîner chez elle, toujours un soir où elle le savait retenu ailleurs. Elle n'était même pas obligée de lui demander de retirer ses vêtements de son armoire et son rasoir électrique de la salle de bains. Il rangeait tout dans une valise qu'il recouvrait soigneusement d'un tapis. Et ils n'abordaient jamais le sujet.

Il avait toujours l'air de s'intéresser à eux et à ce que Ella avait à raconter. Il se rappelait tout ce qu'elle lui disait. Jusqu'aux petits détails sans importance. Que son père aimait son raisin sans pépins parce qu'il redoutait une appendicite. Don en achetait quand Ella recevait ses parents. Il se souvenait du parfum que sa mère aimait et il en rapporta à temps de l'aéroport pour son anniversaire.

— J'aimerais que tu organises un dîner avec eux, tu sais.
— Je sais, Don, et ils adoreraient, mais c'est plus simple comme ça.
— Tout est simple et heureux pour toi, mon ange ?

C'était heureux, oui, mais facile, non. Ils posaient trop de questions.
— Ella, ton père et moi ne songerions même pas à nous immiscer dans ta vie privée...
— Je sais. Encore un peu de salade grecque ?
— Mais nous nous interrogeons : as-tu assez d'amis, sors-tu assez ? C'est vrai, si tu dois mener une vie de recluse dans cet appartement, pourquoi ne pas vivre à la maison et économiser un loyer ?
— Ce que ta mère veut dire, Ella, c'est que nous aimerions que tu aies un toit à toi.
— Mais j'en ai un, papa : nous y dînons en ce moment même.
— Ton père et moi espérions simplement...
— Oh, nous nourrissons tous de grands espoirs. Je vais desservir. J'ai du bon fromage et du raisin. Sans pépins, papa.

Cela devenait de plus en plus difficile. Elle regrettait qu'ils ne puissent pas tout simplement rencontrer Don. Lors d'un dîner. Sans salamalecs.

Cela se produisit un dimanche peu après. Don devait aller passer la journée à Killiney. Le père de Margery avait emmené ses petits-fils à la chasse. Ils dîneraient du faisan qu'ils avaient rapporté.

— Tu rentreras tard ? Je te le demande parce que j'avais l'intention d'emmener mes parents prendre un Irish Coffee dans le nouvel hôtel qui vient d'ouvrir en ville, au cas où tu te croirais abandonné.

— Excellente idée. Cela devrait leur faire plaisir. Non, je ne rentrerai pas tard en fait et je suis trop arrogant pour imaginer que tu puisses m'abandonner.

Dans le nouvel hôtel, elle montrait à ses parents les portraits de politiciens aux murs lorsqu'elle aperçut Don. Il était rentré de Killiney. Il la cherchait, il allait organiser une rencontre avec ses parents. Elle laisserait la chose se faire.

— Nous nous sommes rencontrés Chez Holly, n'est-ce pas ? Comment allez-vous ? (Il les regarda tour à tour avec plaisir.) Et Ella, je suis ravi de vous revoir.

Elle sourit et le laissa mener la conversation. Avaient-ils commandé ? Non ? Bien, il allait s'en occuper. Un Irish coffee, peut-être ?

Ses parents se regardèrent effarés. C'était exactement ce qu'ils s'apprêtaient à commander. Comment avait-il deviné ?

Ella se demanda ce qui se passerait si elle leur disait qu'il avait deviné parce qu'elle lui en avait parlé au lit le matin même. Comme rien de bon n'en sortirait, elle s'abstint. Elle le regarda inciter ses parents à parler. Il était attentif à tout ce qu'ils disaient.

Ella l'observa avec objectivité. Il ne jouait pas, il appréciait ses parents comme il avait apprécié les invités au dîner de collecte de fonds, comme les clients de Chez Holly ou de Chez Quentin... C'était un don merveilleux et il en faisait un excellent usage.

Il parlait à son père lorsqu'elle sortit de sa rêverie.

— Je suis entièrement d'accord avec vous. On ne peut pas demander aux gens d'acheter des actions qu'on n'achèterait pas soi-même. Ce serait perdre son intégrité.

— Mais, monsieur Richardson, vous n'imaginez pas à quel point les jeunes sont cupides et impatients de nos jours. Les bonnes vieilles actions sûres ne sont pas assez bien pour eux... ils veulent du rapide, tout, tout de suite, et j'ai beaucoup de mal à les convaincre d'être prudents.

Il avait un air triste et geignard, comme souvent depuis quelque temps.

Don répondit en baissant un peu la voix.

— Nous sommes tous logés à la même enseigne, monsieur Brady. Ils veulent tous une nouvelle voiture, un bateau, une résidence secondaire...

— Oh! mais c'est différent pour vous chez Rice & Richardson. Vous avez de gros clients, des gens qui ont déjà de l'argent.

— Pas du tout. Nous avons toutes sortes de clients qui s'adressent à nous parce qu'ils ont eu vent de notre réputation. Et c'est extrêmement difficile de rester à la hauteur de sa réputation. Je vous assure que je sais de quoi je parle.

— Je pense ça tous les lundis matin, fit tristement le père d'Ella.

— En parlant de demain, laissez-moi vous raconter ce que je vais faire dès mon arrivée...

Ils parlaient à voix très basse maintenant. Ella entendit mentionner une entreprise du bâtiment susceptible de décrocher un énorme contrat. Un placement sûr qu'ils pourraient proposer à leurs gros clients exigeants.

— Et si cela ne se confirme pas? s'écria le père d'Ella, apeuré.

— Je ne vous induirais pas en erreur.

Sa voix chaude était si rassurante. Don ne tromperait personne, ne mentirait pas. Ce n'était pas dans sa nature. Dieu faites que papa ait le courage de suivre son conseil. Si Don disait que ces entrepreneurs allaient obtenir ce contrat, cela voulait dire que c'était sûr. Don savait tout.

Bien entendu, l'entreprise du bâtiment décrocha le contrat. Et, si étonnant que cela puisse paraître, son père avait passé le tuyau et il était bien plus considéré qu'avant dans son cabinet. Il commenta joyeusement que cela avait été vraiment généreux de la part de Don de le mettre au courant. Ella se garda de trop afficher sa joie.

Sa mère déclara que les associés du cabinet juridique dans lequel elle travaillait n'arrivaient pas à croire que Rice et Richardson aient pu les recommander pour un travail. Rien de compliqué, des testaments et des homologations, mais cela lui avait fait un bien fou. Plus personne ne pensait qu'il était peut-être temps qu'elle prenne sa retraite.

Nick dit à Ella que Don Richardson devait avoir un ordinateur dans la tête. Au moins deux fois par semaine, quelqu'un téléphonait parce que Don lui avait recommandé Firefly Films.

Et enfin, la dernière citadelle tomba, quand Deirdre déclara qu'elle l'aimait bien.

— Tu n'es pas obligée de me dire ça, Dee. Je survivrais même si ce n'est pas le cas, fit Ella avec un rire.

Mais non, Deirdre voulait que les choses soient claires. Dans un night-club branché, Don était venu la saluer.

— Vous êtes bien loin de tous vos fronts domestiques, lui avait-elle dit.

— Je sais que vous me désapprouvez, Deirdre, et je vous respecte de vous inquiéter pour votre amie. Tout ce que je peux dire, c'est que je l'aime, mais ce ne serait utile à personne si je quittais Margery et les garçons maintenant. Ella sait tout ce qu'il y a à savoir.

Deirdre paraissait presque gênée.

— Je l'ai cru, Ella. Je l'ai cru, bon sang. Je l'ai même cru quand il m'a dit qu'il recevait des gens d'Espagne qui avaient insisté pour venir dans ce night-club. Il t'aime, c'est sûr. Tu as vraiment tout.

— Tout sauf un foyer et des enfants.

— Ne t'en fais pas. Les femmes peuvent encore procréer à soixante ans maintenant. Tu as trente ans devant toi avant de commencer à te faire des cheveux.

Les mois passant, Ella eut le sentiment de n'avoir jamais connu que cette vie. Bientôt les garçons grandiraient et ils pourraient reconsidérer les choses sérieusement. Mais maintenant ? Tout allait bien, alors pourquoi tout bousculer ?

Chez Ella, Don avait pris l'habitude de répondre à ses appels sur son mobile dans l'entrée. La réception y était meilleure et cela n'interrompait pas le programme de télévision ou la musique qu'ils écoutaient. Et s'il avait laissé quelques livres sur les étagères et des magazines économiques dans le porte-journaux, tout le reste se trouvait dans un petit portable.

— Et si tu le perdais ? plaisanta-t-elle un jour. Et si on se faisait cambrioler ou qu'on te l'arrache dans la rue ?

— Sauvegarde. Règle de la maison : chaque soir nous copions sur une disquette tous les détails de la transaction du jour.

— Et qu'est-ce que tu fais des disquettes ? C'est vrai, tu pourrais en égarer une aussi facilement.

— Tu es de la police ?

Il riait mais son regard était sérieux.

Cela l'agaça et elle ne s'en cacha pas.

— Désolée, Don. Je ne savais pas que ton ange n'avait pas le droit de s'intéresser à ce que tu fais. Changeons de sujet.

— Allons, mon ange, tu es un peu lourde, là.

— Non. Si tu me posais une question à propos de l'école, je te répondrais avec plaisir. Je ne t'accuserais pas d'être de la police.

— Pardon.

— Je t'en prie. J'ai bien reçu le message. Ne pas interroger Don sur son travail. Je m'en souviendrai.

— Je t'ai blessée.

— Non, je suis seulement un peu vexée. Je m'en remettrai.

— Viens ici, s'il te plaît... je t'en prie.

— Quoi ?

Il ouvrit son petit ordinateur. Celui qui tenait dans sa serviette.

— D'abord mon mot de passe. Je veux que tu le connaisses.

Il avait le visage très grave.

— Don, c'est idiot.

— Mon mot de passe est «ange». Depuis que je te connais. (Il pianota sur le clavier et le programme s'anima.) Je t'en prie, Ella, regarde les noms des dossiers. Ma vie est la tienne. Tu peux lire tout cela quand cela te chante.

— Ce n'était pas ce que je voulais... tu as été un peu sec avec moi, c'est tout.

— Là, par exemple, il s'agit de Killiney, tous les détails à propos des factures et des dépenses sont là. Voici les frais d'inscription des garçons et les fidéicommis créés en leurs noms, James et Gerald... et voilà les voyages, et voilà Ella.

— Tu as un dossier sur moi ? souffla-t-elle.

— Bien sûr que j'en ai un. Il désigna un fichier baptisé « Brady ».

Elle était en larmes à présent, mais il n'y prêta pas attention. Il était bien décidé à tout expliquer, à lui démontrer qu'il ne lui dissimulait rien.

— Dans ces fichiers, tu as les transactions au jour le jour. Ce sont celles que nous sauvegardons sur disquettes et puisque tu voulais savoir ce que nous faisons des disquettes, eh bien nous les renvoyons par la poste au bureau. Nous avons tous de petites enveloppes pré-timbrées. Bon, Ella, tu connais le mot de passe, tout ce que tu as envie de savoir est ici, alors ne me traite plus jamais de cachottier. C'est bien la dernière chose que je suis.

— Je suis tellement désolée, dit-elle à travers ses larmes.

Il lui caressa les cheveux.

— Mon ange, c'est à moi d'être désolé d'avoir été sec avec toi. Tout le monde n'arrête pas de me bombarder de questions. C'est un tel soulagement d'être avec toi qui n'en fais rien.

Il avait l'air plein de remords.

— Quelle gourde je suis !

— Je t'aime, Ella.

— Je sais. Je ne te mérite pas.

— Ton père n'oserait jamais t'interroger, mais tu me connais. Je fourre mon nez partout. C'est juste qu'on se demandait si tu voyais beaucoup ce Don Richardson.

La voix de Barbara Brady devint un murmure devant l'énormité de son intrusion dans la vie de sa fille.

— Oh ! je le croise assez souvent. Cela pose un problème ?

Ella regarda sa mère droit dans les yeux.

— Non, non, pas du tout. C'est juste qu'il est marié et tout ça.

— Et tout ça quoi ?

— Eh bien, euh, marié avec des enfants. Deux fils, il paraît.

— Tant mieux pour lui.

— Ella, tu sais qu'on ne souhaite que ton bonheur.

— Comme moi pour papa et toi, répliqua Ella avec un sourire radieux.

— Tu m'accompagnes en Espagne pendant les petites vacances ?

— J'adorerais, mais est-ce que cela ne va pas être... difficile ?

— Pas le moins du monde. J'aimerais te montrer la côte.

— J'adorerais la voir. Mais je paierai mon billet.

— C'est idiot, mon ange. J'ai un billet pour toi.

— Laisse-moi ma fierté et ma dignité. Est-ce que je ne vais pas descendre chez toi ? Tu trouves que cela ne suffit pas ?

— Eh bien, en fait, j'ai pensé que nous descendrions à l'hôtel. Plus facile.

— Bien sûr.

— Je l'ai choisi pour toi au cas où cela te mettrait mal à l'aise de descendre dans ce qui est à tant d'égards une maison de famille.

— Non, vraiment, c'est très délicat de ta part, mais je gagne ma vie, Don. Je préférerais payer mon billet.

— D'accord, mon ange.

— Combien de jours ?

— Tu as dit que tu disposais de six jours. Alors j'ai réservé pour six jours, fit-il en souriant.

— Mon Dieu, je t'aime, Don Richardson.

L'aéroport grouillait de familles, de couples, d'amants, de groupes de filles en voyage organisé. Mais personne n'était aussi heureux qu'Ella. Elle allait passer six jours ici. Une vraie lune de miel ! Elle faillit sauter de joie.

Don avait loué une voiture.

— Assieds-toi ici, mon ange. Je vais m'occuper des formalités.

Ella resta donc à surveiller leurs valises et la serviette de Don. Elle le regarda avec admiration se diriger d'une allure dégagée vers le comptoir, sa veste sur le bras.

Elle crut bien le voir payer en liquide. Il avait l'air d'avoir une liasse de billets de banque. Non, impossible. Il devait juste changer de l'argent. Il revint vers elle en souriant.

— Bonnes vacances, senior Brady, lui lança l'employé.

— J'ai loué la voiture à ton nom. Il sait visiblement qui est le plus important ici, lui dit Don en lui passant le bras autour du cou.

Elle en fut puérilement ravie.

— Mais je n'ai jamais conduit du mauvais côté de la route.

— Allons, une fille brillante comme toi, cela ne devrait pas poser de problèmes.

— C'est très gentil à toi, Don.

— Pas du tout. Autant que tu disposes de la voiture si j'ai du travail à faire. Allez, viens, allons la chercher.

L'hôtel était très luxueux. Ils jouissaient d'un vaste balcon où on leur servit leur repas, aux chandelles, avec une grande orchidée blanche pour Ella qui la glissa dans ses cheveux.

— Je suis si heureuse ici.

— Demain j'ai des rendez-vous, des choses à régler. Tu seras bien ici toute seule ?

— Mais oui, je vais lire. Et me bronzer. Et peut-être descendre à la piscine.

— Très bien. Je serai rentré à sept heures au plus tard.

— Tu prends la voiture ?

Elle vit ses yeux se plisser.

— Peut-être, mon ange, peut-être pas. Je verrai, d'accord ?

— Bien sûr. Je ne voulais pas que tu te fatigues, c'est tout.

Il se détendit.

Le lendemain matin elle le regarda du balcon partir pour sa série de rendez-vous. Une femme vint le chercher devant l'hôtel. Une femme qui ressemblait fort à sa femme Margery.

La journée parut sans fin. On ne peut pas passer son temps à faire des longueurs dans une piscine. Le thriller qu'elle avait acheté à l'aéroport de Dublin ne la passionnait pas. Et elle ne se sentait pas assez affamée pour faire honneur au buffet de l'hôtel.

Elle prit un taxi pour se rendre au port où elle sirota un verre de vin accompagné de fromage et d'olives en contemplant les bateaux et les touristes. Elle ne lui poserait pas la question. Cela aurait pu être n'importe qui. Elle n'appellerait pas la maison de Margery Richardson à Killiney. Qu'est-ce que cela prouverait si elle n'y était pas ? Ou on faisait confiance ou non. C'était aussi simple que ça. Et elle devait s'être trompée, il le lui aurait dit si Margery était en Espagne. Mais supposons un instant que Margery y soit vraiment. Après tout, elle était toujours impliquée dans les affaires de son père. Elle avait le droit d'être là. Leur couple était mort. Combien de fois le lui avait-il dit ? Il l'avait emmenée pour ces vacances magiques parce qu'il l'aimait et avait envie d'être avec elle... Ne serait-ce pas une idiotie de lui faire une scène à ce sujet ? Même si cela lui en coûtait, elle ne dirait rien.

C'était très difficile de poser des questions innocentes sans que cela ait l'air d'un interrogatoire. De ce fait, lorsqu'il rentra à temps pour un plongeon dans la piscine au crépuscule, Ella garda le silence. Il fut très affectueux. Elle avait été folle d'imaginer qu'il ait pu retrouver sa femme, ou sa future ex, ou Dieu sait ce qu'elle était. Un homme qui l'aimait comme Don, si passionnément, n'aurait pu passer la journée avec une autre. Puis il annonça qu'il avait un peu de travail à faire, qu'il devait vérifier qu'il avait bien les notes du jour dans son ordinateur et faire la disquette de sauvegarde. Elle l'observa, rêveuse.

— Occupe-toi du dîner, mon ange. J'en aurai fini dans une demi-heure.

Elle commanda des asperges et des crevettes grillées.

— Rude journée ?

Elle avait longuement réfléchi à cette remarque. Il ne pouvait pas s'en offusquer.

Il la regarda et lui prit la main.

— Oui, mon ange, très rude. Les gens sont insatiables, tu sais. Pas mal de mes clients me réclament la lune. Ils pensent que je leur appartiens.

— Tu n'as pas besoin d'eux à ce point-là, si ?

— Mais si, en fait, mon ange. Ricky dit toujours que les expatriés sont les plus exigeants, ils n'ont rien à faire de la journée sinon jouer au golf, nager et examiner leur portefeuille d'actions.

— Ils ne peuvent pas venir te voir à Dublin ?

— Qu'est-ce que tu crois ?

Son expression était dure.

Elle comprit que nombre d'entre eux étaient là pour échapper au fisc et que certains fuyaient peut-être plus grave.

— Pardon.

Il se leva et vint s'agenouiller près d'elle.

— Non, pardonne-moi. Un de ces types insiste pour que je passe deux nuits dans son hacienda, comme il dit... Il refuse que je descende seul dans un hôtel.

— Non !

— Si, je le crains. Qu'est-ce que je pourrais dire à Ricky ? Que je refuse d'aller dans un endroit de rêve avec deux piscines, une salle de billard et tout le toutim...

— Il n'a pas le droit d'empiéter sur ta vie privée, Don...

— Pour lui, ce n'est pas ma vie privée. Je t'en prie, ne me fais pas de scène. Je suis déjà assez contrarié moi-même...

— Non, bien sûr.

— Merci.

Il l'embrassa sur le front. Puis il se dirigea vers la grande commode.

— Dès ce soir, Don ?

— Il insiste. Je suis navré. Tu sais à quel point cela me déplaît. C'était censé être nos vacances.

Elle devait être très attentive à ne pas le contrarier, mais elle était si agacée qu'elle pouvait à peine parler. Rester là comme une imbécile dans un hôtel chic pendant que Don jouait au billard avec un coupable d'évasion fiscale, voire pis. Pour faire plaisir à son beau-père.

— Ne me fais pas la tête, mon ange.

— Bien sûr que non. Faisons tes bagages. Plus vite tu partiras, plus vite tu seras rentré.

Il eut l'air très soulagé. Ils avaient évité la dispute.

Don Richardson, l'homme hyper soigneux qui partait pour trois jours, ne prit qu'une chemise et un slip de rechange. Et son portable.

Elle lui assura que tout se passerait bien, qu'elle allait se mettre sur son trente-et-un, hanter la piscine et se trouver un autre amant. Elle aurait oublié jusqu'à son nom à son retour.

— Ne m'oublie pas, mon ange. Je suis le grand amour de ta vie. Comme toi, pour moi. Une des raisons pour lesquelles je me prête à cette mascarade, c'est pour nous permettre d'être libres de passer de longues années ensemble, dans des endroits comme ça où je pourrais balancer le portable à la mer sans avoir à rendre visite à des clients qui sont pratiquement des escrocs. Tu me crois ?

C'était le cas. Pourquoi l'aurait-il amenée en Espagne s'il ne l'aimait pas ?

Ces deux jours et demi lui parurent interminables, mais elle s'occupa. Elle participa à une excursion en car de la région. Ils passèrent devant un groupe de propriétés très chic.

— Ils ont tous deux piscines, des salles de billard, vue sur la montagne d'un côté et vue sur la mer de l'autre, annonça fièrement le guide. Ce sont surtout des Anglais et des Irlandais qui viennent ici très souvent.

C'était peut-être justement l'endroit où Don jouait au billard pour faire plaisir à son beau-père, songea Ella. Ella nota le nom : *Playa de los Angeles*. La plage des anges. Quelle ironie d'avoir à quitter son ange pour un endroit portant le même nom.

— Tu as rencontré le grand amour ? demanda Don à son retour, deux jours et demi plus tard.

— Non, et toi ? répondit-elle en riant.

— Non, mais je suis las. Et si nous commencions nos vacances, mon ange ?

Elle comprit qu'il ne dirait rien du client qui avait insisté pour lui prendre tout son temps et leur ficher leurs vacances en l'air.

Don passa beaucoup de temps devant son ordinateur, plus qu'elle ne l'aurait souhaité. À son réveil, il tapait sur son clavier. Souvent, après qu'ils avaient fait l'amour le soir, il se glissait hors du lit et semblait reprendre vie devant son petit écran. C'est le monde d'aujourd'hui, se dit-elle. Il agit ainsi pour que nous puissions passer toutes ces années ensemble le jour venu.

— Est-ce que nous sortons séparément ? demanda-t-elle à l'aéroport de Dublin.
— Mais pourquoi ?
— Pour qu'on ne nous voie pas ensemble.
— Qui, par exemple ?
— Margery.
— Comment le pourrait-elle ? Elle est encore en Espagne, non ?

Elle avait donc raison. Margery était bien en Espagne finalement.

— Ella ? Ta mère au téléphone, cria Don.

Généralement il ne décrochait pas chez elle, mais il avait donné son numéro parce qu'il attendait un appel urgent.

— Merci, Don. Bonjour, maman.
— Oh ! Don est là, on dirait.

Sa mère avait l'air à la fois incertaine et désapprobatrice.

— Oui, nous nous apprêtions à partir à une réception. Il est passé me prendre. Quoi de neuf ?
— Quand seras-tu seule ?
— Pardon ?
— Pourrai-je te parler quand tu seras seule ?
— Vas-y, maman.
— Rappelle-moi quand tu pourras parler, répliqua sa mère avant de raccrocher.

— Merde.

— Un problème ? demanda Don en levant le nez de son clavier.

— Non, rien qu'une mère complètement dingue. À propos, tu ne parles jamais de la tienne.

— Rien à dire. Elle est paisible, elle mène sa propre vie. Elle laisse les autres mener la leur comme ils l'entendent.

— Admirable ! s'exclama Ella en composant le numéro de sa mère. Don est parti chercher la voiture. Qu'est-ce que tu voulais me dire ?

— Tu as vu le journal de ce soir ? fit sa mère d'un ton sec.

Ella fit mine d'avoir besoin d'acheter du lait et du café à l'épicerie du coin. Le journal du soir consacrait deux pages aux commérages et publiait beaucoup de photos. « Qui est cette blonde au bras de Don Richardson à son retour d'Espagne ? Le magnat de la firme R & R en difficulté n'a pas l'air de souffrir des angoisses de ses clients. R & R ne veut peut-être pas dire Rice & Richardson, mais Repos et Relaxation. » On voyait une photo d'Ella et Don en train de rire à l'aéroport de Dublin.

Ella se sentit vidée de toute son énergie. Elle relut le paragraphe.

Là, sous les yeux de la ville de Dublin, elle était décrite comme une blonde pour ne pas dire une pute. Qu'est-ce qu'on allait penser ?

Mais plus effrayant encore, qu'est-ce qu'ils voulaient dire en parlant de société en difficulté ? Connaissaient-ils vraiment des problèmes financiers ? Don était-il en danger ? Les journaux exagéraient toujours, mais il était sûrement risqué de sous-entendre qu'une société avait des problèmes si ce n'était pas le cas. Le journal risquait des poursuites.

À son retour à l'appartement, Don avait toujours le nez sur son clavier. Elle posa le journal sur la table et alla dans la cuisine. Elle avait besoin d'un thé ou d'un café, quelque chose qui l'aide à cesser de trembler.

— Tu veux quelque chose, Don ? lui lança-t-elle en s'obligeant à parler d'une voix normale.

En dînant Chez Quentin

— Un peu de tranquillité d'esprit, ce ne serait pas de refus, répondit-il avec un petit rire creux.

— Cela fait deux alors ! dit-elle essayant de rire. Mais elle ne riait pas du tout.

Il abandonna l'ordinateur pour s'approcher de la table où elle posait un grand whisky et le journal plié de sorte qu'il voie les photos et la légende.

— C'est ça qui a mis ta mère dans tous ses états, je suppose ?

— Tu l'avais vu ? fit-elle, choquée.

— Oui, Ricky me l'avait passé.

— Pourquoi ne m'en as-tu rien dit ?

— Je te l'ai déjà dit, mon ange. C'est à moi de régler les problèmes de travail.

— Mais cela dépasse le cadre du travail !

— Mais ce n'est rien d'autre, Ella. Une fois que des clients apprendront que d'autres ont fait part de difficultés, ils vont nous tomber dessus. Ricky et moi avons intérêt à mettre notre stratégie au point.

Elle le contempla, effarée.

— Que se passe-t-il, Ella ?

— Cette photo, cette photo de toi et moi.

— Ce n'est pas important.

— Quoi ?

— Je veux dire, par comparaison à ce qui pourrait nous tomber dessus.

— Mais ta femme, ton beau-père, mes parents, tout le monde... sa voix tremblait.

— Écoute, mon ange, je t'assure que c'est bien le cadet de nos soucis.

Il avait le visage livide et tendu. Il avait l'air vraiment mal et cela l'inquiéta. C'était donc vrai. Il y avait des problèmes. Que se passait-il ? Mais Don pouvait tout régler, non ?

— Don, tu vas pouvoir résoudre tout cela, n'est-ce pas ?

— Oh oui, on a toujours un plan de repli, fit-il avec un petit rire sans joie.

— Qu'est-ce qu'un plan de repli ?

— Rien qu'une expression. Si ce plan ne fonctionne pas, il faudra que nous nous tournions vers un autre, c'est tout.

— Tu as un plan de repli ?

— On a des tonnes de plans, mais je ne voulais pas en adopter un autre. Les choses me conviennent telles qu'elles sont.

Il regarda autour de lui, l'air presque mélancolique.

Ella se sentit frissonner.

Il vida son verre et redevint sérieux.

— Il faut que j'aille à Killiney.

— J'ai cru comprendre qu'elle était en Espagne.

— J'ai d'autres raisons d'y aller que pour y voir mon ex-femme, comme je ne cesse de te le répéter, mon ange.

— Tu rentres ce soir ?

— Non, mais je t'emmène faire un déjeuner de rêve demain Chez Quentin.

— Impossible, après cette photo de nous deux...

— Allons. Tout le monde aura oublié – ce sera déjà du passé. Une fois qu'ils seront sûrs que leur argent est à l'abri, peu leur importera que des blondes s'affichent à l'aéroport avec Ricky et moi. Je plaisante, mon ange, ajouta-t-il, voyant son expression.

— Bien sûr. (Il fourra ses quelques affaires dans une valise.) On se débarrasse des preuves ? dit-elle, pour le regretter aussitôt.

— Il faut que je sois prêt en cas de pépin. (Il sourit.) Je t'en prie, mon ange, je suis assez tendu comme ça. Demain, Chez Quentin, à une heure. Je te raconterai tout à ce moment-là.

Il était pressé et tendu. Le calme et serein Don Richardson, qui se mouvait toujours de façon langoureuse, n'était plus qu'un paquet de nerfs. Deux fois, il reposa sa serviette, son manteau, son sac, le journal du soir. Deux fois, il les reprit. Il ne fallait pas qu'il parte en pensant qu'elle boudait.

— Viens m'embrasser alors, si je ne peux pas avoir le plaisir d'être avec toi ce soir.

Elle le caressa et il réagit à ses caresses.

Puis il se dégagea.

— Non, Ella, mon ange, ce n'est pas juste, tu recours à des armes qui n'ont pas encore été inventées... Laisse-moi partir avant que nous terminions au lit.

— Où serait le mal ? lui murmura-t-elle à l'oreille. Mais il s'échappa et sortit précipitamment.

Soudain, stupéfaite, elle aperçut sa serviette. Il avait laissé son portable. Était-il stressé à ce point ? Il ne s'en séparait jamais une seconde. Mais au moins cela voulait dire qu'il reviendrait. Elle avait été si nerveuse en le voyant faire ses bagages.

Elle téléphona à sa mère pour lui dire que c'était idiot de s'affoler à propos de ce que racontait un journal débile. C'était juste la photo d'amis qui s'étaient rencontrés à l'aéroport ou dans un avion.

— Ou pendant des vacances en Espagne.
— C'est ça.
— Ton père et moi nous nous posions des questions.
— C'est une erreur de trop s'en poser.
— Pas la peine d'être blessante, Ella.
— Excuse-moi, maman, j'ai d'autres soucis en fait.
— Il est toujours là ? Chez toi ? murmura sa mère.
— Non, je suis seule. Viens vérifier.
— Je souhaite juste ce qu'il y a de mieux pour toi. Comme ton père.
— Nous souhaitons tous ce qu'il y a de mieux, voilà le problème, conclut Ella dans un grand soupir.

Puis elle appela Deirdre. Elle tomba sur son répondeur. « C'est Ella, Dee. Réjouis-toi de ne pas être là. J'allais geindre, grogner et me plaindre auprès de toi, mais c'est impossible. Tu dois avoir vu le journal. Ce n'est pas aussi horrible que cela en a l'air. Don est très confiant, et j'en saurai beaucoup plus long demain à midi, je te raconterai. Tu te rappelles quand nous regrettions que la vie soit un peu monotone ? C'était bien à l'époque, non ? »

Elle raccrocha et resta un long moment assise. Elle savait qu'elle ne fermerait pas l'œil, mais il valait mieux qu'elle se couche et essaie de dormir.

À trois heures du matin, elle se releva, désespérant de parvenir à dormir, et se fit du thé. À quatre heures, elle alluma le portable. Elle tapa le mot « ange », son mot de passe selon lui. Mot de passe non valable. Elle éteignit l'appareil et attendit l'aube. Puis elle s'habilla avec soin et partit pour l'école. Elle dut enseigner normalement, ou sur pilote automatique. En tout cas, après, elle ne se rappelait pas un mot de ce qu'elle avait dit. Puis, à l'heure du déjeuner, elle se rendit Chez Quentin.

4

Mme Brennan la conduisit à une table pour deux.
— Vous voulez boire quelque chose en attendant, mademoiselle Brady ?
— Non, merci. J'enseigne cet après-midi. Autant éviter une haleine empestant l'alcool. Je me contenterai d'un verre de vin avec le repas.
Brenda Brennan rit.
— Tout le monde n'est pas aussi raisonnable que vous. Il arrive à beaucoup de repartir diriger de grosses entreprises, voire le pays, après avoir avalé bien plus qu'un verre de vin, je vous assure.
— Vous devriez écrire vos mémoires.
— Non, j'ai envie de servir des repas pendant encore un bon moment. Je ne voudrais pas qu'on nous ferme la boutique.
Elle passa entre les tables, avec un mot gentil pour tout le monde, sans jamais s'attarder. Elle était d'une élégance et d'une gentillesse incroyables. Rien d'étonnant à ce que le restaurant ait autant de succès.
Brenda Brennan faisait la conversation, sans jamais rien aborder d'indiscret. Elle devait savoir qu'Ella avait rendez-vous avec Don Richardson, un homme marié. Elle avait peut-être même vu la photo dans le journal de la veille. Mais elle n'en laisserait rien paraître. Bien sûr, elle avait une vie facile, pensa Ella, envieuse. Elle était mariée à l'homme qu'elle aimait, le chef Patrick Brennan. Et elle, au moins, n'avait pas la perspective d'un déjeuner pénible.

Ella se demanda si elle ne devait pas commander un cognac, puis changea d'avis. Quoi qu'il dise, elle l'accepterait. Elle ne serait pas comme la veille au soir, geignarde et ne parlant que d'elle et de sa photo dans le journal. Il avait manifestement ses problèmes. Elle se serait giflée de s'être aussi mal comportée à l'instant où il avait le plus besoin d'elle.

À une heure et quart, il n'était pas arrivé. Cela ne lui ressemblait pas du tout. À une heure et demie, elle commença à s'inquiéter. Chez Quentin n'était pas le genre d'endroit à essayer de presser le mouvement ou à vous dire que les cuisines allaient fermer. Mais à deux heures moins vingt, Ella se rendit aux toilettes. Brenda Brennan détestait les mobiles à table et il fallait qu'elle essaie de le joindre.

Son mobile ne répondait pas. Pas de messagerie non plus. Très inhabituel. Elle allait commander. Ou devait-elle commencer par prévenir l'école ? Ou téléphoner à la maison de Killiney ? Ou au cabinet Rice & Richardson ? « On se calme, Ella. » Elle décida de commander quelque chose de froid pour eux deux, comme ça ils auraient de quoi grignoter quand il finirait par arriver.

Elle revenait à sa table lorsqu'elle remarqua que Brenda avait fait transporter ses affaires dans un box. Son livre et son verre d'eau minérale l'y attendaient. De même que ce qui ressemblait à un petit verre de cognac.

Elle regarda autour d'elle, surprise. Mon, la serveuse, n'était pas loin.

— Et voilà, Ella. C'est plus intime si vous avez un rendez-vous. Mon affichait un large sourire.

— Oui, mais...

— Écoutez, comparé à ce qu'on voit ici, vous n'avez pas de soucis à vous faire. Il est fou de vous, nous le disons souvent derrière votre dos, alors pourquoi ne pas le faire en face.

Mon se voulait rassurante.

— Est-ce que Don a appelé pour demander qu'on change de table ?

— Je n'en ai pas la moindre idée. Mme Brennan a dit de le faire sur-le-champ, c'est tout.

Ella fut prise de peur. Ce qu'il voulait lui dire devait être terrible s'il valait mieux qu'ils soient installés dans un box

isolé. Brenda Brennan vint s'asseoir en face d'elle. Elle avait à la main un exemplaire du journal du soir.
— Ella ?
Fini le « mademoiselle » de tout à l'heure.
— Oui ? Elle tremblait intérieurement.
— Un ou deux clients vous ont reconnue. J'ai pensé que vous seriez mieux ici.
Elle ouvrit le journal et Ella revit la photo de Don et elle riant à l'aéroport. Pourquoi la reproduire ?
— Quand il arrivera, il expliquera.
— Il ne viendra pas, Ella. C'était aux informations d'une heure et demie. Nous les avons écoutées dans la cuisine. Il est parti pour l'Espagne. Par le premier avion ce matin.
— Non ! Non, il ne peut pas être parti.
— Apparemment, si. Il avait tout préparé. Sa femme et ses enfants y sont déjà, son beau-père a décollé hier de Londres...
— Comment le savent-ils ?
Brenda répondit dans un murmure :
— Quand tous les clients ont débarqué au cabinet ce matin pour jeter un coup d'œil à leurs biens, ils ont trouvé porte close. Ils ont appelé la police et la brigade des Fraudes... et apparemment il était dans l'avion de huit heures.
— Ce n'est pas vrai. C'est un cauchemar.
— J'ai pris la liberté de vous apporter un cognac.
— Merci, dit-elle automatiquement sans prendre le verre.
— Et je pourrais appeler l'école à votre place si vous me donniez le numéro et le nom de la personne à prévenir.
— C'est gentil, madame Brennan, mais je ne crois pas un mot de tout cela. Don va arriver. Il tient ses promesses.
— Il est important que vous ayez une bonne réaction, pour votre propre bien. Vous ne voudriez pas vous retrouver face à une meute de journalistes et de photographes.
— Pourquoi serait-ce le cas ?
— Ce journal débile prétend qu'il avait un nid d'amour avec vous en Espagne. Il donne votre nom et l'endroit où vous travaillez.

— Vous voyez, fit Ella, triomphante. Ils savent ce que vous ignorez, il ne partirait jamais sans moi, jamais.

Sa voix devenait stridente, elle frisait l'hystérie.

Brenda lui saisit le poignet.

— La radio sait ce que le journal ignorait. Ils ont demandé à des voisins de Killiney pourquoi la maison était fermée. Ils ont parlé à des Irlandais vivant en Espagne, qui n'ont pas desserré les dents, comme vous pouvez l'imaginer.

— Impossible, c'est impossible.

Brenda lui lâcha le poignet.

— Il y a une explication. Il vous contactera, mais l'important, c'est de vous sortir d'ici avant que quelqu'un ne prévienne un journaliste en douce.

— Ils n'oseraient pas !

— Mais si. Évitez de rentrer chez vous ou de vous rendre à l'école.

— Mais où vais-je aller alors ?

— Montez dans notre appartement. Nous vivons au-dessus du restaurant. Avalez ce cognac, notez le numéro de l'école et le nom de la personne à prévenir et foncez sur cette porte verte près de l'entrée de la cuisine...

— Comment saurez-vous quoi leur dire à l'école ?

— Ne vous inquiétez pas.

Brenda n'ajouta pas que cela ne serait pas vraiment nécessaire de s'expliquer. Ils devaient avoir lu le journal et entendu les informations. Ils ne s'attendaient pas à voir Miss Brady revenir donner ses cours cet après-midi.

Ella fut surprise en découvrant le grand lit en cuivre avec les oreillers roses à franges et le couvre-lit du même ton. Cela paraissait trop somptueux, trop sensuel pour ce couple. Elle retira ses chaussures et s'allongea pour s'éclaircir les idées. Mais la nuit sans sommeil et le choc eurent raison d'elle. Elle s'endormit profondément et rêva que Don et elle montaient une colline avec de quoi pique-niquer, mais que tout s'entrechoquait dans une nappe. Elle demandait à Don pourquoi il fallait qu'ils s'y prennent comme ça et Don lui répondait : « Fais-moi confiance, mon ange, c'est comme ça qu'il faut faire », dans un bruit de porcelaine cassée.

Elle se réveilla en sursaut. Brenda Brennan posait une tasse à côté d'elle. Il était près de six heures. Il n'y avait pas de pique-nique. Elle ne pouvait plus faire confiance à Don Richardson. Se pouvait-il qu'il soit en train de l'attendre chez elle ? Elle se redressa.

Brenda annonça qu'elle allait prendre une douche. Peut-être qu'Ella aimerait regarder les informations de six heures à la télévision ?

— Je serai à côté dans la salle de bains si vous avez besoin de moi.

Ella alluma l'appareil. Absente, elle regarda le bulletin jusqu'à ce qu'on aborde le sujet. C'était pire que ce qu'elle imaginait. Don avait pris la fuite. Cela ne faisait aucun doute. Et son voyage en Espagne de la semaine précédente lui avait permis de tout organiser. On interrogeait des gens qui avaient perdu toutes leurs économies. Un homme au visage rougeaud qui avait confié tous les mois de l'argent à Don Richardson pour pouvoir s'acheter un petit appartement en Espagne où prendre sa retraite parce que sa femme avait des poumons en mauvais état et que le climat lui conviendrait.

— Nous ne verrons jamais l'Espagne, maintenant, disait l'homme en se tordant les mains.

Puis apparut une grande femme pâle qui avait l'air trop faible pour tenir debout.

— Je n'arrive pas à y croire. Il était si charmant, si convaincant. Je pense qu'il reviendra pour s'expliquer. On me dit qu'aucun appartement ne m'appartient dans cet immeuble. Ils se trompent. Il m'a montré des photos.

Mike Martin, un homme qu'Ella connaissait, un ami de Don présenté par le journaliste comme un expert financier, témoigna ensuite. Elle avait pris un verre avec lui plusieurs fois. Il n'ignorait rien d'elle. Selon Don, c'était un petit malin, toujours prêt à se lancer dans une aventure si cela pouvait lui rapporter gros, mais sans jamais rien faire d'illégal. L'air horrifié, Mike affirmait avoir eu le choc de sa vie. Don et Ricky étaient des personnalités, bien sûr, et on se brûlait les ailes en frôlant le soleil de trop près.

Puis il poursuivait :

— Ils étaient apparemment au courant depuis environ six mois. Mais je n'arrive pas encore à y croire. Don Richardson est un type tellement bien, toujours prêt à aider des gens dans la rue, des gens qu'il rencontrait dans des bars. Il n'était pas avare de conseils. Dans son domaine, les autres vous disaient : « Passez me voir au cabinet. » Mais Don, jamais. Je ne peux pas l'imaginer en train de préparer, pendant des mois, cette vie de fugitif, en sachant qu'il laisse des gens en plan. Il se souciait des autres. Je le sais.

Ella regardait, bouche bée.

— Et à votre avis, est-ce que des amis, son style de vie à Dublin vont lui manquer ? continua le journaliste.

— Bien sûr, et, au fond, c'était un homme attaché à sa famille, il aimait sa femme et ses fils, ils l'accompagnaient partout.

— N'y a-t-il pas eu une rumeur à propos d'une petite amie blonde, une enseignante, qui a été photographiée avec lui ?

— Non. Croyez-moi. Je n'en sais peut-être pas très long sur Don et c'est sûr que j'ignorais ce qu'il mijotait avec ses clients ces six derniers mois... mais une chose crève les yeux. Il n'a jamais regardé une autre femme. Allons. Si vous étiez marié avec Margery Rice, vous y songeriez ?

Et là s'afficha une photo de Margery Rice remettant des prix à une soirée de bienfaisance, minuscule, parfaite, sous l'œil admiratif de son mari.

Ella posa sa tasse.

Brenda revint en combinaison, enfila une robe noire et arrangea son col en dentelle.

— Il est au courant pour Don et moi. Je l'ai souvent rencontré.

— Mieux vaut qu'il n'en dise rien, non ?

— Non, il vaudrait mieux que les gens sachent la vérité. Don m'aime. Il me l'a dit hier soir.

— Écoutez-moi bien, Ella. Il faut que je descende servir une salle pleine de convives qui ne parleront que de ça. Je vais afficher un sourire poli et indéchiffrable et multiplier les commentaires insignifiants. Mais je suis sûre d'une chose : il faut que vous surviviez à tout cela, que vous appeliez vos parents, pour les rassurer, que vous décidiez ce que vous allez faire en ce qui concerne votre travail et que vous alliez voir vos amis, pas les siens. Il n'avait que des relations de travail.

— Vous ne l'aimez pas, n'est-ce pas ?

— Non. Des amis très proches ont perdu toutes leurs économies. Grâce à Monsieur le charme incarné.

— Il les rendra, cria Ella.

— Non, jamais. Heureusement, ce n'est pas une grosse somme. Son ami et elle n'avaient pas beaucoup d'argent, mais ils économisaient beaucoup, M. Richardson leur a dit qu'il pouvait multiplier leurs avoirs par deux, et ils l'ont cru.

— Il disait souvent que les gens étaient insatiables.

— Pas ces deux-là. Mais peu importe. Survivez, Ella, et réjouissez-vous qu'il vous ait peut-être aimée – du moins assez pour ne pas vous faire perdre vos économies à vous et à vos parents dans un de ses coups tordus.

— Non !

Ella se leva. Elle se sentait toute faible.

— Quoi ?

— Mon père, il n'arrêtait pas de parler des idées, des tuyaux que lui donnait Don... il ne peut pas avoir eu la bêtise...

— Il y a longtemps que vous ne leur avez pas parlé ?

— Je les ai eus hier au téléphone, mais ils n'ont rien dit. Ils ne parlaient que de ma photo dans le journal. S'il y avait eu quelque chose, ils l'auraient dit.

— Personne ne connaissait encore l'étendue du scandale. On n'a commencé à l'apprendre que ce matin.

Elles se regardèrent, inquiètes.

— Téléphonez-leur, Ella.

— Ce n'est pas possible... il n'a pas fait ça.

— Vous avez entendu ce qu'ils racontent à la télévision...

Brenda Brennan désigna le téléphone blanc près de son lit.

Ella appela. Sa mère décrocha. Elle était en larmes.

— Mais où donc étais-tu, Ella ? Ton père pensait que tu étais partie en Espagne avec lui. Où es-tu ?

— Est-ce que papa va bien ?

— Non, Ella, bien sûr que non. Le médecin est auprès de lui. Il est ruiné.

— Qu'est-ce qu'il a perdu ?
— Tout, Ella. Mais ce n'est pas ce que nous avons perdu qui importe, c'est ce que son cabinet a perdu. Ce que ses clients ont perdu. Il risque la prison.

Au bord du malaise, Ella lâcha le combiné.

Heureusement Mme Brady n'avait pas raccroché. Brenda put lui demander son adresse.

— Il faut que je rentre les voir.
— Vous irez, ne vous inquiétez pas.
— Votre restaurant – est-ce qu'on ne va pas avoir besoin de vous ?
— Reprenez d'abord vos esprits, insista Brenda.

Puis elle fit venir Blouse, le jeune frère de Patrick.

— Tu sais où se trouve Tara Road ?
— Oui. Je livre souvent des légumes au restaurant de Colm quand il en manque.
— Dans environ un quart d'heure, quand elle sera remise, tu la conduiras là-bas, d'accord ?
— Où sont les clés de la voiture ?

Brenda vida le sac d'Ella. Les clés étaient accrochées à un porte-clés orné d'un chérubin.

— Mon ange, murmura Ella.
— Voilà les clés.

Brenda fourra tout le reste dans le sac, s'attardant un quart de seconde sur une photo de Don Richardson souriant à la femme qui l'avait aimé. Ella avait les yeux ouverts et elle l'observait. Sinon, Brenda se serait fait un plaisir de déchirer la photo.

Ella expliqua à Blouse comment se rendre à la maison de ses parents. À leur arrivée, sa mère se précipita vers la voiture. Elle avait l'air de quelqu'un qui vient de prendre un grand coup sur la tête.

— Où est papa ?
— Dans le salon. Il refuse d'aller se coucher. Il ne veut pas prendre de calmants. Il prétend qu'il doit conserver toute sa tête si le bureau appelle.
— Et ils ont appelé ?
— Pas depuis le déjeuner. Pas depuis que nous avons appris que Don a quitté le pays. Cela ne servirait à rien d'appeler maintenant, Ella. Tout a disparu. Tout.

— Tu n'imagines pas à quel point je suis désolée.
— Bon, eh bien, je vous laisse, dit Blouse.
— Merci beaucoup, et remerciez votre sœur de notre part.
— Ma belle-sœur.
— Bon, dites-lui que je suis très reconnaissante.
— Ce n'est rien.
— Mais comment allez-vous rentrer ?

La mère d'Ella venait de se rendre compte qu'il avait laissé les clés de la voiture sur la table.

— Où est l'arrêt de bus le plus proche ? demanda-t-il joyeusement. Il était si insouciant. Il vivait dans un monde où on raccompagnait les gens dans leur propre voiture et où on rentrait en bus dans la cuisine ou l'office ou Dieu sait où il travaillait. Un monde où les gens n'étaient pas cupides et ne gagnaient et ne perdaient pas d'énormes sommes d'argent dans des combines. Il ne connaîtrait jamais personne qui ne savait que mentir comme Don Richardson. Même aux gens qui l'aimaient. Notamment aux gens qui l'aimaient. Mais Ella était trop lasse pour s'en soucier encore. Elle ne souhaitait qu'une chose, rassurer son père en lui disant que le monde ne s'était pas écroulé. Elle voulait le regarder bien en face et lui jurer que tout s'arrangerait. Sauf que plus le temps passait, plus cela paraissait improbable.

Il avait l'air d'un vieillard, tout frêle. Lorsqu'il sourit, elle crut voir un masque mortuaire.

— Je ne savais pas, papa. J'étais loin d'imaginer.
— Ce n'est pas de ta faute, Ella.
— Si. Je te l'ai présenté. Je te l'ai présenté comme un ami. Je croyais qu'il m'aimait, papa. Il m'a dit hier soir qu'il m'aimait. Je n'en doutais pas une seconde.

Elle s'agenouilla près de lui. Sa mère les observait, le visage baigné de larmes.

— Papa, je suis jeune et solide, et si je dois travailler nuit et jour pour m'assurer que maman et toi allez bien, je ne prendrai pas un jour de congé jusqu'à ce que je sois sûre d'avoir fait tout ce qu'il fallait.

— Mon enfant, ne t'inquiète pas.

Il avait la voix hésitante, comme s'il avait du mal à respirer.

— Je ne suis pas une enfant, papa, et je regretterai jusqu'à ma mort que tout cela soit arrivé, parce que j'ai fait une stupide erreur de jugement. Mais tu sais, papa, même à cette extrémité, il pourrait y avoir une explication. Peut-être que c'est entièrement la faute de son beau-père.

— Je t'en prie, Ella. On fait confiance aux gens quand on les aime, dit sa mère.

Sa mère ? Au lieu de la chasser en hurlant, elle semblait comprendre.

— Oui, mais il a fallu que je tombe sur un escroc, un type qui ruine les gens, leur vole leur gagne-pain et leurs économies.

— Peu m'importe d'avoir perdu mes économies, Ella, c'était juste de la cupidité. Je voulais faire un bénéfice pour que nous puissions t'acheter une petite maison.

— Quoi ? Mais je n'ai pas besoin d'une petite maison.

— Mais comme nous savions que tu ne viendrais jamais vivre ici, nous voulions que tu aies une petite maison de caractère et, avec les prix de l'immobilier, tu n'aurais jamais pu te le permettre avec un salaire de professeur...

— Papa, qu'est-ce que vous avez perdu ? Dis-moi.

— Peu importe ce que nous avons perdu. C'est le bureau. Il était si serviable, tu sais, toujours au courant de tout.

— Ça, pour être au courant...

— Et les premiers conseils que j'ai donnés aux gens ont tellement bien porté leurs fruits... j'ai pris des risques, Ella. Je suis seul responsable. C'est juste, juste que...

— Juste que quoi, papa ?

— En bien il y a quinze jours, il a dit que ce serait plus facile et plus rapide si je lui donnais directement l'argent à investir pour certains de mes clients. Je n'avais jamais rien fait de pareil. Tu connais les règles et les lois qui réglementent ça... mais Don donnait l'impression que c'était tellement normal. Il a dit qu'il se rendait en Espagne. Qu'il pourrait investir là-bas, gagner du temps. Pourquoi pas ? Voilà ce que j'ai pensé : pourquoi pas ?

— Je sais, papa.

Elle lui caressa la main. Mais ses pensées étaient très, très loin. En Espagne. Le salaud. Il avait escroqué à son père l'argent qu'il avait dépensé dans cet hôtel. Don avait utilisé l'argent qu'il prétendait investir au nom des clients de son père pour s'organiser une nouvelle vie avec sa femme et ses gosses. Pendant que la fille de la victime se bronzait à la piscine de l'hôtel en l'attendant. Écœurant et pathétique.

— Papa, tu ne vas pas finir en prison, tout de même ?
— Je vais passer en jugement, ça, c'est sûr.
— Mais Don n'était-il pas un conseiller légal ? Tu sais, avec une autorisation et tout ça... on ne peut pas te tenir responsable.
— Cela aurait pu marcher si mes clients étaient les siens, mais ce n'était pas le cas. J'ai suivi ses conseils, ses tuyaux.
— Papa, tes patrons sont au courant...
— Ils savent que je suis un vieil homme faible et stupide.

Ella fondit en larmes.

Elle s'en remettrait. Elle savait qu'un jour prochain elle finirait par s'en remettre et l'oublier. Mais son père, jamais. Voilà pourquoi Don était impardonnable.

Les journaux firent leurs choux gras du scandale de la fuite de Ricky Rice et de Don Richardson. Une enquête allait être ouverte, et les gens devinrent beaucoup plus prudents avant d'investir. Restait à savoir si la famille était vraiment en Espagne ou bien plus loin. Après tout, il y avait des lois d'extradition en Europe. On ne pouvait pas dans un pays membre échapper à la loi qu'on avait bafouée dans un autre. Peut-être avaient-ils fui en Afrique ou en Amérique du Sud.

Ella avait été interrogée par des inspecteurs de police. M. Richardson avait-il évoqué l'éventualité de s'installer en Espagne quand Ella et lui y avaient séjourné ? Lugubre, Ella leur répondit que non. La douleur de son expression parut les convaincre. Elle était une victime autant que les autres.

Puis les médias passèrent à autre chose. Mais les victimes n'oublièrent pas. Ni l'homme au visage rougeaud, ni la femme qui se croyait propriétaire d'un appartement dans le sud de l'Espagne. Les amis de Brenda Brennan, qui avaient économisé pour leur mariage, décidèrent d'en rire.

Ils n'étaient plus de la première jeunesse. Peut-être était-ce finalement un peu ridicule à leur âge d'organiser un grand dîner. Des sandwiches feraient l'affaire.

Tim Brady prit sa retraite anticipée et consacra ses journées à remplir des formulaires et des dossiers pour expliquer comment il avait prodigué des conseils fondés sur des bribes d'information entendues de la bouche d'un homme qu'il connaissait à peine. Barbara Brady proposa de prendre sa retraite anticipée au cabinet d'avocats en expliquant qu'elle ne voulait pas les embarrasser en restant. Avec délicatesse, ils réussirent à la convaincre que personne ne savait qui elle était, que cela n'avait pas d'importance et que son salaire ne serait peut-être pas inutile aux siens.

Et Ella ? Pour elle, chaque jour paraissait durer une éternité. Et aucun ne paraissait différent de la veille.

Seules les nuits étaient pires.

Le sommeil lui échappait. Elle tournait en rond dans sa chambre en jetant un coup d'œil à l'étagère où elle avait caché sa serviette et le portable qu'elle contenait. Cent fois elle avait voulu l'apporter à la brigade des Fraudes, leur dire où elle l'avait découverte. Ils pourraient peut-être retrouver la trace d'une partie de l'argent et sauver les gens comme son père, comme Nora, l'amie de Brenda, dont les économies en vue du mariage avaient disparu, comme l'homme au visage rougeaud qui avait cru acheter une villa pour sa femme aux poumons fragiles, comme la femme livide dans l'interview à la télévision qui était persuadée d'être propriétaire de l'appartement parce que Don lui en avait montré une photo.

Mais elle ne pouvait pas faire ça.

Il lui avait fait confiance, il ne laissait jamais cette serviette nulle part, elle disait toujours en plaisantant qu'il l'avait enchaînée au poignet. Elle l'avait retardé en l'embrassant alors qu'il quittait son appartement en hâte mais il ne s'était pas inquiété et n'avait pas paniqué. Il ne l'avait pas contactée et n'avait demandé à personne de le faire. Il savait qu'elle la garderait à l'abri pour lui.

Et, malgré toutes les apparences, elle savait qu'il reviendrait pour elle.

De toute façon, c'était la faute de Ricky Rice, c'est lui qui tirait les ficelles. Tout le monde le savait, tout le monde lui obéissait au doigt et à l'œil. Le fait même que Don ait laissé l'ordinateur chez elle était une sorte de message. Pourquoi n'y avait-elle pas pensé avant ?

Bien sûr qu'il reviendrait pour lui dire que tout avait été réglé. Un amour comme le leur n'avait rien d'une banale aventure.

Il était en train de tout régler, c'était tout.

Le soir, cela paraissait évident, certain.

Il lui suffisait d'attendre que cela se produise.

C'était pendant la journée que cela semblait peu probable. Il n'y avait aucun message d'Espagne, aucun appel sur son mobile, pas le moindre texto. Et puis un jour la brigade des Fraudes la convoqua. Détenait-elle des renseignements susceptibles de faire avancer leur enquête ? Comme des dossiers, par exemple ?

Ella regarda les deux hommes droit dans les yeux et répondit que non, elle n'avait aucun dossier et ne savait rien qui puisse les aider.

— Il n'a rien confié à votre garde, madame ?

Elle ne savait pas trop pourquoi elle avait dit non. À proprement parler, c'était vrai. Il ne lui avait pas demandé de garder quelque chose pour lui. Mais bien sûr elle leur mentait et elle le savait. Pourquoi ? Pourquoi avait-elle mis le portable de Don au fond d'une valise de vêtements destinée à repartir dans Tara Road ? S'ils avaient eu un mandat, ils auraient trouvé la petite machine et elle aurait eu de graves ennuis. Mais elle avait le sentiment qu'elle lui devait bien de ne pas remettre aux autorités un objet qu'il lui avait laissé. Et bien entendu il savait qu'elle l'avait, il risquait donc d'entrer en contact avec elle à ce sujet.

Elle avait l'impression de rêver. Elle aurait été perdue sans ses amis. Deirdre avait été là nuit et jour quand elle avait eu besoin d'elle. Parfois elles se contentaient d'écouter de la musique, en silence. Parfois elles jouaient au gin rummy. Deirdre l'aida à remballer toutes ses affaires de l'appartement pour les rapporter dans Tara Road. Ella voulut brûler ses draps. Deirdre lui dit que ce n'était pas le moment de se livrer à des actes spectaculaires, qu'elle les porterait au pressing et en ferait ensuite don à un organisme de bienfaisance.

C'est Deirdre qui expliqua au propriétaire que Ella n'était plus en position de payer le loyer et qui lui demanda s'il acceptait de résilier le bail. Et Deirdre se faisait un devoir de passer chez eux à l'heure du dîner, pour que la famille soit obligée de conserver une apparence de normalité.

Parfois Deirdre lui demandait si elle l'aimait encore.
— Je ne sais pas, répondait invariablement Ella.
Lui ouvrirait-elle les bras s'il revenait ?
Ella prit cette question très au sérieux.
— Je ne crois pas, et quand je regarde le visage de mon père, je suis sûre que je ne pourrais plus jamais regarder Don en face. Mais j'espère toujours qu'il y a une explication à tout cela, ce qui est faux bien entendu. Si fou que cela puisse paraître, je dois donc encore ressentir quelque chose pour lui.

Deirdre acquiesçait et réfléchissait. Elle avait insisté sur une chose : que Ella se rende à l'école et leur parle sans attendre. Ella alla donc voir la directrice.
— Je partirai quand vous le souhaiterez.
— Nous ne le souhaitons pas.
— Et le fait de donner le bon exemple aux petits ?
— Les petits s'en moquent comme de l'an 40, vous le savez et moi aussi.
— Je ne peux pas rester, madame Ennis, pas après ce scandale.
— Qu'est-ce que vous avez fait ? Vous vous êtes fait rouler par un homme. Vous ne serez ni la première ni la dernière à qui cela arrive, croyez-moi. Vous êtes un bon professeur, restez, je vous en prie.
— Et les parents ?
— Les parents vont bavarder pendant une ou deux semaines et les enfants faire des plaisanteries, et puis tout sera oublié.
— Je ne sais pas si je pourrai faire face.
— Faire face à quoi ? Et vous avez probablement besoin de gagner votre vie.
— Ça, oui, madame Ennis.
— Alors gagnez-la ici. Terminez au moins l'année scolaire. On verra alors comment vous vous sentez.

— Je risque d'avoir envie d'abandonner complètement l'enseignement, d'essayer quelque chose de différent.

— Si c'est le cas, faites-le, mais pas en milieu d'année. Vous nous devez bien ça, et vous vous devez de ne pas prendre la fuite, comme il l'a fait.

— Vous avez été très compréhensive. Songez ! un couvent irlandais autorisant une femme aux mœurs condamnables à rester !

— Vous n'êtes pas si condamnable que ça. Allez retrouver vos élèves. L'avantage avec l'enseignement, c'est que c'est suffisamment prenant pour vous changer les idées.

— Merci, madame Ennis.

— Ella, il ne s'en tirera pas à si bon compte. Même s'il n'échoue pas en prison. Il sera puni d'une façon ou d'une autre.

Ella haussa les épaules.

— Je vous assure. Il ne peut plus se pavaner ici, fréquenter des clubs de golf, être reconnu dans des restaurants.

— Ils ont tout cela en Espagne aussi.

— Ce n'est pas du tout la même chose. Enfin, cela ne me regarde pas. Restez jusqu'à la fin de l'année, d'accord ? Et nous reparlerons à ce moment-là.

— Vous êtes très gentille, très compréhensive.

— Nous sommes tous passés par là, Ella, et tout à fait entre nous, feu M. Ennis, comme on l'appelle souvent respectueusement, n'est pas décédé, il s'est juste évanoui dans la nature. Nous n'avions pas la même vision de l'avenir : la sienne a consisté à me prendre mes économies pour partir avec une fille assez jeune pour être sa fille... je suis bien placée pour comprendre.

Pendant des jours après, Ella se demanda si elle n'avait pas imaginé cette conversation. Elle lui paraissait complètement irréelle comme tout le reste en ce moment. Elle avait l'impression d'être la spectatrice des événements au lieu d'y participer.

C'est Sandy qui téléphona la première. Elle travaillait toujours avec Nick à Firefly Films.

— Je voulais juste te signaler que si tu cherchais du travail en plus, il y a toujours des heures supplémentaires à faire la nuit ici.

— Merci, Sandy, c'est très gentil. Nick est d'accord ?
— Oui, mais tu le connais. Il craignait que tu ne prennes cela pour de la condescendance de sa part.
— Je ne penserais jamais une chose pareille.
— Les hommes sont compliqués.
— Ça, je veux bien le croire.
— Qu'est-ce que je dis à Nick ?
— Dis-lui que j'adorerais.

Et Brenda Brennan lui avait offert du travail quand elle l'avait appelée pour la remercier de sa gentillesse.
— Si vous voulez travailler Chez Quentin le week-end, il suffit de demander. Cela ne représentera que quelques euros alors qu'il vous en faudrait des milliers, mais c'est toujours un début.
— La moitié de la ville rêve de travailler Chez Quentin, vous ne pouvez pas me donner la priorité comme ça.
— Il existe une certaine solidarité entre femmes, Ella. Vous venez de vivre un cauchemar et vous avez besoin qu'on vous tende la main. Vous verrez que des tas de gens sont prêts à le faire.

— Ella Brady ?
— Oui ?
Elle était toujours nerveuse lorsqu'elle décrochait à présent. C'était une mauvaise habitude dont elle devait se défaire.
— C'est Ria Lynch, votre voisine.
— Oh oui, bien sûr.
À une époque, c'était cette femme et non Ella qui faisait l'objet de commérages dans Tara Road. Son mari l'avait quittée, et sans trop attendre, Ria s'était installée avec Colm, propriétaire du restaurant en vogue du coin. Les langues étaient allées bon train pendant un moment, mais à présent ils menaient la vie rangée d'un couple marié ordinaire. Pourquoi téléphonait-elle ?
— J'ai entendu dire que vous aviez gravement souffert à cause de Don Richardson et je voulais vous donner un conseil. J'ai pensé qu'il valait mieux que je m'adresse à vous plutôt qu'à vos parents.

— Oui ? (Ella avait répondu plutôt fraîchement. Les conseils non sollicités n'étaient pas trop bienvenus en ce moment.)

— Empêchez votre père de vendre la maison pour rentrer dans ses fonds. Convertissez-la en quatre appartements ; c'était déjà des appartements avant, cela ne devrait pas être trop difficile. Vous allez toucher une fortune en les louant. Transformez votre remise de jardin et installez-vous dedans pendant un ou deux ans.

— Vivre dans la remise ? (Cette femme devait avoir perdu la tête.)

— Allons, elle est immense. Il suffit de dépenser deux mille euros pour la mettre en état, installer la plomberie, et vous pourrez la transformer en deux chambres et un salon avec une kitchenette.

— Nous ne disposons pas des deux mille euros.

— Ce sera le cas en l'espace de quelques semaines si vous louez votre belle maison. Je vous montrerai la vieille maison de Colm si vous voulez. C'est une vraie mine d'or. Tout le monde rêve de vivre dans cette rue maintenant, et les gens ont de l'argent.

— Pourquoi me dire ça, Ria ? (Ella ne lui avait encore pratiquement jamais adressé la parole.)

— Parce que nous sommes tous passés par là – faillite, un type qui n'est pas ce qu'il prétend.

Ella se demanda si elle disait vrai. Est-ce que la moitié du pays s'était fait rouler et tromper ?

Une nuit elle rêva qu'il lui avait envoyé un texto. Rien que trois mots : Pardon, mon ange. Le rêve paraissait tellement vrai qu'Ella dut se lever au milieu de la nuit pour vérifier. Elle ne trouva qu'un message de Nick : « J'ai vraiment besoin de ton aide pour un concours... Dis oui. »

Elle l'appela le lendemain matin. Il apporta des sandwiches à l'école et ils déjeunèrent dans sa voiture. Il débordait d'enthousiasme, comme toujours. On allait organiser un festival de cinéma autour d'un thème. Un aspect de la vie de Dublin qui illustrerait tous les changements qui s'étaient produits dans la ville au cours des années.

— Dans quel domaine ? En architecture ?

— Non, cela ne plairait pas à tout le monde.
— Quoi alors ? Le fait que les Irlandais ont pris de l'assurance ?
— Non, cela ne suffirait pas, il faut quelque chose qui unisse les gens, un thème.
— Et si nous en trouvons un, que se passe-t-il ensuite ?
— On va à New York vendre l'idée à un type qui dirige une fondation là-bas. Une fondation qui aide les jeunes dans le domaine artistique. Si nous remportions un prix au Festival avec ce film, notre avenir serait assuré. Je te jure. Quelque chose qui donne une idée de l'évolution de Dublin... Tu peux réfléchir à un thème ?
— Désolée de poser la question, Nick, mais est-ce que ce serait payé ? Tu sais que nous sommes sur la paille.
— Je l'ai entendu dire, effectivement, fit-il en détournant les yeux.
— Alors ?
— Oui, ce serait payé, si nous tenons la bonne idée.
— Et quand cela devrait-il se faire ?
— Il faut que nous soyons prêts à vendre notre baratin dans trois mois.
— Ce serait parfait. Je pourrais travailler pendant la journée dès le début des vacances scolaires, dans deux semaines.
— Tu as une idée ?
Elle resta silencieuse un instant.
— Chez Quentin.
— Que veux-tu dire ?
— Tourne un documentaire sur le restaurant, l'évolution des aspirations, des espoirs et des rêves de ses clients depuis sa fondation il y a environ quarante ans.
— Le restaurant n'existe pas depuis aussi longtemps.
— En fait, c'était un café complètement différent dans les années 1960 et au début des années 1970, jusqu'à ce que Brenda et Patrick le reprennent. Avant c'était plutôt le style soupe claire et haricots sur toast.
— Je l'ignorais.
— C'est ce que les gens voulaient à l'époque. Et regarde comme tout est différent maintenant. Tu pourrais raconter l'histoire des habitués qui fréquentent l'endroit – com-

bien il a changé depuis l'époque où c'était bondé de gens avec des valises en carton, qui venaient boire un thé et avaler deux œufs sur le plat avant de monter à bord d'un bateau d'émigrants.

— Allons, cela n'a jamais été comme ça.

— Mais si, Nick. Ils ont des photos dans leur chambre, toute une histoire prête à être racontée.

Il ne lui demanda pas comment elle connaissait la chambre des Brennan. Nick était très reposant parfois. Mais il n'acheta pas l'idée.

— Ce serait juste de la pub pour eux, pour le restaurant.

— Ils n'en ont pas besoin. Ils refusent du monde tout le temps. Non, on n'en ferait pas une pub… cela pourrait être une série d'entretiens avec des gens se rappelant différentes époques… tu vois… l'évolution des Premières communions, les soirées entre hommes, les dîners d'entreprise. À mon avis, c'est le meilleur moyen de raconter l'évolution d'une économie.

Cela commençait à l'intéresser.

— D'autres restaurants vont nous reprocher de ne pas les avoir choisis.

— Tu verras bien à ce moment-là, Nick.

— Tu es brillante, Ella.

— Tu as vu où cela m'a menée ?

— Tu as parlé d'argent, fit-il en changeant de sujet. Voilà ce que je suggère. Si tu m'aides à mettre cela sur pied et à le vendre à Derry King, je te verse un vrai salaire pendant cinq semaines. Que dirais-tu de huit cents euros par semaine ?

— Cela ferait quatre mille euros ! Génial.

— Pourquoi en as-tu tellement besoin ?

— Pour aménager la remise du jardin pour ma mère et mon père parce que, grâce à mon amant, ils vont être obligés de quitter leur maison.

— Attends, tu ne plaisantes pas, on dirait.

— Pas le moins du monde.

— Je peux tout te remettre maintenant, demain.

— Non, Nick.

— C'est faisable. Disons que je peux réunir cette somme plus facilement que toi.

— Pas question que tu t'endettes.
— Non, mais il faut bien qu'on trouve un poulailler aux Brady.

Les choses auraient été tellement plus simples si elle avait été amoureuse de Nick.

*
* *

Ils prirent rendez-vous pour le lendemain avec les Brennan. À cinq heures de l'après-midi, assis dans la cuisine de Chez Quentin, Nick, Sandy et Ella expliquèrent leur projet à Brenda et Patrick. Ces derniers ne furent pas convaincus. Ils énumérèrent leurs réserves. Cela créerait trop de bouleversement, cela entraverait le bon fonctionnement du restaurant. Ils n'avaient pas besoin de publicité. Peut-être que certains clients n'apprécieraient pas d'être interrogés.

Ils finirent par céder aux arguments. Ils ne tardèrent pas à voir l'aspect positif de la chose. À certains égards, ce serait un témoignage sur ce qu'ils avaient fait. Ce serait passionnant de faire partie de l'histoire de l'Irlande. Les clients qui ne souhaitaient pas être interrogés, ce ne serait pas la peine de les contacter. Ils possédaient des masses de souvenirs. Ils adoraient collectionner, détestaient jeter. Et la raison qui primait... c'était que Quentin adorerait certainement l'idée.

— Quentin ? demanda Ella. Vous voulez dire qu'il existe vraiment quelqu'un de ce nom ?
— Et comment, répondit le chef Patrick Brennan.
— Oui, il adorerait l'idée, reprit Brenda, songeuse. Cela pourrait être une sorte d'hommage à sa personne.
— Vous pourriez nous raconter des anecdotes à propos du restaurant ? demanda Ella qui, en branchant le magnétophone, prit conscience que depuis une heure et demie, elle n'avait pas pensé une seule fois à Don Richardson. La douleur qui lui labourait les côtes était moins vive. Toujours là, bien sûr, mais moins violente.

L'histoire de Quentin

Quentin Barry avait toujours regretté de ne pas s'appeler Sean ou Brian. C'était difficile de porter le prénom de Quentin dans une école des Frères chrétiens dans les années 1970. Mais cela avait été le choix de sa beauté de mère, Sara Barry, qui avait toujours vécu dans un monde imaginaire bien plus élégant que la réalité.

Et cela avait également été le choix de son travailleur acharné de père, Derek. Derek, associé dans le cabinet d'experts-comptables de Bob O'Neill. Il ne cessait de songer au jour où le nom de son fils figurerait sur le papier à en-tête de la société. C'était très important pour lui. Bob O'Neill n'avait pas de fils pour lui succéder. Si les clients voyaient le nom de Quentin Barry en plus de celui de Derek sur les documents officiels de la société, ils sauraient qui comptait dans le cabinet.

Dès son plus jeune âge, Quentin avait su qu'il travaillerait dans la société de son père. Cela n'avait jamais été remis en question. Il savait même dans quel bureau il s'installerait. En face de celui de son père, de l'autre côté du couloir. Pour l'instant, c'était un débarras et son père le conservait en l'état jusqu'au jour où il serait temps pour son fils de prendre la relève.

Les autres garçons de l'école des Frères ignoraient quel métier ils feraient après leur diplôme. Quelques-uns iraient peut-être à l'université. Certains partiraient peut-être pour l'Angleterre ou l'Amérique. Il y aurait aussi une ou deux vocations pour entrer chez les Frères ou devenir prêtre.

Quentin faisait comme si lui aussi avait le choix. Il déclarait qu'il serait pilote ou mécanicien. Des choix normaux et virils. Pas comme son nom, pas précieux, pas comme son style de vie de fils unique d'une mère qui ressemblait à une vedette de cinéma et parlait chic quand elle venait chercher son fils à l'école dans sa voiture crème.

Parfois Quentin se sentait le courage de faire part de ses doutes à sa mère à propos de sa future carrière.

— Tu sais, mère, je ne serai peut-être pas un aussi bon comptable que papa, commençait-il, nerveux.

— Quentin, mon chéri, mais tu n'as que douze ans ! Ne te préoccupe pas de cet horrible monde des affaires avant d'y être obligé.

Il adorait aider dans la maison, choisir des tissus pour le salon, décorer la table pour les dîners.

Son père voyait ces activités d'un mauvais œil.

— Arrête de confier des tâches de fille au gamin.

— Le gamin, comme tu dis, aime donner un coup de main, ce qui est une bénédiction parce que tu te contentes de mettre les pieds sous la table pour manger et boire ce qu'on te présente.

Quentin se demandait si les autres parents se chamaillaient autant que les siens. Probablement. On n'abordait pas beaucoup ce sujet à l'école. Mais il savait que les mères des autres ne leur parlaient pas comme sa mère à lui.

Sara Barry l'appelait toujours son petit chéri et la prunelle de ses yeux. Ou autre chose dans le genre. Les mères des autres garçons les traitaient de lourdauds et de bons à rien. C'était très différent. Et si sa mère l'adorait, comme elle n'arrêtait pas de le dire, elle ne le prenait jamais au sérieux lorsqu'il disait ne pas avoir envie de devenir comptable.

— Allons, mon chéri, tu n'as que douze ans !

Ou treize ou quatorze. Quand il eut seize ans, il sut qu'il fallait mettre les choses au point.

— Je ne crois pas être fait pour la comptabilité, papa.

— Personne ne l'est, mon garçon. Il faut travailler.

— Je ne serai pas du tout doué pour ça, je le sais.

— Bien sûr que si, une fois en place. Concentre-toi pour réussir tes examens comme un bon garçon.

— J'ai toujours du retard en maths et, à vrai dire, je ne vais obtenir de bons résultats dans aucune matière. Ne vaut-il pas mieux s'y préparer que d'avoir un choc affreux le moment venu ?

— Tu étudies, tu fais tes devoirs ? demanda son père avec un froncement de sourcils.

— Oui, mais...

— Eh bien voilà. C'est les nerfs, rien de plus. Tu es comme ta mère, tendu, ce n'est pas bien pour un homme.

Quentin connut un échec retentissant à ses examens. L'atmosphère à la maison fut très hostile. Et le pire, c'était que ses parents se renvoyaient la responsabilité plus qu'ils ne le condamnaient.

— Tu le rends malade en insistant pour qu'il prenne ta suite de comptable sinistre et barbant, siffla Sara Barry.

— Tu n'arrêtes pas de lui raconter des bêtises, de le materner et de le traîner dans les magasins comme un petit chien.

— Tu te fiches pas mal de Quentin, tout ce qui t'importe, c'est qu'il y ait deux Barry dans ce fichu cabinet pour embêter Bob O'Neill.

— Et toi, Sara, tu t'intéresses à quoi ? Tout ce que tu veux, c'est ce que ce fichu cabinet sinistre, comme tu dis, rapporte suffisamment d'argent pour renouveler encore ta garde-robe chez Hayward.

Quentin détestait les entendre crier à cause de lui. Il accepta de recommencer son année et de suivre des cours supplémentaires. Derek Barry se réjouit de n'avoir jamais donné de date précise à Bob O'Neill.

Un des Frères de l'école était un homme gentil avec un regard perdu dans le vague. On le trouvait toujours en train de bêcher ou de planter dans les jardins. Le frère Rooney avait enseigné dans le temps, mais il avait expliqué qu'il n'était pas doué pour ça, qu'il digressait et racontait des histoires à ses élèves.

— Cela devait être bien, dit Quentin.

— Pas vraiment, cela ne leur servait à rien. J'étais censé leur faire entrer des faits dans la tête, les aider à réussir leurs examens. J'ai donc fini par échouer dans le jardin, où j'avais toujours voulu aller, et je suis heureux comme tout.

— Quelle chance vous avez, frère Rooney. Je ne veux pas devenir comptable.

— Alors ne le devenez pas, Quentin, devenez ce que vous voulez.

— J'aimerais tant.

— Qu'est-ce que vous aimez ? Pourquoi êtes-vous doué ?

— Pas grand-chose. J'aime la cuisine. J'aime les belles choses et aider les gens à se sentir bien.

— Vous pourriez travailler dans un restaurant.

— Avec les parents que j'ai, frère Rooney ? Vous imaginez un peu ?

— C'est un bon métier honnête et ils finiront par s'y faire. Il faudra bien.

— Et ce commandement de Dieu : « Tu honoreras ton père et ta mère » ?

— Il dit seulement qu'on doit les honorer, pas se transformer en paillasson et suivre leurs diktats stupides.

Le vieil homme aux mains de jardinier et aux yeux bleu pâle avait l'air très sûr de son fait.

— C'est ce que vous avez fait, frère Rooney ?

— Oui, deux fois, mon garçon, d'abord en entrant dans les ordres. Mes parents voulaient que je travaille dans le bâtiment à Londres et que je gagne bien ma vie, mais j'avais envie de paix, d'être loin du bruit et de l'agitation. Cela les a beaucoup contrariés, mais je n'ai jamais élevé la voix avec eux, et cela a marché. En fin de compte. Et une fois ici, j'ai dû de nouveau lutter pour échapper aux salles de classe et me retrouver dans le jardin. J'ai expliqué je ne sais combien de fois que j'étais incapable de retenir l'attention des enfants, que je n'arrivais pas à leur faire comprendre quoi que ce soit, mais que j'adorerais m'occuper du jardin, qu'en fait, je pourrais mieux servir Dieu de cette manière, et cela a marché. En fin de compte.

— Je me demande combien de temps prend en fin de compte.

— Vous feriez bien de vous y mettre dès maintenant, Quentin, répondit le frère Rooney en prenant sa houe et en s'attaquant aux mauvaises herbes derrière le parterre de fleurs.

— En fin de compte, c'est maintenant, annonça Quentin ce soir-là au dîner.
— Qu'est-ce qu'il raconte ? dit son père derrière son journal.
— Derek, aie au moins la courtoisie d'écouter ton fils.
— Pas quand il dit des âneries. Qu'est-ce que cela signifie, Quentin ? C'est quelque chose que tu tiens d'un de tes amis mal dégrossis qui fréquente l'endroit censé faire de toi un homme et te donner une éducation ? Nous avons été bien bernés.
— Non, père, je n'ai pas beaucoup d'amis comme tu l'as peut-être remarqué. Comme je ne m'intéresse pas au football, que je n'aime pas boire ni fréquenter les discothèques, je suis le plus souvent seul. J'ai parlé avec le frère Rooney qui s'occupe des jardins de l'école.
— Tu aurais dû essayer de t'entretenir avec un des Frères plus lettrés, un qui pourrait nous dire ce que nous allons bien pouvoir faire de toi, mon chéri.

Cette fois c'était le tour de la mère de Quentin d'avoir l'air triste et agacé.

— Je ne serai jamais comptable. Je n'obtiendrai jamais les qualifications qui me permettraient de faire les études voulues. Nous finirons tous par le comprendre et l'accepter. Alors pourquoi ne pas l'accepter dès maintenant ?
— Et qu'est-ce que tu vas faire de ta vie, exactement ?
— Je prendrai un emploi, père, je partirai d'ici et je me trouverai un emploi, comme n'importe qui.
— Et la place dans mon cabinet que je gardais pour toi ?

Le visage de son père n'était plus que rides de déception.

— Père, je suis désolé, mais c'était ton rêve à toi. Nous finirons tous par le comprendre. Pourquoi pas maintenant ?
— Oh ! arrête de répéter les bêtises de ce jardinier.
— Je ne pourrai jamais l'avouer à Hannah Mitchell. Elle est tellement fière que son fils fasse du droit comme son père.

(Le joli visage de Sara Barry était décomposé. Ses déjeuners de dames perdaient de leur attrait tout à coup.) Quel genre d'emploi ?

Et Quentin sut alors que le frère Rooney l'avait bien conseillé. En fin de compte, c'était maintenant.

Il commença par travailler dans un café du bord de la mer au sud de Dublin, puis dans un restaurant italien en ville. Puis il trouva un emploi au bar et à la cuisine d'un des grands hôtels. Ses horaires devenant peu pratiques, il quitta la maison familiale et prit une chambre dans une pension. Son père ne parut ni le remarquer ni s'en soucier. Quant à sa mère, elle avait l'air un peu perdu.

Finalement, il alla se présenter au magasin Hayward où on avait besoin de quelqu'un au restaurant. Il fut reçu par Harold Hayward, un des nombreux cousins qui travaillaient dans l'entreprise familiale. C'était beaucoup plus chic que les endroits dans lesquels il avait servi avant. Plus comme à la maison, en fait, où il adorait aider sa mère à organiser ses dîners.

Et c'est exactement ce que fit Quentin Barry, il imita les présentations élégantes de sa mère. Il ne tarda pas à imposer des serviettes en tissu, de la porcelaine de qualité et la plus belle argenterie.

Il suggéra des menus de thés, avec des scones chauds dégoulinant de beurre, servis avec des petits pots de crème fraîche et des baies à étaler dessus.

Il donnait l'impression d'adorer son travail, de se dépenser sans compter comme s'il venait de créer son propre petit royaume.

Sa mère était loin d'être ravie. Nombre des dames avec qui elle déjeunait allaient chez Hayward. Aucun de leurs fils ne servait à table.

— Dis-leur que je fais le service en salle jusqu'à ce que j'ouvre mon propre restaurant.

— Ce serait une possibilité, bien sûr, répondit sa mère, pas convaincue.

Il en fut choqué. Il avait voulu plaisanter et elle l'avait pris au sérieux. Qu'y avait-il de si affreux à faire un métier qu'il aimait ? Un bon travail honnête. Et discuter des manières d'améliorer l'endroit en sirotant un café après le service. Sa mère superbe ne l'appelait plus la prunelle de ses yeux ni son petit chéri en ce moment. Peut-être avait-il renoncé à tout cela en décidant de ne pas devenir comptable.

De temps à autre, Quentin rendait visite au frère Rooney dans son ancienne école. Il lui apportait un paquet de cigarettes et ils s'installaient sur un banc en bois sculpté ou dans la serre. Le vieil homme aux yeux bleu pâle et larmoyants lui montrait fièrement certains des changements apportés depuis le dernier passage de Quentin. La différence énorme créée en évidant cette haie ; il y avait des choses magiques en dessous que personne n'avait encore vues et maintenant qu'elles avaient de la lumière, elles fleurissaient.

— Les filles vous ont manqué quand vous êtes venu ici ? lui demanda Quentin un jour.

— Mais il n'y a pas de filles maintenant ? (L'école était mixte depuis deux ans. Cela avait provoqué un grand changement.)

— Non, je voulais dire des petites amies. Cela vous manque ?

— Non, pas du tout. C'est drôle, mais cela ne m'a jamais préoccupé. Je n'ai jamais eu de petite amie.

— Vous auriez préféré les hommes ? Quentin savait que le vieil homme ne serait pas choqué par sa question.

— Ni l'un ni l'autre, je dois être une sorte d'eunuque. Mais vous savez, Quentin, ce n'est pas la tragédie que les gens croient.

— Ce doit être un avantage quand on fait partie d'un ordre religieux et qu'on a fait vœu de chasteté, reprit Quentin en souriant.

— Non, ce n'est pas ainsi que je l'entendais. Ce que je veux dire, c'est que si on ne désire pas des êtres humains, on voit davantage la beauté autour de soi. Je vois toutes sortes de couleurs et de textures dans les fleurs et les arbres qui doivent échapper à la plupart des mortels.

— Vous êtes l'un des êtres les plus heureux que je connaisse, frère Rooney.

— Et sans vouloir vous vexer, vous me ressemblez beaucoup, Quentin. Vous voyez la beauté dans les choses vous aussi et vous avez de grands enthousiasmes. Cela me fait du bien de vous entendre parler du restaurant que vous dirigez.

— Oh! je ne le dirige pas. J'y travaille seulement.

— Eh bien, à vous entendre, on le dirait, et c'est très bien.

— Vous viendrez m'y voir un jour?

— Je me sentirais déplacé dans un restaurant aussi chic. Ils fronceraient le nez en voyant l'état de mes ongles.

— Pas du tout. Venez me rendre visite un jour.

Mais Quentin savait que le frère Rooney ne quitterait jamais le jardin où il vivait et mourrait probablement sans être jamais venu le voir. Le frère Rooney avait-il raison en pensant que Quentin lui ressemblait? Un eunuque, ne s'intéressant ni aux hommes ni aux femmes. C'était fort possible. De toute façon, il n'avait pas le temps d'y réfléchir pour l'instant. Le restaurant était plein.

Les thés légendaires remportaient un succès considérable; les minuscules scones chauds servis avec de la crème et de la confiture de framboise disparaissaient en un clin d'œil. Il y avait à peine de la place pour asseoir tous les clients.

— Faites dégager ce clodo, Quentin, lui ordonna Harold Hayward, le directeur, en désignant de la main un homme miteux installé dans un coin.

— Ce n'est pas un clodo. Il est juste un peu dépenaillé, c'est tout, protesta Quentin. Peut-être que le frère Rooney avait raison en disant que ce n'était pas un endroit pour un homme aux ongles douteux.

— Faites-le sortir quand même. Il n'a bu qu'un thé en une heure et il y a la queue à la porte.

Quentin s'approcha de la table. L'homme releva le nez d'une liasse de papiers. Une théière presque vide se trouvait sur la table. Harold avait raison. Ce client ne leur rapporterait pas grand-chose. Mais cela ne paraissait pas une raison suffisante pour le pousser dehors.

Quentin adressa un sourire d'excuse à l'homme qui devait avoir la soixantaine.

— Je suis désolé de vous déranger, monsieur, mais comme vous pouvez le voir, des gens attendent des tables.

— Vous me priez de m'en aller?

Il avait des sourcils broussailleux, un visage rougeaud et buriné et un léger accent australien.

— Absolument pas ! Je me demandais juste si cela vous ennuierait que je vous aide à pousser vos papiers pour que d'autres partagent votre table.

— Il vous a ordonné de me faire sortir, c'est ça ? dit l'homme en désignant de la tête Harold Hayward qui observait la scène.

— Maintenant nous avons de la place pour ces deux dames qui marchent avec des cannes. Elles vont en être ravies. Puis-je les faire venir ?

Quentin était le charme incarné. Il remplaça la théière par une pleine sans la compter au vieil homme.

Trois groupes se succédèrent à la table du vieil homme sans qu'il bouge. À la fin de la journée, il demanda à Quentin s'il faisait partie de la famille Hayward.

— Hélas, non. Je ne suis qu'un employé.

— Pourquoi ce hélas ? Ils ne doivent pas être une famille géniale, à en juger par l'expression de ce type qui a l'air d'avoir avalé un filet de citrons.

Il était sûr que Harold Hayward n'avait rien d'avenant.

— Oh, je devais vouloir dire que cela m'aurait facilité la vie d'entrer dans la société familiale. Mon père est un comptable qui voulait que je prenne sa suite. Mais l'idée m'en était insupportable. Au moins la famille de Harold est contente de lui.

Le vieil homme revint régulièrement les jours suivants et s'installa toujours à une des tables de Quentin. Il s'appelait Toby, surnommé Tobe. Il avait voyagé dans le monde entier et vu des choses merveilleuses.

— Vous avez voyagé ? demanda-t-il à Quentin.

— Non. Comme j'étais bien décidé à ne pas entrer dans la société de mon père, j'ai dû gagner ma vie. Je ne me suis jamais donné le temps d'aller nulle part. J'adorerais voir les couleurs de la Provence ou de la Toscane et j'aimerais beaucoup me rendre en Afrique du Nord. Un jour, peut-être.

— N'attendez pas qu'il soit trop tard.

— C'est maintenant ou jamais.

— Là, vous avez raison, dit Tobe en acquiesçant vigoureusement.

Il ne faisait aucun doute qu'il avait l'air beaucoup plus miteux que le reste de la clientèle. Quentin lui annonça un jour qu'il avait découvert un détachant miracle et, quand Harold Hayward eut le dos tourné, il s'attaqua à une tache particulièrement visible sur la poitrine de Tobe. Un autre jour, il lui tendit un peigne et, un autre encore, lui donna des élastiques pour remonter ses poignets de chemise effilochés. Il ne savait pas pourquoi il faisait ça, probablement parce qu'il voulait prouver à Harold Hayward qu'il avait tort d'adopter cette attitude. Il savait aussi qu'il ne vexait pas Tobe qui était parfaitement inconscient de son allure excentrique et ne protestait pas contre le fait qu'on l'arrange gentiment.

Quentin ne vivait plus que pour le travail. Il lui restait quelques amis en dehors de ceux avec qui il travaillait et ceux qu'il servait.

Sa gentillesse ne passait pas inaperçue. Même ses collègues voyaient qu'il s'entendait bien avec les clients.

— Vous êtes très chaleureux, lui dit Brenda Brennan un jour.

Elle faisait partie de l'équipe à mi-temps, mais elle se détachait du lot par son calme et son élégance, son art de garder son sang-froid en cas de crise et d'affronter toutes les situations.

Il aurait aimé qu'elle travaille à plein temps mais elle lui confia que son mari et elle rêvaient de posséder leur propre restaurant.

— Un joli geste, lui avait-elle dit lorsqu'il avait apporté la théière pleine à Tobe sans lui présenter la note.

— Allons, Brenda, ce n'est rien que de l'eau chaude et un sachet de thé. Cela lui fait plaisir d'observer les gens aller et venir. Il est d'une compagnie très agréable. Vous devriez l'entendre parler des levers de soleil orange et pourpre qu'on voit en Australie.

— Je me demande ce qui l'a incité à partir là-bas il y a si longtemps.

— Probablement sa famille. Il n'en parle jamais et c'est généralement nos familles qui nous causent le plus de soucis.

Son père et sa mère ne s'adressaient pratiquement plus la parole à présent. Les rares fois où il alla chez eux pour leur préparer un déjeuner, il trouva l'atmosphère intolérable. Tobe avait dû fuir un désagrément de ce genre. Quentin se demanda où il se restaurait quand cela lui arrivait. Visiblement il ne pouvait se permettre les prix pratiqués chez Hayward.

Un soir par accident, il le découvrit. L'ambiance était tellement mauvaise chez lui que Quentin l'avait fuie.

Ni sa mère qui voulait aller se coucher, ni son père qui soupirait en disant qu'il irait bien à son club ne durent se rendre compte de son absence. Il alla Chez Mick, un café où il achetait souvent un cornet de frites en rentrant du cinéma, mais il n'y avait jamais dîné.

Haricots sur toast, œufs frits et frites, deux saucisses et une cuillerée de purée de pommes de terre et de petits pois : voilà quel était le menu Chez Mick. Il y régnait une odeur de friture, personne n'essuyait les tables, le lino par terre était déchiré, mais pourtant cela ne manquait pas de charme. Dès qu'on poussait la porte, on oubliait les bruits de la rue. C'était une petite oasis. On avait l'impression que le monde ralentissait là-dedans.

Quentin vit Brenda la serveuse et son mari Patrick, un homme sérieux, plongés dans une conversation à une table. Puis il aperçut Tobe avec une assiette de saucisses, d'œufs et de frites.

Tobe lui fit signe.

— Si personne ne vous attend...

— Non. Et je serai ravi de m'asseoir avec vous.

Ils discutèrent de tout et de rien. Aucun ne demanda à l'autre ce qu'il faisait là.

— À demain chez Hayward, lui lança Tobe en partant.

Quentin salua Brenda et Patrick sans s'attarder pour ne pas interrompre une conversation qui avait l'air très intime.

Les semaines passèrent, et de temps à autre, Tobe et lui se retrouvaient Chez Mick pour une assiette d'œufs et de haricots, et Quentin expliquait ce qu'il ferait de cet endroit s'il lui appartenait et qu'il eût les fonds nécessaires, et Tobe lui annonça que sa visite approchait de sa fin et qu'il rentrait en Australie.

Quentin lui confia que ses parents se porteraient tellement bien s'ils prenaient chacun un petit appartement, mais qu'ils refusaient de bouger. Tobe lui raconta que, pendant quarante ans en Australie, il s'était interrogé sur sa famille irlandaise. Maintenant qu'il l'avait découverte, il ne gâcherait plus une seconde à songer à eux, ils ne le méritaient pas.

— Vous n'avez pas dû passer beaucoup de temps avec eux. Vous étiez chez Hayward toute la journée et Chez Mick tous les soirs.

— Mais si, je les ai vus, et je n'ai pas aimé ce que j'ai vu. Où en sont vos projets de voyage ?

— Je me suis renseigné sur les prix d'un voyage hors saison, mais cela reste très cher. Pourquoi changez-vous de sujet, Tobe ? Et votre famille ? Je ne vous reverrai probablement jamais après votre départ la semaine prochaine. Je vais devenir fou à me demander ce que vous vous êtes dit votre famille et vous. Vous ne voulez pas me raconter ?

— Pas encore. Il faut que je réfléchisse à quelque chose d'abord. Mais je vous le dirai la semaine prochaine, Chez Mick. Est-ce que jeudi vous conviendrait ?

Le jeudi Chez Mick, Tobe avait l'air différent, mieux dans sa peau peut-être.

— Ce soir, je vous invite, Quentin. Nous allons faire des folies et prendre des haricots, des œufs et des saucisses.

C'était difficile à définir, mais Tobe donnait l'impression de soudain avoir pris les choses en main.

— Cela a été un grand plaisir de vous rencontrer. Cela a illuminé mon séjour à Dublin et m'a aidé à y voir clair. Viendrez-vous me voir en Australie dans quelques années ?

— Allons, Tobe, j'ai déjà du mal à réunir l'argent pour aller en Italie ou à Marrakech. Comment pourrais-je me rendre en Australie ? Même si j'ai envie de voir les levers de soleil orange et pourpre.

— Vous en aurez les moyens, répliqua Tobe très calmement comme s'il était sûr de son fait.

— Oh, j'aimerais tellement, dit Quentin en repoussant sa mèche.

Et c'est là que Tobe lui raconta son histoire.

En commençant par son nom, qui était Toby Hayward.

Il était le cousin qui faisait tache, celui à qui on versait une rente tant qu'il habitait loin du pays. Il était revenu pour voir les Hayward, mais comme ils ne le connaissaient pas, il s'était dit qu'il commencerait par les observer un peu. Il n'avait rien trouvé de plaisant dans leur magasin, à part Quentin. Tobe avait réussi en Australie, mieux qu'aucun des Hayward ne pouvait l'imaginer. Comme cela ne les concernait pas, il ne leur en avait rien dit.

Et maintenant qu'il avait vu Harold le hautain dans son restaurant, l'arrogant George Hayward au rayon meubles, l'hargneuse et bégueule Lucy Hayward au rayon porcelaine, il avait compris qu'il ne voulait rien avoir à faire avec eux.

En revanche, Quentin, était un garçon qui rêvait de diriger un restaurant. Ça c'était différent. Voilà ce qu'il pouvait rendre à l'Irlande, le pays où il avait vu le jour. Quentin l'accompagnerait le lendemain matin chez un avocat et serait alors en position d'acheter le café Chez Mick l'après-midi même.

— Cela ne se produit pas dans la vie réelle, lui dit Quentin.

— Mais vous me croyez, n'est-ce pas ? Vous me croyez quand je vous dis que j'ai l'argent et que je vais vous le donner. Je ne suis pas un échappé d'un asile.

— Oui, bien sûr que je crois que vous voulez faire ça et je sais que j'en ferais autant à votre place, donc je vous comprends. Mais cela ne marchera pas, Tobe.

— Pourquoi pas ?

— Votre famille ?

— Ils ignorent que je suis ici. Je suis juste un vieux clodo qu'ils repoussent d'un rayon à l'autre dans leur magasin.

— Ils pourraient juger qu'ils sont prioritaires pour l'héritage... c'est de l'argent de la famille.

— Non, c'est moi qui l'ai gagné. J'ai travaillé et investi et j'ai travaillé jour et nuit et j'ai investi encore.

— Peut-être pourriez-vous en faire don à une bonne œuvre ?

— J'ai beaucoup donné aux bonnes œuvres. Je vous donne juste ce qu'il faut pour acheter ce café.

— Peut-être que Mick ne voudra pas vendre.

Quentin craignait de croire à ce rêve.

— Quel serait un prix équitable à votre avis ?

Quentin le lui dit.

— Vous lui en donnez un peu plus, et il vendra, il partira en courant.

— Et alors ?

— Et alors vous vous ferez porter pâle chez Hayward demain et on organisera tout.

— Je rêve, répéta Quentin.

— Mick, vous pouvez venir ici un instant ? appela Tobe.

Et Mick, qui était fatigué et ne souhaitait rien d'autre que de pouvoir emmener sa femme et sa fille handicapée s'installer à la campagne, s'approcha de la table et apprit la nouvelle qui allait changer sa vie.

La décision de Brenda

Brenda et son amie Nora avaient été inséparables pendant leurs études de restauration. Elles faisaient des projets qui variaient un peu selon les circonstances. Parfois elles se disaient qu'elles iraient ensemble à Paris afin d'apprendre le métier avec un chef français. Puis elles ouvriraient un hôtel de trente chambres à la campagne où il y aurait une liste d'attente de six mois.

En réalité, bien sûr, ce fut légèrement différent. Des remplacements ici et là, et beaucoup de service en salle. Trop de gens guignaient les mêmes places, des tas de jeunes gens avec de l'expérience. Nora et Brenda eurent des débuts difficiles.

Elles partirent donc pour Londres, où deux choses très importantes se produisirent. Nora rencontra un Italien du nom de Mario qui lui dit qu'il l'aimait plus que sa propre vie. Et Nora le lui rendait bien, sinon plus.

À la même époque, Brenda attrapa un vilain rhume qui dégénéra en pneumonie et elle perdit l'ouïe pendant un moment. Sa soudaine surdité lui causa un grand choc. Elle qui entendait presque pousser l'herbe avant sa maladie.

— Je n'ai jamais été assez prévenante avec les sourds, confia-t-elle en pleurant au médecin qui lui donna des brochures sur des cours de lecture sur les lèvres et l'enjoignit d'arrêter de geindre, parce qu'elle finirait par recouvrer l'ouïe.

Brenda suivit donc ces cours, surtout fréquentés par des gens plus âgés, des hommes et des femmes s'efforçant de s'habituer à porter des appareils.

Elle apprit à s'entraîner avec un magnétoscope. On regardait les informations avec le son coupé jusqu'à ce qu'on arrive à deviner ce qui se racontait, puis on montait le son à fond pour vérifier si on avait raison.

Miss Hill, le professeur, appréciait Brenda et sa rage d'apprendre. Brenda apprit à étudier le visage des gens quand ils parlaient, tentant de comprendre ce qu'elle ne pouvait pas entendre. Elle constata que les lettres les plus dures étaient celles qui se trouvaient au milieu d'un mot. Il fallait déduire à partir du sens de la phrase.

Brenda s'était tellement prise au jeu qu'elle se rendit à peine compte qu'elle entendait de nouveau. À ce moment-là elle était capable de lire une conversation de l'autre bout d'une pièce.

Nora et Mario étaient très impressionnés.

— Si tout le reste échoue, on t'exhibera dans un cirque, s'écria Nora, ravie.

— Et je vendrai les tickets à l'entrée, dit Mario.

Mais ils savaient que cela n'arriverait pas. Mario devait retourner en Sicile pour épouser sa fiancée, sa voisine Gabriella.

Nora le savait, mais elle refusait de l'accepter. Elle n'allait pas rester à Londres sans Mario ou rentrer en Irlande pour pleurer son absence. Elle le suivrait en Sicile, vaille que vaille.

Brenda se sentit seule à Londres après le départ de son amie. Cela la déroutait qu'on puisse aimer au point de supporter une telle humiliation. Dans ses lettres, Nora lui racontait qu'elle vivait dans un deux pièces qui donnait sur l'hôtel de Mario au village. Elle l'avait vu se marier et faire baptiser ses enfants et elle s'intégrait lentement à la vie locale.

Brenda n'aurait jamais pu aimer comme ça. Parfois elle se demandait si elle aimerait un jour. Elle rentra à Dublin, mais rien ne changea. Personne ne remplissait ses jours et ses nuits de passion comme Mario l'avait fait pour Nora O'Donoghue. Tout le monde disait que Brenda était calme en cas de crise, très fiable si quelqu'un renversait de la sauce ou lâchait un plateau. Brenda se demandait si elle allait être comme ça toute sa vie, calme et imperturbable. Jamais amoureuse comme les couples qu'elle servait à table, jamais bouleversée ni touchée comme les collègues qu'elle consolait dans la cuisine quand leurs histoires d'amour battaient de l'aile. Est-ce qu'elle ne se marierait donc jamais alors que deux de ses cadettes avaient déjà sauté le pas, après force drames et crises de nerfs. Brenda les avait soutenues en leur préparant des tasses de thé, en distribuant de l'aspirine, en leur prodiguant des conseils.

Elle ignorait pourquoi elle était allée à cette soirée dansante. Peut-être pour avoir quelque chose à raconter à Nora. C'était organisé pour les anciens élèves de leur école de restauration. Peut-être espérait-elle entendre parler d'une place intéressante.

Elle portait la nouvelle robe qu'elle avait achetée pour le mariage de sa sœur. Très habillée, de la dentelle crème avec une veste rose. Cela allait très bien avec ses cheveux bruns. Elle crut croiser de nombreux regards admiratifs, mais peut-être les avait-elle juste imaginés.

Soudain elle aperçut Bonnet de nuit à l'autre bout de la salle. Elle ne se souvenait plus pourquoi Nora et elle l'avaient surnommé ainsi, un garçon hyper sérieux, toujours le nez dans les livres, qui sortait à peine. Elle apprit qu'il était allé dans un endroit chic en Écosse, qu'il avait suivi les cours d'un pâtissier en France. Qu'est-ce qu'il faisait là ? Et surtout, comment s'appelait-il déjà. Paddy... Pat ?

Elle regarda dans sa direction. Et aussi clairement qu'avec des sous-titres, elle lut sur ses lèvres ce qu'il disait à l'homme à côté de lui :

— Regarde-moi ça. C'est Brenda O'Hara de l'école. Elle est très jolie, non ? Cela fait des années que je ne l'ai pas vue. Et quelle classe !

Il avait l'air débordant d'admiration.

— Oh, tu n'arriveras à rien avec elle, lui dit celui qui l'accompagnait, une grande gueule qu'elle connaissait vaguement. Un vrai glaçon, je te jure.

— Je vais aller la saluer. Elle ne s'en offusquera pas.

Et il vint vers elle.

Parfois elle se sentait un peu coupable de tout savoir à l'avance grâce à sa capacité de lire sur les lèvres. L'autre idiot aurait pu au moins dire son prénom, elle aurait au moins su ça.

Bonnet de nuit s'approcha d'elle avec un grand sourire.

Il s'était arrangé. Il avait l'air plus grand, ou alors il se tenait plus droit.

— Patrick Brennan, lui dit-il en lui tendant la main.

— Brenda O'Hara, ravie de vous revoir. Il fallait qu'elle se sorte ce surnom idiot de la tête.

— Je me souviens bien de Nora O'Donoghue et de vous. Elle est ici ce soir ?

— Un jour, si vous disposez d'une heure, rappelez-moi de vous raconter ce qui est arrivé à Nora, répondit Brenda en riant.

— Je dispose d'une heure et plus.

Était-ce parce qu'elle aurait vu de toute façon l'admiration sur son visage ou était-ce parce qu'elle avait lu ses louanges sur ses lèvres que Brenda fit du charme à Patrick Brennan ?

Quoi qu'il en soit, ils se retrouvèrent presque tous les soirs pendant les deux semaines suivantes. Cela parut lui plaire qu'elle habite encore chez ses parents.

— J'aurais cru qu'une fille aussi séduisante que toi se serait enfuie avec un homme riche depuis longtemps.

— Non, je suis un vrai glaçon, on ne te l'a pas dit ?

— Je crois bien l'avoir entendu dire, fit-il, gêné.

Elle écrivit à Nora.

Il est toujours aussi sérieux dans le travail. Il préférerait encore ne rien faire plutôt que de travailler dans un endroit qui n'en vaut pas la peine à ses yeux. Il prétend que je perds mon temps à faire des remplacements de serveuse un peu partout. Il aimerait encore mieux s'engager dans le bâtiment ou livrer des caisses de vin que de se mettre au service d'une cuisine qui lui donnerait mauvaise réputation. Mais je ne suis pas d'accord. C'est toujours du travail. On apprend tout le temps et, de toute façon, il n'a même pas d'appartement à lui. Il dort chez les gens sur des canapés ou par terre. Il s'en moque.

Il lui parla de la petite ferme à la campagne où il avait grandi, où son jeune frère, qui n'était pas exactement simple d'esprit mais pas loin, vivait encore. Elle lui raconta la petite boutique où son père avait travaillé si dur pour gagner sa vie. Ils allèrent au cinéma et il lui arrivait de payer si Patrick n'avait pas d'argent. Ils fréquentèrent le café Chez Mick en souvenir du bon vieux temps.

Un jour qu'elle déballait leurs sandwiches à l'heure du déjeuner près du Grand Canal, elle lui annonça qu'elle avait décidé ce qu'ils feraient de leur soirée.

— Je vis chez mes parents, Patrick. Cela fait plus d'un mois maintenant que je sors tous les soirs avec toi.

— Oui ?

Il avait l'air inquiet.

— Alors j'aimerais qu'ils te rencontrent, qu'ils sachent quel genre de personne je fréquente.

— Bien sûr.

— Non, tu ne comprends pas. Ce n'est pas pour qu'ils t'inspectent. Je ne te force pas la main. C'est juste une question de courtoisie.

— Mais je suis entièrement d'accord. J'ai cru que tu allais dire que tu étais lasse de sortir avec moi. Quand nous aurons une fille, nous aurons envie de rencontrer ses amis, aussi, non ?

— Quoi ?

— Quand nous aurons une fille. Ce n'est pas la même chose avec les garçons.

— Mais qu'est-ce que tu racontes ?

Il la regarda, perplexe.

— Quand nous serons mariés. Nous aurons des enfants, non ?

Il avait l'air sincèrement soucieux.

— Patrick, excuse-moi, mais quelque chose a dû m'échapper. Est-ce que tu m'as demandée en mariage ? Ai-je accepté ? Ce n'est pas rien. Je devrais m'en souvenir.

Il lui prit la main.

— Tu veux bien, n'est-ce pas ?

— Je ne sais pas, Patrick. Je ne sais vraiment pas pour l'instant.

— Qu'est-ce que tu ferais sinon ?

— Oh ! plein de choses. Peut-être que je ne me marierai jamais. Ou que j'épouserai quelqu'un que je n'ai pas encore rencontré. Ou peut-être que je t'épouserai quand nous saurons que nous nous aimons.

— Mais nous le savons, non ?

— Non. Nous n'en avons pas parlé du tout.

— Mais nous n'avons pas arrêté de parler de ce que nous allions faire.

— Mais ça, c'est le travail, Patrick, les places que nous obtiendrons.

— Non, cela concerne le genre de vie que nous allons mener. Je croyais que nous parlions de notre vie ensemble.

— C'est idiot, Patrick. (Elle se leva, contrariée.) Tu ne peux pas tout prendre pour argent comptant comme ça. Nous ne sommes même pas amants, fit-elle, indignée.

— Ce n'est pas faute de l'avoir souhaité, protesta-t-il.

— Tu ne pouvais proposer que le canapé d'un appartement horrible où la moitié de Dublin risquait de nous tomber dessus armée de canettes de Guinness !

— Alors qu'est-ce que tu veux, Brenda ? Une nuit chez l'habitant et que je me mette à genoux ? C'est ça ?

— Non. (Elle était blessée et furieuse.) Pas du tout. C'est ridicule. Je t'aime bien, Patrick, idiot. Pourquoi t'aurais-je invité à la maison sinon ? Mais j'avais envie d'amour, de passion, de désir et tout ça. Pas qu'en mâchonnant un sandwich, tu me parles de notre fille comme si tout était déjà arrêté.

— Je suis navré de m'y être mal pris.

— Si je pensais que tu m'aimais et que tu serais prêt à prendre n'importe quel boulot comme moi tout en économisant pour acheter une maison et si tu parlais davantage au lieu de te perdre dans des silences lugubres à propos de notre avenir. Et si tu me le demandais comme il faut et… si tu me désirais… je n'arrive pas à trouver un meilleur mot, alors je songerais sérieusement à t'épouser et sans tarder. Mais cela ne sert plus à rien maintenant, parce que si tu fais tout ça, j'aurais l'impression d'avoir écrit le scénario et de t'avoir soufflé tes répliques.

— Alors je ne peux pas venir dîner ? C'est ça que tu es en train de me dire ?

— Non, idiot, viens dîner.

Elle s'empressa de tourner les talons pour qu'il ne voie pas les larmes qui lui embuaient les yeux.

Ce soir-là, elle rassura sa mère en lui disant que ce n'était rien de sérieux.

— C'est juste un ami, un ami paisible qui ne parle pas beaucoup. Ce n'est pas parce que votre génération ne pensait qu'à ça que les gens de vingt ans d'aujourd'hui ne peuvent pas être simplement amis.

Le soir Patrick Brennan arriva avec des fleurs pour sa mère. Et dès l'instant où il eut franchi le seuil de la maison, il n'arrêta pas de parler. Il loua la légèreté de la pâte et le goût de la sauce du poulet. Il admira les housses de coussin que Mme O'Hara avait brodées. Il insista pour qu'on lui montre les albums de mariage. Il demanda à M. O'Hara où il achetait ses légumes et lui indiqua une boutique moins chère. Et quand ils furent tous épuisés à force d'essayer de placer un mot, il leur annonça qu'il aimait Brenda mais que jusque-là il n'avait pas de perspectives d'avenir et aucun espoir de lui offrir un foyer. Mais sur la berge du canal, il avait eu une illumination : il avait compris qu'il suffisait d'accepter n'importe quel boulot dans la restauration jusqu'à ce qu'ils aient un toit et soient en mesure de construire leur rêve.

Les O'Hara étaient éberlués. Brenda, interloquée. Après son départ, ils décidèrent que c'était quelqu'un de très sympathique, mais bavard, très bavard, trop, presque. Brenda n'avait-elle pas dit qu'il était du genre silencieux ?

— Je me suis trompée.

En quelques semaines, il leur avait obtenu une place ensemble. Une place de chef pour Patrick, une place de maître d'hôtel pour Brenda.

— Tu méprises ce genre d'endroit, lui dit Brenda.

— Quelle importance ? Un mois de salaire et nous avons notre chambre meublée.

— Nous pouvons l'avoir dès maintenant, avec mes économies.

Ils en dénichèrent une ce jour-là, se laissèrent emporter par la passion et le désir le soir même et trouvèrent cela très bien.

Ils se marièrent peu après, un mariage simple avec un gâteau et du vin seulement. Le gâteau, magnifique, avait été fait jusqu'au glaçage par Patrick et il fut beaucoup photographié.

Ils accumulèrent une série de boulots, sans qu'aucun soit vraiment satisfaisant. Mais ils n'avaient pas d'argent et personne pour les soutenir, pour s'installer dans un endroit où ils pourraient laisser leur marque.

Et le temps passant, il n'y eut aucun signe de la fille dont ils avaient parlé, ni du fils. Mais ils étaient encore jeunes et peut-être était-il mieux qu'ils n'aient pas tout de suite à se soucier d'élever une famille.

Ils travaillèrent dans un endroit qui ne servait que des plats à base de pâte à crêpes. Dans un autre, on buvait tard dans la nuit et les clients réclamaient des omelettes à n'importe quelle heure. Ils tentèrent de reprendre une cantine d'entreprise mais leur budget était si serré qu'ils ne pouvaient servir une nourriture digne de ce nom. Finalement, ils se retrouvèrent dans un restaurant dont ils comprirent que l'évasion fiscale et les coupes claires finiraient par provoquer la fermeture. Cette dernière place les désespéra. D'autant que la direction était arrogante et snob et mettait les clients mal à l'aise.

— Il va falloir qu'on parte, dit Brenda. Si tu voyais comment ils humilient les clients dans la salle à manger.

— Nous ne partirons que lorsque nous aurons trouvé autre chose, la supplia Patrick.

Le lendemain soir Brenda vit le très gentil Quentin Barry qu'elle croisait souvent lorsqu'elle faisait des heures supplémentaires l'après-midi chez Hayward. Accompagné de sa mère, il avait choisi une table tranquille à l'autre bout de la salle.

C'était un soir calme. Elle avait servi toutes ses tables. Elle retira ses chaussures, debout derrière une table de service dont la longue nappe dissimulait son indiscrétion aux clients. Ses chaussures étaient hautes et serrées et elle était debout depuis huit heures du matin. C'était un vrai bonheur de se retrouver en bas.

Elle regarda la mère et le fils. Très semblables par leur blondeur et leur beauté, mais non par leur attitude. Mme Barry était tatillonne et imbue d'elle-même. Quentin était doux et du genre à savoir écouter. Mais pas ce soir. Il parlait à sa mère d'un sujet qui paraissait l'ébahir.

Automatiquement, Brenda se brancha. Elle n'avait pas le sentiment d'être indiscrète, pour elle c'était comme s'ils parlaient à tue-tête.

— Tu ne gagneras que des clopinettes en travaillant comme serveur, disait Sara Barry.

— J'ai assez de travail là-bas pour me permettre de tenir plusieurs années.

— Peut-être, mais tu ne peux pas acheter un restaurant, Quentin. Sois sérieux, mon cœur. Tu n'es pas le genre qui peut acheter un endroit et le transformer en restaurant.

— Ce n'est pas très élégant pour l'instant. En fait, le café de Mick est plutôt miteux, mais si je m'entoure bien…

— Non, mon chéri, écoute-moi. Tu ne connais rien aux affaires. Tu ferais faillite avant un mois…

— J'engagerai des gens formés pour ça, qui sauront gérer l'affaire.

— Tu t'en lasserais vite. L'angoisse…

— Je ne serais pas là. Je voyagerais…

— Je me sens mal, Quentin.

— Non, maman. Ne te sens pas mal. Je voulais juste que tu saches à quel point je suis heureux. Cela fait très longtemps que je ne l'ai pas été. Tu me disais toujours que j'étais la prunelle de tes yeux. Je pensais que tu serais contente d'apprendre que je suis heureux.

Prenant conscience qu'il s'agissait d'une conversation privée, Brenda détourna les yeux. Elle remit ses chaussures et repartit d'un pas chancelant vers la cuisine.

— Patrick, tu veux bien me servir un petit cognac ?

— On dirait que tu viens de voir un fantôme.

— Je viens de voir notre avenir.

Et en quelques jours, l'affaire était réglée.

Leur avenir consisterait à transformer le café de Mick en ce restaurant dont ils avaient toujours rêvé.

— Comment l'appellerez-vous ? demandèrent-ils à Quentin.

— Si vous ne trouvez pas cela trop arrogant, de mon propre nom, je crois, répondit-il timidement. Maintenant j'aimerais vous poser une question, comment avez-vous appris que j'achetais le café de Mick ? Je sais qu'il n'en a soufflé mot à personne et je n'en ai pas parlé non plus. C'est un vrai mystère, conclut-il en souriant.

Brenda resta silencieuse un instant.

— Je ne le mentionne pas dans mon CV. Ce n'est pas une jolie qualité. Mais je sais lire sur les lèvres. Je vous ai entendu en parler à votre mère, dit-elle en baissant les yeux.

— C'est une excellente qualité quand on dirige un restaurant, dit Quentin. Je parie que vous finirez par vous en féliciter.

Blouse Brennan

Personne n'arrivait à se rappeler pourquoi on l'appelait Blouse Brennan. Personne sauf son grand frère Patrick.

Blouse était un peu lent à l'école, mais comme il débordait de bonne volonté, on ne se moquait pas de lui. Les Frères l'appréciaient, Blouse était toujours là pour porter un message, courir en ville leur acheter un paquet de cigarettes, que les commerçants ne rechignaient pas à lui remettre bien qu'il n'eût pas l'âge, parce qu'ils savaient que ce n'était pas pour lui.

Les autres garçons décidèrent qu'on ficherait la paix à Blouse à cause de son frère Patrick. Patrick était bâti comme une armoire à glace et il fallait vraiment être idiot pour s'attaquer à lui. Blouse mena donc une vie plutôt paisible pour un gamin incapable de jouer correctement, qui trébuchait et ne pouvait pas se rappeler plus de deux vers d'un poème même en étudiant longtemps.

Quand Patrick quitta l'école pour travailler dans un hôtel, Blouse s'inquiéta.

— Ils risquent de me taper dessus quand tu ne seras plus là.

— Ils n'en feront rien.

— Mais tu ne seras pas là.

— Je reviendrai une fois par semaine jusqu'à ce qu'ils comprennent.

Et fidèle à sa parole, le premier jour de classe, il se promena dans la cour de récréation, distribuant une gifle par-ci, une bourrade par-là pour bien marquer sa présence. Tous ceux qui avaient envisagé de s'attaquer à Blouse Brennan changèrent rapidement d'avis.

Patrick Brennan reviendrait.

Patrick rentrait à la maison chaque week-end et emmenait toujours son frère faire une balade. Le garçon pouvait lui parler comme cela lui était impossible à la maison. Leurs parents étaient âgés et distants. Trop absorbés par la nécessité de gagner leur vie avec une petite exploitation possédant peu d'animaux et une terre rocailleuse.

— Pourquoi m'appelle-t-on Blouse, tu le sais, Patrick ?

— Il faut bien qu'on te donne un surnom, on m'appelle Bonnet de nuit au travail, cela n'a rien de dramatique.

— Je n'ai pas la moindre idée de la manière dont c'est venu, dit tristement Blouse.

Patrick savait que tout avait commencé quand on avait entendu le gamin appeler sa chemise sa blouse plusieurs années avant.

Pour Dieu sait quelle raison, le surnom lui était resté. Même les Frères et la moitié de la ville l'appelaient ainsi. Comme pour sa mère et son père, il était Sonny, rares étaient ceux qui savaient qu'il avait été baptisé Joseph Matthew Brennan.

Patrick travailla très dur dans le secteur hôtelier. D'aide de cuisine, il devint assistant cuisinier, il fut portier, œuvra à la réception et suivit des cours de restauration dans une école où il finit par rencontrer une dénommée Brenda dont il rapporta une photo à la maison.

— Elle a un joli sourire, dit Blouse.

— Elle a l'air débordante de santé, admit le père.

— Pas le genre de fille à s'installer à la campagne, geignit la mère.

— C'est aussi bien puisque comme Brenda et moi n'avons aucune notion d'agriculture, Blouse prendra le relais le jour venu.

Patrick parlait sans appel.

Les parents, comme à leur habitude, ne commentèrent pas.

Dès cet instant, Blouse acquit de l'assurance. Il avait quatorze ans, mais un jour il serait propriétaire foncier. Cela le rendait supérieur à pratiquement tous les autres à l'école. Il commit l'erreur de le dire à Horse Harris qui était une brute et Horse se moqua de lui.

— Môsieur Blouse, se mit-il à lui seriner.

Patrick fit une apparition à l'école et réarrangea le nez de Horse Harris. On n'appela plus jamais Blouse « Môsieur ».

Un jour Patrick offrit une bière à Blouse et lui dit que lorsque Brenda et lui se marieraient, il aimerait qu'il soit son témoin.

— Imagine, toi un homme marié avec une maison à toi, dit Blouse.

— Tu seras toujours le bienvenu, tu pourras rester pour la nuit, voire le week-end.

— Je sais, mais je ne vois pas trop ce que je ferais à Dublin. Qu'est-ce qu'un gars qui s'appelle Blouse irait faire dans une grande ville ?

Patrick vint un jour avec Brenda.

Très belle, pensa Blouse, et sûre d'elle. Pas comme les gens du coin. Elle fut très polie avec sa mère et son père, aida à faire la vaisselle et ne protesta pas quand leur gros chien plein de poils posa la patte sur sa jupe élégante.

Elle expliqua à Blouse et à la mère de Patrick que le mariage serait célébré par son oncle qui était prêtre et rassura leur père en précisant que ce serait une cérémonie modeste, vingt personnes au plus. Il y aurait un beau gâteau de mariage et du vin.

Les gens n'y trouveraient-ils pas à redire si on ne leur servait pas du poulet froid et du jambon ? voulut savoir la mère de Blouse.

Apparemment pas à Dublin, où les gens étaient aussi bizarres que deux chaussures du même pied.

Le jour dit, on grommela beaucoup. Blouse conduisit ses parents à la gare. Patrick devait les attendre à Dublin. Blouse se demanda comment on pouvait vivre dans un endroit aussi bruyant que cette grande ville qui grouillait d'inconnus en plus, mais il ne dit rien, il se contenta de sourire à tout le monde et de serrer les mains quand cela semblait être la chose à faire.

Il trouva le repas très bien, quoique ce ne fût pas exactement un dîner, et le gâteau était un vrai miracle. Et c'était son grand frère en personne qui avait fait le glaçage et tous les trucs en boucle ainsi que l'inscription rose avec les noms et la date.

Il ramenait ses parents à la maison par le train de cinq heures. Il n'avait pas été question de passer la nuit à Dublin. Cela aurait été trop pour eux.

Brenda, sa nouvelle belle-sœur, avait été très gentille.

— Dès qu'on aura plus d'espace, Blouse, tu viendras nous rendre visite. Nous te montrerons Dublin.

— Je viendrai, même que je ferai peut-être tout le trajet au volant de la camionnette, dit Blouse fièrement.

Ce serait un événement à attendre. Quelque chose à raconter dans le village : « Ma belle-sœur à Dublin veut que j'aille chez eux. »

Son père eut une douleur dans la poitrine et mourut trois mois après le mariage de Patrick. Sa mère parut prendre la nouvelle comme un simple nouveau revers, comme quand les poules pondaient mal ou que les pommiers étaient atteints de la cloque. Blouse veilla sur elle du mieux qu'il put. Et le temps passa comme d'habitude.

Blouse n'avait pas de petites amies parce qu'il n'était pas vraiment à l'aise avec les filles. Il ne comprenait jamais de quoi elles riaient et, s'il riait à son tour, elles s'arrêtaient. Mais il ne se sentait pas seul. Il alla même à Dublin voir son frère et sa belle-sœur. En camionnette.

Brenda et Patrick craignaient que Blouse ne soit gêné par la circulation, mais ils s'inquiétaient pour rien. Il arriva à la maison sans encombre.

— J'avais oublié de te dire que les quais étaient à sens unique, lui dit Patrick.

— Cela ne m'a pas posé de problème.

Blouse s'assit avec empressement comme un enfant attendant qu'on le distraie.

Ils lui racontèrent qu'ils espéraient obtenir la direction d'un restaurant vraiment chic appartenant à un certain Quentin Barry.

— On doit tout à Brenda, dit fièrement Patrick.

Elle avait réussi à leur trouver cette occasion à saisir pile au bon moment. Ayant touché un peu d'argent, Quentin Barry avait acheté le café de Mick et il voulait le transformer en restaurant. Il avait besoin d'un chef et d'une directrice.

Si seulement cela pouvait se faire !

S'ils réussissaient à bien faire tourner cet endroit, ils tenaient leur chance, parce que le propriétaire ne viendrait pratiquement pas, si bien qu'ils pourraient donner leur propre style au restaurant.

Bien que ne buvant pas, Blouse prit une coupe de champagne avec eux pour fêter ça. À son retour à la maison, sa mère lui apprit que Horse Harris était venu parler affaires à propos de la ferme.

— Qu'est-ce qu'il voulait savoir ? Blouse était inquiet. Horse n'avait jamais rien présagé de bon. Apparemment il avait parlé affaires avec sa mère. C'est tout ce qu'elle voulut dire. Blouse se demanda s'il devait prévenir Patrick, mais non, ils étaient trop occupés. Ils avaient décroché le boulot avec Quentin qui allait les laisser créer le restaurant de leurs rêves. Ce n'était pas le moment de les embêter avec la venue de Horse Harris à la ferme et le refus de la mère d'en parler.

Chaque semaine, Brenda écrivait un mot auquel Patrick ajoutait quelques lignes.

— Je ne vois pas ce qui la pousse à écrire toutes ces bêtises chaque semaine et à mettre un timbre dessus, dit Mme Brennan. Elle n'a pas assez à faire, voilà son problème.

Mais cela plaisait à Blouse. Il annonça un jour à Horse qu'il recevait une lettre de Dublin toutes les semaines.

— Te fatigue pas à leur répondre, ils guignent la ferme, c'est tout, répondit l'autre.

En apportant sa tasse de thé du matin à sa mère, Blouse la trouva morte. Il s'agenouilla près de son lit et pria, puis il appela le médecin, le prêtre et Shay Harris, l'entrepreneur de pompes funèbres. Une fois tout organisé, il téléphona à Patrick et Brenda.

Un nombre respectable de gens vint à l'enterrement.

— On t'apprécie beaucoup ici, Blouse, lui dit Patrick.

— Oui, c'est sûr, ils aimaient tous bien papa et maman.

Shay Harris demanda si Patrick allait repartir à Dublin avec ses affaires.

— Quelles affaires ?

Ils apprirent alors que Horse, le frère de Shay, avait acheté la petite ferme. Son argent attendait à la banque ; tout était légal avec les attestations voulues. Blouse serait obligé de partir avant un mois.

Patrick fut hors de lui, mais étrangement Brenda n'abonda pas dans son sens.

— Il se sentirait bien trop seul ici. Il vivrait en ermite. Dis-lui de venir s'installer avec nous à Dublin.

— Blouse serait perdu à Dublin.

Blouse n'arrivait pas à croire ce qui s'était passé.

— Je suis trop bête pour vivre où que ce soit. J'aurais dû te prévenir que Horse était venu, mais je ne voulais pas que tu penses que j'avais besoin de toi pour lui cogner dessus.

— Je ne frappe plus personne, Blouse.

— Viens vivre avec nous, reprit Brenda. Comme tu vas toucher ta part de la vente de la ferme, tu pourras avoir un toit à toi dès que tu voudras et tu nous serais d'une grande aide.

— Qu'est-ce que je pourrais faire ? Je ne sais que labourer des champs, m'occuper de moutons et récupérer les œufs sous le cul des poules.

— Tu ne pourrais pas faire la même chose pour nous à Dublin ? suggéra Brenda.

Patrick la regarda, effaré.

— Enfin, peut-être pas les moutons, mais nous pourrions acheter une parcelle.

— Une quoi ?

— Une parcelle. Tu sais bien, Blouse. On doit en trouver aussi dans les villes rurales maintenant. De grands terrains dont on loue une parcelle pour y faire pousser ses propres produits.

— Et à qui cela appartiendrait ? Blouse était perdu.

— À celui qui est propriétaire du terrain. Je te montrerai. Ils ont des petites remises et des cabanes pour ranger les pelles et les fourches et de grands espaliers pour faire pousser des trucs dessus, et on garde ce qu'on fait pousser.

Même son frère Patrick parut trouver l'idée très bonne.

— Nous pourrions mettre ça sur le menu... légumes biologiques, œufs frais.

— Mais où est-ce que je vivrais ?
— Il y a plein d'endroits qui louent des chambres dans le quartier. Je vais me renseigner.
— Tu pourrais venir habiter avec nous, bien sûr, dit Brenda. Il y a un dédale de vieilles pièces à l'arrière et à l'étage. Elles sont dans un sale état, mais on les arrangera. Nous avons refait notre chambre, et dès que nous aurons le temps de faire dégager les gravats, nous en ferons peindre une pour toi. Tu pourrais choisir la couleur.

Sa mère ne lui avait jamais demandé de quelle couleur il aimerait sa chambre. Blouse avait toujours rêvé de murs jaunes et d'un plafond blanc. Il avait vu une chambre comme ça dans un magazine et pensait que ce serait très gai avec une couverture écossaise sur le lit. Et maintenant il allait en avoir une bien à lui.

— J'aimerais voir l'endroit pour m'en faire une idée.

Quelque chose dans son intonation émut profondément Brenda et Patrick.

Ils avaient un million d'autres choses plus prioritaires à régler que de trouver un endroit pour Blouse mais elles ne paraissaient plus si urgentes.

— Viens, on va te montrer où tu pourrais t'installer, lui dit Brenda.

De la pagaille qui régnait dans l'endroit qui deviendrait leur cher restaurant, ils emmenèrent Blouse faire le tour des entrepôts, des remises et des pièces en ruine qui formaient l'arrière de Quentin.

Blouse trouva une pièce à son goût.

— Je peux m'y mettre maintenant, Brenda ? demanda-t-il avec son grand sourire innocent.

Elle parut avoir les larmes aux yeux quand elle répondit que oui, mais peut-être l'avait-il imaginé.

Armé d'une brouette, il sortit les gravats. Il voulait que la pièce soit jolie et vide quand ils apporteraient tous les meubles de la maison, de la petite ferme que Horse Harris avait achetée. Ils apporteraient le lit dans lequel il avait dormi toute sa vie et l'horloge de parquet.

— Peut-être que je dégagerai quelques autres pièces pour vous, proposa Blouse. On attend beaucoup de mobilier de la maison et si, à l'avenir, vous aviez un logement à offrir au personnel, vous pourriez les engager pour moins cher.

Ils le regardèrent, ébahis. Tout se mettait en place. Grâce à Blouse. Et ce fut arrangé bien plus vite qu'on ne l'aurait cru.

Patrick réussit à voir Horse Harris avant qu'ils ne quittent la ville avec tous les meubles dans un énorme camion de location.

— Heureux qu'on se quitte en bons termes, fit l'autre avec le sourire horrible de celui qui savait qu'il venait d'avoir le dessus sur cet idiot de Blouse Brennan et son petit futé de frère.

— Bien sûr, Horse, répondit Patrick en lui donnant une poignée de main qui aurait pu lui casser tous les doigts avant de lui tordre le poignet, ce qui lui froissa un muscle.

Horse ne l'avait pas volé.

Blouse travailla dur sur la parcelle. Il y partait chaque jour dans la vieille camionnette qui avait appartenu à ses parents. Il découvrit de nouveaux légumes dont il n'avait jamais entendu parler à la ferme. Il possédait deux douzaines de poules Rhode Island qui pondaient de gros œufs frais et il avait le projet d'en acheter deux douzaines de plus.

Certains soirs il aidait dans les coulisses du restaurant. Il faisait tout ce qu'on lui demandait. Sortir les poubelles, remplir les machines à laver la vaisselle. Il se trouva une petite chambre près de la parcelle pour pouvoir garder un œil sur ses poules. Il fermait le poulailler à clé la nuit, mais c'était agréable d'être près d'elles.

Une jeune femme vint le voir un jour. Elle lui expliqua qu'elle s'appelait Mary O'Brien et que Mme Brennan de Chez Quentin lui avait donné son adresse. Elle voulait écrire un article pour un magazine sur l'élevage de poules et la culture de légumes et elle se demandait s'il pouvait la renseigner.

Ils bavardèrent, il lui montra comment on plantait des graines.

Mary lui confia que cela faisait des lustres qu'elle n'avait pas passé un aussi bon moment et lui demanda de bien vouloir lui indiquer l'arrêt de bus le plus proche pour rentrer au bureau.

— Vous n'avez pas de voiture ?

Blouse avait cru qu'elle faisait partie de ces gens chic qui ont une voiture de fonction qu'ils changent tous les dix-huit mois.

— J'ai peur au volant. J'ai pris des leçons de conduite, mais je panique tout le temps.

— Oh, mais c'est très simple, lui expliqua Blouse. Quand vous paniquez, vous mettez votre clignotant et vous vous garez, c'est ce que j'ai fait pendant des années, et maintenant je conduis comme si j'avais des ailes.

Il la raccompagna dans sa vieille camionnette et fit semblant d'être angoissé de temps à autre.

— Je n'aime pas l'allure de ce gros bus qui m'arrive dessus. Je vais me garer le temps que nous reprenions notre souffle et nous pourrons repartir.

Mary O'Brien le regarda effarée.

— Vous m'apprendriez à conduire ?

— Oh non, je ne suis pas qualifié. Je ne suis qu'un idiot. Il faudra que vous alliez dans une auto-école, ils ne voudraient pas qu'un simplet comme moi leur pique leur gagne-pain.

Elle lui serra la main et lui dit qu'elle enverrait un photographe dans sa parcelle.

— Vous n'avez rien d'un idiot, arrêtez de vous dénigrer. J'espère vraiment vous revoir.

Blouse se sentit transporté. Il savait qu'elle était sincère.

— Si vous trouvez un gentil professeur de conduite, peut-être qu'il m'autorisera à m'asseoir à l'arrière pour vous soutenir le moral.

— Cela ne devrait pas poser de problèmes.

Ils eurent du mal à se séparer.

— Vous serez célèbre après cet article, Blouse Brennan. Le gourou de l'autosuffisance, voilà comment ils vont vous surnommer. Bon, je vous appellerai comme ça et les autres suivront.

— Imaginez !

— Oh, à propos, votre nom... votre frère a dit que votre vrai nom était...

— Blouse me convient.
— Vous avez raison. Si j'avais un nom comme ça, je le garderais.
— Je vous téléphonerai quand le photographe sera passé, dit Blouse Brennan dont personne n'avait jamais pris la photo et qui n'avait encore jamais téléphoné à une fille de sa vie.

Regrets

Brenda n'avait jamais douté qu'elle aurait rapidement des enfants. Sa mère avait donné naissance à cinq filles et on comprenait à mi-mot qu'il y en aurait eu bien plus si on n'avait pas pratiqué l'abstinence. Deux de ses sœurs avaient eu ce que l'on appelait des bébés de lune de miel et, à part son amie Nora en Italie, toutes celles qu'elle connaissait étaient mères. En fait, il lui arrivait de redouter qu'une grossesse n'arrive trop tôt. Elle y avait pensé de temps en temps depuis leur mariage. Mais maintenant, avec les dix-huit heures par jour qu'ils consacraient à la création de Chez Quentin, pendant ces premiers mois épuisants avec l'équipe de construction, l'installation des cuisines et de la salle à manger, le choix des fournisseurs, cela leur sortit complètement de l'esprit.

Quand les choses se calmèrent un peu, après l'ouverture du restaurant et une fois Quentin parti le cœur léger pour le Maroc en leur confiant les rênes de l'affaire, Brenda se remit à y songer. Ils étaient mariés depuis des années maintenant et ils étaient tous les deux apparemment en bonne santé.

— Et si nous avions des enfants ? lança-t-elle un soir qu'ils sirotaient un thé dans la cuisine qu'ils avaient tenu à installer dans leur appartement à l'étage. Même s'ils pouvaient bénéficier de l'une des meilleures cuisines de Dublin, ils ne voulaient pas être obligés de descendre pour se faire des œufs brouillés.

Le regard de Patrick s'illumina.

— Brenda, ça y est ? fit-il plein d'espoir.
— Non, hélas, non, répondit-elle en s'efforçant de garder un ton léger.
Il se leva pour essayer de dissimuler sa déception.
— Désolé, j'y ai cru quand tu as parlé d'enfants, marmonna-t-il.
— Je sais. Je le désire autant que toi, Patrick. Tu ne crois pas que nous devrions en parler ?
— Je ne savais pas qu'on faisait des enfants en parlant, répliqua-t-il.
Ce ton ne lui ressemblait pas. Elle décida de l'ignorer.
— Non, c'est sûr, mais nous faisons plutôt ce qu'il faut pour avoir des enfants et cela ne marche pas, si bien que je me demandais si nous ne devrions pas nous faire examiner. Tu vois ce que je veux dire ?
— Je vois ce que tu veux dire. Et je ne suis pas fou de cette idée.
— Moi non plus, se retrouver les pieds dans des étriers et tout ça. Mais si cela marche, cela en aura valu la peine.
— Quand on pense à ce qu'on lit dans la presse, on dirait que la moitié du pays tombe enceinte après un vendredi soir bien arrosé, grommela Patrick.
— Bon, je prends rendez-vous chez le Dr Flynn ?
— Tu crois qu'il va nous recevoir ensemble ?
— Probablement pour une petite conversation, puis il nous fera faire des analyses.

Ils songeaient tous les deux à ce qui les attendait sans le moindre plaisir. Ils ne prirent pas rendez-vous cette semaine-là parce que les inspecteurs devaient passer vérifier la ventilation. Ni la suivante parce que l'annonce du prochain mariage de Blouse Brennan et de Mary O'Brien avait produit une grande effervescence. Ni celle d'après qui fut ponctuée de plusieurs visites de la famille O'Brien qui avait besoin de se convaincre qu'un homme prénommé Blouse était un bon parti pour leur fille. Ensuite, il y avait eu les réunions avec les comptables de Quentin, avec la banque, les avocats.

Les semaines passèrent sans que Brenda et Patrick Brennan estiment avoir le temps de rendre visite au médecin pour un problème qui, après tout, n'avait rien d'une maladie grave.

Et souvent la nuit, après leurs longues journées, ils se rapprochaient dans leur grand lit entouré de rideaux de dentelle blanche. S'ils pensaient que la chose pouvait se régler d'elle-même avant d'avoir besoin d'en parler avec le Dr Flynn, ni l'un ni l'autre ne l'avoua.

Blouse et Mary se marièrent et passèrent leur lune de miel d'une semaine dans une ferme biologique en Écosse. Ils rentrèrent plein d'idées nouvelles. Blouse était un homme marié à présent. Plus question de vivre dans une remise à côté de la parcelle. En annexant des réserves en plus de la petite pièce à l'arrière de Chez Quentin, le couple s'arrangea un joli petit appartement.

Mary décrocha une chronique régulière dans un journal où elle devint très respectée pour ses conseils sur la manière de cultiver ses propres légumes dans un petit espace. Elle faisait même des apparitions à la télévision en tant que spécialiste du sujet, et ses yeux brillaient de fierté quand elle parlait de son mari Blouse.

Blouse prenait de l'assurance tous les jours et il ne parut jamais plus heureux et plus sûr de lui que le jour où il annonça à Patrick et à Brenda qu'ils attendaient un enfant. Quatre mois de mariage, et cette superbe nouvelle.

Les Brennan parvinrent à montrer leur enthousiasme et à cacher leur jalousie jusqu'à ce qu'ils se retrouvent seuls ce soir-là dans leur chambre. Ils s'efforçaient d'être généreux mais c'était dur. Ils avaient un sentiment d'injustice. S'ils étaient assis côte à côte, ils étaient séparés par un gouffre. Leurs épaules ne se touchaient même pas.

— Ça s'arrangera, dit Brenda.
— Bien sûr que cela s'arrangera.
— J'appellerai le Dr Flynn demain, promit-elle. Pour qu'il agite sa baguette magique.

Lorsqu'ils se couchèrent, elle le prit dans ses bras. Dans les moments difficiles, ils se réconfortaient mutuellement. Faire l'amour avait si souvent permis d'évacuer les soucis et les angoisses de la journée.

Mais pas ce soir.

— Je suis fatigué, ma chérie, dit Patrick en lui tournant le dos.

Brenda passa une nuit blanche à contempler les murs couverts de photos et de souvenirs. Elle avait beau être morte de fatigue, elle ne put trouver le sommeil.

Le Dr Flynn fut aimable, technique, et leur donna l'impression de ne pas être trop indiscret en leur demandant s'il y avait bien eu pénétration. Il les envoya alors tous les deux à l'hôpital pour une série d'analyses et les pria de revenir le voir dans six semaines.

Ce fut une période étrange de leur vie. Ils ne firent l'amour que deux fois, et la troisième, alors que cela se présentait bien, Patrick déclara que ce n'était pas la peine puisque ce n'était pas le moment propice du mois pour Brenda.

Et, pendant ce temps, Mary tapotait fièrement son petit ventre rond et Blouse évoquait ses futures responsabilités de père.

Tous les femmes que rencontrait Brenda paraissaient parler d'enfants, en bien ou en mal. Ou c'étaient de vrais amours, des petites merveilles au point que leur mère ne supportait pas de devoir les quitter pour aller travailler. Ou, au contraire, c'étaient de vraies plaies, des monstres d'ingratitude grognons, et si leur mère avait pu s'en débarrasser en toute légalité, elle ne se serait pas gênée.

Et Brenda écoutait en souriant.

La seule personne qui la comprenait était son amie Nora, à des kilomètres de là en Sicile. Nora pour qui il n'était pas question d'avouer au village qu'elle aimait Mario, même si c'était un vrai secret de Polichinelle pour la plupart des habitants. Parfois, des femmes disaient à la Signora, car c'est ainsi qu'on l'appelait, qu'elle avait de la chance de ne pas avoir d'enfants, avec tous les problèmes que cela posait. Mais Nora s'asseyait à sa fenêtre pour regarder Mario jouer dans le square avec ses fils. Elle aurait tant voulu avoir son petit bébé aux cheveux bruns bouclés à tenir dans ses bras. Cela lui faisait si mal d'y penser qu'elle se convainquit presque qu'il quitterait peut-être Gabriella et ses autres enfants pour s'installer avec elle si elle lui donnait un bébé.

Mais heureusement elle ne vérifia jamais sa théorie.

Brenda écrivait à Nora comme elle ne pouvait le faire à aucun de ses proches. Elle lui écrivit un soir que Patrick était profondément endormi de son côté :

Il ne m'aime plus. Il n'accepte de me toucher que lorsque je suis censée être la plus féconde. Les analyses ont montré que rien ne nous empêchait de concevoir. J'ovule normalement. La numération des spermatozoïdes de Patrick est normale. Ils n'arrêtent pas de nous dire que nous ne sommes pas encore prêts pour un traitement de fécondostimulants. Patrick ne cesse de se demander quel âge il faut que nous ayons. Je ne sais plus, Nora, vraiment je ne sais plus. On entend sans arrêt parler de gens qui se retrouvent avec onze embryons avec des fécondostimulants. Et le bébé de Mary et de Blouse est attendu pour la semaine prochaine. Et il faut que je sois heureuse, ravie et émue. Je me sens si moche de ne pas l'être.

Patrick refusait d'en parler.
— Qu'est-ce que tu veux dire, ce que cela me fait que Blouse puisse avoir un enfant et pas moi ? Qu'est-ce que cela me fait à ton avis ? lui cracha-t-il.
— Ce n'est pas ce que je voulais dire.
Les yeux de Brenda se remplirent de larmes.
— C'est exactement ce que tu voulais dire, pourtant. L'idiot de la famille est capable d'engrosser sa femme mais on ne peut pas en dire autant du grand frère.
— Je ne te permettrai pas de parler de Blouse en ces termes, Patrick. Tu ne l'as jamais fait. Tu n'as jamais laissé personne le faire. Il m'a raconté que, dans la cour de son école, tu te bagarrais avec ceux qui osaient de telles remarques, et voilà que toi, tu t'y mets.
Il se sentait honteux, c'était visible.
— Je suis désolé. Je ne sais pas ce qui m'a pris.
— Ce qui t'a pris, c'est ce qui m'envahit aussi, cette envie d'avoir un enfant à nous, c'est normal que cela nous déséquilibre, Patrick.
— Tu n'es pas déséquilibrée. Tu es très calme.
— Non, c'est ma façon de tenir le coup, de faire comme si tout était normal ou que cela puisse devenir normal.

— Je suis désolé, Brenda. C'est dur pour toi aussi. Je n'essaie pas de me chercher des excuses. C'est juste que quelquefois quand je finis crevé à la fin de la journée, je me demande à quoi bon.
— À quoi bon quoi ?
— Nous crever au travail. Pourquoi le faisons-nous, exactement ?

Brenda pensait qu'ils le faisaient pour eux-mêmes, pour l'un et l'autre, pour leur rêve partagé. Mais elle comprit qu'elle avait intérêt à bien choisir ses mots.
— Je sais, je ressens la même chose.
— Vraiment ?
— Bien sûr, Patrick. Qu'est-ce que tu crois ?
— C'est juste que le mois dernier, tu as dit… quand nous avons compris que ce n'était encore pas pour cette fois… tu as dit que peut-être, peut-être, c'était aussi bien pour le moment.
— Qu'est-ce que tu aurais voulu ? Que je hurle devant tout le monde, les fournisseurs, les clients, Blouse et Mary, les passants, qu'une fois de plus nous n'avons pas réussi à faire un enfant ? J'aurais dû sangloter devant tout le monde, c'est ça ? Dis-moi, et je le ferai le mois prochain.

Il l'entoura de ses bras et elle sanglota contre son épaule pendant un bon quart d'heure avant de se calmer. Il regarda son visage baigné de larmes.
— Allons, fais bonne figure pour nous deux maintenant, ma courageuse Brenda Brennan, et il l'embrassa pour la première fois depuis longtemps.

Mary et Blouse eurent un petit garçon. Ils le prénommèrent Brendan Patrick. Il était parfait.

Brenda allait le voir tous les jours. Ses petits doigts se serraient autour des siens. Il lui souriait d'un air endormi. Il cessait de pleurer quand elle le prenait dans ses bras. Elle savait s'y prendre avec les enfants. Un jour elle en aurait un à elle.

Elle appela le Dr Flynn et dit oui à tout traitement de fécondostimulants, y compris au stade expérimental. Il la pressa d'être prudente et patiente. Elle riposta qu'il n'en était plus question.

Elle garda vissé sur son visage un sourire de ravissement devant le petit Brendan Patrick. Elle était sûre que tout le monde pouvait voir ses regrets, son envie d'avoir son propre enfant. Puis un jour sa faculté de lire sur les lèvres lui révéla une conversation entre Blouse et Mary.

— C'est génial que Brenda l'aime à ce point, non ? disait Blouse.

— Oui, mais nous ne devrions pas fanfaronner autant à son sujet devant elle.

— Qu'est-ce que tu veux dire ? Elle l'admire et en parle comme nous, non ?

Blouse n'en revenait pas.

— Elle a peut-être envie d'en avoir un à elle, dit la petite Mary O'Brien avec ses boucles rousses et son nouveau-né parfait.

Il y avait des raisons pour lesquelles le traitement ne semblait pas convenir. Tension élevée, allergies, contre-indications. Pour la fertilisation in vitro, la liste d'attente était très longue. Brenda ne comprenait jamais vraiment quel était le problème parce que le poids de la déception était immense et les rides sur le visage de Patrick se creusaient.

Le Dr Flynn tenta de leur expliquer. Il eut la sensation de s'adresser à des murs. Il les incita à reprendre la vie sexuelle active qu'ils disaient avoir avant. Il évoqua l'adoption. Souvent, c'était merveilleux, non seulement en soi mais parce que cela avait l'effet secondaire de détendre les parents et de permettre une conception réussie.

Ils ne commentèrent pas.

Le Dr Flynn précisa que l'adoption n'était pas aussi facile qu'avant, il y avait trop de demandes pour une offre trop modeste. C'était fini le temps où les mères célibataires abandonnaient leurs enfants à des orphelinats ou les faisaient adopter. C'était une attitude beaucoup plus saine, bien sûr, mais pas très pratique quand on cherchait un enfant.

Et, bien sûr, il y avait le facteur de l'âge, après quarante ans les chances d'adopter s'amenuisaient, ils avaient donc intérêt à faire vite s'ils voulaient s'inscrire.

Pour le monde extérieur, rien n'avait changé, mais pour la grande équipe qu'avaient constituée Brenda et Patrick Brennan, si. Seuls leurs très proches devinèrent qu'il se passait quelque chose. Blouse et Mary pensaient que le couple travaillait trop, qu'il ne riait pas autant qu'avant. La mère de Brenda ne remarqua rien sinon que chaque fois qu'elle évoquait l'éventualité de petits-enfants, elle avait droit à une réponse très sèche.

Lors de son coup de fil hebdomadaire, Quentin Barry sentit que l'étincelle habituelle n'était pas là chez Brenda.

Il l'attribua à la tension, aux régulations et à l'anxiété.

Ne vous tuez pas à la tâche, écrivit-il gentiment. *Je sais que nous ne récolterons pas de bénéfices avant assez longtemps. Mon comptable aboie plus fort qu'il ne mord. Ensemble, nous construirons quelque chose de merveilleux, ne perdez ni votre passion, ni votre enthousiasme.*

Si Patrick et Brenda eurent une réaction plutôt amère à cette allusion à la passion, ils ne s'en dirent rien. Ils servaient des repas depuis des mois à présent.

Tant de problèmes s'amassaient. Qui aurait pu prévoir que le parking serait un tel cauchemar ? Que les sociétés de taxi pourraient les laisser tomber ? Que la pêche serait si peu fiable de temps à autre ? Que des gens connus présenteraient des cartes de crédit périmées ? Que des clients voleraient des cendriers et des serviettes en tissu ? Ils apprenaient, lentement et non sans amertume parfois. C'était la première fois qu'ils dirigeaient leur restaurant à eux. Enfin celui de Quentin. Il leur avait dit de le considérer comme le leur.

Mais quand Brenda voyait Patrick soupirer, elle se rappelait ses paroles, « À quoi bon ? », et elle avait le cœur lourd.

Vers la fin de leur première année, Brenda avait perdu beaucoup de poids et elle avait l'air épuisé. Mary, la femme de Blouse, qui paraissait s'épanouir dans la maternité, était apparemment capable aussi de s'occuper de nombreuses tâches. Par ses contacts, elle avait réussi à décrocher une énorme publicité pour la célébration du premier anniversaire du restaurant.

Trois soirs avant l'événement, quand toutes les catastrophes qui auraient pu se produire s'étaient effectivement produites, Patrick et Brenda étaient encore dans la cuisine du restaurant à trois heures du matin. Ils venaient de vivre une journée particulière. Une voiture avait reculé dans une de leurs vitrines : résultat, ils s'étaient retrouvés avec un tas de verre cassé et un courant d'air insupportable jusqu'à ce qu'on puisse installer une planche qui donnait à l'endroit l'aspect d'avoir été victime d'un bombardement. Ensuite il y avait eu une fuite de gaz, une étagère portant des produits précieux s'était effondrée, et une toilette chez les dames avait débordé. Quelqu'un avait renvoyé son poisson en cuisine parce qu'il avait un « drôle » de goût et tout le monde avait froncé le nez devant son assiette, qui ne posait pas de problème jusque-là. Un des serveurs avait rendu son tablier parce que, franchement, le restaurant était un vrai foutoir et ne deviendrait jamais un établissement de première classe.

— À quoi bon tout cela ? s'exclama de nouveau Patrick.
— Pardon ?
— Tu m'as parfaitement entendu. À quoi bon ? Je suis littéralement épuisé. Tu n'a plus que la peau sur les os. Tu as vieilli de vingt ans. C'était de la folie de nous lancer dans cette entreprise. De la folie pure...
— Cela en aurait-il valu la peine si nous avions un enfant, voire la perspective d'en avoir un, tu crois ? Cela aurait-il donné un sens à la journée d'enfer que nous venons de vivre ?
— Tu sais bien que oui.
— Non, je n'en suis pas sûre. Nous serions aussi fatigués, sinon plus.
— Oui, mais tout cela aurait eu un but.
— Et là il n'y a rien, aucun but, c'est ce que tu veux dire ?
— Ne cherche pas la dispute, Brenda. Il est bien trop tard.
— Tu as raison. Pourquoi ne montes-tu pas te coucher ?
— Tu ne viens pas ?
— Dans un moment. Monte, s'il te plaît.

Patrick se traîna jusqu'à la porte et regagna l'étage.

Brenda contempla l'endroit où elle venait de travailler comme une damnée depuis sept heures du matin. Vingt heures d'affilée. Elle s'approcha pensivement d'un miroir qu'ils avaient installé pour permettre au personnel de se lancer un rapide coup d'œil avant d'entrer dans la salle à manger. La peau sur les os. Vieillie de vingt ans.

Elle écrivit un mot court à Patrick.

Je suis désolée, mais je n'ai pas envie de partager ton lit ce soir. Pas si tu me trouves vieille, triste, et une sale gueule. Pas si tu ne vois pas d'espoir, ni de but nulle part. Je vais passer la nuit, ou ce qu'il en reste, chez des amis. Mais où que je sois, je reste une pro. Je serai de retour demain à midi pour la séance de photo que Mary a organisée et pour mon service. Je ne ressens pas le besoin de parler de tout cela à quiconque, alors fais-en autant.
Brenda.

Elle posa le mot sur la table de nuit, à côté du lit où il dormait d'un sommeil profond, un bras étendu sur son côté du lit comme il le faisait depuis des années. Elle prit son manteau, de quoi se changer, quelques objets de toilette et elle sortit dans l'aube de Dublin.

Elle prit un taxi pour Tara Road où Colm dirigeait un restaurant. Alcoolique venant de subir une désintoxication, il avait le sommeil léger. Lui aussi vivait sur place. Ils avaient toujours plaisanté à propos de leur rivalité, mais son restaurant dans son faubourg plein de verdure servait une clientèle entièrement différente de celle de Quentin en centre-ville.

Elle sonna et il répondit d'une voix parfaitement réveillée.

— Brenda Brennan, en personne ?

— Colm, pourrais-tu m'offrir un lit pour la nuit, du moins ce qu'il en reste ?

— Bien sûr. Je te prépare du thé et des toasts ou tu préfères aller directement te coucher ?

— Je veux bien du thé.

Il ne l'interrogea pas sur ce qui l'amenait et elle partit se coucher une demi-heure plus tard dans la chambre d'amis de Colm où elle dormit jusqu'à dix heures du matin.

— Tu dirais que je n'ai que la peau sur les os et que j'ai vieilli de vingt ans, Colm ? demanda-t-elle devant un petit déjeuner de melon, champagne et jus d'orange, et un croissant tout chaud.

— Non, et seulement un mari surmené et pris de panique au sujet de son restaurant aurait pu dire une chose pareille. Tu retournes auprès de lui.

— Bien sûr. Je suis une pro.
— Et tu l'aimes ?
— Peut-être.
— Non, c'est sûr.
— Quoi qu'il en soit, Colm, tu peux m'appeler un taxi ? Tu sais que tu es l'ami le plus fidèle que je connaisse ?

Le taxi arriva dans les cinq minutes. Au bout de onze minutes de trajet, un gros camion lui rentra dedans. Du côté où Brenda était assise. Le coup qu'elle reçut à la tête la plongea aussitôt dans l'inconscience. Elle ne garda aucun souvenir de ce qui se passa après.

Brenda n'avait jamais eu une minute de retard. Patrick commençait à sérieusement s'inquiéter. Elle avait dit qu'elle reviendrait. Il savait qu'elle tiendrait parole. Il se demandait quel ami elle était allée voir. Il regrettait d'avoir été aussi mordant. Il aurait dû la prendre dans ses bras et lui dire qu'ils en reparleraient quand les choses se seraient calmées. Brenda n'était jamais de mauvaise humeur. Elle ne ferait pas une scène comme ça un jour aussi important.

Lorsqu'elle ne se présenta pas pour la photo, son inquiétude se transforma en angoisse. Il s'était efforcé de rassurer tout le monde, avait insisté pour que Blouse et Mary figurent sur la photo de même que le garçon récemment engagé. Puis il annonça que chacun avait un million de choses de dernière minute à régler.

Bien qu'à court de personnel, ils réussirent à servir le déjeuner. Patrick s'attendait à tout instant à la voir apparaître dans la cuisine. Mais le service était terminé, et il n'y avait toujours pas le moindre signe d'elle.

Elle ne rentra pas non plus dans l'après-midi. Il était à présent fou d'inquiétude. À six heures, il était prêt à appeler la police. Ils ne furent pas très coopératifs. Un incident conjugal à quatre heures du matin. Ils manifestèrent leur sympathie, mais ils avaient mieux à faire. La plupart des disparus rentraient chez eux. Téléphonez à ses amis, suggérèrent-ils.

Il ne savait pas du tout qui appeler. Il prépara machinalement les assiettes pour le dîner.

Elle ne l'aurait pas abandonné comme ça.

À l'hôpital, ils cherchèrent tout ce qui pourrait leur permettre d'identifier la femme brune qu'on venait de leur amener. Des clés, quelques billets de banque dans ses poches, du linge de rechange dans un sac, c'était tout ce dont ils disposaient. Pas la moindre piste à suivre.

Pendant le dîner, Patrick remonta à l'étage. Il vit le sac à main de Brenda par terre près de la coiffeuse. Elle était partie sans rien. Il était impossible qu'elle soit partie pour se tuer. Il ne voulait pas faire appel à Blouse et à Mary. Blouse était si simple et innocent. Mais à onze heures du soir il dut se résoudre à les prévenir.

Le trouvant assis en larmes dans la cuisine, ils exigèrent de savoir ce qui se passait.

— Nous allons appeler les hôpitaux, dit Mary.

Ils prirent les six principaux et se répartirent la tâche. Blouse la localisa au premier essai.

— Grande, mince, les cheveux généralement relevés en chignon banane, dit-il, heureux d'avoir bien résumé la chose.

Patrick se demanda s'il aurait été capable de fournir une aussi bonne description. Il s'empara du téléphone.

— Elle est vivante ? sanglota-t-il. Dieu soit loué. Dieu soit loué.

Elle avait repris connaissance pendant un instant, avait vaguement parlé de Patrick et de Quentin mais ils n'avaient pas eu la moindre idée de ce dont elle parlait. Elle dormait à présent.

Blouse descendit de la camionnette. Patrick resta à l'intérieur, la tête entre les mains. Avait-il vraiment dit à cette femme loyale, solide et merveilleuse qu'il n'y avait pas d'espoir, aucune perspective ? L'avait-il poussée à sortir dans la nuit parce qu'elle ne supportait pas de se coucher auprès de lui ? Seule Brenda importait, il le savait quelque part. Alors pourquoi ne l'avait-il pas admis et ne lui avait-il pas dit ? Que Dieu leur accorde encore des années et des années pour qu'il puisse le lui dire.

Il passa la nuit à son chevet, à caresser sa joue pâle et creuse. Il se souvenait vaguement qu'on lui avait raconté l'accident entre le taxi et le camion. Elle rentrait à la maison quand cela s'était produit.

Puis à l'aube elle se réveilla et il posa sa tête sur sa poitrine et sanglota à s'en briser le cœur.

Il n'y avait pas de commotion cérébrale, très peu d'égratignures, juste un énorme choc. Elle avait eu de la chance. Le chauffeur de taxi avait eu de la chance. Tout le monde était indemne.

— Je crois que je vais pouvoir participer à la soirée finalement, dit-elle.

— Tu es ce que j'ai de plus précieux au monde, Brenda. Tu me suffis, tu entends ce que je dis ? Je t'aime tant, nous avons de grands espoirs, un grand avenir ensemble, toi et moi.

Tout le monde vint ce soir-là au premier anniversaire de Chez Quentin, un événement brillant comme Dublin n'en avait pas vu depuis longtemps, et ils se rappelleraient tous un instant particulier.

Celui où Patrick Brennan avait serré la main de sa femme dans la sienne. Il avait contemplé la foule des invités avant de prendre la parole :

— Nous sommes tous réunis ici ce soir pour fêter le premier anniversaire de notre restaurant, notre bébé. Peut-être n'est-ce pas aussi merveilleux qu'un vrai baptême avec un vrai bébé, mais pour nous c'est un symbole de bonheur et d'espoir. Alors buvons à notre bébé, Chez Quentin, et souhaitons-nous tout le bonheur possible à l'avenir.

Même les journalistes les plus durs à cuire et les pros des inaugurations se turent quand Patrick Brennan embrassa sa mince et élégante épouse Brenda. Les années passant, on prétendit que Brenda Brennan n'avait pas pleuré, on avait dû l'imaginer. Mais ceux qui étaient là savaient qu'ils n'avaient rien imaginé. Et les Brennan n'avaient pas été les seuls à pleurer. Il n'y avait plus un œil sec dans la salle.

II

5

Le restaurant Chez Quentin était si riche en histoires que faire le tri n'avait rien de facile. En plus, monter un film semblait coûter un prix fou. Ils étudièrent leur budget avec des expressions inquiètes. Sandy versa ses économies dans le tronc commun. Nick prit une hypothèque sur son appartement, ce qui lui rapporta une somme raisonnable. Mais, bien sûr, s'ils devaient tourner un film qui remporterait des prix et des récompenses, il leur fallait de gros moyens de production, ce qui signifiait demander une importante aide financière à la Fondation King, dont ils remplirent consciencieusement le formulaire de candidature.

— Il va falloir que je travaille beaucoup plus que vous puisque je n'ai rien à investir, dit Ella. J'ai apporté une bouteille de champagne qu'un client m'a offerte Chez Colm hier soir. Vous vous rendez compte, il ne voulait pas m'insulter en me donnant de l'argent ! S'il avait su à quel point j'étais prête à supporter ce genre d'insulte.

Ils éclatèrent de rire et sortirent des verres. Ils burent à la santé de Firefly Films, de Quentin et de la Fondation King à New York.

Une fois la bouteille de champagne vidée, Nick, un peu inquiet, déclara qu'ils devaient faire preuve de réalisme, car ils visaient très haut.

Sandy s'efforça de prendre la chose à la légère. Elle détestait voir Nick froncer les sourcils.

— Sandy, je dis juste tout haut ce que nous pensons tous tout bas. Peut-être que nous pouvons trouver une autre idée géniale. Ella nous a menés jusqu'ici. Il ne nous reste plus qu'à franchir un nouveau cap.

Le visage de Sandy s'assombrit.

— Je ne nous ai pas menés très loin, intervint Ella. C'est Sandy qui a rédigé la proposition qui a emporté le morceau. Et, en plus, dès que ce champagne sera terminé, il va falloir que je vous laisse pour chercher d'autres places rémunérées. Ce n'est pas de gaieté de cœur, mais vous savez ce que c'est.

— Tes parents sont déjà installés dans la remise ? demanda Nick.

— Oui, nous y sommes tous, mais nous parlons de l'Annexe pour mieux faire passer la pilule.

— C'est vraiment exigu ? voulut savoir Sandy.

— Pas tant que ça, finalement. Colm nous a recommandé un maçon qui a aménagé un endroit génial avec plein de fenêtres dans le toit si bien que c'est baigné de lumière. En plus, c'est bourré de placards où ma mère peut entreposer des objets jusqu'au jour où nous serons sortis de ce marasme. J'ai même rangé mes affaires dedans.

— Et tu penses sortir un jour de ce marasme ?

— Je ne sais pas. Je n'en suis pas sûre, mais c'est un début, et mon père a retrouvé son calme. J'ai cru un moment qu'il allait finir à l'asile. Les gens savent qu'il fait de son mieux pour les rembourser et cela aide. Et deux des appartements sont déjà occupés dans ce que nous appelons maintenant la maison principale, et deux autres seront prêts à la fin de la semaine. Pas mal comme rétablissement, répondit Ella d'un ton enjoué un peu forcé.

Sandy et Nick acquiescèrent. Par comparaison avec ce que vivaient les Brady, leurs problèmes étaient mineurs. Ils trouveraient ou non l'argent pour leur projet, mais au moins ils ne devaient pas un sou à personne.

— Quel genre de travail vas-tu prendre ?

— Deirdre m'a trouvé un mi-temps dans son labo. Je suis serveuse deux soirs chez Colm, deux autres chez Scarlet Feather – vos copains Tom et Cathy – le week-end Chez Quentin et, deux heures par semaine, j'enseigne les maths et le B.A.-BA de la science à des jumeaux. Ils se posent là, ces deux-là. Ils n'arrêtent pas de me demander si je fais partie des nouveaux pauvres. Je ne sais pas où ils ont entendu l'expression, mais ils l'adorent.

— On dirait qu'il ne te reste pas une minute pour sortir.

— Oh Nick, j'ai eu tout le temps de sortir ces deux dernières années.

— Cela a duré si longtemps que ça ?

Ensuite Sandy l'interrogea sous le sceau de la confidence.

— Tu penses que Nick m'aime un peu ou est-ce que je perds mon temps ?

— Oh ! je pense qu'il t'est très attaché. Mais je t'en prie, ne m'écoute pas, apparemment, je ne comprends pas grand-chose aux hommes, n'est-ce pas ?

Deirdre annonça que Nuala arrivait la semaine suivante.

— Génial, achetons une bouteille de vin pour fêter ça. Mais il faudra que ce soit après minuit ou entre quatre et six mercredi ou samedi.

— Vivement que tu reprennes l'enseignement et que tu retrouves des horaires normaux.

— Je ne le reprendrai pas.

— Mais si, bien sûr.

— Je ne peux pas me le permettre. Et si nous pique-niquions dans Stephen's Green ? Cela plairait à Nuala et je pourrais être de retour Chez Quentin à six heures.

— Je vais voir.

— Mauvaise nouvelle, Ella. Autant te parler franchement. Nuala ne veut pas te retrouver dans Stephen's Green.

— D'accord, qu'est-ce qu'elle suggère ?

— Voilà la mauvaise nouvelle. Elle ne veut pas te voir du tout.

— Je ne te crois pas.

— C'est ce que dit la dame.

— Elle a perdu la tête ou quoi ?

— C'est à cause de Don. Son mari et ses frères ont perdu beaucoup d'argent à cause de M. Richardson. Apparemment elle le digère mal.

— Je n'en doute pas et c'est le cas de plein d'autres pauvres innocents, mais pourquoi refuser de me voir moi ? Je n'ai pas son foutu fric.

Ella était blessée et furieuse.

— Oh je ne sais pas, mais apparemment tu aurais pris du bon temps dans des hôtels espagnols avec l'argent de Frank.

— Elle est incroyable ! Moi aussi je pourrais geindre et lui rappeler que c'est à cette horrible soirée de ses beaux-parents que j'ai rencontré Don et foutu ma vie en l'air.

— Laisse tomber, Ella. Elle n'en vaut pas la peine.

— Mais tu vas tout de même la voir.

— Pas si tu me l'interdis.

— Oh, mais vois-la. Qu'est-ce que cela peut me faire ?

— Ella, ça suffit.

— Non, je m'en fiche.

— Elle a été notre amie.

— Elle l'a oublié drôlement vite.

— Je te dirai ce qu'elle dit.

— Si tu y tiens.

— Je l'emmènerai Chez Quentin, à un moment où tu n'y travailles pas.

— Oui, tu ferais bien de t'en assurer. J'ai l'art de renverser de la soupe brûlante sur les genoux des gens.

C'était la leçon hebdomadaire d'Ella avec Simon et Maud à l'heure du déjeuner. Ils vivaient chez leurs grands-parents dans St. Jarlath's Crescent. Ils étaient loin d'être bêtes, mais il leur manquait des notions de math. C'étaient de vagues cousins de Cathy Scarlet. Ella avait appris à ne pas chercher à trop entrer dans les détails. Mais elle n'avait encore jamais rencontré d'enfants comme eux. Ils insistèrent pour lui raconter leur vie et lui précisèrent qu'en fait, ils étaient parents de l'ex-mari de Cathy, l'avocat Neil Mitchell, mais qu'après maintes aventures et quelques arrêts des tribunaux, ils vivaient à présent avec le père et la mère de Cathy, Lizzie et Muttie.

Ils avaient un chien, Hooves, qui boitait. Et un frère recherché par la police dans plusieurs pays. Ils possédaient leur propre passeport, dont ils avaient eu besoin parce qu'ils s'étaient rendus une fois à Chicago pour danser à une soirée de baptême. Dans l'avion, on les avait autorisés à entrer dans le poste de pilotage. À Chicago...

— Très bien, mais nous ferions mieux de nous mettre à l'algèbre.
— Vous nous trouvez ennuyeux ? s'enquit Simon, très sérieusement. Il paraît qu'on est un peu soûlants.
— Non, vous ne m'ennuyez pas du tout. C'est juste qu'on me paie pour vous donner des cours et que je tiens à ce que vos grands-parents en aient pour leur argent.
— À proprement parler, ce ne sont pas nos grands-parents, commença Simon.
— J'ai donc apporté ce manuel. Il est plus simple que celui que vous avez à l'école, mais j'ai pensé que nous devrions commencer par là et reprendre le vôtre quand les choses seront un peu plus claires.
— Et nous pourrons avoir une vraie conversation avec vous quand nous l'aurons compris ? demanda Maud.
— Bien sûr, fit Ella, flattée.
— C'est qu'on nous a dit de ne pas vous poser de questions sur votre triste vie, mais nous voudrions savoir tout de même, expliqua Simon.
Ella dissimula un sourire.
— Je vous livrerai tous les détails si vous acceptez de vous pencher sur ces équations.

— Tu vas me regarder pendant tout le déjeuner comme si j'étais une sorte de criminelle ? questionna Nuala.
Deirdre haussa les épaules.
— Non, parce que je suis sûre que tu as une très bonne raison de te comporter comme une salope de première.
— Je t'en prie, épargne-moi ce genre de langage.
— Tu ne l'as pas volé. Ella avait suffisamment de soucis. Elle se réjouissait de te voir et tu lui as pratiquement craché à la figure.
— Enfin, Dee, elle savait ce qu'elle faisait en prenant des vacances luxueuses financées par l'argent de Frank et les investissements de sa famille. Tu n'as pas idée du chaos que Don Richardson a laissé derrière lui.
— Elle a passé un long week-end avec lui, pendant ses vacances, et elle a payé son billet, idiote.
— J'ai entendu dire…

— Tu as entendu ce que tu voulais bien entendre, Nuala. Je sais ce qui s'est passé, dont le fait que l'homme qu'elle a rencontré à ta soirée lui a menti, l'a trahie, l'a humiliée, a déshonoré son père et l'a privé de sa maison. Peu m'importe ce que tu sais ou crois savoir. Regardons les choses en face : Ella travaille seize heures par jour pour rembourser ce que ce salaud a volé à ses parents... et elle n'a même pas la consolation de pique-niquer avec quelqu'un qu'elle prenait pour une amie.

Il y eut un grand silence.

— Et pourquoi es-tu venue alors, si c'est ce que tu penses ? reprit Nuala d'une toute petite voix.

— Pour te le dire en face.

— Je t'en prie, dis-lui que je suis désolée. Je n'ai pas réfléchi.

— Non, tu connais son numéro de téléphone. Dis-le-lui toi-même.

Nuala sortit son téléphone de son sac.

— Non, pas ici, c'est interdit.

Nuala partit aux toilettes. Brenda Brennan demanda si tout allait bien.

— Oui, madame Brennan.

— Je peux me tromper, mais n'est-ce pas la jeune femme qui a été demandée en mariage ici même ?

— Oui.

— Et tout s'est... euh, bien passé ? dit Brenda qui sentait la tension.

— Oui, je suppose, elle a épousé un gros con cupide mais il lui est raisonnablement fidèle et elle a l'air satisfait. Le seul problème, c'est que Don Richardson les a salement abîmés.

— Ils ne sont pas les seuls.

— Non, mais elle a eu le culot de sous-entendre qu'Ella en avait profité.

— Tout le monde sait bien que c'est faux. Je croyais qu'Ella et elle étaient amies ?

— Ella aussi.

— Eh bien, grâce à Dieu, Ella a au moins une amie fidèle avec vous.

— Et avec vous, madame Brennan. Elle vous est très reconnaissante.

— Elle travaille trop dur, c'est la seule chose qui me chagrine. Elle est pâle comme un linge. Patrick et moi nous faisons du souci pour sa santé et nous nous demandons si elle va tenir le coup. Elle en fait trop.

Voyant Nuala revenir à la table, Brenda hocha la tête et partit s'entretenir avec un autre client.

— Son mobile est sur répondeur.

— Oui, elle doit travailler, pour essayer de rembourser ce que ce salaud a volé à son père et à ses clients. Elle travaille pendant que nous déjeunons Chez Quentin.

— Pas la peine de retourner le couteau dans la plaie. Ma vie n'est pas non plus une sinécure.

— Ce n'est jamais le cas, soupira Deirdre. Bon, commandons et tu me raconteras ce que Frank mijote en ce moment.

— Comment sais-tu qu'il mijote quelque chose ?

— Ta tête, Nuala. C'est évident. Tu as des soupçons, n'est-ce pas ? Tu penses qu'il s'intéresse d'un peu trop près à une femme à Londres.

— Oh, Dee, tu lis mes pensées.

— Ce n'est probablement rien. (Et Deirdre délivra le discours que Nuala avait envie d'entendre.) Au bout de quelques années, tous les couples passent par là. Il n'y a que nous autres, les vieilles filles, qui en entendent parler. Ils n'en disent rien aux autres épouses.

— Mais cela dure depuis un certain temps.

— C'est peut-être rien que dans ton imagination. Frank est comme ses frères, charmant avec tout le monde. Ce n'est peut-être rien.

Les yeux de Nuala brillaient.

— C'est exactement ce que dit Frank. Que j'imagine tout.

— Tu vois !

Une lettre très positive venait d'arriver de la Fondation King. On avait retenu leur candidature. Il restait divers détails techniques à régler, des critères à respecter, mais globalement ils répondaient aux principales conditions et passaient à la phase suivante. La lettre était signée « Derry et Kimberly King ». Nicky et Sandy regrettaient que Ella ne soit pas là pour partager leur joie, mais elle donnait des cours particuliers à ces drôles de jumeaux. Ils fêteraient cela avec elle plus tard.

— Si nous arrivons à le faire, qu'il soit présenté à des festivals, que nous devenions connus et gagnions plein d'argent, qu'est-ce que tu en feras ? demanda soudain Sandy.

— Qu'est-ce que nous en ferions, tu veux dire ?

— Non, toi, en fait.

Il la regarda, interloqué.

— Nous trouverions de meilleurs locaux, non ? Du matériel. Nous engagerions quelqu'un à plein temps, nous nous offririons une lune de miel, nous fabriquerions une belle brochure. Ce n'est pas ce que tu ferais ?

— Oui, dit-elle en rosissant.

Il avait parlé d'une lune de miel.

— Tu réagirais comme ça toi aussi ?

— Oui, répondit-elle sans le regarder.

— Mais il y a un truc, Sandy. Nous ne pouvons pas nous offrir de lune de miel sans nous marier d'abord.

— Je sais.

— Alors tu vas me demander de t'épouser ?

— Ce n'est pas à l'homme de le faire ?

La pauvre Sandy n'était pas sûre qu'il ne la taquinait pas.

— Pas toujours. C'est le plus doué en matière de prise de décision qui s'en charge. Et dans notre société, c'est toi.

— Et est-ce que je devrais attendre que nous soyons riches ?

— J'adorerais que nous nous mariions, riches ou pauvres.

— Oh ! Nick.

Elle avait un sourire si radieux que Nick s'empara d'un Polaroïd.

— Je veux pouvoir montrer ça à nos petits-enfants, pour qu'ils sachent comment tu étais le jour où tu m'as demandé en mariage.

Le téléphone sonna. C'était Mike Martin, un ami de Don Richardson dans le passé, qui leur avait confié du travail. Nick était surpris d'avoir de ses nouvelles.

— Ce n'est pas une proposition de travail, c'est plutôt rare dans le climat actuel.

— Je veux bien le croire.
— Il s'agit plutôt d'une faveur personnelle. Vous connaissez Ella Brady, je crois.
— Oui, fit Nick, prudent.
— Vous vous souvenez d'un de ses amis. Quelqu'un qui ne vit plus dans ce pays – qui est allé en Espagne ?
— Vous voulez dire Don Richardson.
— Oui. Enfin, j'essayais d'être plus discret.
— Ce n'est pas la peine. C'est comme ça qu'il s'appelle. Nous ne vivons pas dans une dictature.
— Non, mais il est dans le collimateur.
— Peut-être mais on n'a pas encore mis mon téléphone sur écoute.
— Vous avez perdu de l'argent, Nick ? Je sais que Don fait de son mieux.
— Je n'en doute pas une seconde. Non, je n'ai rien perdu, mais j'ai de bons amis qui sont ruinés.
— Et croyez-moi, ils recevront des compensations.
— Ce n'est pas ce que racontent les journaux.
— Qu'en savent les journalistes ? Et c'est en fait à ce propos que je vous appelle. Je ne vous dérange pas ?
— Si, vous venez d'interrompre une demande en mariage, mais nous reprendrons dès la fin de notre conversation, répondit Nick en caressant la joue de Sandy.
— Je ne sais jamais si je dois ou non vous prendre au sérieux.
— Je sais, c'est embêtant.
Il y eut un silence.
— Quoi qu'il en soit, notre ami n'a pas réussi à contacter Ella.
— Il doit connaître son numéro de téléphone.
— Ce n'est pas si simple que ça.
— Mais si, il pourrait aussi envoyer une lettre, une carte postale, un mail.
— Parlons clair, Nick. Vous n'êtes pas aussi coopératif et compréhensif que nous l'espérions.
— Nous ?
— Hum... Don et moi.
— Il est à côté de vous ?
— Là n'est pas le propos.

— Vous voulez parler clair, m'avez-vous dit.
— Il s'agit de cette serviette avec un portable dedans.
— Ben voyons.
— Que M. Richardson a par inadvertance laissé dans l'appartement de Mlle Brady...
— Il y a un jour ou deux.
— Pardon ?
— Don Richardson a pris la fuite il y a quatre mois. Sa serviette a dû lui manquer avant.
— C'est maintenant qu'il la cherche, Nick.
— Il peut toujours rentrer pour la récupérer, non ?
— Il n'arrive pas à trouver Ella. Elle n'est pas dans son appartement. Elle n'est pas dans la maison de Tara Road.
— Et j'imagine qu'il sait pourquoi. Ils ont été obligés de tout vendre, de renoncer à tout, à cause de lui.
— Je ne crois pas qu'il voie les choses sous cet angle...
— Quelle surprise !
— J'aimerais vous donner un numéro de téléphone pour Mlle Brady. Demandez-lui d'appeler M. Richardson.
— Ne gâchez pas votre salive, monsieur Martin.
— Vous avez de quoi écrire ?
— Oui, mais qu'est-ce qui va m'empêcher de communiquer ce numéro aux journaux, aux autorités ou aux gens qu'il a dépouillés ?
— Je suis sûr que vous ferez ce qu'il faut, Nick.

Ils raccrochèrent.

— De quoi s'agit-il ? demanda Sandy, les yeux ronds.
— Un abruti sans une once de tact qui t'a interrompue alors que tu allais te mettre à genoux devant moi... attends, attends... que j'allais me mettre à genoux et que nous allions nous poser la question la plus importante de notre vie.
— Et ce type en Espagne ?
— Chacun son tour, dit Nick en s'agenouillant.

Barbara et Tim Brady prenaient un déjeuner tardif dans le bout de jardin qu'ils avaient conservé pour eux à côté de l'Annexe. À travers la clôture en bambou, ils pouvaient voir la maison principale, où ils habitaient encore trois mois plus tôt. Louée tout entière à des loyers astronomiques. Étrangement, elle ne leur manquait pas autant qu'ils l'auraient cru.

Avec le recul, ils comprenaient qu'elle avait été trop grande pour eux. Et vide, aussi. Depuis qu'ils s'étaient installés ici, c'était plus convivial et ils voyaient Ella tellement plus souvent quand elle passait en coup de vent avaler une tasse de thé. Et son amie Deirdre venait régulièrement, c'était agréable. Ils avaient encore des soucis et ce cauchemar des dettes qu'ils devaient et les clients du cabinet de Tim qui avaient perdu de l'argent. Mais l'un dans l'autre, leur vie était plus heureuse. Ils n'osaient pas l'admettre, sinon l'un à l'autre. Et ils arrivaient à se parler maintenant. Une autre amélioration.

6

— Ce n'est pas si difficile quand on se concentre, dit Simon.

— C'est ce que j'ai toujours pensé, répondit Ella.

— Mais en fait, cela ne sert à rien, reprit Maud.

— Je ne sais pas. C'est utile comme un principe, une formule. Une fois qu'on maîtrise bien la chose, on peut de nouveau l'appliquer.

— Mais où est-ce qu'on voudrait l'appliquer ? fit Maud, pensive.

— Dans des examens, je suppose, dit Simon. Il faut vraiment que nous fassions toute cette page de problèmes pour la semaine prochaine ?

— Oui, comme ça je pourrai m'assurer que vous avez compris avant de passer à autre chose.

— Personne à l'école n'a une page de problèmes à faire, dit Maud avec une certaine amertume.

— Je sais, Maud. N'avez-vous pas de la chance qu'on vous offre des cours pour que vous en appreniez davantage ? dit Ella.

Maud réfléchissait à cela quand le téléphone d'Ella sonna. C'était Nuala. Elle était en larmes. Elle était si navrée, une vraie idiote, et Deirdre avait eu raison de lui passer un savon. Elle adorerait parler avec Ella. À condition, bien sûr, qu'Ella veuille bien lui pardonner.

— Bien sûr que je te pardonne. Ce salaud bouleverse tout le monde au point que plus personne n'a un comportement normal.

Maud et Simon échangèrent un regard.

— Mais Nuala, il faut que je te laisse. Je suis en train de travailler.

— Dee prétend que tu n'arrêtes pas.

— Non, ça va. J'entre dans la phase mondaine de mon travail maintenant. N'est-ce pas, Maud et Simon ?

Ils la regardèrent, interloqués.

— Qu'est-ce que tu racontes ? gloussa Nuala.

— Que Simon et Maud vont ranger leurs livres, me préparer une grande tasse de thé et que je vais tout leur révéler de ma triste vie.

— Tu as l'air complètement givrée, Ella, mais je suis si contente que tu me pardonnes. Je t'appelle ce soir.

— Pas entre six heures et minuit, répondit joyeusement Ella avant de raccrocher.

Elle raconta aux jumeaux le jour où elle n'avait pas été choisie pour l'équipe de hockey.

— Ce n'est pas si triste que ça, se plaignit Maud.

— Non, on veut des détails vraiment horribles, ajouta Simon.

— Vouloir faire partie de l'équipe et ne pas être retenu était assez horrible.

Son téléphone sonna de nouveau. Cette fois c'était Nick. Elle écouta et blêmit. Les jumeaux l'observaient avec intérêt.

— Le salaud, finit-elle par dire. L'ordure. (Elle nota un numéro au dos de son carnet.) Merci, Nick. Je te revaudrai ça.

Elle avait la voix un peu tremblante, mais une promesse était une promesse, il fallait qu'elle poursuive le récit de sa triste vie aux enfants.

— Et la veille du match de hockey...

— Vous pourriez nous parler du salaud, s'il vous plaît ? demanda Maud poliment. Ça a l'air beaucoup plus intéressant.

Toute la soirée elle songea à cette ordure de Mike Martin, en Espagne avec Don, après avoir déclaré devant les caméras de télévision qu'il ne comprenait pas la disparition, la fuite, rien. Il avait affirmé à la nation entière que Don Richardson adorait sa femme, la charmante Margery Rice.

Et maintenant il contactait Ella, la maîtresse, pour retrouver un ordinateur.

Cela prouvait bien qu'il y avait quelque chose dans le portable qu'ils tenaient à cacher. Intéressant. Très intéressant. Et un peu effrayant aussi. Ils n'allaient pas tarder à découvrir où elle habitait. Quelqu'un dirait à Mike Martin qu'ils vivaient dans la remise dans Tara Road. Et il viendrait récupérer l'ordinateur qui appartenait au grand Don Richardson et devait renfermer certains de ses secrets. Ella s'était dit que Don avait dû effacer tous les dossiers et que cela expliquait pourquoi son mot de passe, « Ange », ne donnait rien.

Le portable se trouvait parmi ses affaires rangées dans l'Annexe. Elle n'y avait pas songé depuis des semaines. Elle n'y songerait pas maintenant, elle travaillait trop dur. Et aussi parce qu'elle ne voulait pas croire que Don ne l'avait pas laissé intentionnellement. Et que donc il ne reviendrait pas le rechercher lui-même. Jamais.

— Mon Dieu, Ella, tu as une vraie mine de déterrée, s'exclama Nick quand ils se retrouvèrent pour un café près de la Liffey.

— Merci, Nick, tu es superbe, toi aussi.

— Je t'assure, on dirait que tu relèves d'une cuite de dix jours avec tes immenses cernes noirs.

— Oui, Nick. Désolée, Nick. Bon, maintenant dis-moi, les nouvelles sont bonnes en ce qui concerne la recherche d'investisseurs ?

— Attends un peu… Sandy et moi allons nous marier.

Elle le serra dans ses bras.

— Je suis si contente. Vous serez très heureux tous les deux.

— Comment le sais-tu ?

— Parce que vous êtes amis. C'est un excellent atout.

— Don et toi, vous n'étiez pas amis ?

— Non, en fait, cela ne semblait pas avoir d'importance à l'époque, mais avec le recul, cela créait un grand vide.

— Qu'est-ce que tu vas faire de ce fichu ordinateur ?

— Je l'ai remis, dit-elle en le regardant droit dans les yeux.

— Allons, Ella, je sais bien que non.

— Pourquoi le garderais-je ?
— Je te connais, enfin ! Tu ne l'as pas remis. À qui le remettrais-tu, d'ailleurs ?
— Je ne l'ai pas.
— Faux, Ella. Tu es en train de me parler à moi, un ami. Je sais que tu l'as et que tu dois le donner à la brigade des Fraudes le plus vite possible pour éviter que ces dingues te poursuivent. Remets-le, débarrasse-t'en, je t'en prie.
— Il n'y a rien dessus de toute façon.
— Alors où est le problème ?
— Ça ne se fait pas de jouer les informateurs, de cafarder, de créer des ennuis aux gens.

Nick eut l'air de ne pas en croire ses oreilles.

— Non mais tu t'entends parler ? Qu'est-ce qu'il a fait, Ella ? Réfléchis un instant. Ce n'est pas parce que tu l'aimais que tu es comme lui. Nous ne sommes pas du genre à tout faire en douce et à fuir le bateau comme des rats dès qu'il coule.
— D'accord, Nick, restons-en là.
— Pas question. Tu as perdu la tête. Tu ne l'as pas remis, cet ordinateur. Si cela avait été le cas, il ne le chercherait pas partout.
— Il n'y a rien dedans.
— Il doit y avoir quelque chose dedans. Pourquoi crois-tu qu'il a lancé Mike Martin sur tes traces ? Qui vient nous dire de leur donner un numéro à appeler. Sinon...
— Il n'a pas dit sinon, si ?
— Non, mais c'était sous-entendu.
— Que devrais-je faire d'après toi, Nick ?
— Si tu ne veux pas le remettre à la police, pars.
— Je ne peux pas partir. Tu le sais. Ce n'est pas le moment de prendre des vacances. Ma tête exploserait.
— Il ne s'agit pas de vacances. Je parle d'un travail, un travail rémunéré.
— Où cela ?
— À New York. Nous avons eu une autre bonne nouvelle. La Fondation King annonce que nous passons à la phase suivante. Nous avons été sélectionnés.
— Nick, c'est génial ! Pourquoi ne me l'as-tu pas dit tout de suite ?

— Il y avait plus important à régler. Mais c'est effectivement génial et l'un de nous doit se rendre sur place, donc cela tombe très bien. Vas-y, Ella. Cela résoudrait tout.

— Je ne peux pas plaquer tous mes boulots.

— Nous nous sommes renseignés. Ils te laissent tous partir. Tom et Cathy, Chez Quentin, Colm's et le laboratoire de Deirdre. Les seuls à qui cela pose des problèmes, ce sont les jumeaux, Maud et Simon, qui ont appris tout ce que tu leur avais demandé et qui ont peur d'avoir oublié d'ici ton retour.

— Tu as consulté tout le monde sans me le dire... tu as osé faire ça en mon nom! (Ella était furieuse.)

— Il fallait que nous te prouvions que tu pouvais partir avant d'acheter le billet.

— Le billet?

— Oui. Il faut un billet pour aller à New York. Vas-y, Ella.

— Passe le coup de téléphone, dit-elle soudain. Je sors contempler le fleuve.

Mike Martin décrocha.

— Je suis parti à sa recherche, commença Nick.

— Et?

— Et elle n'est pas là, apparemment.

— Pas là? Qu'est-ce que cela veut dire?

— Elle est partie, c'est tout. Personne ne sait où.

— À qui avez-vous demandé?

— À ses divers employeurs. Vous pouvez vérifier auprès d'eux.

— Elle n'a pas intérêt à se jouer de Don.

— Oh! elle n'a jamais joué. Elle a toujours cru qu'il était sincère.

— Vous êtes un petit malin, hein, Nick?

— Non, je suis relativement simple, mais j'ai été content d'apprendre qu'Ella était partie, en fait, et j'espère qu'elle sera assez solide pour vous affronter tous à son retour, conclut-il avant de raccrocher en tremblant.

Ella revint du fleuve.

— Ils croient que tu es partie, Ella. Maintenant il faut que je te briefe au sujet de Derry King.

— Au sujet de qui ?
— Un homme très riche. Il a créé une fondation pour aider les artistes et les cinéastes. Et là, j'enfonce le clou. Tous les espoirs et les avoirs actuels de Firefly Films passent dans ce voyage.
— Tu ne peux pas me faire ça, Nick.
— Il le faut. C'est notre seul espoir.
— Je suis fragile. Tu dis toi-même que j'ai une mine de déterrée.
— Tu disposes de deux jours et demi avant de le rencontrer. Tu pourrais te maquiller.

Ses parents se réjouirent de la nouvelle.
— Cela va te permettre de reprendre pied dans le monde réel, lui dit sa mère.
— Je ne pense pas que descendre dans un hôtel de Manhattan et essayer de convaincre un homme d'investir dans une minuscule société irlandaise soit ce que j'appellerais le monde réel.
— C'est déjà un changement, renchérit son père.
— Il y a une chose qu'il faut que je vous dise. Sinon je ne peux pas partir. Vous connaissez un certain Mike Martin ? Il passe souvent à la télévision.
— Je le connais, dit son père.
— Eh bien apparemment, c'est un ami de Don et Don cherche un portable qu'il a laissé dans mon appartement. Il est donc possible que Mike Martin vienne vous poser des questions à ce sujet. Si c'est le cas, est-ce que je peux vous demander de répondre que vous n'avez aucune idée de l'endroit où je me trouve, mais que j'ai emporté le portable ? Je déteste ces mensonges, ces nouveaux mensonges, mais c'est presque vrai. Je l'emporte avec moi et vous ne saurez pas où je suis.
— Aucun problème, c'est la réponse que nous lui ferons, dit sa mère.
— Tu ne nous tiens jamais au courant de tes faits et gestes, voilà ce que nous dirons.
— Et vous ne vous laisserez pas intimider, n'est-ce pas ? conclut-elle en regardant tendrement ses parents.

Ella passa brièvement voir les jumeaux chez Muttie et Lizzie.

— Bonjour, Ella. On nous a dit que vous ne viendriez pas. Nous parlions justement de vous.

Simon avait l'air ravi.

— Vraiment ?

— L'homme qui a téléphoné pour dire que vous ne viendriez pas pendant deux semaines, c'était le salaud ?

— Non, non pas du tout. C'était Nick, un monsieur très gentil.

— Il fait partie de votre avenir ?

— Non, Simon.

Ella faillit céder à la tentation de leur raconter que Nick faisait partie de son passé lointain, qu'il était le premier avec qui elle avait couché, en fait. Mais avec ces deux-là, il fallait se garder de livrer de vrais renseignements.

— Je vais prévenir Maud. Elle est en train de faire du caramel dans la cuisine.

— Simon, je vais vous envoyer une lettre. Nous étions censés faire un peu de géométrie cette semaine...

— Mais nous ne sommes pas obligés de travailler si vous n'êtes pas là, n'est-ce pas ?

— Vous n'êtes pas obligés, mais ce serait bien qu'à mon retour, vous ayez étudié cette explication claire et simple que j'ai rédigée pour vous à propos du cercle.

— Oh ! c'est trop difficile. Nous n'y avons rien compris. On parle du rayon, puis du diamètre, puis de la circonférence... non, c'est trop difficile à étudier seuls.

— Pas si vous lisez mon explication simple.

— Si, Ella.

— Mais vous allez le faire. Et vous saurez tout aussi sur les angles aigus et les angles obtus. Je vous le jure.

Simon partit consulter sa sœur dans la cuisine.

— Maud veut savoir si vous allez être payée pour ça ?

— Oui, vos grands-parents m'ont donné de l'argent.

— Ce ne sont pas exactement nos grands-parents.

— Donc à l'arrivée de cette lettre... il faudra que vous la preniez tous les deux très au sérieux.

— Pourquoi ne l'envoyez-vous pas par Internet, ce serait plus rapide, répliqua Simon.

— Je ne peux pas.
— Vous n'avez même pas d'ordinateur ?
— Si, en fait, oui. Mais le mot de passe est bloqué, je ne peux pas entrer dedans.
— Je pourrais régler ça en une minute. Vous l'avez avec vous dans votre sac ?
— Oui, répondit Ella un peu hésitante.
— Simon est un génie avec les ordinateurs, la rassura Maud.
— C'est juste que ce n'est pas le mien. Il appartient à un ami. Il m'a demandé de l'ouvrir pour lui.
— Allez, Simon, aide-la à le sortir de son sac.
— C'est quoi le mot de passe à votre avis ?
— Je croyais que c'était Ange. Je l'ai vu le taper.

Son cœur battait. Elle devait être folle de mêler deux enfants à cette histoire.

— Non, ce n'est pas Ange, annonça Simon. Souvent c'est quelque chose de ressemblant.
— Chérubins ? proposa Maud. Plumes ? Ailes ?
— Je ne crois pas, fit Ella.
— Il est en Amérique ? demanda Simon.
— Non. Pourquoi ?
— Ça pourrait être un truc comme Los Angeles.

Ella se rappela soudain les carreaux bleus et blancs sur les murs de la station de Playa de los Angeles. Lieu de villégiature des riches, des criminels ou des gens célèbres. La cachette pleine de salles de billard et de piscines. Voilà où devait vivre Don. C'était peut-être le mot de passe.

Simon tapota sur le clavier et l'écran s'anima. Des listes d'initiales et de nombres s'affichèrent, une kyrielle de colonnes.

— Ce n'était pas difficile, plastronna Simon.
— Non, effectivement. (Ella ferma la machine.) Merci beaucoup à tous les deux. Je vous rapporterai un cadeau de...
— D'où ? s'enquit Maud.
— D'où elle va se remettre les idées en place, expliqua Simon.

Il était minuit. Elle s'envolerait de Dublin à midi le lendemain. Elle sirotait un café dans l'appartement de Deirdre.

Ella avait besoin d'avoir les idées claires. Deirdre et Nuala buvaient beaucoup de vin et riaient beaucoup. Comme s'il n'y avait jamais eu de froid entre elles. Mais elles s'étaient mises d'accord pour ne pas lui parler de New York. Officiellement, Ella partait quelque part se refaire une santé.

Ella essaya les vêtements de Deirdre.

— Je pense que je vais prendre cette veste rouge et cette robe noire.

— Oui, et je vais aller travailler en slip. Prends donc le foulard rouge et noir pendant que tu y es.

— Tu te rends compte, partir comme ça, là où on a envie, fit Nuala, envieuse. Cela fait des années que je n'ai pas pu le faire.

Si les autres pensèrent que Frank, le mari de Nuala, pouvait toujours le faire, lui, elles n'en dirent rien.

Elle n'avait pas fermé l'œil quand elle monta dans l'avion. À l'aéroport, elle n'avait acheté que du maquillage résistant. Et un article que lui avait recommandé la vendeuse, un anticernes.

Dans l'avion elle étudia le dossier que Sandy et Nick lui avaient préparé. Des coupures de presse, des photos et une biographie de l'homme qu'elle allait rencontrer. Elle commença par les photos. Un visage agréable, carré, des cheveux courts et épais. Sur la plupart des photos, il avait l'air de plisser les yeux, ce qui lui donnait des rides autour des yeux. Un nez plutôt retroussé, mais un menton solide. Il s'habillait de manière classique. Il était rarement photographié sans cravate même à une réunion de jeunes cinéastes, où l'assistance était plutôt décontractée. Ou il possédait beaucoup de smokings ou il faisait régulièrement nettoyer le même parce qu'il était toujours élégant. Il n'y avait pas de photos de son domicile.

Il avait quarante-trois ans, il était né à New York d'un père irlandais et d'une mère canadienne. L'aîné de trois garçons, il se disait autodidacte. Comme il avait des diplômes honorifiques de plusieurs universités, il avait dû bien se débrouiller. Il avait travaillé dans différents secteurs de la papeterie et avait fini par créer une société spécialisée dans l'équipement de bureau. La société était devenue un des leaders du marché avec des branches dans tous les États-Unis. Apparemment personne ne semblait capable de dire pourquoi sa société avait survécu alors que tant d'autres étaient restées en carafe. Derry King, le PDG, était décrit comme un acharné du travail, facile d'abord, déterminé sans être impitoyable.

Ella eut le sentiment qu'il avait été courtois avec ceux qui l'avaient interrogé mais pas vraiment bavard. Il ne fournissait pas de détails sur ce qu'il prenait au petit déjeuner ni ce qu'il faisait de ses loisirs. Il ne donnait pratiquement aucune indication sur ses goûts en matière de lecture, musique ou théâtre, disant pour s'excuser qu'il avait travaillé si dur dans sa jeunesse qu'il n'avait jamais connu le luxe de se perdre dans la musique, le théâtre ou la littérature.

Mais il aimait les arts visuels. À l'âge de neuf ans, il avait eu un professeur passionnant à l'école qui disait aux enfants qu'ils étaient tous capables de peindre et de trouver la beauté en eux et autour d'eux s'ils prenaient la peine de regarder. Cela avait constitué une grande surprise pour le jeune Derry King. Il déclarait ne jamais avoir prétendu posséder un talent artistique, mais cela lui avait sans aucun doute ouvert les yeux sur la beauté qui l'entourait, ce qui était la raison pour laquelle il parrainait tant de compétitions artistiques chez les jeunes des banlieues.

Il avait cumulé les petits boulots pour payer ses études, et l'un d'eux l'avait conduit à faire le ménage dans une salle de cinéma. Cela lui avait permis de voir gratuitement de nombreux films. Cela lui avait donné à vie l'amour de l'univers cinématographique. Non, il n'avait jamais été tenté d'investir sa fortune considérable dans un studio ou dans une société de production, mais il avait essayé à la place d'encourager des jeunes dans divers aspects du cinéma.

Quand on lui demandait de décrire une journée typique, Derry King ne racontait pas qu'il lisait les cours de la Bourse en dégustant un plateau de fruits ou qu'il faisait appel à un entraîneur personnel, et n'évoquait pas non plus sa vie de famille. Soit il ne savait pas gérer la publicité, soit il s'y entendait au contraire très bien.

Apparemment, c'était un bienfaiteur philanthrope qui donnait à beaucoup de sociétés de charité. Il s'intéressait toujours aux causes qui aidaient les jeunes et avançait des fonds à ceux qui n'avaient pas eu des débuts faciles dans la vie. Il fallait vraiment lire entre les lignes pour comprendre qui il était et il semblait très discret.

Mais peu importait. Elle venait à New York, grâce à l'argent durement gagné de Nick et de Sandy, pour être reçue et fascinée par ce type. C'était son boulot de susciter son intérêt pour leur projet. De le vendre le mieux possible. Il n'y avait pas beaucoup de publicité autour de sa fondation. C'était à croire qu'il ne voulait pas qu'on le remercie de faire le bien. Elle aurait bien aimé disposer d'un peu plus de renseignements.

À bien des égards, c'était un dossier très succinct. Pas de photos de lui dans un appartement luxueux, ni dans une villa de Malibu, ni dans un ranch pendant ses week-ends. On évoquait une Mme Kimberly King, une femme tout en jambes, probablement une épouse à exhiber. Dans un entretien, il disait qu'il n'avait pas d'enfants. Dans un autre, il précisait que ses deux parents étaient morts. Il ne parlait nulle part de ses racines irlandaises. Par deux fois dans les coupures, il évoquait d'heureuses vacances dans son enfance à Alberta au Canada.

Elle étudia de nouveau longuement sa photo.

Un homme de quarante-trois ans, le même âge que Don Richardson, qui avait travaillé dur toute sa vie. Sa photo lui en apprit peu. Mais elle n'avait pas appris grand-chose de Don après deux ans d'histoire avec lui. Ce Derry King avait l'air bien plus âgé que Don. Peut-être avait-il connu une vie plus dure. Il n'avait peut-être pas bénéficié des avantages et des plaisirs que Don avait eus. Et devait probablement continuer à avoir.

7

L'hôtel était un endroit petit, bon marché mais chic voisin de la 5ᵉ Avenue, loin de la pension de famille du Queens où Deirdre et elle étaient descendues des années auparavant lors de leur séjour à New York. Elles avaient eu un léger malentendu à propos de la note avec leur logeur, et elles en avaient fait une vraie maladie à l'époque. Elle était si jeune alors. Si elle avait su ce qui l'attendait, par comparaison !

Cela ne servait à rien de broyer du noir. Il fallait qu'elle profite pleinement de son séjour à l'hôtel. Elle avait tenté de convaincre Nick et Sandy qu'elle n'avait pas vraiment besoin de passer autant de temps à New York, mais ils avaient insisté. Il était essentiel qu'elle soit sur place et disponible, au cas où Derry King désirerait revoir certains aspects du projet avec elle.

Deirdre avait affirmé qu'il fallait bien compter deux semaines pour se remettre les idées en place, d'autant que celles d'Ella avaient subi un rude coup et qu'elle venait de se surcharger de travail. Brenda Brennan lui avait conseillé de tirer le meilleur parti possible de son séjour. En automne, la ville de New York était un rêve. Qu'elle en profite. Son père et sa mère lui conseillèrent de noter tout ce qu'elle verrait, pour qu'elle puisse leur faire un récit à son retour. Elle comprit qu'ils avaient tous peur pour elle. Ils redoutaient ce que Don Richardson pourrait faire s'il revenait.

De l'aéroport, Ella avait partagé un taxi avec une petite Dublinoise rondouillarde très au courant des faits de la vie. Elle était acheteuse, avait-elle annoncé fièrement. Elle était arrivée avec quatre valises vides. Elle allait acheter des soldes pendant les quatre jours suivants, des trucs fantastiques qu'on ne voyait jamais en Irlande, comme des mules avec de la fourrure dessus et des dessous noirs avec des plumes rouges. Elle allait vendre le tout trois fois plus que ce qu'elle allait débourser. Elle faisait cela chaque année. Elle ne comprenait pas pourquoi elle n'avait pas davantage de concurrents. Elle n'avait jamais gagné sa vie aussi facilement et pourtant elle avait amassé de l'argent de bien des façons.

Et Ella travaillait dans quelle branche ?

— J'essaie de réunir des fonds pour tourner un film.

La femme lui dit qu'elle s'appelait Harriet et que, si Ella se sentait seule, il lui suffisait de la joindre à son hôtel et elles prendraient un verre ensemble.

Ella s'efforça de dissimuler sa surprise quand Harriet mentionna un hôtel cher à cinq étoiles. Cela devait rapporter gros d'importer de la lingerie exotique. Ou était-ce de la contrebande ? Il y avait de quoi s'interroger. Si on pouvait se permettre un hôtel de ce prix, pourquoi arriver avec quatre valises vides pour acheter des articles bon marché ? Pourquoi partager un taxi pour aller en ville ? Mais peut-être était-ce justement grâce à ce genre d'économies que Harriet pouvait se permettre un hôtel aussi luxueux.

Ella s'installa dans sa chambre et prit un long bain. Deirdre lui avait donné une huile très chère « pour la mettre de bonne humeur ». Son parfum semblait imprégner tous ses pores et la pièce entière. Ella ne croyait pas vraiment aux vertus de ces onguents et de ces lotions, mais elle se sentait beaucoup mieux. Et elle avait les traits déjà un peu moins tirés, semblait-il.

Elle prit ensuite un rendez-vous au salon de beauté de l'hôtel pour le lendemain matin. Elle avait promis à Nick et à Sandy de se faire coiffer avant de rencontrer Derry King. Pour le bien de la compagnie, c'était indispensable. Ils ne voulaient pas qu'elle lui fasse peur avant même que les négociations ne commencent. Puis elle se retrouva à tourner comme un animal en cage dans sa chambre. À son grand étonnement, elle était à cran. Elle avait besoin de compagnie. Il était peut-être minuit en Irlande, mais il n'était que sept heures du soir ici. Derrière ses fenêtres, la nuit tombait. Si seulement Deirdre était là! Ou Nick et Sandy. Ils auraient pu planifier leur stratégie en sirotant un verre.

Ou un autre de ses proches. Brenda Brennan de Chez Quentin, par exemple. Elle était incroyablement drôle quand on la connaissait un peu.

Elle regarda le portable. Non, elle serait fidèle à la promesse qu'elle s'était faite. Ne pas étudier son contenu avant d'avoir conclu avec Derry King. Elle aurait tout le temps après. Et maintenant elle savait enfin comment accéder à ses secrets. Grâce au jeune Simon.

Deirdre rendit visite aux Brady.
— Ce voyage va lui faire un bien fou.
— Cela m'inquiète beaucoup, Deirdre, que notre fille soit obligée de fuir quelqu'un comme si nous étions gouvernés par la mafia! Elle n'aurait pas pu remettre le portable à la brigade des Fraudes et s'en laver les mains?
— Elle le fera dès son retour, j'en suis sûre, murmura Deirdre. Elle fera ce qu'il faut. Elle a juste besoin d'un peu de temps.

— Deirdre, je t'ai appelée toute la nuit.
— J'étais sortie, Nuala. Que se passe-t-il?
— Écoute, Frank a eu un message de Don.
— Non!
— Si, en fin d'après-midi. J'ai essayé de te joindre.
— Et qu'est-ce qu'il avait à dire à Frank?
— Qu'on a raconté beaucoup de choses fausses.
— Ben voyons!
— Si, je t'assure, il a expliqué que tout avait été très exagéré.
— C'est pour ça que tu m'appelles, Nuala?
— Eh bien, oui et non. Tu vois, Frank se demandait si Don pourrait contacter Ella.
— Pourquoi diable Frank s'imagine-t-il une chose pareille?
— Eh bien, je lui ai dit qu'elle était partie aujourd'hui et que personne ne savait où.

— Et alors ?

— Et alors Frank pense qu'elle en pince encore peut-être pour Don.

— Ridicule. Frank a perdu la tête ou quoi ? Elle le hait, Nuala, tu le sais bien.

— L'amour et la haine ne sont pas si éloignés.

— Je ne crois pas, en l'occurrence. Est-ce que cette idée est venue toute seule à Frank ou est-ce que tu la lui as soufflée ?

— Non, je ne la lui ai pas soufflée, mais après avoir parlé avec Don, il avait l'air de penser que c'était possible.

— Et ils sont copains comme cochons maintenant, c'est ça ?

— Je te l'ai dit, il y a eu un malentendu. Don a envoyé une somme d'argent à une boîte restante et un des frères de Frank l'a récupérée.

— Et Frank lui a pardonné.

— En tout cas, il l'écoute.

— Et qu'est-ce qu'il entend ?

— Que Don veut arranger les choses avec Ella. Il aimerait savoir où elle est.

— Je n'en ai pas la moindre idée. Elle est partie pour se remettre et le sujet est clos.

Deirdre remercia silencieusement le ciel qu'elles n'aient rien dit à Nuala. Dans le cas contraire, un des hommes de main de Don attendrait peut-être Ella à son hôtel de New York en ce moment même.

Nick et Sandy allaient se coucher quand Deirdre leur téléphona.

— Je sais que c'est idiot, mais je me ronge les sangs. Elle va bien, n'est-ce pas ? Don a convaincu Frank et ses frères d'utiliser Nuala pour atteindre Ella. Il leur a même remboursé l'argent qu'ils ont perdu.

— Tu penses qu'on devrait la prévenir ? demanda Nick.

— Je ne sais pas. Je serais tentée de le croire, mais c'est à toi de voir. Il ne faudrait pas qu'elle s'écroule et vous gâche votre contrat.

— Le plus important, c'est qu'elle aille bien. Je vais en discuter avec Sandy et ensuite nous l'appellerons.

— Réfléchis bien. Si elle est toute seule là-bas, ce serait peut-être pire qu'elle soit au courant.
— Va te coucher, Deirdre. Don Richardson ne va pas gâcher la nuit de tout le monde occidental.

Ils appelèrent l'hôtel d'Ella, mais elle n'était pas dans sa chambre. Elle ne se trouvait pas non plus dans la salle à manger.
— Il est une heure du matin, protesta Sandy.
— Il n'est que huit heures là-bas. Nous ne sommes pas ses parents.
— Mais qui connaît-elle là-bas ? Où peut-elle bien être ?

Ella assistait à une soirée dans la suite de Harriet. En sirotant des cocktails, elle fit la connaissance de certains des contacts de son hôtesse. Il s'agissait principalement de femmes d'une cinquantaine d'années qui repéraient de bonnes affaires pour elle. D'autres, plus jeunes, étaient couvertes de bijoux et arboraient des vestes chères. Harriet n'avait pas du tout été surprise qu'Ella téléphone et l'avait accueillie très chaleureusement. Tout le monde dressa l'oreille quand on la présenta comme une cinéaste, mais s'en désintéressa dès qu'elle précisa qu'elle s'occupait d'un documentaire.

Les contacts d'Harriet lui avaient apporté des échantillons. Ella examina des négligés jaunes couverts de strass, des cache-sexe écarlates et des slips noirs avec des boutons de rose en dentelle rose dessus. L'Irlande avait-elle changé à ce point ? Ou tout le monde portait-il ce genre de choses, tout le monde à l'exception d'Ella ?

— Achetez tout ce que vous voulez, je vous ferai un prix, lui proposa gentiment Harriet.
— Merci. Mais ma vie sexuelle tient plutôt du désert à l'heure actuelle. Je vais m'abstenir si cela ne vous ennuie pas.
— Une jolie fille comme vous, cela me surprend.

Certains des contacts eurent l'air de sous-entendre que posséder un placard plein de ce genre d'articles était le meilleur moyen de retrouver rapidement une vie sexuelle satisfaisante.

Ella, qui n'avait rien mangé, avait la tête qui tournait un peu.

— Eh bien, si je pensais que cela m'aiderait à vendre mon idée de film à Derry King, s'exclama-t-elle en faisant mine de s'intéresser à un corset.

— Derry King en personne ? s'exclama une femme.

— Vous avez entendu parler de lui ?

— Il y avait un grand article sur lui dans le journal d'aujourd'hui... mais de quoi parlait-il déjà ?

Personne ne s'en souvenait.

— J'espère qu'il n'a pas fait faillite.

Ce serait le comble. Non, apparemment il avait sauvé un refuge pour chiens. Derry King avait non seulement donné au refuge les fonds dont il avait besoin, mais il s'était joint aux manifestants, ce qui leur avait fait une immense publicité.

— Alors, comme ça, il aime les chiens. Aucun des dossiers ne le mentionnait. Et si je lui achetais ce collier de chien orné de bijoux ?

— Ça fait un peu pacotille, Ella. C'est vrai, il ne coûte que cinq dollars. C'est pour les types dont les copines possèdent des chiens-chiens à leur mémère.

— Mais non. D'ailleurs, je vais en prendre deux. Je connais un chien à Dublin qui s'appelle Hooves et qui va adorer.

Elle avala trois cocktails de plus, rentra à son hôtel et s'endormit sans même écouter sa boîte vocale.

C'était censé être sa journée de liberté. Une journée entière pour se détendre et se préparer à rencontrer le lendemain le grand Derry King, investisseur et apparemment amateur de chiens. Et elle avait une gueule de bois carabinée. La femme du salon de beauté lui suggéra un soin du visage. C'était horriblement cher, mais après tout ? Elle rembourserait Firefly Films un jour. De toute façon, c'était ce qu'elle allait passer le reste de sa vie à faire. Rembourser des gens.

— Désolée, Nick, j'étais sortie hier soir. J'ai oublié de lire mes messages, dit-elle après avoir vu sa boîte clignoter.

— Génial, Ella. Tu t'en sors vraiment très bien là-bas.
— Ça va. Tu verrais mes cheveux et ma peau, tu n'en reviendrais pas.
— Super.
— Pourquoi m'appelais-tu ?

Il lui résuma la situation. Ils étaient tous un peu inquiets ; ils redoutaient que Nuala n'ait compris où elle se trouvait.

— Peu probable, si on se fie à ses performances précédentes, fit-elle sèchement.
— Je t'en prie, Ella. Nous sommes tes amis, d'accord ?
— Oui, désolée, je me sens un peu patraque, c'est tout.
— Patraque ?
— Gueule de bois. Abus de cocktails.
— Bon Dieu, Sandy, elle dépense nos sous en cocktails.
— Non, c'était gratuit. J'ai rencontré une femme dans l'avion...
— Je ne peux pas en entendre parler. Écoute, Ella. Cela pourrait être grave. Il a remboursé Frank et ses frères simplement parce qu'il est marié avec une amie à toi et qu'il espère qu'elle sait où tu es.
— Non, il ne veut pas me contacter.
— Pourquoi dis-tu cela ? Est-ce qu'il n'a pas envoyé Mike Martin et Frank tâter le terrain ?
— Si Don voulait vraiment me parler, il me trouverait.
— Et tu lui parlerais ! Nick comprit soudain pourquoi Ella avait gardé le portable. Elle voulait que Don prenne contact avec elle.
— Probablement.
— Il n'en est pas question. Pas sans un témoin.
— Ce coup de fil te coûte une fortune, Nick. Merci de t'inquiéter et remercie Sandy et Dee pour moi. Mais tout va bien.
— Sûr ?
— Oui. Et j'ai hâte de rencontrer Derry King. Je lui ai acheté un collier de chien orné de bijoux, à propos.
— Je commence à me demander si nous avons pris la bonne décision en t'envoyant à New York.

Harriet appela pour savoir si elle avait survécu.

— À peu près. Désolée d'avoir autant abusé de vos cocktails.

— Je vous en prie. C'est juste que... je ne sais pas, mais ces colliers de chien sont un peu limite. Si vous voulez vraiment l'impressionner, ce n'est peut-être pas le meilleur moyen.

— Merci, Harriet. Je le rencontre demain. J'aviserai à ce moment-là.

— De toute façon, qui suis-je pour vous donner des conseils... vous êtes parfaitement capable de vous débrouiller toute seule.

— J'aimerais.

— Je vous ai reconnue, vous êtes la petite amie de ce conseiller financier, celle avec qui on pensait qu'il s'était enfui.

— Oh! fit Ella d'une voix sourde.

Elle se demandait souvent si on la reconnaissait. Les mois passant, cela devenait rare, mais bien sûr c'était toujours un risque.

— C'est seulement qu'une bonne amie à moi, une femme adorable, Nora O'Donoghue, a perdu l'argent de son mariage à cause de lui.

— Je connais Nora. Elle travaille de temps en temps aux cuisines Chez Quentin. Elle est très sympathique.

— Elle a logé avec ma sœur une fois à Mountainview et elle épouse un professeur. Apparemment, il donnait des cours de latin aux fils de Richardson... quoi qu'il en soit, ils ont perdu toutes leurs économies... voilà pourquoi je me souviens.

— Beaucoup de gens ont perdu leurs économies, mes parents aussi.

— Et personne ne sait où il est ?

— On pense qu'il est en Espagne. Il a dû s'organiser pour prendre un nom différent et trouver une nouvelle maison quand j'étais avec lui. Cela paraît si loin maintenant.

— Vous savez, je me suis presque demandé en vous voyant s'il n'était pas ici et si vous ne veniez pas le rejoindre. New York est un endroit idéal pour se cacher. Je me suis dit que cela pourrait être dangereux pour vous.

Ella frémit soudain. Ce devait être la gueule de bois. Mais que deux personnes, à cinq minutes d'intervalle, la mettent en garde, c'était dur à avaler.

— Non, vraiment, Harriet. Il y a longtemps qu'il est sorti de ma vie.

— Alors bonne chance pour le film et souvenez-vous de ce que j'ai dit. Réfléchissez bien pour ce collier de chien.

— Bonne chance, Harriet. Et merci pour tout.

— Vous rencontrerez d'autres hommes.

— Oh, mais je n'en doute pas. C'est juste que je ne suis pas prête pour l'instant.

— Cela arrive quand on s'y attend le moins.

— C'est votre cas, Harriet ?

— Le type le plus adorable qui soit. Marié à une vraie garce. Elle l'a poussé à bout un jour et il a débarqué chez moi avec sa valise. C'était il y a dix ans.

— Et pourquoi n'est-il pas ici avec vous ?

— Il a une peur panique de l'avion et des grandes villes.

— Et qu'est-ce qu'il va faire pendant votre séjour ici ?

— Il va préparer de bons petits plats comme des tourtes au poulet et des sauces pour spaghettis, il va les étiqueter et les mettre au congélateur. Il va parler à ses pigeons, il va aller prendre une pinte avec son fils, et il m'attendra à l'aéroport pour me ramener à la maison avec mes bagages.

— Bonne chance.

— À vous aussi, Ella, et vous savez que personne ne vous assimile à cette ordure. J'espère que tout s'arrangera pour votre famille et tout ça...

— Un jour, promit Ella en regardant le portable sur son bureau.

C'était une très belle journée. Comme il n'y avait pas de vent pour la décoiffer, Ella se promena longtemps sur la 5e Avenue.

New York débordait d'énergie. Ella sentit son pas s'animer. Elle entra dans St. Patrick en regrettant de ne pas avoir suffisamment la foi pour prier Dieu et lui demander que la rencontre avec Derry King porte ses fruits. Mais ce ne serait pas juste. Et cela ne marcherait pas de toute façon parce que Dieu savait qu'elle n'était pas vraiment croyante.

Elle dit donc à Dieu que s'il lui arrivait encore d'écouter des pécheurs, sans conditions, elle tenait à lui rappeler qu'on tournait des milliers de films chaque année et que personne ne verrait d'inconvénient que le leur en fasse partie l'année suivante.

Elle regarda des étalages de fleurs. Elle lut des menus affichés aux portes de restaurant. Elle admira les uniformes des portiers. Elle arpenta des atriums d'immeubles de bureaux. Elle regarda les employés sortir dans la rue pour fumer une cigarette ou acheter des sandwichs. Elle se demanda quel effet cela ferait de travailler dans cette ville énorme et exaltante, où personne ne semblait se connaître, contrairement à Dublin où l'on n'arrêtait pas de saluer quelqu'un.

Un homme de grande taille lui jeta un coup d'œil approbateur. Ella prit peur. Et si Harriet avait raison de dire que New York était une cachette idéale ? Peut-être que Don était dans cette ville. Elle allait peut-être tomber sur lui au prochain carrefour. Non, il ne fallait pas qu'elle cède à ces craintes stupides. C'était le meilleur moyen de devenir fou.

— Courage, ma fille, dit-elle soudain à haute voix.

— Ça, vous avez raison, mon petit, dit un homme au kiosque qui était le seul à l'avoir entendue.

Ella serra ses bras contre elle. Elle aimait New York, elle était autant en sécurité ici qu'ailleurs. Elle allait marcher jusqu'à l'épuisement et rentrer à l'hôtel en taxi.

Elle dormit quatorze heures et se réveilla en pleine forme pour la première fois depuis des siècles.

— Je pensais que vous seriez plus âgée, lui dit Derry King en lui serrant la main dans le hall de l'hôtel.

— J'ai cru la même chose de vous, répondit Ella avec esprit. Mais nous ne sommes que des enfants dans le grand monde des affaires, puis-je vous offrir un café ?

Il sourit.

Il avait un bon sourire pour un homme aux épaules carrées et au visage très ridé. Elle connaissait son âge au jour près et il ne le faisait pas. Les New-Yorkais de quarante-trois ans s'en tiraient mieux que la plupart des Dublinois du même âge.

— Je prendrai un café avec plaisir. Voulez-vous que nous parlions ici ou que nous montions dans votre suite ?

— Nous sommes une petite société, monsieur King. J'ai une chambre, non une suite. Je pense que nous serions bien mieux ici.

— Et je me sentirais encore mieux si vous m'appeliez Derry. Je préfère.

— Très bien, Derry. J'ai un cadeau pour vous.

— Vraiment ?

— Comme j'ai appris que vous aimiez les chiens, je vous ai apporté un joli collier, continua-t-elle en le sortant de son sac.

— Oh ! quelle horreur ! Où diable avez-vous dégotté ça ? rit-il.

— Ce n'est pas une horreur. Je l'ai acheté cinq dollars à une femme qui vient chaque année à New York faire l'acquisition de très jolis articles pour le marché de Noël en Irlande.

— Nous allons très bien nous entendre, Ella Brady.

Son nœud à l'estomac se dénoua.

Il avait raison. Ils allaient très bien s'entendre.

8

— Tu crois qu'elle va vraiment lui offrir un collier de chien ? demanda Sandy à Nick.
— Rien ne peut plus me surprendre.
— Bien entendu, cela peut très bien se passer. Il va peut-être tomber amoureux d'elle.
— Mon Dieu, j'espère que non. Il a une femme qui s'appelle Kimberly et qui possède la moitié de l'affaire.
— Ella est au courant ?
— Sans aucun doute. Elle a lu le dossier. Mais la présence d'une femme ne l'a pas vraiment arrêtée par le passé, si tu vois ce que je veux dire.

L'homme qui vint se renseigner auprès des Brady à propos de la location d'un appartement dans Tara Road était très poli. Il admira leur jardin et expliqua qu'il aimait les maisons pleines de photos. On s'y sentait bien.
— C'est votre fille ? Elle est vraiment très jolie, dit-il en regardant une photo d'Ella.
— C'est ça, répondit Barbara.
Ella lui avait conseillé d'être prudente et elle entendait bien l'être, mais cet homme bien mis n'avait rien d'inquiétant. Il était courtois et il cherchait un appartement pour un collègue qui arrivait du Royaume-Uni.
— Elle vit avec vous ? poursuivit-il, l'œil toujours rivé sur la photo.
— Oh oui, de temps à autre.
— Et elle est ici en ce moment ?

— Non, elle est partie... comme ils le font à cet âge.
— Elle est à l'étranger à votre avis ?

La mère d'Ella commença à prendre peur. Elle n'avait pas affaire à un homme courtois en quête d'un appartement pour un collègue. Cet homme cherchait Ella.

— Les jeunes ne vous tiennent plus au courant de leurs faits et gestes maintenant, fit-elle en riant nerveusement.

— Oh ! je sais bien, mais est-ce qu'elle ne doit pas travailler ? Il me semble que vous avez dit qu'elle était professeur.

Ils n'avaient rien dit de la sorte.

— Elle travaille à droite et à gauche... c'est plus facile pour avoir du temps libre.

— Elle est peut-être partie au soleil, en Grèce ou en Espagne ? suggéra l'homme. Beaucoup de gens s'y rendent en septembre.

Barbara lança un regard sans appel à son mari.

— À ma connaissance, elle n'a pas évoqué le continent. Elle t'en a parlé, Tim ?

— Pas du tout. Elle a parlé d'aller dans le comté Kerry ou dans le comté West Cork. Elle a peut-être trouvé un petit travail supplémentaire. Elle a connu un grave revers l'année dernière et elle tente désespérément de réunir un peu d'argent.

— Pour en revenir à l'appartement..., reprit la mère.

Mais l'homme avait perdu tout intérêt pour l'appartement de Tara Road.

— Nous sommes de retour ici pour quelques jours. Tu déjeunes avec moi, Deirdre ?

— Non, Nuala, merci, mais ce n'est pas possible.

— Tu n'as même pas attendu de savoir quel jour je proposais.

— Je n'ai pas un instant à moi. Il y a une crise au travail. Aucun de nous n'a le temps de déjeuner, mentit Deirdre.

— Tu m'en veux pour quelque chose, Dee ?

— Non, ce qui m'ennuie, c'est de ne pas profiter de ma pause déjeuner. Pourquoi je t'en voudrais, enfin ?

— Tu as paru contrariée quand je t'ai demandé où était Ella. C'est juste qu'il faut que je sache. Frank ne me lâche pas. Il prétend que si je dois savoir quelque chose, c'est bien ça et que je ne suis même pas fichue de le lui dire.

— Quel amour, ce Frank !

— Non, ils ont peur. Ses frères aussi, tous.

— Je croyais qu'ils avaient récupéré leur argent dans un sachet en papier Kraft ?

— C'était juste une petite somme pour leur montrer qu'ils pourraient le récupérer si...

— Si quoi ?

— S'ils jouent le jeu, je suppose...

— Et donnent Ella, c'est ça ?

— Pas exactement, je ne crois pas.

— Eh bien, heureusement que nous ignorons où elle est alors, n'est-ce pas, Nuala ?

— Tu le sais, Dee.

— J'aimerais bien.

— Conseille-moi. Aide-moi, je t'en prie.

— Je te comprends, ce ne doit pas être le genre de chose qu'on rapporte à la police.

— Pas vraiment. De toute façon, Frank et ses frères évitent toujours soigneusement police et avocats.

Patrick et Brenda Brennan se couchaient. La soirée avait été longue et animée.

— Est-ce que nous avons besoin de ce documentaire ? dit Patrick. Toutes les tables étaient occupées ce soir.

— Je sais, j'y ai pensé, moi aussi. Il faudrait que nous songions à nous agrandir, répondit Brenda, l'air soucieux.

— Ce qui changerait tout, renchérit Patrick, soucieux lui aussi.

— Mais ce n'est pas censé être seulement une publicité. C'est plus une histoire de Dublin, retracée à travers l'évolution d'un restaurant.

— On croirait entendre Ella Brady.

— Je me demande comment elle s'en sort là-bas, dit Brenda en se démaquillant.

Elle n'entendit pas la réponse de Patrick qui marmonnait dans son oreiller.

« J'espère qu'elle va bien. Elle a vécu un été horrible », songea Brenda en retirant les dernières traces du maquillage élégant qui la rajeunissait toujours de dix ans.

Derry King avait raison. Ils s'entendaient bien tous les deux. Ella lui fit une description sans fioritures de Firefly Films.

— Qu'est-ce que cela m'apporterait ? lui avait-il demandé plus tôt et elle avait tenté de lui expliquer le plus sincèrement possible.

Il participerait à quelque chose de nouveau, du travail soigné, susceptible de rafler des prix à des festivals et d'être projeté à la télévision dans de nombreux pays.

— En quoi est-ce nouveau ?

— Ce ne sera pas un hymne à la verte Irlande et tout le baratin habituel.

— Pas de cadeaux, alors ?

— Eh bien, non... nous voudrions tourner en dérision tous les trucs prétentieux.

— Donnez-moi un exemple.

— Patrick est très drôle quand il explique comment les Irlandais font souvent mine de savoir des choses qu'ils ignorent, pour ne pas avoir l'air idiot. Il dit qu'on ne devrait jamais commander le vin qui figure en deuxième position de la liste des plus abordables sur un menu. Cela risque fort d'être un truc imbuvable, parce que c'est celui que les gens choisissent pour ne pas paraître radin ou minable en choisissant le meilleur marché de la liste.

Derry lui souriait.

— Et il racontera tout cela ?

— Certainement.

— Il n'a pas peur de perdre des clients ?

— Non, il a l'art et la manière. Il vous plaira quand vous le rencontrerez. Je n'en reviens pas que vous ne soyez jamais allé Chez Quentin lors de vos séjours en Irlande.

— Je n'ai jamais mis les pieds en Irlande.

— Pardon ?

— Je n'y suis jamais allé, et s'il souriait toujours, son regard s'était durci. Et je n'en ai pas l'intention.

Cathy Scarlet et Tom Feather n'avaient perdu qu'une petite somme quand Rice & Richardson avait mis la clé sous la porte. Par comparaison avec d'autres, ils avaient eu beaucoup de chance. Rien qu'une facture exceptionnelle de sept cents euros. Un service traiteur non réglé.

C'était l'après-midi de la semaine où Maud et Simon venaient astiquer ce qu'ils appelaient les « trésors » de Tom et Cathy et discuter en détail du bébé à venir. Comment allait-on l'appeler ? Où vivrait-il ? Serait-il adulte quand Tom et Cathy se décideraient enfin à se marier ? Pourraient-ils apprendre à danser au bébé ?

Tom et Cathy furent presque soulagés d'entendre sonner : ils allaient pouvoir échapper quelques instants à l'interrogatoire des enfants. C'était quelqu'un qui venait se renseigner sur les prix. Un homme bien mis qui ne semblait pas savoir précisément ce qu'il voulait. Sa requête leur parut si vague que cela éveilla leur méfiance.

— Vous connaissez Ella Brady, je crois, dit-il soudain.

— Oui, répondit Tom.

— Vaguement, renchérit Cathy. Ils savaient où était Ella, mais il fallait garder le secret.

— Vous avez une idée de l'endroit où elle se trouve actuellement ? demanda-t-il poliment.

— Pas la moindre, hélas.

— Quel dommage... on m'a prié de vous remettre de l'argent, le règlement d'une facture. Un oubli malencontreux. Environ sept cents euros, je crois.

Tom et Cathy se regardèrent, stupéfaits.

— Vous êtes de chez Rice & Richardson ?

— Non, hélas, non, mais disons que je suis un ami d'une des personnes impliquées qui regrette ce malentendu.

— Je n'en doute pas un instant, fit Cathy.

L'homme ouvrit son porte-monnaie.

— Il m'a demandé de vous remettre personnellement la somme en question. Il n'aime pas avoir des dettes, fit-il en déposant les sept billets sur la petite table. Et il vous serait très reconnaissant de prier Ella de l'appeler à ce numéro.

— Nous sommes ravis de récupérer cet argent, dit Tom. Mais nous ignorons complètement où Ella se trouve.

— Si l'un dépend de l'autre, nous ne devrions pas accepter ces euros, poursuivit Cathy.

— Non, gardez-les. Cela vous permettra peut-être de vous rappeler où elle se trouve.

— Nous savons où elle est, fit une voix claire.

Tom et Cathy se tournèrent vers Maud, horrifiés.

— Retourne dans la cuisine, Maud, s'il te plaît.
— Nous ne savons rien à propos d'Ella.
Cette injustice blessa Simon.
— Si, nous le savons.
— Et où est-elle exactement ? reprit l'homme, intéressé.
— Elle est à l'hôpital, fit Simon, triomphant.
— On lui remet les idées en place, continua Maud. Cela va prendre deux semaines en tout.

L'homme se tourna vers Tom et Cathy en quête d'une confirmation. Ils haussèrent tous les deux les épaules.
— Qui sait ?
— C'est tout à fait possible.

L'homme tourna les talons et partit sans un mot. Dans l'allée pavée, il sortit un mobile de sa poche.
— Il doit appeler l'Espagne.
— C'est là que se trouve l'hôpital ? s'exclama Simon. Je croyais que c'était en Amérique, à cause d'un truc qu'Ella a dit.

Tom souffla lentement.
— Et pourquoi ne l'as-tu pas dit au monsieur ?
— Je n'en étais pas sûr. C'est juste qu'elle a parlé de dépenser son dernier dollar pour je ne sais quoi, mais c'était peut-être juste une expression.
— Peut-être, dit Cathy, soulagée, en prenant la main de Tom.
— Vous allez de nouveau copuler après la naissance du bébé ? enchaîna Maud.
— Probablement. Si nous en avons l'énergie, répondit Cathy.
— Cela demande beaucoup d'énergie ?
Simon était intéressé.
— Tout le monde dans la cuisine ! s'écria Tom.

Du coin de la rue, l'homme téléphona à Don Richardson.
— Je n'avance guère, Don. Rien des cinéastes, ni de ses parents, ni de ce restaurant et rien des traiteurs.
Il écouta un moment, puis acquiesça.
— D'accord. Plan C, alors.

Bouche bée, Ella contemplait Derry King.

— Vous n'avez pas l'intention d'aller en Irlande ?

— Pas si je peux l'éviter.

— Alors pourquoi envisager de faire un film là-bas ?

— Ce n'est pas moi qui le tourne, c'est vous.

— Mais pourquoi discuter si vous ne voulez pas... si vous n'avez pas l'intention... je suis navrée, Derry, mais je ne comprends pas.

— Il n'est pas nécessaire que j'aime l'Irlande pour investir dans un film qui en traite. Et de toute façon, apparemment, ce n'est pas un hommage au pays... il montre tous ses points faibles, tous ces nouveaux-riches, cette cupidité, cette prétendue élégance.

— Nous n'avons jamais dit que...

— C'est l'impression que cela donne, de gens qui imitent les Européens.

— Mais nous sommes européens.

— Mais vous avez dit que vous ne feriez pas de cadeaux.

— Derry, il faut qu'on rectifie le tir, dit Ella en jetant un coup d'œil à ses notes. Voilà des heures que nous discutons et j'ai dû vous induire en erreur.

— Je n'ai, pour des raisons personnelles, aucune affection pour l'Irlande. Le legs de mon père n'est pas du genre à me donner envie de partir en quête de mes racines. Je me suis intéressé à ce projet parce que j'ai cru que vous mettiez les Irlandais en boîte.

— Mais vous avez les notes de Nick.

— Il disait que ce serait franc et novateur. Voilà pourquoi je suis là... pour savoir en quoi.

— Et que savez-vous ?

— Que nous sommes restés trop longtemps dans ce café. Nous devrions faire une pause, ensuite je vous enverrai une voiture et je vous emmènerai dîner. À force de parler de restaurant, je meurs de faim.

— Ils ont un restaurant ici.

— Non, pas un vrai. La voiture viendra vous prendre à sept heures. D'accord ?

— Une chose avant que vous ne partiez.

— Allez-y.

— Je vais appeler Nick. Dois-je lui dire que tout n'est qu'un immense malentendu ?
— Pourquoi diriez-vous une chose pareille ?
— C'est ce que j'ai cru comprendre, d'après votre réaction.
— Nous n'en sommes qu'aux pourparlers, pour l'instant.
— Mais je ne pourrais pas trahir ce restaurant, aucun d'entre nous ne le pourrait. Il va falloir annuler le projet si c'est ce que vous voulez.
— Je comprends et je respecte. Sept heures.

Ce fut une conversation téléphonique difficile.
— Je ne comprends pas très bien, dit Nick.
— Moi non plus, si tu veux savoir. On dirait que nous n'en sommes qu'aux pourparlers des pourparlers.
— Nous avons investi tout ce que nous pouvons là-dedans ; nous frisons la panique ici tous les deux
— Eh bien nous sommes trois, voire quatre. Derry frise peut-être un peu aussi la panique. Apparemment il détestait son père et il déteste l'Irlande.
— Je ne te crois pas.
— C'est ce qu'il m'a dit. Tu veux que je te rappelle après le dîner ? Vers trois ou quatre du matin, heure de Dublin ?
— Non, Ella. Cela pourra attendre demain.

Ella portait la robe noire et la veste rouge de Deirdre. Elle avait pris un grand sac à main, assez grand pour contenir papiers et photos sans avoir l'air d'être une serviette. Un chauffeur vint la chercher.
— Dans quel restaurant allons-nous ?
Le chauffeur prononça le nom de l'endroit avec vénération, comme si c'était le seul endroit possible quand on était invité par M. King.
Il attendait à la table. Il portait un smoking. Il avait l'air aussi solennel que sur les photos du dossier. Les articles n'apprenaient pas grand-chose sur lui. Ils ne laissaient pas deviner son enthousiasme et sa volonté d'aller au bout des choses. Ils ne disaient pas combien son visage s'éclairait quand on progressait. C'était un excellent homme d'affaires qui sortait du lot.

Ella se sentit soudain très déplacée.
— J'espère que je suis assez habillée.
— Vous êtes très bien.
— Votre femme n'a pas pu se joindre à nous ce soir ?
— Et cela va continuer.
— Désolée, encore une chose que j'ai mal comprise.
— Non, vous avez parfaitement étudié votre dossier. Vous n'avez simplement pas lu l'endroit où l'on précise Mariage dissous.
— Depuis longtemps ?
— Oh, dix ans, je dirais, mais c'est difficile de se rappeler parce que nous nous voyons toutes les semaines à la fondation.
— Et cela fonctionne ? Apparemment oui, sinon vous ne pourriez pas le faire tous les deux.
— Cela fonctionne, et très bien. Kimberly est remariée et elle sort beaucoup le soir. Moi non, si bien que nous nous rencontrons rarement le soir. Mais nous nous sommes vus cet après-midi. Le projet l'a beaucoup intéressée et elle se joindra à nous demain.
— Il y aura donc un lendemain ?
— Bien sûr, Ella. Bon, regardez ce menu et dites-moi. Est-ce que vos amis de Chez Quentin sont aussi bons qu'ici ?
— Je regrette qu'ils ne puissent me voir maintenant.

Pour la première fois depuis son arrivée à New York, elle avait l'air sûre d'elle et heureuse.

On donnait vingt-deux ans à Kimberly, mais Ella savait qu'elle frisait la quarantaine. Avec sa coiffure impeccable qui réclamait une visite quotidienne chez le coiffeur, son sourire éclatant, son tailleur pêche signé et ses hauts talons noirs, elle était éblouissante. Et intelligente avec ça. Elle maîtrisait parfaitement les détails du projet et comprenait ce que Firefly Films tentait de faire. Elle évoqua d'autres films qu'ils avaient subventionnés. L'un parlait d'une jeune compositrice qui croyait tellement en son avenir qu'elle avait surmonté tous les obstacles. Un autre, d'une femme qui avait créé un club pour des enfants mentalement handicapés afin de permettre à leurs parents de souffler, mais que les autorités avaient fermé parce qu'elle n'avait pas les qualifications officielles nécessaires. Un autre encore traitait du stress de la femme du policier et un autre d'une femme qui avait gardé pendant treize ans un chat dans un immeuble interdit aux animaux sans que personne s'en aperçoive.

Ella avoua qu'elle ne voyait pas les points communs entre ces projets. Derry et Kimberly en eurent l'air ravi. Ils ne voulaient pas être prévisibles. Demain, ils passeraient aux choses sérieuses, annonça Kimberly, et organiseraient un itinéraire pour Derry lorsqu'il arriverait en Irlande.

— Mais je croyais que vous n'iriez pas.
— Bien sûr que si, fit Kimberly. Cela ne tient pas debout.
— C'est hors de question, Kim.
— Vous viendriez à sa place, Kimberly ? plaida Ella.
— Mais oui, Kim, tu adorerais.
— Derry sait qu'il n'est pas question que je quitte New York au risque de livrer mon très jeune mari à toutes les tentations de la ville.
— Oh! Lorenzo ne vagabonderait pas.
— Il s'appelle Larry, Ella, ce que Derry sait pertinemment et il n'est pas question qu'on le laisse seul, histoire de vérifier une théorie.

Derry n'avait pas du tout l'air agacé.
— On verra. Kim aime se livrer à de petits jeux.
Il parlait sans méchanceté, avec affection en fait.
— Il faut bien que quelqu'un se livre à des petits jeux, dit-elle en lui glissant une main dans les cheveux.
— Bon, passons à autre chose.
— Derry sera bien obligé d'aller en Irlande un jour ou l'autre. Il ira quand il se sentira prêt. Et si vous nous racontiez vos histoires, Ella ? Parlez-nous de ces gens qui vont constituer le film.

L'heure était arrivée de les convaincre que ce restaurant était une somme d'existences différentes. Elle sortit ses notes.

Soupe au lait

Martin se rendormit après avoir éteint son réveil. Il fit un rêve bizarre, compliqué, où il n'avait pas la monnaie voulue et où on refusait de le servir. Il se réveilla tremblant d'irritation et fut encore plus agacé lorsqu'il comprit qu'il était sept heures du matin et qu'il aurait vingt minutes de retard au bureau. Et justement aujourd'hui ! Il tenta de presser le mouvement et bien entendu perdit encore plus de temps. Surpris par la douche trop brûlante, il en jaillit comme un diable de sa boîte et fit tomber tout le contenu d'une étagère. Il perdit un bouton de sa meilleure chemise, renversa du jus d'orange dans le réfrigérateur. Il se souvint qu'il avait eu l'intention de déposer ses vêtements au pressing, mais maintenant il n'en avait plus le temps. Cela voulait dire qu'il n'aurait pas de costume nettoyé pour le lendemain. C'était le jour où on sortait les ordures et il n'avait littéralement pas une seconde pour ça. Il se rua dehors et, voyant qu'il pleuvait, rentra prendre un parapluie et entendit le téléphone sonner. Avant huit heures du matin, ce devait être urgent. Il répondit et découvrit à son grand agacement qu'il s'agissait de son fils.

— Bonjour, papa, c'est Jody. Je voulais juste m'assurer que tu n'avais pas oublié.

Pourquoi le gamin pensait-il qu'il aurait pu oublier un rendez-vous pris plus d'un mois avant ?

— C'est que tu es toujours si occupé. Cela aurait pu te sortir de l'esprit.

— Non, Joseph, crois-moi, les gens occupés n'oublient

pas les rendez-vous pris de longue date. L'oubli est fait pour ceux qui n'ont pas grand-chose d'important à faire.

Pourquoi avait-il dit ça ? Un coup à accentuer la colère du garçon, à élargir encore le fossé qui les séparait. Et à perdre encore plus de temps. Et maintenant Joseph dissertait sur le menu, en disant que son père devrait choisir ce qui lui plaisait.

— Oui, c'est généralement ce qu'on fait dans un restaurant, non ?

Le ton glacial de son père échappa totalement à Jody.

— Joseph, il faut que j'y aille.

Martin raccrocha. Dehors, dans la rue détrempée, il vit que tous ses voisins avaient réussi à sortir leurs poubelles. D'autres s'étaient levés à temps pour se rendre à leurs petits boulots sinistres et lui, non. Martin, qui dirigeait la plus grosse agence de publicité de la ville, un homme connu de tout le pays ! Aujourd'hui ils faisaient une présentation à l'entreprise qui serait, si cela marchait, leur plus gros client jusque-là. Ils préparaient cela depuis trois mois et maintenant que le jour était arrivé, il fallait qu'il fasse ce cauchemar dû à l'angoisse et qu'il se rendorme. Et ce n'était pas tout : il avait d'autres problèmes à régler ce jour-là. Il fallait revoir l'apparence de sa secrétaire, Kit Morris. Elle était trop âgée pour le poste, son visage ne passait pas, et elle s'adaptait trop lentement aux nouvelles technologies. Peut-être vaudrait-il mieux qu'il repousse la conversation qu'il voulait avoir avec elle à la fin de la journée. L'avantage avec Kit, c'était qu'elle ne regardait jamais l'heure, elle travaillait sans compter. Elle était avec lui depuis longtemps. Elle ne devait pas avoir de vie en dehors de la boîte.

Cela n'allait pas être facile de lui dire qu'elle ne renvoyait pas l'image qu'il souhaitait avec sa jupe informe et son long cardigan. Mais aujourd'hui serait une journée tendue qui risquait de se prolonger tard. Ils organisaient une réception pour leurs associés américains à cinq heures et ce serait suivi d'un dîner. Cela n'aurait pas pu tomber plus mal. S'ils ne décrochaient pas le nouveau contrat, ils n'auraient pas envie de fêter la venue des Américains.

Martin soupira en pressant le pas sur le trottoir glissant. Et en plus, il déjeunait avec Joseph. Le gamin n'avait pas voulu en démordre. C'était l'anniversaire de la mort de Rose. Cela faisait quinze ans que sa femme était morte. Depuis, Martin s'était jeté dans le travail à corps perdu. Mais les tragédies ont des effets différents selon les gens. Joseph avait abandonné ses études dans les semaines qui avaient suivi l'enterrement. Il avait été impossible de le convaincre de quoi que ce soit depuis.

Martin arriva au bureau, trempé, hors d'haleine et de mauvaise humeur.

— Ils vous attendent, lui lança gaiement Kit.

— Kit, épargnez-moi ce genre de réflexion. Pas aujourd'hui.

Cela ne la découragea pas.

— Tout va bien, Martin. Je leur ai servi du café et je leur ai transmis vos excuses. Je leur ai dit que vous aviez un petit déjeuner d'affaires que vous ne pouviez pas décommander. En fait, cela pourrait tourner à votre avantage.

Elle lui adressa un sourire rassurant.

Martin se redressa et commença sa matinée.

Il ne pouvait pas le savoir, mais d'autres avaient aussi des matinées difficiles. Son fils Jody faisait les cent pas dans son petit studio en répétant sans cesse le discours qu'il adresserait à son père au déjeuner Chez Quentin. S'en sortait-il bien ? Plus il répétait, plus il en doutait.

Au restaurant, sous l'œil attentif de Brenda Brennan, le serveur breton, Yan, astiquait l'argenterie de chaque table avec un chiffon doux et il passait une sale matinée. Il avait reçu une lettre de chez lui où on lui annonçait sans entrer dans les détails que son père allait à l'hôpital de Concarneau afin d'y subir des analyses. Personne ne précisait le pourquoi de ces analyses. Devait-il téléphoner pour se renseigner ? Cela ne servirait à rien, ils ne feraient que lui conseiller de ne pas gaspiller son argent durement gagné.

La journée de Kit Morris n'était pas fabuleuse non plus. Cela n'aidait pas que Martin se conduise en enfant gâté. Elle avait ses propres problèmes. Comme l'avenir de sa mère âgée. Elle ne pouvait plus se débrouiller seule. Il faudrait qu'elle vienne s'installer chez Kit ou qu'elle entre dans une maison de retraite. Il n'y avait pas d'autres solutions ; ses frères mariés n'en avaient pas fait mystère. Elle s'apprêtait à demander quelques jours de congé à Martin. Mais ce n'était pas le jour.

Martin s'assit à sa table Chez Quentin et tambourina des doigts. Un de ses confrères l'avait déposé. Il lui avait conseillé de se détendre parce qu'il lui avait semblé plutôt à cran dans la matinée. Du coup il avait un quart d'heure d'avance et son fils arriverait en retard comme d'habitude. Martin repensa à la réunion. Ses interlocuteurs s'étaient montrés très évasifs, ils n'avaient dit ni oui ni non après sa présentation. Ils lui feraient connaître leur réponse plus tard dans la journée. En gros, cela s'était bien passé.

Il avait besoin d'un bon verre. Il ne réussit pas à croiser le regard du serveur, un étranger, comme de bien entendu. L'autre regarda dans sa direction une fois, mais il avait les yeux dans le vague, si bien que Martin claqua des doigts pour attirer son attention. Le visage du garçon se transforma. Son expression devint glaciale. Ce fut si délibéré que Martin n'en revint pas. Ce petit insolent ne le servirait pas. Cela n'allait pas, mais pas du tout. C'était un restaurant de première classe. Il claqua de nouveau les doigts, sans plus d'effet. Martin sentit une veine se mettre à battre sur son front. Il se leva et il s'apprêtait à se plaindre auprès de Brenda Brennan quand il y eut soudain une coupure d'électricité. Toutes les lampes s'éteignirent. Non seulement de lourdes tentures dissimulaient en partie les fenêtres du restaurant, mais le ciel était bas et couvert. Martin eut l'impression d'être plongé dans l'obscurité la plus totale. Un instant, il crut avoir eu un malaise et fut très soulagé d'entendre les autres convives s'étonner.

Il se rassit en se cramponnant à la table. En quelques minutes, Brenda avait fait distribuer des bougies sur toutes les tables. Elle passa entre les convives pour les rassurer : ils cuisinaient autant au gaz qu'à l'électricité. Il n'y aurait donc pas de problème et elle insista pour offrir un verre à tout le monde en guise d'excuses.

— À condition qu'on veuille bien nous servir, grommela Martin.

— Pardon, monsieur ?

— Oui, ce latin lover avait l'air sourd et aveugle bien avant que les lumières ne s'éteignent.

— Comme Yan est un de nos meilleurs serveurs, vous me surprenez, mais permettez-moi de vous servir, monsieur. Que prendrez-vous ?

Il la vit parler à Yan qui lui expliquait quelque chose. Il avait l'air très sûr de ses arguments. Martin ne pouvait rien entendre, mais apparemment Brenda le réconfortait. Puis elle rapporta sa vodka avec une célérité exemplaire et il s'efforça de se détendre. Le serveur finit par lui donner le menu. Martin n'avait pas encore réussi à se détendre.

— Oh ! je vois que vous avez enfin remarqué ma présence.

— Pardon, monsieur ?

— Vous n'allez pas me dire que vous ne m'aviez pas vu.

— Non, monsieur, je vous ai vu. Je suis désolé de ne pas avoir répondu.

— Et pourquoi ne l'avez-vous pas fait ?

— Vous avez claqué des doigts.

— Exact, parce que je voulais attirer votre attention.

— J'ai appris mon métier avec un maître d'hôtel qui disait que nous devions adopter une cécité diplomatique devant un tel geste et ne pas servir le client. Jamais. Mais Mme Brennan vient juste de m'expliquer que ce n'était pas les usages ici. Je vous prie de m'excuser.

— Ce genre de choses marche peut-être en France..., commença Martin.

— Je viens de Bretagne, monsieur.

Le serveur était pâle et avait l'air inquiet. Brenda l'avait peut-être menacé de le mettre à la porte. Il n'avait pas l'air bien du tout.

— Est-ce que ça va ? s'enquit Martin contre toute attente.

— C'est gentil de me poser la question. Je suis juste un peu inquiet au sujet de mon père qui est peut-être malade et je me demande si je devrais être à ses côtés.

— Vous êtes proche de lui ?

— Non, il est loin, en Bretagne.

— Non, je voulais dire, pouvez-vous lui parler ? Vous vous entendez bien tous les deux ?

— Aucun père ne peut vraiment parler à cœur ouvert à son fils, et la réciproque est vraie, seuls les très chanceux y parviennent. Mais je tiens beaucoup à lui, oui.

À cet instant, Martin vit son propre fils arriver. Son agacement habituel l'envahit. Joseph ou plutôt Jody – comme il tenait à ce qu'on l'appelle – portait un anorak déchiré sur un vieux pull gris passé. Il avait l'air miteux, complètement déplacé, mais il affichait un sourire confiant et heureux.

— Papa, je suis navré d'être en retard. Les bus étaient bondés à cause de la pluie et j'étais pressé d'arriver parce que...

— Ce n'est pas grave, Joseph. Commande un verre au garçon. On nous l'offre parce qu'il y a eu une coupure de courant.

— Vraiment ? Je n'avais même pas remarqué.

Martin était à cran. Son fils frisait l'imbécillité.

— Je t'en prie, garde le sens des réalités.

— Mais papa, j'étais si impatient de venir t'annoncer la grande, grande nouvelle.

— Tu as trouvé du travail ?

— J'en ai toujours eu un, papa.

— Si tu appelles balayer des feuilles un travail...

— Je suis jardinier, papa, mais peu importe. Ce qui importe, c'est que... (Jody s'interrompit, impressionné par l'énormité de ce qu'il allait dire.) L'important, c'est que je viens de passer deux matinées entières à me demander comment t'annoncer ma nouvelle et maintenant je me demande pourquoi j'ai répété.

— Répété quoi ?

— Je t'ai vu parler au garçon... (Jody désigna Yan qui les regardait tour à tour comme s'il assistait à un match de tennis.) Et tu avais l'air si gentil, si prévenant, comme un homme ordinaire pas un grand homme d'affaires... si bien que je me suis dit, pourquoi attendre le bon moment pour t'annoncer la nouvelle ? Nous allons avoir un bébé, Jenny et moi... nous sommes fous de joie. Tu t'imagines ? Un fils ou une fille à nous. Un petit être tout neuf !

À cet instant-là, Brenda vint tendre une enveloppe à Martin.

— Votre secrétaire l'a apportée elle-même. Elle a dit qu'elle savait que vous n'aimeriez pas être dérangé au téléphone.

Kit avait choisi justement cet instant pour venir l'embêter avec des histoires de bureau. Il regarda à peine l'enveloppe et s'efforça de trouver quoi répondre à son fils. Mais avant que Martin n'ait le temps d'ouvrir la bouche, Yan avait saisi la main de Jody.

— Mes félicitations... Quelle merveilleuse nouvelle. Vous devez être très heureux, vous et votre femme.

— Jenny et moi ne sommes pas mariés... nous n'en avons jamais vu la nécessité...

— Oh ! en français, c'est le même mot.

— Ah ! fit Jody qui regardait son père. Tu veux ouvrir le message du bureau, papa ? Cela pourrait être important.

Martin faillit s'étrangler.

— Rien n'est plus important que ta nouvelle. Je suis si heureux pour vous deux et pour moi, et peut-être... peut-être... sa voix se brisa... peut-être que ta mère est au courant d'une manière ou d'une autre.

— Bien sûr, rayonna Jody.

Yan recula d'un pas comme s'il s'attendait à ce que les deux hommes se lèvent et tombent dans les bras l'un de l'autre. Ce qu'ils firent, effectivement. Cela ne leur était encore jamais arrivé. Presque gênés, ils se rassirent et se regardèrent.

— Allons, s'il te plaît, papa, ouvre ce message. Cela me rend nerveux.

Kit annonçait qu'ils avaient décroché le contrat et qu'elle avait pris la liberté de commander du champagne pour fêter ça avec les associés américains. « Tout le monde est si heureux, Martin, écrivait Kit. Grâce à vous notre agence ressemble davantage à une famille qu'à un bureau. Bravo de notre part à tous. »

Martin faillit se sentir mal en lisant ces mots.

Quelle idée d'avoir songé à transformer Kit !

Elle était indispensable au bureau telle qu'elle était.

Dieu merci, il ne lui avait rien dit, cela aurait été impardonnable.

Jody parla de prénoms et de projets et expliqua qu'il s'occuperait autant que Jenny du bébé.

— Je regrette de ne pas l'avoir fait pour toi, réussit à articuler Martin.

— J'ai posé la question à maman, mais elle m'a dit que tu était bien trop soupe au lait pour qu'on te confie un enfant, répondit Jody qui ne semblait pas avoir une once de ressentiment en lui.

— Une fois que j'aurai pris congé de mes invités ce soir, est-ce que je pourrai venir fêter ça chez vous ?

Jody le contempla, stupéfait. Son père n'avait jamais mis les pieds chez lui. Peut-être que d'être soupe au lait avait moins d'importance chez les grands-pères.

Une fête digne de ce nom

Quand Maggie Nolan obtint d'excellentes notes à son diplôme de fin d'études, son père déclara que cela méritait une fête digne de ce nom. La famille Nolan irait dîner dans un hôtel.

Cela ne s'était encore jamais produit. Ils n'avaient jamais mis les pieds dans un restaurant ordinaire, sans parler d'un restaurant d'hôtel. Les autres allaient au Chinois ou chez l'Italien – le pays devenait cosmopolite. Enfin, du moins en partie.

Mais pas les Nolan.

Ils n'avaient jamais eu d'argent en trop. Il y avait tant à payer et tant à faire. La mère de Mme Nolan vivait chez eux et il fallait préparer et apporter le dîner du père de M. Nolan chez lui tous les jours.

M. Nolan était le responsable du rayon charcuterie dans une de ces épiceries à l'ancienne dont on disait qu'elles étaient condamnées. Il y était très heureux et respecté mais, si effectivement l'épicerie était condamnée, il aurait du mal à retrouver un emploi.

Mme Nolan était femme de ménage dans un hôpital. Elle était très populaire auprès des infirmières et des malades, mais ses journées étaient longues et pénibles, elle avait des problèmes de phlébite, mais elle espérait pouvoir continuer à travailler jusqu'à ce que tous ses enfants soient tirés d'affaire.

Maggie était l'aînée de cinq. Les autres étaient tous des garçons qui voulaient jouer dans des équipes de football anglaises. Ils ne s'intéressaient pas une seconde à leurs études et ils étaient ébahis que leur sœur ait obtenu de si bonnes notes qu'il soit sérieusement question de l'envoyer à l'université. Ils furent encore plus stupéfaits que leur père s'apprête à les emmener dans un restaurant chic dont personne de leur connaissance n'avait jamais franchi le seuil.

Mais il n'arrêtait pas de répéter que les notes de Maggie méritaient une fête digne de ce nom.

— Vous irez juste tous les trois, maman, toi et Maggie ?
— Une fête de famille, insista-t-il.
— Est-ce que grand-mère viendra ?

Grand-mère Kelly avait une fâcheuse tendance à enlever son dentier en public. L'argent ne couvrirait pas la venue de grand-mère. Grand-père Nolan déclara que, par principe, il n'était pas question qu'il mette les pieds dans ce genre d'établissement. Il fit cette déclaration avant même qu'on l'invite, sans expliquer le fameux principe.

Mais cela signifiait tout de même qu'ils seraient sept à dîner dans un restaurant absurdement cher.

— Nous ne pouvons pas faire ça – c'est ridicule, maman, dit Maggie.

Sa mère avait l'air fatigué après avoir poussé toute la journée un lourd chariot de nettoyage dans les services de l'hôpital.

— Écoute, mon petit, nous sommes si fiers de toi, et pourquoi ton père aurait-il coupé du bacon en tranches, année après année, s'il ne peut pas emmener sa famille dans un endroit chic quand son aînée se révèle un génie ?

Les yeux de la mère de Maggie brillaient dans son visage las.

Cela mit fin à la discussion. Plus question de protester.
Maggie alla dans sa chambre.

Elle avait dix-huit ans. Elle savait que ce dîner de fête coûterait une fortune, l'équivalent peut-être de deux semaines de salaire de son père. Il faudrait qu'il fasse un emprunt. Maggie aurait de loin préféré du poulet et des frites et que son père lui donne de l'argent pour acheter des livres pour l'université.

Mais elle écouta sa mère. La fête digne de ce nom dans le meilleur restaurant de Dublin donnerait un sens à beaucoup d'existences. Pas seulement à celle de son père – sa mère aussi serait ravie de lâcher à l'hôpital, l'air de ne pas y toucher, ce qui figurait au menu du dîner de la veille.

Ses deux grands-parents, difficiles, se réjouiraient autant que s'ils y avaient participé. Pour ses quatre jeunes frères, ce serait une grande aventure. Et si on réussissait à les convaincre de ne pas éplucher les pommes de terre avec leurs ongles...

M. Nolan fit la réservation.

— Il fallait verser des arrhes ? s'enquit la mère de Maggie.

— Bien sûr que non. Ils ont demandé un numéro de téléphone et j'ai donné celui du rayon au magasin.

Les garçons virent d'un très mauvais œil les séances de nettoyage et les chemises propres que tout cela impliquait. La mère de Maggie expliqua qu'elle avait dit à sa patronne où elle allait et que cette dernière lui avait gentiment prêté une écharpe. Le père de Maggie avait dit au directeur où il allait et le directeur avait promis de téléphoner pour qu'on leur offre de sa part des cocktails avant le dîner.

Et le fameux soir arriva.

Maggie n'y avait pas beaucoup songé parce qu'elle avait bien d'autres choses en tête, comme les droits d'inscription à l'université à régler. En plus, elle se demandait comment elle réussirait à concilier ses études avec toutes les heures de travail qu'elle devrait faire pour les financer. Le dîner dans le restaurant chic, la fête digne de ce nom, n'était qu'une crise parmi d'autres. Les Nolan ne possédant pas de voiture, ils prirent deux bus pour se rendre à destination. M. Nolan transportait l'argent dans une enveloppe dans sa poche intérieure. Il la tapota fièrement une bonne douzaine de fois pendant le trajet. Chaque fois, Maggie en aurait pleuré, mais elle conserva sa bonne humeur et ne cessa de répéter qu'elle n'arrivait pas à croire qu'ils allaient dans ce restaurant. Ses amis en feraient une maladie. Et elle fut récompensée en voyant sa mère ajuster son écharpe empruntée et en entendant son père dire que le directeur était vraiment trop gentil de leur offrir l'apéritif.

Devant la porte, l'endroit leur parut énorme et intimidant, et personne ne voulut entrer le premier.

Une fois dans la salle de restaurant, ils se sentirent nerveux et déplacés. M. Nolan se demanda s'ils devaient prendre l'apéritif au bar ou à leur table. Maggie qui se disait que les garçons causeraient peut-être moins de dégâts si on s'en tenait à un seul endroit était en faveur de la salle à manger, mais sa mère jugea que M. Nolan avait peut-être aussi envie de voir le bar.

L'évocation du nom du directeur causa un grand embarras. Personne n'avait reçu de message à propos de l'apéritif. Apparemment personne n'avait téléphoné.

— C'est aussi bien, papa, nous aurions tous été pompettes si nous en avions pris, dit Maggie qui s'efforça de ne pas voir le serveur qui tiquait en entendant sa remarque.

Ils décidèrent d'étudier le menu et d'oublier les apéritifs.

Le menu était en français.

— Pourriez-vous nous le traduire ? demanda Maggie au serveur méprisant.

Elle était folle de chagrin en voyant que la fête digne de ce nom était un peu gâchée.

Le serveur traduisit, contraint et forcé ; Maggie se souvint de tout. Elle décida que son père prendrait un steak, sa mère du poulet et qu'elle et les garçons choisiraient des côtelettes d'agneau à point. Personne ne prendrait d'entrée, mais ils prendraient tous des desserts, annonça-t-elle au serveur.

Les garçons étaient tellement choqués et impressionnés par tout cela que, pour une fois, ils furent d'accord avec elle.

Elle n'avait jamais été aussi furieuse et bouleversée de sa vie. L'expression de ses parents était comme des coups de poignard. Ils étaient gênés et honteux – après tous ces emprunts et cette organisation, cela n'avait pas été une bonne idée.

— Je n'oublierai jamais ce dîner, papa et maman, dit Maggie, sincère. Elle s'en souviendrait toute sa vie, quand elle serait une avocate prospère, quand elle aurait assez d'assurance pour connaître tous les plats du menu et faire l'admiration de tout le personnel de l'hôtel.

— Peut-être que ce n'était pas..., commença son père.

Maggie se sentit mal, littéralement, comme si elle allait s'écrouler. Il avait tellement voulu que cette sortie soit une réussite pour elle. Plus elle protesterait, plus cela empirerait, et plus il paraîtrait pathétique.

Une serveuse dressait une table. Une femme élégante, d'environ trente ans, qui arborait un col de dentelle et qui devait être aussi horrible, snob et méprisante que les autres. Maggie brûlait de rage intérieure.

Mais cette femme lui adressa un regard compréhensif. Elle avait l'air de comprendre que c'était une occasion sortant de l'ordinaire.

— Je m'appelle Brenda Brennan et je vais servir votre table. Puis-je vous demander s'il s'agit d'une fête familiale particulière ?

— Mon aînée – vous n'imaginez pas les notes qu'elle a obtenues...

Ce pauvre papa qui mourait d'envie de confier à quelqu'un, n'importe qui, la raison de ce dîner.

— Très bien, je vais le dire au chef. Il aime bien les universitaires. Généralement nous n'avons que des clients qui dînent aux frais de leur société.

Maggie eut envie de serrer la dénommée Brenda dans ses bras. Mais elle n'en fit rien – elle avait un rôle à tenir.

— Merci.

— Quand vous aurez terminé vos études, le chef Patrick et moi serons propriétaires de notre propre restaurant, poursuivit la dénommée Brenda.

Le visage du père de Maggie rayonnait de plaisir.

— Vous nous laisserez votre nom, n'est-ce pas, monsieur, que nous puissions vous conserver sur nos listes ?

Le serveur hautain fut surpris quand Patrick, le chef maussade, annonça qu'il allait préparer un dessert spécial et gratuit pour la table des Nolan.

Il inscrivit le nom de Maggie en chocolat dessus et demanda qu'on prenne une photo. Et il posa avec la famille.

Le serveur fit la grimace. Quelle idée d'en faire autant pour ces moins que rien...

Les Nolan rentrèrent chez eux en bus avec la moitié du gâteau. Cela avait vraiment été une fête digne de ce nom.

Cette nuit-là, Maggie se demanda combien de temps il faudrait à son père pour tout rembourser.

Le temps qu'elle termine son droit et obtienne son diplôme d'avocat, il se passa quatre ans. Et il s'était produit beaucoup de choses.

L'épicerie de son père avait été vendue, comme prévu, mais il avait été repris par les nouveaux acheteurs et il arborait maintenant un chapeau de paille et un tablier à rayures au rayon charcuterie, ce qui lui plaisait beaucoup.

La mère de Maggie s'était fait opérer de ses varices et elle se sentait une nouvelle femme. On l'avait nommée chef du nettoyage. Un des frères de Maggie s'entraînait avec une grande équipe de football anglaise, mais les autres montraient toujours autant d'insouciance.

Sa grand-mère fréquentait un centre de soins à la journée à présent; les choses pour les vieilles gens s'étaient immensément améliorées. Elle adorait y aller; elle pouvait tranquillement y terroriser tout le monde huit heures par jour.

Le grand-père de Maggie qui, à soixante-dix ans, était incapable de préparer ses repas rencontra à l'âge de soixante-douze ans une femme de tête qui lui apprit à tout cuisiner, l'épousa et transforma sa vie.

Maggie sortit première de sa promotion ce qui lui permettait de choisir n'importe quel cabinet du pays.

Elle savait que son père voulait la ramener dans le sinistre restaurant snob qui était maintenant totalement passé de mode. Elle ne pouvait pas lui dire que plus personne n'y dînait plus.

Elle n'eut pas besoin de le lui dire.

Après que les journaux eurent annoncé la première place de Maggie, une invitation arriva à la maison de son père. Brenda et Patrick Brennan, qui dirigeaient à présent le magnifique restaurant Chez Quentin, espéraient que la famille accepterait de se joindre à eux pour une fête digne de ce nom. Leur chance avait tourné le soir de leur rencontre avec les Nolan, ajoutaient-ils. Il fallait marquer le coup.

Le père de Maggie était un homme généreux. Il ne se doutait pas un instant que Chez Quentin était le restaurant dont tout le monde parlait.

— J'aurais aimé t'offrir ce qu'il y a de mieux, Maggie, mais à voir combien ces gens ont réussi, il serait désobligeant de refuser, tu ne crois pas ?

— Et tu ne l'as jamais été, papa.

— Et tu sais que ce n'est pas parce que c'est gratuit, n'est-ce pas ? J'ai économisé pour vous emmener dans ce restaurant chic.

Ils se rendirent en bus Chez Quentin, mais ils rentreraient en taxi – ce serait le cadeau de maman. Les frères de Maggie n'étaient pas impressionnés cette fois. D'abord ils avaient quatre ans de plus et surtout personne ne les toisa.

Maggie reconnut la femme. Tout le monde la saluait, essayait d'attirer son regard. Brenda Brennan était chaleureuse avec chacun mais ne s'attardait à aucune table.

— Nous ne pourrons jamais vous remercier assez, commença Maggie.

— Et est-ce que vous dirigez cet endroit, madame ? Je dois dire que c'est très respectable, l'interrompit son père.

Brenda expliqua qu'elle le dirigeait et que cette fois, le chef Patrick avait préparé un gâteau spécial pour Maggie.

Ils furent tous d'accord pour dire qu'ils avaient dîné dix fois mieux que quatre ans avant.

Le taxi arriva pour les reconduire chez eux.

— Pourquoi avez-vous fait cela pour nous, madame Brennan ? lui glissa Maggie. En prétendant que votre chance avait tourné le soir de notre rencontre...

— Mais c'est vrai. C'est ce soir-là que nous avons compris que nous ne pouvions pas continuer à travailler pour un endroit pareil, même si cela faisait bien sur un CV. Des gens hautains, snobs, sans chaleur, qui n'appréciaient pas les bonnes choses...

— Comment vous souvenez-vous que c'était le soir de notre dîner ?

— Vous étiez des gens simples, authentiques, en train de fêter un événement. Et ils vous ont traités comme des chiens. C'était insupportable. Nous avons beaucoup parlé cette nuit-là. C'est là que nous avons compris à quel point c'était dégradant de travailler dans un restaurant qui n'avait aucune considération pour ses clients. En fait, j'ai appris le lendemain soir qu'on cherchait quelqu'un pour diriger

Chez Quentin. Et, grâce à votre famille, nous avons trouvé le courage de donner notre démission – et comme vous pouvez le voir, cela a eu un résultat plutôt heureux.

Maggie savait que Mme Brennan n'était pas du genre sentimental. Pas quelqu'un que l'on serre dans ses bras. Mais Maggie la regarda avec tendresse et vit que ce n'était pas passé inaperçu.

— En fait, Maggie, je donne dans l'euphémisme. C'est une habitude qu'on prend dans le travail. Cela s'est passé encore mieux que nous ne pouvions l'espérer. C'est à vous que nous le devons – voilà pourquoi vous étiez nos invités ce soir et que vous devez revenir.

— Pour les vingt-cinq ans de mariage de mes parents, peut-être ?

Brenda Brennan acquiesça.

— Oui, ou quand votre frère sera sélectionné dans l'équipe irlandaise. Mon beau-frère aux cuisines l'a reconnu – il aimerait un autographe. Vous croyez qu'il peut le demander à votre frère ?

— Je crois que cela conclurait en beauté la plus belle fête digne de ce nom que notre famille ait jamais connue, répondit Maggie.

Où l'on change d'avis

Drew n'était jamais allé en Irlande de sa vie. Et il n'avait jamais envisagé de s'y rendre jusqu'à ce que sa société annonce que la réunion des ventes aurait lieu à Dublin. Moira déclara que cela se résumerait à une vulgaire beuverie, que ce n'était rien qu'un prétexte pour gaspiller encore plus d'argent que d'habitude.

— Mais c'est la société qui paie, protesta Drew.
— Pas tout.

Moira savait qu'il y aurait des virées au pub que la société ne couvrirait pas.

Drew et Moira sortaient ensemble depuis trois ans. Ils étaient d'accord sur des nombreux plans, mais aucune décision n'était arrêtée. Ils s'aimaient, c'était entendu, ils se marieraient et auraient deux enfants un jour, c'était entendu. Mais ils n'avaient pas encore décidé quand.

Moira voulait qu'ils achètent une maison, ce qui signifiait disposer de fonds. Drew voulait qu'ils s'installent tous les deux dans son appartement qui revenait moins cher que celui de Moira. Moira voulait un grand mariage avec tous leurs amis et connaissances. Drew rêvait d'une simple cérémonie avec les témoins à la mairie, suivie d'un déjeuner de sandwiches arrosés de bière.

Moira pensait qu'on ne vivait qu'une fois et qu'il fallait se donner à fond, comme d'économiser une certaine somme d'argent chaque semaine. Drew pensait qu'on ne vivait qu'une fois et qu'il fallait en profiter.

Moira comprit qu'elle ne pourrait pas empêcher Drew

d'aller à sa réunion des ventes à Dublin qu'il considérait comme un cadeau alors qu'elle savait que cela coûterait de l'argent. Drew comprit qu'il lui faudrait bientôt prendre une vraie décision. Il avait renoncé aux sorties du vendredi avec les copains et tiré un trait sur l'idée de s'offrir un jour une veste neuve convenable. Et là, apparemment, il allait être obligé de renoncer aux extra pendant ce grand voyage.

Lorsqu'il l'embrassa avant son départ, ils savaient tous les deux qu'il faudrait prendre des décisions après cette réunion. Ils étaient nerveux parce qu'ils n'osaient pas se l'avouer. C'était trop important dans leurs vies.

À Dublin, ils descendirent dans un grand hôtel moderne. Le premier soir, Drew expliqua à ses collègues qu'il était en retard dans ses comptes. Il adorerait les accompagner en ville, mais là il fallait qu'ils lui pardonnent. Ils l'accusèrent d'être ambitieux. Il finirait capitaine d'industrie.

Drew eut un pauvre sourire. Il s'efforçait d'économiser les vingt livres qu'il aurait dépensées dans les pubs et plus, beaucoup plus s'ils avaient fini la soirée dans une boîte de nuit. Comme l'hôtel offrait thé et biscuits dans la chambre, il allait regarder la télévision en grignotant. À moins qu'il n'étudie vraiment ses chiffres de vente comme il l'avait dit.

Si seulement il obtenait une promotion, Moira et lui n'auraient pas à faire des économies qui les empêchaient d'avoir le moindre loisir. Il mourait d'envie de lui parler, de l'entendre lui dire des choses tendres, pour qu'il se rappelle la nécessité de ce sacrifice. Mais comme leurs coups de téléphone étaient à leur charge, appeler l'Écosse aurait été une véritable extravagance.

On tirait le loto à la télévision. C'était exactement ce dont il avait besoin, gagner et rentrer millionnaire à la maison. Mais c'était trop tard. Si seulement il avait acheté un ticket en arrivant de l'aéroport. Il vit ensuite qu'il y avait eu six heureux gagnants. Il aurait pu être l'un d'eux et ne plus jamais avoir un souci financier de sa vie. Hélas !

Les six heureux gagnants commencèrent à l'irriter. Qu'est-ce qu'ils avaient fait après tout, sinon d'avoir eu le temps d'acheter un billet ? Il tenta de chasser cette jalousie destructrice. Il se rappela qu'on était seul maître de son destin. Il l'avait assez lu dans les livres de management pour croire que c'était vrai.

Il saisirait la prochaine occasion qui passerait. Et il pouvait s'y mettre dès maintenant. Il apprendrait les noms de tous les responsables qui s'adresseraient à eux demain et étudierait les courtes biographies qui figuraient parmi les papiers qu'ils étaient censés lire.

Il pourrait peut-être faire impression. On lui donnerait peut-être une promotion. Cela arrivait tout le temps.

Le lendemain, il faisait effectivement meilleure impression que les autres, surtout parce qu'il avait bénéficié de quatre bonnes heures de sommeil de plus qu'eux. Et il n'avait pas découvert à quel point la Guinness était meilleure quand on la buvait en grandes quantités au bord de la Liffey. C'est probablement pour cette raison qu'il fit partie des vingt choisis pour dîner Chez Quentin.

Drew réalisa que non seulement la société payait, mais qu'ils s'y rendraient tous en taxi, ce qui représentait une autre grosse économie.

Chez Quentin était sans aucun doute un restaurant très élégant. Il fallait sonner pour entrer. Une pancarte expliquait que c'était parce que les directeurs aimaient accueillir leurs hôtes. Ils devaient aussi apprécier de pouvoir refuser l'entrée aux indésirables. Il devait se rappeler tous ces détails pour les raconter à Moira.

Moira, qui travaillait comme serveuse, aurait aimé entrer dans un endroit plus chic. Il lui arrivait même de coller le nez contre les vitrines des restaurants élégants au pays. Elle serait ravie d'être avec lui ce soir.

Cela se produirait-il jamais ? Ou devrait-il économiser au point que jamais il ne pourrait s'offrir un endroit pareil ?

Certains de ses anciens condisciples cherchaient tous les moyens de gagner de l'argent. L'un d'eux empochait gros en fabriquant de faux certificats pour de vieilles voitures.

Drew aurait été capable de le faire sans avoir trop de problèmes de conscience. Les gens consacraient trop de temps aux voitures de toute façon. Mais bien entendu Moira en refusait l'idée même. Seuls les criminels étaient capables d'une chose pareille. Moira et sa famille redoutaient les criminels et ce qu'ils appelaient la mentalité criminelle.

Parfois il aurait été bien plus simple de ne pas aimer Moira, elle était si rigide à certains égards. Pas comme certaines des filles qu'il avait connues. Et elle ne comprenait pas à quel point c'était dur de faire un voyage pareil et de passer pour un radin. Elle répliquerait que cela ne pourrait que faire bonne impression à ses patrons, ou une idiotie de ce genre.

Cela ne se passait pas comme ça dans la réalité. Les patrons dépensaient souvent plus que quiconque.

Là, en tout cas, il participait à un dîner chic et il entendait bien en profiter. On leur donnerait peut-être des petites boîtes de chocolats irlandais et du verre irlandais, ce qui lui permettrait d'avoir un cadeau non seulement pour Moira mais aussi pour l'anniversaire de sa mère.

Ce serait agréable de ne pas être obligé d'être si obsédé par l'argent et les prix. De ne pas passer sa vie les yeux rivés sur le trottoir au cas où quelqu'un aurait laissé tomber une liasse de billets. La remettrait-il aux autorités s'il en trouvait une ? Jamais de la vie !

On les installa à deux tables rondes de dix couverts. Les jeunes serveurs et serveuses venaient de différents pays d'Europe, tous élégants dans leurs pantalons sombres et leurs chemises blanches.

Une femme élégante, une certaine Mme Brennan, mit tout le monde à l'aise en traduisant les noms des plats. Elle en expliquait la composition comme si c'était particulier au restaurant. Elle leur murmura même sur un ton de conspirateur qu'ils devaient être très bien vus, puisqu'on avait commandé les meilleurs vins pour eux.

Il se reprit à penser à l'injustice de la vie. Pourquoi certains pouvaient-ils mener tout le temps ce style de vie alors que pour d'autres comme lui, ce serait seulement une occasion unique.

Il n'avait même pas besoin du sixième du gros lot. Une poignée de centaines de livres suffirait.

Il se força à écouter la conversation de ses collègues. Ils parlaient de la fille aux grands yeux tristes assise à la table voisine. La table était dressée pour deux mais elle était seule.

Certains de ses compagnons pensaient qu'on pourrait peut-être la convaincre de se joindre à eux. Drew fit part de ses doutes. Chez Quentin n'avait pas l'air d'être le genre de restaurant où on pouvait draguer à la table voisine. Et la fille avait les yeux embués de larmes. Elle devait avoir un peu trop bu. Il valait mieux la laisser tranquille.

— Bah, n'écoutez pas Drew, il est amoureux, dit quelqu'un.

Il l'était certes, mais à moins d'avoir vite un peu plus d'argent, il risquait de ne plus l'être et c'était très effrayant. Drew décida de penser à autre chose.

Personne ne s'adressait à M. Ball, le chef du service, un homme angoissé et peu communicatif qui ne maîtrisait pas l'art de la conversation. Mais ou il parlait avec M. Ball ou il pensait à Moira. Et cette même Moira disait souvent que chacun était intéressant si on devinait son sujet de prédilection.

— Vous jouez au golf, monsieur Ball ? demanda Drew en désespoir de cause.

— Oh non, Drew, je n'en ai jamais vu l'intérêt, en fait, répondit M. Ball.

— Pourtant vous avez l'air tellement en forme que je me disais que vous deviez pratiquer un sport et je me souviens qu'un jour, je vous ai demandé si vous jouiez au football et que vous m'avez répondu que non.

M. Ball regarda autour de lui, puis il raconta en détail à Drew ses visites au club de gymnastique. Cela ne servait à rien de se contenter d'y aller une ou deux fois par semaine. Il fallait y aller cinq fois. Heureusement, leur hôtel à Dublin avait une salle d'entraînement convenable. Drew l'avait-il vue ? Non, eh bien, M. Ball la lui montrerait le lendemain.

— Je suis désolé de parler argent, monsieur Ball, mais est-ce que ce club que vous fréquentez régulièrement est cher ?

M. Ball donna le montant de l'abonnement actuel et remarqua l'expression de Drew.

— Bien entendu, si vous obtenez une promotion, la société paiera votre abonnement. C'est dans son intérêt d'avoir un personnel en forme.

En vérité, il n'avait jamais pensé que Drew puisse rapidement gravir les échelons.

— Parlez-moi donc de votre programme, monsieur Ball, continua Drew, et il afficha un sourire passionné en écoutant M. Ball disserter sur les muscles, les mouvements et les exercices. Il opina du chef en entendant parler des appareils qui tenaient leurs promesses ; contrairement à d'autres. Il finit par en avoir les mâchoires crispées mais M. Ball crut qu'il était fasciné. Drew comprit que M. Ball aurait volontiers poursuivi leur conversation mais qu'il se devait d'écouter aussi les autres.

Drew rejoignit ses collègues. Ils parlaient toujours de la fille en se demandant si elle ne serait pas disponible pour la soirée.

— Un peu de bon sens, leur dit Drew. Elle n'aurait rien de drôle. Regardez, elle pleure. Vous ne l'avez pas remarqué ?

À cet instant, Mme Brennan s'organisa pour qu'un des jeunes serveurs escorte gentiment et discrètement la cliente en pleurs jusqu'à la porte. Le restaurant avait déjà appelé un taxi. Peut-être qu'elle dînait régulièrement ici et qu'elle buvait un peu trop. Quelqu'un qui méritait qu'on s'en occupe. On avait procédé avec la plus grande dignité, songea Drew. C'est alors qu'il vit le portefeuille par terre.

Il se pencha et le glissa dans sa poche. Personne n'avait rien vu. Il se rendit aux toilettes. Dans une cabine, il ouvrit le portefeuille. Gros, noir, en cuir doux. Il contenait des cartes de crédit, des reçus, des billets pour le théâtre et une lettre.

Et plein d'argent liquide.

Quelle idiote, de se soûler toute seule, et de partir sans vérifier. Elle aurait pu le perdre dans le taxi. Ou sur le trottoir en montant dans le taxi. Ou en en descendant.

Il prendrait le liquide et renverrait le lendemain le portefeuille au restaurant anonymement par la poste.

Il ne se rappelait pas quand il avait décidé de lire la lettre. Il n'avait rien d'un criminel, il était juste quelqu'un qui saisissait sa chance. Elle s'appelait Judy et elle écrivait à un type pour lui dire qu'elle était désolée de le supplier de dîner une dernière fois avec elle, mais elle avait tant à lui dire – qu'elle l'aimait et que rien d'autre n'avait d'importance. Et il fallait qu'elle lui avoue qu'elle était enceinte, mais elle lui promettait d'être magnanime et de ne jamais rien en dire à sa femme.

Et elle ne lui réclamerait rien pour l'entretien de l'enfant. Elle ne voulait rien de lui, sinon le souvenir de leur amour et l'espoir de leur futur enfant. Elle viendrait à ce dernier dîner, partirait tôt en lui tendant cette lettre et sortirait de sa vie. Elle voulait simplement qu'il sache à quel point il avait été aimé.

Drew songea à l'amour et aux tromperies et se dit que, pour certains, c'était vraiment dur.

Il sortit des toilettes et se dirigea droit vers Mme Brennan.

— J'ai trouvé ça sous une table.
— Oui, j'avais cru le remarquer.

Elle n'avait rien de désapprobateur.

— Vous étiez au courant pour la... euh, situation.
— Un peu. Rien de très heureux, mais je ne pense pas pouvoir en parler.
— J'habite à des kilomètres d'ici. Je ne reviendrai pas. Je me demandais si on ne devait pas dire à cet homme qu'elle est enceinte.

Si Mme Brennan fut surprise qu'il lui fasse cette révélation, qu'il avoue avoir lu une lettre qui ne le regardait pas, elle n'émit aucune critique.

— Je ne pense pas que cela change grand-chose.
— Mais un homme ne devrait-il pas savoir qu'il va être père ? Elle avait l'intention de lui donner cette lettre ce soir, mais il n'est jamais venu.
— Il est très doué pour poser des lapins, mais cela ne décourage pas les femmes, fit-elle en secouant la tête.
— Il n'en saura donc jamais rien ?

Drew n'en revenait pas.

— Pas plus qu'il ne s'en souciera.
— C'est difficile à croire.
— Pour un gentil jeune homme comme vous et une femme convenable qui travaille dur comme moi, c'est le cas, mais pas pour les gens comme celui qui n'est jamais venu ce soir.

— Je ne suis pas un gentil jeune homme. Mais tout est là, jusqu'au dernier sou.

— Je n'en doute pas un instant, dit Brenda Brennan avec un sourire.

— Et pourquoi ?

— Parce que si tout n'était pas là, vous l'auriez repoussé du pied sous la table en changeant d'avis.

— En changeant d'avis ?

— Oui. Puis-je vous inviter à dîner ici un autre soir, un autre jour avec une amie ?

— Il faudrait que je revienne d'Écosse.

Les autres se levaient et se renseignaient à propos des boîtes de nuit.

— Pas pour moi, hélas, dit Drew. Je suis trop vieux et trop rangé. Je vais rentrer en partageant le taxi de mon chef de service.

Drew vit Brenda Brennan parler à M. Ball.

Ce n'est que le lendemain qu'il apprit ce qu'elle avait dit.

Qu'il était un jeune homme remarquable, qui avait non seulement ramassé et rendu le portefeuille d'une cliente mais qui avait eu assez de cœur pour s'inquiéter de sa détresse.

M. Ball avait exactement le même sentiment au sujet de Drew. Un garçon à qui on n'avait pas prêté suffisamment d'attention.

Mais une fois qu'il avait découvert l'intérêt de Drew pour le club de gym et son air déçu devant le prix de l'abonnement, M. Ball avait lui aussi changé d'avis. Il recommanderait sa promotion dès leur retour en Écosse.

La couverture en papier Kraft

Mon avait souvent la nostalgie de Sydney. Un jour comme aujourd'hui, elle serait allée à la plage avec ses amis. En Irlande, ils se croyaient en été, mais ce n'était pas un jour à mettre un pied au bord de la mer. Le vent la plierait en deux, elle aurait le cœur brisé en voyant les vaguelettes au lieu des rouleaux auxquels elle était habituée, et se transformerait en glaçon si elle s'aventurait dans l'eau.

Mais elle n'était pas venue en Irlande dans l'espoir d'y pratiquer le surf. Au début, l'Irlande était censée n'être qu'une étape d'un grand voyage autour du monde. Un voyage autour du monde qui avait tourné court. Il aurait dû commencer par une semaine à Rome, puis une autre à Dublin, suivie de six à faire en stop le tour de l'Irlande et d'autres pays avant de rentrer passer le reste de sa vie en Australie. Mais il s'était produit quelque chose d'étrange – après sa semaine à Rome, elle était arrivée complètement ruinée à Dublin.

Non qu'on lui ait volé son argent ou qu'elle l'ait perdu. Elle avait tout simplement trouvé le moyen de dépenser en une semaine deux ans d'économies pour un dénommé Antonio. Comment c'était arrivé, c'était difficile à dire, mais le résultat était là.

À Dublin, elle avait donc dû chercher un travail.

Elle avait lu une annonce dans un journal à l'aéroport de Dublin, avait téléphoné pour obtenir un entretien et avait décroché la place Chez Quentin. Et le temps était passé.

— Tu es tombée amoureuse, voilà pourquoi tu es toujours là-bas, l'avait accusée sa mère dans un e-mail. Mais ce n'était pas vrai.

Ce qui s'était passé, c'était que Mon, ou plutôt Monica Green, s'était installée. Elle avait fait onze différents boulots depuis qu'elle avait fini ses études, mais pour une raison qui lui échappait, Chez Quentin était le premier endroit où elle se sentait bien. Patrick Brennan, le chef qui lui donnait des cours de cuisine en dehors des coups de feu, son jeune frère, qu'on appelait Blouse pour on ne sait quelle raison, qui, sans être exactement intelligent, était loin d'être idiot, Brenda, l'épouse impossible, qui semblait connaître tout le monde à Dublin. Elle avait l'impression d'être leur petite sœur, un membre de la famille. Mon faisait partie de cette équipe et elle appréciait. Ce n'était pas la peine de repartir. Du moins pas pour le moment.

— Il va falloir qu'on vous trouve un petit ami, lui déclara Brenda Brennan à brûle-pourpoint un matin.

— Quoi ?

Mon était sincèrement surprise.

Ce n'était pas dans les habitudes de Brenda de dire ce genre de choses. Elle devait avoir une raison. Et c'était effectivement le cas.

— Vous êtes très douée, les clients vous aiment, Mon, vous ferez votre chemin si vous ne vous tombez pas dans le piège d'une histoire d'amour compliquée comme la plupart.

Brenda souriait en parlant, comme si elle était seule à connaître les dessous de ce monde délirant dans lequel elles vivaient.

— Tout conseil est le bienvenu, dit Mon.

— Un jour quelqu'un m'a dit que je devrais garder mon cœur et mes yeux ouverts. Cela a marché.

Mon en resta bouche bée – que la glaciale et parfaite Brenda lui dise cela. Peut-être avait-elle raison. Mais après sa stupide aventure avec Antonio à Rome, Mon était prudente. Peut-être avait-elle exagéré dans ce sens-là. Peut-être devrait-elle davantage garder son cœur ouvert. Du moins un petit peu.

Mon fit le tour du restaurant avant le déjeuner comme chaque jour pour vérifier que tout était bien à sa place. M. Harris de la banque voisine entra, pour déjeuner seul comme il le faisait trois fois par semaine. Un homme terne qui n'avait pas grand-chose à dire. Le nez toujours plongé dans un livre, généralement recouvert de papier Kraft. Une fois Mon lui avait demandé en riant s'il s'agissait de pornographie et il lui avait lancé un regard glacial. Elle avait cessé de plaisanter.

— Mademoiselle Green, la salua-t-il.
— Monsieur Harris.

Mais Brenda insistait pour qu'on soit systématiquement poli et charmant même avec ceux qui ne le rendaient pas. Mon afficha donc un sourire en lui tendant le menu.

— Le Chef propose une lotte succulente aujourd'hui, monsieur Harris. Cela devrait vous plaire.

C'était difficile de deviner ce qui pouvait plaire à cet homme-là. Il avait l'air de manger sans s'en rendre compte. Personne n'aimait le servir.

Trente-cinq, quarante ans. Il devait occuper un poste important à la banque pour pouvoir se permettre de déjeuner si souvent Chez Quentin. Jamais un invité ni un compagnon, jamais un journal ni un magazine, jamais un sourire à quiconque. Toujours plongé dans des livres recouverts de papier Kraft.

M. Harris annonça qu'il allait essayer la lotte. Quand Mon se pencha pour lui servir un verre d'eau, elle fit accidentellement tomber son livre par terre.

Ce n'était pas de la pornographie, mais c'était tout aussi surprenant. De la psychologie populaire. Un livre proposant vingt moyens de gagner le cœur d'une femme.

M. Harris et Mon se regardèrent, effarés.

Il fallait dire quelque chose.

— Cela marche, vous pensez ? demanda Mon en lui rendant l'ouvrage.

M. Harris se rembrunit.

— Pourquoi cette question ?

— Eh bien, il y a un peu plus d'un an, quand j'étais à Rome, j'ai rencontré un certain Antonio et j'aurais été prête à lire n'importe quoi pour le séduire, parce que ce genre de guide existe aussi pour les femmes, mais je n'ai pas trouvé de librairies vendant des livres en anglais et de toute façon, c'était trop tard...

Elle savait qu'elle parlait pour ne rien dire, mais elle ne pouvait s'en empêcher.

— Trop tard ? (M. Harris avait l'air intéressé.) Comment avez-vous su que c'était trop tard ?

— Eh bien Antonio avait disparu, avec tout mon argent. Je devais l'investir avec lui dans un bar à sandwichs...

— Il a pris votre argent !

M. Harris était horrifié.

— Oui, en fait, ce n'était pas le pire... en fait, cela n'a pas été trop dramatique, mais c'est sûr que j'aurais aimé trouver le chemin de son cœur.

M. Harris dévisageait Mon comme s'il ne l'avait encore jamais vue.

— Vous voulez dire que les femmes aussi lisent ce genre de livres ?

— Et comment ! Peut-être que celle qui vous plaît en lit un en déjeunant en ce moment.

— Je ne crois pas.

M. Harris secoua tristement la tête.

— Monsieur Harris, voudriez-vous prendre un verre avec moi vers six heures ce soir pour que nous fassions le point sur ce que nous pensons savoir de l'autre sexe ? s'entendit lui proposer Mon.

Bien entendu, Brenda Brennan passait justement à côté de la table à cet instant. Elle entendit M. Harris répondre que rien ne lui ferait plus plaisir.

Et pendant des semaines ils lurent ensemble des guides pour séduire le sexe opposé, qui conseillaient principalement d'être attentif, plein de considération et de tact.

Tout le monde savait qu'ils étaient amoureux longtemps avant que M. Harris et Miss Green n'en prennent conscience. Leurs visages s'éclairaient lorsqu'ils se retrouvaient. Les verres de six heures du soir se transformèrent en dîners, puis en soirées au théâtre. Et quand arriva le bal annuel de la banque, Mon se rendit compte avec étonnement que tout le monde au restaurant savait qu'elle y accompagnerait M. Harris.

Ils avaient pensé pendant très longtemps qu'ils ne faisaient qu'échanger des livres utiles recouverts de papier Kraft. En fait, ils n'en avaient pas besoin. M. Harris et Miss Green avaient su se plaire bien avant de se l'avouer.

Le lendemain de Noël

Chaque année, les soldes de janvier commençaient plus tôt. La plupart des grands magasins ouvraient le lendemain de Noël. Beaucoup de gens protestaient sous prétexte que cela perturbait la vie de famille. Mais, secrètement, ils étaient souvent soulagés. On surestimait souvent les joies de la vie de famille. Patrick Brennan annonça qu'ils devraient en profiter pour servir un déjeuner réconfortant aux clients épuisés par les soldes.

— Et le personnel épuisé, tu y as pensé ? répliqua Brenda. Mais elle savait qu'il avait raison. Les gens adoreraient. Cela leur faciliterait la corvée des courses s'ils savaient qu'ils pourraient déposer leurs sacs dans le grand vestiaire de Chez Quentin avant de déguster un déjeuner ne proposant pas l'éternelle dinde froide.

— Nous n'obligerons personne à travailler. Nous n'aurons pas besoin de l'équipe au complet.

Blouse, le frère de Patrick, et sa femme Mary donneraient un coup de main. Ils ne pourraient pas ouvrir leur magasin de légumes biologiques ce jour-là. Le lendemain de Noël, les gens avaient envie d'acheter des appareils photo numériques, des casseroles en cuivre ou des chaussures de marque. Pas les panais de Blouse et Mary Brennan, même garantis sans pesticides.

Sur chaque table, ils déposèrent une publicité discrète pour le déjeuner du 26 décembre. Il était essentiel de réserver.

Yvonne retint une table pour quatre dès qu'elle fut au

courant. C'était le choix idéal pour son patron Frank. Il pourrait offrir ce déjeuner à ses trois enfants, en ce premier lendemain de Noël qu'il passerait loin de chez lui. Anna, la femme de Frank, qui était si difficile et imposait tant de règles, n'y verrait pas d'objection. C'était incroyable que Anna, qui avait quitté Frank pour un autre homme, décide encore de tout. Elle vivait toujours dans la maison familiale et elle avait les enfants pour Noël. Frank était vraiment trop bon. Selon lui, ce n'était pas la peine de rendre les choses encore plus difficiles pour Daisy, Rose et Ivy. Ce n'était pas leur faute. Il avait l'air de sous-entendre que ce n'était la faute de personne. Anna était soudain tombée amoureuse d'un autre homme, Harry, et on ne pouvait rien y faire. Tout le monde au bureau était furieux contre lui. Certains allèrent même jusqu'à dire que, s'il était si passif que ça, ce n'était peut-être pas un hasard que Anna l'ait quitté.

Mais Yvonne savait qu'ils se trompaient. Frank était un mari et un père aimants qui ne comptait pas ses heures dans son entreprise de vente d'ordinateurs pour que sa famille puisse s'offrir des vacances à l'étranger, un nouveau tapis, des meubles de jardin. Yvonne savait à quel point ces dépenses l'inquiétaient. Elle le voyait soupirer et froncer les sourcils quand il se croyait seul.

Yvonne ne cessait de regarder Frank, mais il ne s'en était jamais rendu compte. Pourquoi aurait-il remarqué la petite assistante boulotte du service des ventes. Yvonne qui vivait avec sa mère handicapée. Yvonne qui ressemblait à une souris grise. Tellement différente de la grande et blonde Anna à qui il suffisait de sourire pour que tout le monde tombe à ses genoux.

Elle en parla à sa mère.

— Et tu iras aussi ?

Parfois Yvonne désespérait de la vie. Elle adorerait déguster un excellent déjeuner le lendemain de Noël dans un restaurant élégant avec Frank et ses filles. Oui, elle adorerait, mais ce serait complètement déplacé. Elle ne pouvait que lui suggérer ce déjeuner et lui réserver une table.

— Oh, non, mère, c'est hors de question.

— Mais il faut que tu sortes à Noël, Yvonne. Je suis très bien ici toute seule avec mes pensées et ma télévision.

— Je sais, mère, mais il n'y a pas tellement d'endroits où j'aimerais aller.

En regardant les flammes dans la cheminée, Yvonne se dit qu'elle avait trente-six ans, le même âge qu'Anna. Même sa mère qui était dans un fauteuil roulant avait eu une vie, un couple et un enfant. Frank lui rapporta que Anna avait totalement approuvé l'idée d'un déjeuner Chez Quentin. Elle l'avait même félicité d'y avoir songé.

— Je crains de ne pas avoir précisé que c'était votre idée, s'excusa-t-il. Elle eut envie de lui caresser la joue. Mais elle se retint. Il aurait été horrifié et gêné et leur amitié en aurait souffert.

Le jour de Noël, il soufflait un vent froid dans le centre de la ville. Brenda Brennan prépara une dinde pour Patrick, Blouse et Mary. Et le jeune Brendan. Mon et son fiancé étaient avec eux.

Yan le serveur breton téléphona pour leur souhaiter un joyeux Noël et leur apprendre que son père était guéri et rentré de l'hôpital. La famille de Mon appela d'Australie pour raconter qu'ils avaient pris des coups de soleil à la plage et pour vérifier que son M. Harris était toujours d'accord pour l'épouser. Ou avait-il retrouvé ses esprits ?

Empourpré par le porto, M. Harris annonça à tous qu'il adorait Mon. Ils déjeunèrent dans la cuisine du restaurant et écoutèrent de la musique Country toute la journée.

— J'espère que nous pensons tous qu'ouvrir demain en vaut la peine, dit Patrick.

Ils le rassurèrent.

— La salle sera pleine, et cela n'arrive pas tous les mardis, dit Brenda, toujours pratique.

Blouse expliqua qu'il adorait l'idée de jouer les serveurs une journée, en habit, et d'être pris pour un vrai.

— Mais tu en es déjà un vrai, s'exclamèrent-ils tous en chœur.

Ils évoquèrent les réservations. Blouse en avait pris une d'une dame en fauteuil roulant dont ce serait la première visite. Elle avait insisté pour avoir une table visible de tout le monde. Brenda avait pris une réservation pour un jeune homme qui allait demander sa petite amie en mariage et qui avait réclamé qu'on mette du champagne au frais. Tous convinrent qu'il n'y avait pas plus intéressant que d'observer le genre humain à l'heure où il se restaurait.

Le jour de Noël, un vent froid souffla à l'extérieur de la grande maison où Anna et les trois petites filles de Frank ouvrirent leurs cadeaux sous les yeux de Harry.
— C'est dommage que Frank ne soit pas là pour voir ça, murmura-t-il à Anna.
— Il faut que nous commencions notre nouvelle vie et il passe la journée entière avec elles demain.
Frank ne remarqua pas que le vent soufflait dans la maison de sa sœur où il jouait avec ses enfants à elle plutôt qu'avec les siens. En s'efforçant d'oublier la compassion de ses proches et leur colère contre Anna.
Yvonne et sa mère étaient ensemble, comme toujours depuis tant d'années. La mère d'Yvonne était resplendissante, drapée de la ravissante écharpe lilas que venait de lui offrir sa fille. Muette de stupeur, Yvonne regardait l'invitation pour deux déjeuners Chez Quentin que sa mère lui avait donnée. Elle ne pouvait ni refuser ni rendre un cadeau pareil. Il faudrait qu'elle y aille.
Frank vint chercher les petites à dix heures et demie. Anna était superbe comme d'habitude. Harry avait l'air un peu gêné. Tout excitées, les filles entraînèrent Frank au pied du sapin pour lui montrer ce que le Père Noël avait apporté. Elles avaient eu tout ce qu'elles avaient demandé. Et maman leur avait offert à chacune une robe en velours.
— À quelle heure veux-tu que je les ramène ?
Anna eut un rire joyeux.
— Allons, Frank, tu n'as pas à le demander, tu es leur père. Nous ne sommes pas du genre à vivre selon les diktats d'un tribunal. Garde-les jusqu'à ce qu'elles tombent de fatigue. D'accord, les filles ?
Elles furent d'accord et surtout ravies qu'ils ne se disputent pas. À près de neuf ans, Daisy était presque une adulte et, voyant que ses sœurs n'écoutaient pas, elle en profita pour glisser ses théories sur le Père Noël à son père. Frank l'écouta jusqu'au bout et lui expliqua que c'était dif-

ficile d'en avoir le cœur net et qu'il fallait garder l'esprit ouvert.

— Cela t'ennuie que Harry soit là, papa ?
— Non, ma chérie, si cela rend ta mère heureuse.

Il tenta de lire son expression, mais il n'aurait pas su dire s'il lui avait donné la réponse qu'elle attendait.

Les magasins étaient bondés. C'était dur pour des gamines de six, sept et huit ans de prendre des décisions. Elles étaient fatiguées en arrivant Chez Quentin.

— Bienvenue, dit le garçon. Puis-je prendre vos paquets, mesdemoiselles ?

Daisy, Rose et Ivy gloussèrent en s'entendant traiter de demoiselles.

— Comment saurez-vous que ce sont les nôtres ? demanda Ivy.
— Vous allez me donner vos noms et je vais les inscrire dessus.
— Comment vous appelez-vous ? s'enquit Daisy.
— Blouse Brennan.
— Pourquoi ? s'exclama Ivy.
— Parce que quand j'étais petit, j'appelais ma chemise, une blouse. Moi, j'ai oublié, mais tout le monde s'en souvient.
— Mais une chemise est un genre de blouse, non ? dit Daisy.
— C'est ce que j'ai toujours pensé, répondit Blouse, content.

Frank contempla sa fille aînée avec fierté. Le restaurant se remplit, surtout de familles. Bien que souffrant de ne pas faire partie d'une vraie famille, Frank eut l'impression d'attirer des regards envieux avec ses trois filles superbes. Souriantes et attentives à tout.

— Vous avez vu ce couple qui s'embrasse, dit Rose quand on ouvrit une bouteille de champagne à une table voisine.
— Et cette dame, vous croyez qu'elle a des jambes ? demanda Daisy de sa voix chantante.

La femme en fauteuil roulant se tourna avec un sourire.

— J'en ai, mais comme elles ne me servent à rien, le serveur m'a poussée jusqu'à ma place. Il a été charmant.
— Je vous ai vue entrer. C'est Blouse qui vous a poussée.
— Blouse ? Un jeune homme adorable.
Finalement sa compagne se résolut à lever le nez. C'était Yvonne.
Frank en fut surpris et ravi.
— Alors comme ça, vous avez décidé de venir vous aussi, dit-il joyeusement. C'est génial. Il faut que je vous présente mes filles.
Il les amena à la table d'Yvonne où elles gênèrent un peu le service jusqu'à ce que Blouse suggère que tout le monde partage la même table.
Yvonne devint écarlate.
— Je suis désolée, Frank. C'était l'idée de ma mère.
— Vous n'imaginez pas à quel point cela me fait plaisir...
Les enfants bavardèrent avec la mère d'Yvonne, lui demandant ce qui était arrivé à ses jambes, si elle s'embêtait à mettre des bas et ce qui se passerait si un incendie se déclarait dans le restaurant.
— Blouse me pousserait dehors.
— Bien sûr, madame, dit ce dernier en nouant la serviette d'Ivy autour de son cou.
— Vous portez de très belles robes, dit la vieille dame en touchant les robes en velours.
— C'est maman qui nous les a offertes. Elle ne vit plus avec papa, voilà pourquoi elle n'est pas ici.
Daisy semblait investie de la mission de tout expliquer ce jour-là.
— Alors il faudra tout lui raconter. Elle voudra savoir ce que vous avez fait parce qu'elle vous aime, comme votre papa. Il doit vous aimer beaucoup pour vous amener dans un restaurant aussi chic que celui-ci.
— C'est chic ici ? demanda Rose.
— On ne fait pas plus chic.
— Oh ! quel dommage qu'ils ne soient pas ici ensemble, soupira Daisy.
— Oh, je ne sais pas... on est parfois plus heureux quand on est séparés. Comme le père d'Yvonne et moi. Nous

l'adorions, mais nous avons cessé de nous aimer, et elle a toujours été heureuse avec chacun de nous, n'est-ce pas, Yvonne ?

— Oui, c'est vrai, fit Yvonne, effarée.

— Son père a fini par aimer quelqu'un d'autre, et moi aussi, mais cela n'a en rien entamé notre affection pour Yvonne. N'est-ce pas ? hurla-t-elle à sa fille.

— Oh ! parfaitement, mère.

— Comme si notre cœur grossissait et contenait toujours plus d'amour.

— Yvonne, vous n'imaginez pas ce que cela signifie pour moi…, lui dit Frank en lui caressant la main.

Mais Yvonne écoutait ce que sa mère racontait à présent. Elle réclamait du pain à son nouvel ami Blouse Brennan pour les canards de St. Stephen's Green.

— On peut venir aussi ? demanda Rose.

Frank abonda dans son sens.

Bien plus tard, Yvonne prendrait le temps de lui révéler que son père et sa mère ne s'étaient jamais séparés, qu'il était mort depuis quinze ans et que sa mère n'avait jamais regardé un autre homme. Mais ce n'était pas le moment. Le déjeuner était presque terminé, la pluie avait cessé et il était temps d'aller donner à manger aux canards.

III

9

Ella leva les yeux. Apparemment, ses histoires avaient plu. Au moins, elles les avaient intéressés. Il fallait qu'elle leur laisse le temps d'en discuter. Elle prendrait un taxi, insista-t-elle. Cela faisait partie du plaisir d'être à New York.

Elle prit congé. Elle sortit de l'immeuble silencieux dans le brouhaha de la circulation. Et elle rentra dans son petit hôtel où elle commençait à se sentir comme chez elle.

La nuit tombait sur New York lorsqu'elle se mit à explorer le contenu du portable. Des numéros de comptes dans l'île de Man, dans les îles Caïman, en Suisse. C'était incompréhensible, parce que visiblement codé.

Elle reconnut des accord de propriétés, mais aucun au nom de Don ni à celui de son beau-père. Puis elle vit le fichier portant son nom et son cœur bondit. Peut-être avait-il effectivement investi pour elle comme il avait dit qu'il le ferait. Pour qu'elle ne manque de rien après sa disparition. Elle en eut la gorge serrée. Il devait l'avoir aimée à un moment ou à un autre. Mais cela paraissait peu probable. Il ne s'agissait pas d'Ella Brady. Cette famille Brady, une famille de cinq, un homme, son fils, la femme et les deux enfants de son fils, vivaient à Playa de los Angeles. Il y avait une correspondance entre eux et des banques. Ces Brady ne manquaient pas d'argent. Et ils avaient déposé une grosse somme très récemment. Le plus gros dépôt avait été fait pendant la semaine où elle était en Espagne avec Don. Lorsqu'il l'avait laissée à l'hôtel. Quand sa femme, Margery, mère de ses deux enfants, était là. Elle comprit soudain qu'il ne s'était pas contenté de tout lui prendre, il lui avait aussi volé son nom.

Tant de solutions s'offraient à elle. Elle pouvait trouver le numéro de la brigade des Fraudes à Dublin pour les prévenir qu'elle tenait le portable à leur disposition. Contacter une télévision irlandaise. Téléphoner à Don : le numéro de la famille Brady figurait dans les dossiers. Elle pourrait lui dire que s'il remboursait tout ce que son père avait perdu, elle lui rendrait le portable sans lui poser de questions. Elle pouvait appeler une des compagnies d'assurances impliquées et proposer de leur remettre le portable. Elle comprit qu'elle ne pourrait prendre cette décision que seule. Les autres seraient de parti pris. Ils lui conseilleraient de faire ce qu'ils jugeraient le mieux pour elle, pour eux ou pour quelqu'un d'autre encore. Pourquoi ne donnait-elle pas directement l'objet à la police ? Ce serait le réflexe de n'importe quel citoyen normal.

Elle tira une petite bouteille de Jack Daniel's du minibar et la vida dans un verre à dents. L'avaler ne lui éclaircit pas les idées. Si vous aviez aimé quelqu'un, couché avec lui, tout partagé avec lui pendant des mois, vous ne remettiez pas les fichiers comme ça, sans un regard en arrière. Une sorte de réflexe noble complètement fou. Il s'était peut-être comporté comme un salaud, mais elle ne suivrait pas son exemple. C'était juste une nouvelle mise à l'épreuve de sa loyauté.

Elle voulait lui prouver que tout le monde ne vendait pas ses amis et ses amants. Elle n'en parlerait ni à Deirdre, ni à Nick ou Sandy. Il fallait qu'elle prenne sa décision toute seule. Elle avait envie de parler avec Don. C'était aussi une option. Si fou que cela puisse paraître. Elle avait tant de questions sans réponses. Avait-il toujours su qu'il se ferait appeler Brady ou était-ce à cause d'elle ? Comment avait-il pu tout planifier si soigneusement et laisser son portable dans son appartement ? L'avait-il fait intentionnellement ou s'agissait-il d'un oubli ?

Et s'il n'avait jamais cessé d'aimer Margery, pourquoi avaient-ils mené des existences aussi séparées ? Se sentait-il coupable ou vivait-il très bien en se disant que c'était juste une question d'apparence ? Elle imaginait presque la conversation. Mais elle ne l'appellerait pas d'ici. Elle avait eu peur en apprenant qu'il recherchait le portable et qu'il dépêchait des messagers partout pour tenter de retrouver sa trace. C'était un peu effrayant.

Mais elle n'avait pas eu peur avant. En fait, avoir le portable en sa possession lui donnait bizarrement l'impression d'être davantage en sécurité. Et tant qu'elle le gardait, il pouvait entrer en contact avec elle. Elle comprenait maintenant que c'était pour cette raison qu'elle l'avait conservé. C'était son dernier lien avec lui. Pendant quatre mois, cela avait été un réconfort de savoir le portable physiquement là. Une sorte de souvenir tangible de ce qu'ils avaient vécu.

Mais tout était très différent à présent. Elle ne pouvait plus se raconter que Don avait tout ignoré de ce qui se tramait. Qu'il avait été entraîné malgré lui dans les plans de son beau-père. Qu'il y aurait une explication parfaitement innocente.

Maintenant qu'elle avait ouvert le portable, elle ne pouvait plus se bercer d'illusions. Elle commençait à comprendre que Don Richardson était impliqué jusqu'au cou. Elle prit conscience qu'elle courait peut-être un véritable danger et elle ne savait pas du tout comment réagir. Elle était si fatiguée qu'elle était incapable de réfléchir.

Pas la peine d'essayer ce soir. Ce n'était pas nécessaire. Après tout, la serviette contenant le portable était en sa possession depuis plus de quatre mois. Si elle avait dû le rendre, il devait penser qu'elle l'avait fait. Il devait penser qu'elle n'avait pas pris connaissance de son contenu et avait décidé de ne pas le remettre à ceux qui pourraient le faire. Il devrait se sentir en sécurité maintenant, alors pourquoi cette nervosité, ce besoin de lui faire parvenir des messages à ce sujet ? Peut-être qu'il voulait vraiment la voir.

Un homme remonta l'allée derrière la maison de Tara Road et glissa une lettre dans la boîte aux lettres de l'Annexe. Juste une feuille pliée en deux sans enveloppe. Envoyée par e-mail et imprimée, mais aucun nom ne figurait dessus.

Barbara et Tim Brady ne l'entendirent pas tomber dans la boîte parce qu'ils dormaient. Ils ne la trouvèrent que le lendemain matin à huit heures quand Barbara partit travailler. Et elle ne la lut pas parce qu'il faisait sombre et qu'elle était en retard pour son bus.

À New York, Ella était au lit. Elle se reposait. Nul besoin de se presser, ne cessait-elle de se répéter.

Elle avait rendez-vous à neuf heures le lendemain avec Derry et Kimberly dans leur bureau. Il lui fallait une bonne nuit de sommeil.

Elle brancha la boîte vocale de son téléphone. Si on l'appelait pendant la nuit, cela ne la réveillerait pas. Non qu'elle s'attendît à un appel, mais elle devait être en pleine forme le lendemain. Il ne fallait pas s'inquiéter. Il ne savait pas qu'elle l'avait ouvert.

Elle prit un long bain chaud, se coucha et s'endormit au son d'une émission de télévision.

Elle rata donc la série de coups de téléphone qui commença vers trois heures dix du matin, heure locale, juste après que tout le monde en Irlande avait digéré les informations de huit heures. Elle ne vit le clignotant qu'une fois habillée et prête à partir. Espérant qu'il ne s'agissait pas d'un message de Derry ou de Kimberly à propos de la réunion, Ella récupéra ses messages.

Pétrifiée, elle écouta Nick, Deirdre et puis son père lui raconter ce qui s'était passé.

Ils étaient les seuls à savoir où elle se trouvait. Et elle ne comprenait rien à ce qu'ils racontaient.

Une autre personne connaissait son adresse : Harriet, celle qui lui avait vendu le collier de chien. Elle aussi avait appelé. Comme Harriet était moins choquée, moins horrifiée que les autres, son message fut le seul que comprit Ella.

— Écoutez, Ella. Au cas où personne ne vous a prévenue, il s'est tué en Espagne. Quelle ordure ! Il n'a même pas eu le courage d'affronter les conséquences de ses actes. La moitié du pays a déjà dû vous mettre au courant, mais je tenais à vous le dire, au cas où. Vous le valiez mille fois, Ella, alors ne le pleurez pas. Il n'en vaut pas la peine.

Une fois qu'elle eut retrouvé son souffle, elle réécouta les trois premiers messages. Là elle comprit ce qu'ils racontaient. Cela devait être vrai. Ils ne pouvaient pas l'avoir tous imaginé. Qui devait-elle appeler en premier ? Elle n'avait envie de parler à aucun d'eux.

Elle regarda le portable. Il n'avait plus vraiment d'importance. Don avait précipité son bateau contre des rochers pour mettre fin à ses jours. Avait-il suffoqué ou son corps s'était-il fracassé contre les rochers ? Avait-il eu des regrets de dernière minute et avait-il essayé de s'en tirer ? Il était mort. À cause du vol de l'argent appartenant à d'autres ? À cause de l'échec ? Parce qu'il ne pouvait pas récupérer sa serviette ? Mais pourquoi ne la lui avait-elle pas rendue ? Elle n'avait même pas su quoi en faire. Si elle lui avait téléphoné pour lui dire qu'il pouvait la reprendre, il serait encore vivant. Elle allait consulter la presse irlandaise sur le Net pour voir ce qu'on racontait. Avant de parler à quiconque, il fallait qu'elle en sache plus.

Le beau visage de Don Richardson s'étalait dans tous les journaux irlandais et même quelques anglais. On le décrivait comme un financier déshonoré. Les journaux se félicitaient d'avoir supposé correctement qu'il se cachait en Espagne. On rapportait que son petit bateau s'était échoué sur les rochers d'un cap espagnol particulièrement dangereux. Un endroit où personne ne s'aventurait. Un marin expérimenté comme Don Richardson avait dû être conscient du danger. On n'avait pas retrouvé son corps. Les marées à cet endroit-là avaient pu l'entraîner loin dans l'Atlantique.

Il avait garé sa voiture sur une jetée voisine et avait laissé plusieurs enveloppes sur le siège avant. Leur contenu n'avait pas été rendu public, mais on comprenait que les lettres étaient une tentative d'excuses et d'explication. La communauté des affaires en Irlande avait exprimé sa sympathie. Les membres de sa famille et ses anciens amis, sous le choc, étaient incrédules. On ne savait rien de ses proches. Certains journaux pensaient qu'ils collaboraient avec les autorités. Un journal, dans un article intitulé « Darling Margery », prétendait que l'une des lettres était destinée à sa femme pour la prier d'élever leurs enfants dans la dignité. Mais comme ce journal avait par le passé interrogé des extraterrestres et des femmes nées avec quatre jambes, il était difficile de le croire.

Elle téléphona d'abord à son père, mais la ligne était occupée. Elle appela donc Deirdre sur son mobile.

— Je sais qu'à certains égards, c'est triste pour toi, et que c'est un choc, mais sincèrement, c'est aussi bien comme ça.

— Que quelqu'un se suicide, c'est aussi bien ?

— Je pense à toi, Ella. C'est tout. Tu peux continuer ta vie maintenant.

— Je vis très bien. Je le fais depuis qu'il m'a plaquée il y a des mois de ça. C'est lui qui ne vit plus.

— Je ne prends pas cela à la légère. Je pensais que d'une certaine manière, cela mettrait un terme à ton stress.

Deirdre faisait marche arrière. Elle sentait qu'elle avait gaffé.

— Quel stress ? Je sais toujours qu'il ne m'a jamais aimée. Il faut toujours que je travaille pour rembourser toutes les dettes qu'il a laissées à ma famille. En quoi est-ce mieux qu'il repose au fond de l'océan ?

— Je suis désolée, navrée, Ella.

— Je sais, Dee. Mais ne va pas croire que c'est aussi bien comme ça, d'accord ?

Deirdre passa un bref coup de fil à Nick.

— Elle va essayer de t'appeler. Sois prudent. Elle n'est pas soulagée comme nous. J'ai ouvert ma grande gueule et je me suis sentie ridicule.

— Merci, Dee. Je vais prévenir Sandy.

— Donnez à fond dans la sympathie, c'est là que je me suis plantée.

— Peut-être, mais tu es son amie, elle le sait.

— J'espère.

— Bonjour, Nick.

— Ma pauvre Ella !

— Pourquoi ma pauvre Ella ? Il ne m'a jamais aimée. Il a volé l'argent de tout le monde. Comme je le disais à l'instant à Dee, rien n'a changé. Il est mort, c'est tout. Je voulais juste te parler de cette réunion d'aujourd'hui.

— Tu y vas ?

— Bien sûr que j'y vais, je suis ici pour ça, non ?

— Mais tu pourrais tout repousser à demain, Ella. Je vais les appeler pour leur expliquer.

— C'est mon boulot. Et ne t'avise pas de t'en mêler. Je voulais te parler des autorisations qu'ils n'arrêtent pas d'évoquer ici. Notre formulaire que les gens signent pour dire qu'ils sont d'accord pour qu'on utilise leur interview, cela suffit, n'est-ce pas ?

— Il n'y a pas de problème avec ces formulaires. Rassure-les en leur disant que j'ai tout vérifié, répondit Nick en songeant que les femmes étaient si imprévisibles que ce n'était même pas la peine d'essayer de les comprendre.

— Papa ?

— Oh ! Ella, Dieu merci, tu appelles.

— Ne t'en fais pas, papa. C'était un adulte. Il savait ce qu'il faisait.

— Ce n'est pas ça.

— Et on raconte qu'il faut se rappeler les bons côtés, et il y en a eu, n'est-ce pas, papa.

— Ella, arrête. Laisse-moi parler. Il t'a envoyé une lettre.

— Quoi ?

— On a livré une lettre ici la nuit dernière.

— Enfin, papa, elle ne peut pas être de lui… il vient de se noyer en Espagne.

— Un mail, glissé dans la boîte aux lettres pendant la nuit.

— Mais comment sais-tu qu'il est de lui ?

— Il n'y avait pas d'enveloppe.

— Ce n'est pas de Don. C'est une erreur.

— Je ne sais pas quoi faire, Ella. Je l'ai dit à ta mère. Elle ne l'a pas lu en partant travailler… elle a dit que je pouvais l'apporter à son bureau et qu'elle te le faxerait.

— C'est long, papa ?

— Non, plutôt court.

— Tu peux me le lire ?

— Tu es sûre ?

— Tu l'as déjà lu et tu l'as lu à maman. S'il te plaît.

Elle l'entendit chausser ses lunettes et déplier une feuille. Les secondes que cela prit lui parurent une éternité.

— Cher Ange, lit-il. Quand tu recevras ces lignes, tout sera fini. Peut-être cela te sera-t-il égal. Tu as refusé d'entrer en contact avec moi malgré les nombreux messages que je t'ai envoyés, alors peut-être n'ai-je jamais compté pour toi. Mais je ne peux pas le croire. Je ne peux pas croire que ces heures d'amour n'ont eu aucun sens pour toi. Alors je tiens à t'adresser un adieu particulier et un grand merci pour m'avoir rendu si heureux. J'ai trois choses à te dire :

« Il y avait dans mon cœur de la place pour vous tous, toi et ma famille. Je ne pouvais pas les quitter quand la crise a éclaté. J'essayais de revenir pour toi, mais tu refusais d'écouter. La serviette n'a plus d'importance maintenant. Je ne serai pas là pour affronter ce qu'elle révélera. Si tu as la générosité de la jeter parce que je te l'ai confiée et pour me prouver que tu m'as fait confiance, j'en serai ravi. Mais c'est à toi de voir. Et enfin, j'ai vraiment bien aimé ton père et je sais qu'il a perdu de l'argent appartenant à ses clients à cause de mes conseils. J'ai organisé des retraits, des choses faciles à toucher. Pour que vous sachiez lui et toi à quel point je suis désolé, voici le numéro du coffre. Je regrette de ne pas pouvoir tout rendre à tout le monde. J'ai beaucoup de regrets, mais surtout de ne pas avoir d'avenir avec toi. Grâce à toi, je me suis senti jeune et heureux. Sache que je t'aimais, Don. »

Il y eut un silence.

— Merci, papa.

— Je regrette que tu sois si loin.

— Il vaut mieux que j'aie du travail à faire. Crois-moi, je vais bien, tu rassureras maman, d'accord ?

— Il t'aimait vraiment, Ella.

— Oui, bien sûr, papa.

Elle s'assit et se regarda dans le miroir. Rien de tout cela n'était en train d'arriver. Elle allait se réveiller, se retrouver à une époque où elle n'avait même pas encore rencontré Don Richardson. Quand des conversations comme celle de ce matin étaient complètement impossibles. Mais en attendant, il fallait continuer.

Elle descendit dans le hall et commanda un taxi. Aux bureaux de Derry et de Kimberly, on la fit entrer dans la salle de réunion du conseil où elle les trouva assis à l'extrémité de la table. Ils se levèrent en la voyant.

— Ella ! s'écria Kimberly, l'air surpris.

— Vous êtes venue ? ajouta Derry.

— Nous avions dit neuf heures, n'est-ce pas ?

Ella eut un instant d'angoisse. Peut-être qu'avec le choc, elle avait tout oublié. Ils la rassurèrent. Mais ils la regardaient d'un drôle d'air, comme s'ils ne s'étaient pas attendus à la voir. Est-ce que Nick leur avait dit ? Non, il n'aurait pas osé.

Elle s'installa et Kimberly servit du café.

— Vous avez eu des nouvelles de Dublin... euh, ce matin ? commença Derry.

— Nous nous demandions si vous aviez pu parler à quelqu'un là-bas, renchérit Kimberly.

Ils savaient quelque chose. Mais comment ?

Ella était bien décidée à ne pas faiblir, ni à sangloter sur son amour perdu devant ces gens. Sur l'homme qui lui avait écrit une lettre et l'avait envoyée par mail quelques heures avant de se donner la mort.

— J'ai parlé à Nick. Il vous certifie que ces formulaires d'autorisation sont standard. (Ils n'avaient pas l'air de l'écouter.) Donc, si vous êtes d'accord...

— Vous savez, si vous ne vous sentez pas de taille à travailler ou à vous concentrer aujourd'hui, ce n'est pas grave, nous pouvons reporter la réunion, dit Derry en lui tapotant la main.

— Ce n'est pas la peine de vous forcer, renchérit Kimberly. Nous pourrons reprendre quand vous vous sentirez mieux.

— Vous êtes au courant. Quelqu'un vous a dit pour Don et moi et ce qui lui est arrivé.

— Nous avons toujours été au courant pour Don et vous, dit simplement Derry. Nous avons lu ce qui lui est arrivé ce matin.

— Comment l'avez-vous appris ?

— Comme vous, pour mon amour des chiens. En lisant les dossiers.

— C'est différent. Vous êtes une personne publique. Il n'y a pas de dossier sur moi.

— Les renseignements abondent. Nous n'allions pas nous engager avec une petite société comme Firefly Films, tourner un film sur un endroit dont nous n'avions jamais entendu parler sans avoir quelqu'un sur place pour nous conseiller.

— Et à qui vous êtes-vous adressé ?

— À un avocat. Un homme très sympathique. Il a tout vérifié. Et comme cela se passait il y a environ quatre mois, vous faisiez partie de l'actualité.

— Il s'est intéressé à des cancans pareils !

— Soyons justes, il tenait à ce que nous soyons au courant de tout.

Ella tenta de lever sa tasse de café mais elle tremblait tellement qu'elle dut la reposer. Il fallait qu'elle se reprenne, qu'elle chasse le souvenir de ses intonations chaudes.

Elle s'accrocha à la table, mais elle se sentit tomber. Au fond d'un grand trou noir où des voix résonnaient toujours à ses oreilles. Elle vit des formes floues qui finirent par se muer en pieds de chaise, puis elle distingua les chevilles fines de Kimberly et enfin le visage de Derry King à quelques centimètres du sien.

— Elle revient à elle, dit-il, soulagé.

— Il faut qu'elle garde la tête en bas.

— Il va falloir qu'on la rassoie sur une chaise.

— Que s'est-il passé ?

Elle avait compris, elle s'était évanouie. Elle chercha à se relever, mais la main de Derry appuyait sur sa nuque.

— Gardez la tête en bas. Respirez profondément, tout ira bien dans dix secondes.

Ella compta jusqu'à dix et se redressa. Ils l'observaient tous les deux d'un air inquiet.

— Tout ce qu'il ne faut pas faire lors d'une présentation, fit-elle faiblement.

— Nous avons tout le temps du monde.

— Vous avez eu un choc.

— Tout allait bien et tout s'est mis à tourner.

— Vous croyez que vous êtes enceinte ?

Derry parut ahuri par cette question.

— Non, j'ai connu bien des catastrophes, mais celle-là m'a été épargnée.

— Vous avez pris un petit déjeuner ?

— Je ne me rappelle pas.

— Vous reprenez des couleurs. Avalez un peu d'eau.
— Vous êtes si gentils tous les deux.
— Vous voulez qu'on appelle un médecin ?
— Non, Derry, merci. Je me suis évanouie, c'est tout. Les nerfs, certainement.
— Vous n'avez rien d'un paquet de nerfs, Ella. C'est justement ce dont nous parlions avant votre arrivée. Vous n'avez pas de véritable expérience en matière de documentaires, mais cela ne vous empêche pas d'être pleine d'assurance et très calme... Kimberly était admirative.
— J'espère n'avoir pas prétendu avoir plus d'expérience que je n'en ai...
— Pas du tout, vous avez été franche et directe, mais vous ne nous avez jamais paru nerveuse.
— Hier, j'allais bien.
Ils échangèrent un regard, comme s'ils ne savaient pas trop quoi dire.
— Et maintenant ?
— Et maintenant, si vous me pardonnez d'être tombée dans les pommes... je vous jure que je ne recommencerai pas... j'aimerais en revenir au point où nous en étions restés, fit-elle, les yeux un peu trop brillants.
— Cela n'a rien d'obligatoire.
— Si, Derry, au moins pour moi. C'est l'occasion ou jamais. Si je ne la saisis pas, d'autres en profiteront. D'autres qui ne s'évanouiront pas sur votre moquette. Il faut que je poursuive.
— Lentement, Ella, reprenez votre souffle.
— Je n'ai pas le temps d'être lente. J'ai parlé des formulaires de renoncement à Nick, tout est réglé de ce côté. Apparemment la loi est la même ici et là-bas. Et j'ai toutes mes notes avec moi, il suffit que vous me disiez quand vous serez prêts.
Elle ouvrit son dossier d'une main tremblante. Sous leurs yeux, elle tenta de tirer la feuille qu'elle cherchait et qui dépassait de la pile. Cela parut prendre une éternité.
Derry vint à sa rescousse. Il tira la feuille et la posa sur la table.
— Ne vous inquiétez pas, Ella. Tout va bien.

— Oui, Ella, renchérit Kimberly. Vous avez remporté le morceau, vous nous avez convaincus.
— Quoi ?
— Tout va bien. Ce n'est plus la peine de nous faire l'article. Vous avez la subvention. Dorénavant, il ne nous reste plus qu'à parler de la manière de tourner ce film.

Elle les contempla, bouche bée. Au milieu de ce cauchemar, une lueur d'espoir venait d'apparaître.
— Vraiment ?
— Vraiment, répondit-il en souriant.

C'est son sourire qui eut raison d'elle. Elle posa la tête sur la table et éclata en sanglots.

10

Ella se rappelait à peine comment elle avait regagné son hôtel. Elle se souvenait des visages souriants de Derry et de Kimberly quand ils l'avaient mise dans un taxi. Il n'était que dix heures du matin. Une fois dans sa chambre, elle appela Firefly Films.

— Comment cela s'est-il passé ? dit Sandy, visiblement tendue.

— C'est réglé. C'est fini. Tu te rends compte !

Il y eut un silence, puis elle entendit Sandy s'adresser à Nick : « Bon, elle a fait son possible mais cela n'a pas marché. Elle dit que c'est fini. Nick, elle a vraiment tout essayé. »

— Non, Sandy, non... Nous l'avons, ils nous la donnent. Nous avons gagné la subvention.

Un silence, puis Nick prit l'appareil.

— Vraiment ? fit-il d'une voix tremblante.

— Consulte ton courrier électronique dans une demi-heure. Ils t'envoient une confirmation.

— Je n'arrive pas à croire que tu aies réussi à défendre notre projet aujourd'hui malgré... ce qui t'est tombé dessus. Tu es une héroïne, Ella. Comment as-tu fait ?

— Ne pose pas trop de questions. Remercions le ciel que cela ait marché.

— Qu'est-ce que tu leur as dit, Ella ? Nous voulons tout savoir.

— Vaut mieux pas.

— Ah si ! Ça fait une bonne heure que nous attendons, pétrifiés de trouille.

— Eh bien, j'ai commencé par m'effondrer par terre, ils m'ont aidée à me rasseoir sur ma chaise, et quand j'ai commencé à parler, ils ont dit que nous avions la subvention et j'ai sangloté pendant ce qui m'a paru une bonne heure...

— Elle a complètement pété les plombs, dit Nick à Sandy. Elle doit aussi avoir un coup de trop dans le nez. Nous n'en tirerons rien tant qu'elle n'aura pas retrouvé ses esprits.

— Brenda ?
— C'est vous, Ella ? Tout va bien ?
— Oui, très bien... j'appelais pour...
— Je suis désolée pour Don. Cela a dû être un tel choc pour vous.
— C'est vrai.
— Bien sûr, ceux qui font une chose aussi terrible ne savent pas vraiment ce qu'ils font...
— Non, il savait exactement ce qu'il faisait, mais ce n'est pas pour ça que je téléphone...
— Êtes-vous... euh, là où vous êtes allée ?
— Oui, je suis à New York. Peu importe que cela se sache maintenant. Il ne peut envoyer personne à mes trousses. De toute façon, il ne l'aurait jamais fait.
— Non, bien sûr.
— C'est juste que nous avons le financement. Nous pouvons mener notre projet à bien.

Brenda eut l'air ébahie qu'elle puisse parler travail.

— C'est merveilleux. Bravo ! Et heureusement que c'était bouclé avant que cette nouvelle ne vienne vous bouleverser.
— En fait, ce n'était pas le cas. Cela s'est décidé ce matin, juste après que j'ai appris pour Don. Je vous avais dit que j'appellerais dès l'instant où je le saurais.
— Vous êtes remarquable, Ella.
— En fait, je ne tiens que par un fil, si vous voulez savoir.
— On ne sait jamais ce que pensent les gens.
— Non, je vais bien, parce que je sais ce qu'il pensait. Il m'aimait. Vraiment. Il m'a écrit une lettre juste avant de mourir. Vous vous rendez compte, Brenda ?

— C'est euh... extraordinaire.
— Incroyable, dit Ella avant de raccrocher.

— Je crois qu'elle fait une dépression, murmura Brenda.
— En tout cas, elle avait raison pour le documentaire, répondit Patrick. Sandy est passée il y a une demi-heure pour me faire signer des formulaires. Le projet est sur les rails.
— Mais elle ne peut pas se mettre à croire soudain que ce type a pu l'aimer. Elle a passé plus de quatre mois à s'en remettre. Elle ne peut pas croire qu'il ait changé d'avis juste avant de se tuer. Cela paraît trop simple, trop facile. Et pas un mot sur ce qui est arrivé à Margery et aux enfants, sans parler de Ricky Rice.
— Je sais que je ressemble de plus en plus à mon vieux père en disant ça, fit Patrick, mais c'est loin d'être fini.

— Deirdre, elle nous a décroché le financement, dit Nick. Elle t'aurait appelée de New York, mais c'est trop cher.
— Excellent. Si vous devez devenir des magnats, il faut commencer par être très prudent en matière de dépenses.
— Très drôle. Elle va peut-être rentrer plus tôt que prévu. Elle n'a plus besoin de se cacher si ce type est mort.
— S'il est mort.

Tim et Barbara Brady reçurent un appel de trois minutes d'Ella.
— Je ne peux pas parler longtemps, mais la grande nouvelle, c'est qu'on va faire le film.
— Bravo, Ella ! s'écria sa mère.
Le père d'Ella était assis dans son fauteuil. La journée n'avait pas été bonne. La mort de Don Richardson avait détruit tout espoir pour ses clients de revoir un jour leur argent. Plusieurs l'avaient contacté. Cela n'avait pas été des conversations faciles. Il regarda l'air réjoui de sa femme quand elle lui apprit que Ella avait réussi à convaincre la Fondation King de financer le projet. Et maintenant que Don n'était plus une menace, elle allait rentrer à la maison. Au lieu de se cacher à New York.

— Cela ne te fait pas plaisir, Tim ? C'est une merveilleuse nouvelle.
— Effectivement, dit-il en s'obligeant à sourire.

Pas mal de ses interlocuteurs de la journée pensaient que le suicide de Don Richardson était peut-être une mise en scène. Le lendemain matin, les journaux commencèrent à exprimer les mêmes doutes. Ils évoquèrent des gens qui avaient plié leurs vêtements et laissé des mots d'adieu sur des plages pour refaire surface dans d'autres pays sous de nouvelles identités. Beaucoup de détails ne collaient pas.

Qu'était-il arrivé à sa famille ? La femme, les fils et le beau-père qu'il était censé adorer ? Ils n'étaient pas sortis au grand jour pour pleurer sa mort. Pourquoi Don Richardson avait-il laissé son portefeuille et des documents dans une voiture qu'il n'avait louée que le matin même ? Où était passé l'argent manquant ? Il devait avoir utilisé une autre identité depuis quatre mois. Sa famille vivait-elle toujours sous ce nom ? Et si la famille avait toujours en sa possession les fonds détournés, qu'apportait le suicide de Don Richardson ? Cela n'avait pas rendu leurs économies à ceux qui les avaient perdues.

La presse poursuivit dans cette veine pendant plusieurs jours. Le mystère du mois passé en Espagne. Le train de vie que les Richardson avaient peut-être mené dans ce qu'on surnommait jadis la Costa du crime. L'endroit où se trouvait la famille en deuil. Comme toujours, les autorités espagnoles annoncèrent qu'elles coopéraient étroitement avec la police irlandaise pour les retrouver. On avait intensifié les efforts pour repérer la famille parmi les expatriés britanniques et irlandais dans la région de la noyade. Cela n'avait rien donné. Personne n'avait jamais entendu parler de cette famille. On avait perdu leur trace depuis leur arrivée en Espagne quatre mois plus tôt avec leurs propres passeports.

Et progressivement, la presse cessa de spéculer au sujet de Don Richardson. Et l'opinion publique se remit à penser qu'il s'était vraiment noyé. Brenda l'avait remarqué en entendant les conversations au restaurant. Personne n'avait aperçu Don à Dublin. Et s'il avait mis en scène son propre suicide, c'était sans aucun doute pour sortir de l'anonymat en Espagne et revenir là où il avait régné en maître. À Dublin, où il était quelqu'un. Don le grand preneur de risques aurait connu suffisamment de gens prêts à le cacher. Et pourtant il n'y avait pas eu le moindre murmure.

Ella avait repris ses esprits. Elle fut attentive et intéressée quand Derry lui présenta certains des responsables financiers à qui Firefly Films enverrait ses ultimes budgets. Elle se concentra pour pouvoir mettre un nom sur chaque visage.

Kimberly lui suggéra de visionner des films traitant de thèmes semblables et la mit en contact avec les directeurs d'une salle. Tout devenait très simple quand on était introduit par les King. Chaque jour, Ella mesurait à quel point c'étaient des gens en vue et elle se réjouissait de ne pas l'avoir su dès le départ.

La plupart du temps, elle dînait au restaurant avec Derry. Il l'emmena dans des tas d'endroits différents et il semblait apprécier sa compagnie. Il expliqua qu'il détestait manger seul au restaurant et qu'il finissait par dîner chez lui après un passage chez un traiteur, si bien qu'elle lui épargnait des indigestions. Ils conversaient facilement. Elle ne lui demanda jamais pourquoi un homme aussi riche, aussi célibataire et apparemment un si bon parti, réussissait à éviter les femmes en chasse de New York. Elle lui raconta des anecdotes de son enfance et si elle mentionna qu'ils vivaient dans ce qui était jadis la remise de jardin de leur ancienne maison, elle n'expliqua pas pourquoi.

Derry lui parla de ses vacances dans l'Alberta quand il était petit ; les trois enfants passaient l'été chez leurs grands-parents canadiens. Ils avaient fait cela cinq ans et cela avait toujours été magique. Il ne précisa pas pourquoi leur mère ne les accompagnait pas et elle ne posa pas la question.

Elle lui parla de Deirdre qui était son amie depuis l'année de ses dix ans et de Nick et Sandy qui allaient se marier. Enseigner lui manquait, mais elle avait eu besoin de se libérer pour gagner de l'argent cet été.

Il parut trouver cela parfaitement normal. Lui-même avait arrêté ses études à l'âge de quinze ans et avait occupé divers emplois. À l'âge de vingt ans, il avait compris qu'il aurait besoin de diplômes s'il voulait aider ses frères à prendre un bon départ dans la vie. Il avait donc pris un emploi d'homme de ménage dans une université en s'organisant pour que ses heures lui permettent de suivre des cours de commerce. Cela n'avait pas été facile de laver des sols et de vider des poubelles alors que les autres allaient assister à des matchs ou jouer au bowling. Mais la vie n'était facile pour personne à l'époque. Il avait réussi ses examens et obtenu des bourses. Et ses frères avaient pu faire des études.

Ella lui confia qu'elle aurait adoré avoir des frères et sœurs mais que Deirdre disait qu'on les surestimait beaucoup et qu'adopter des lapins était une bien meilleure idée.

Il avait ri.

— C'est un caractère, cette Deirdre, on dirait.

— Vous la rencontrerez à Dublin.

— Je ne vais pas à Dublin, Ella.

— Désolée, j'avais oublié.

Ella avait décidé de ne pas insister. Et peut-être que ce serait beaucoup mieux s'il ne venait pas. Ils seraient plus libres.

Il évoquait très rarement son travail de directeur d'une entreprise très prospère de fournitures de bureau, l'une des plus grosses des États-Unis. C'était le fruit du travail d'une équipe, il avait eu la chance de repérer un besoin au bon moment, quelque chose qui n'évoluerait pas tout le temps comme les logiciels. Kimberly avait fait des merveilles dans le département marketing et pratiquement tout le monde était là depuis la création, si bien que cela tournait tout seul sans qu'il soit obligé d'y être tous les jours. Voilà pourquoi il avait tant de temps à consacrer à la Fondation, ce qui était ce qu'il préférait.

Bien entendu, il lui fallait parfois être sans pitié dans le travail, prendre des décisions qu'il détestait. Lorsqu'il était obligé de fermer un service de sa société, il s'assurait que les employés bénéficiaient de stages de recyclage ou de retraites anticipées. Il faisait une compagnie charmante. Larry devait vraiment sortir de l'ordinaire pour que Kimberly plaque Derry King pour lui.

Chaque soir en rentrant de son dîner avec Derry King, Ella s'asseyait devant l'ordinateur pour lire les journaux irlandais du jour. Elle découvrit qu'on avait douté de la mort de Don. Si seulement c'était vrai. Si seulement c'était possible. Elle irait jusqu'au bout du monde pour lui dire qu'elle l'aimait. Qu'elle comprenait pourquoi il avait dû agir comme il l'avait fait. Mais elle savait qu'il était mort. Il lui avait écrit pour lui dire au revoir.

La presse parlait aussi de Margery et des enfants. On se demandait où ils se cachaient. Seule Ella savait où ils étaient. À Playa de los Angeles, où ils vivaient sous son nom : Brady. C'était étrange de penser qu'elle pouvait décrocher un téléphone et livrer leur adresse aux autorités. Mais elle n'en ferait jamais rien. Don méritait mieux qu'une petite amie capable de tout révéler. Il s'était occupé de ceux qui en avaient besoin. Ses enfants, leur mère et leur grand-père.

Et Ella. Il lui avait envoyé ces lettres de change qu'elle pouvait toucher et tirer ainsi son père du marasme. Oh ! si seulement il était vivant, rien que pour un après-midi, elle lui dirait à quel point elle était heureuse qu'il l'ait aimée.

Le vide des quatre derniers mois avait été remplacé par une curieuse sensation de paix.

Les formalités étaient terminées. Ella avait réservé une place sur l'avion du jeudi soir.

— Nos dîners vont me manquer, dit Derry.
— À moi aussi. C'est dommage que vous refusiez de venir en Irlande : nous aurions pu continuer.
— Si ce soir doit être le dernier, dînons chez moi.
— J'en serais ravie.

Ella avait envie de voir son duplex au sujet duquel elle avait lu des articles bien avant de le rencontrer. Tapissé de tableaux de jeunes talents. Nombre d'entre eux précieux à présent parce que les artistes avaient percé. D'autres, de peintres restés inconnus. Derry King achetait ce qui lui plaisait, non ce qui risquait de prendre de la valeur.

Kimberly parut désolée elle aussi de la voir partir et l'invita à déjeuner.

— Vous rencontrerez Larry. Et ce n'est pas donné à toutes les beautés qui croisent mon chemin.

— Oh ! je n'ai rien d'une beauté, rit Ella.

Et elle était sincère. Depuis qu'elle était à New York, elle avait pris conscience de son peu de charme et de son manque d'élégance.

— Oh mais si, Ella Brady, insista Kimberly, et elle était sincère elle aussi. Au point que Larry allait se joindre à elles pour prendre un verre.

Il était beau gosse avec ses cheveux bruns un peu longs, son costume signé et ses lunettes de soleil qu'il retira aussitôt, très sûr de lui. Un peu voyant, gesticulant beaucoup, s'extasiant devant le tailleur de soie grise de Kimberly. Puis il gratifia Ella d'un long regard admiratif et passa une main sur ses longs cheveux blonds.

— Parfait, dit-il comme si on lui avait demandé son avis. Parfait. Et s'adressant au serveur : vous avez vu la chance que j'ai de prendre un verre non avec une beauté mais deux ?

— Beaucoup de chance, répondit le serveur chinois qui avait tout compris en un clin d'œil et savait que la dame en soie grise serait celle qui paierait par carte de crédit.

Larry passa une demi-heure en leur compagnie. Il leur raconta les divers drames et échanges de cris dans les coulisses des défilés. Une acheteuse avait menacé de tout casser si elle n'obtenait pas sa commande et un créateur, annoncé qu'il partirait pour les Îles avant d'avoir achevé sa collection de printemps.

— Quelles îles ? demanda Ella.

— Qui sait ? Mais peu importe. Il n'ira pas, c'est juste un moyen d'attirer l'attention.

Il ne posa pas de questions sur la réunion de Kimberly avec leur agence de publicité. Il ne demanda jamais ce que faisait Ella à New York, avec ses longs cheveux blonds et son accent irlandais. Mais il se passionna pour une réception à laquelle ils devaient assister. Une exposition très loin du centre. Mais ils ne pouvaient pas rater ça, et Kimberly devait avoir le temps de passer se changer chez elle et, si elle était tentée de prendre des pâtes carbonara au déjeuner, elle avait intérêt à penser à la fermeture Éclair de sa nouvelle robe qui avait tendance à se coincer.

Et il prit congé dans une débauche de bruyants adieux, sûr que son départ ne passerait pas inaperçu.

— C'est quelque chose, non ? s'exclama fièrement Kimberly.

Ella acquiesça.

— Très différent de Derry.

— Effectivement, complètement.

Ella se demandait quelle folie avait poussé Kimberly King à s'amouracher de Larry. Peut-être qu'entrer dans le monde de la mode lui plaisait. Mais laisser tomber Derry King, avec son sourire craquant et son art de deviner vos pensées... pour ce type. Un type qui se regardait dans tous les miroirs, en plus ! Là elle ne comprenait plus.

— Avec Larry, j'ai l'impression de rajeunir, dit Kimberly en réponse à la question que Ella n'avait pas formulée.

— Il déborde d'enthousiasme et il est superbe.

Ella espéra que son commentaire serait à la hauteur de l'adoration de Kimberly pour Larry.

— En tout cas, il ne me laisse pas de répit. J'allais effectivement commander des pâtes quand il m'a rappelé ma nouvelle robe.

Kimberly gloussa et choisit une salade sans vinaigrette.

— Je prendrai la même chose.

— Non, profitez-en, choisissez ce que vous voulez.

— Je dîne avec Derry ce soir. Je devrais manger à ma faim.

— Où est-ce qu'il vous emmène ?

Kimberly s'intéressait de près aux bons restaurants, même si elle n'y avait jamais avalé plus de trois cents calories.

— Chez lui. J'ai hâte de voir son appartement.

— Bon, alors sachez que vous allez avoir droit à deux bonnes heures de visite guidée. Et rappelez-lui de faire signe à temps au traiteur. Il oublie toujours.

— Vous êtes merveilleux ensemble. Une touche de moquerie mais pas la moindre amertume.

— Pourquoi serions-nous amers ? Derry est un type génial. Il m'a donné la moitié de tout. C'est comme ça que j'ai créé cette société avec Larry. Et il est si pragmatique qu'il a déclaré que ce n'était pas la peine d'essayer de me retenir si je voulais partir. J'en aurais fait autant pour lui, s'il était tombé amoureux de quelqu'un d'autre. C'est dément d'essayer d'injecter de la vie dans une histoire qui est finie.

Ella songea à Margery Rice. Et si elle avait eu cette position ? Est-ce que cela aurait tout changé ? Elle aurait pu avoir la moitié des biens de Don. Plus. Elle l'aurait laissé partir. Don n'aurait pas pris tous ces risques. Il serait vivant aujourd'hui. Et Ella et lui seraient ensemble. Un instant, Ella faillit raconter toute l'histoire à Kimberly.

Elle savait écouter. Ella fut tentée. Puis elle en décida autrement. C'était son dernier jour à New York. Demain elle serait de retour en Irlande. Elle serait de nouveau confrontée à toutes ces décisions à prendre. Que faire des lettres de change dans le coffre. Du fait qu'elle savait où vivait la famille de Don. Il allait falloir réfléchir. Ce n'était pas le moment de se lancer dans les confidences sentimentales.

— Je ne pourrais jamais assez vous remercier tous les deux pour votre solidarité. C'était exactement ce dont j'avais besoin.

Elle fermait la porte très poliment. Kimberly la comprit à mi-mot.

— Nous avons été là en cas de besoin et c'est toujours le cas.

— Il y a une chose dont j'aimerais vous parler, si ce n'est pas indiscret. Derry est-il vraiment hostile à l'Irlande ? Ce serait merveilleux pour nous qu'il vienne.

— Complètement. Son père battait sa mère, c'était un ivrogne et un bon à rien. Et Derry attribue tout cela au fait qu'il était irlandais.

— Cela remonte loin. Je n'insisterai pas.

— J'aimerais tant que vous insistiez. C'est exactement ce dont il a besoin, d'aller là-bas, pour vider l'abcès.

— Vous pensez que cela lui ferait du bien ?

— Cela le rendrait normal. C'est son problème, ces démons qu'il traîne à propos de l'Irlande. Cela a fait partie de nos difficultés. Il a été obligé de vouer tout un pays aux gémonies à cause de son père.

— Mais pourquoi a-t-il choisi de soutenir un projet irlandais ?

— Il pensait que le film tournerait le pays en ridicule.

— Mais il ne le pense plus. Je lui ai tout expliqué lors de la première réunion.

— Il est suffisamment droit pour poursuivre un projet

une fois qu'il s'est engagé. Il n'est pas du genre à vous donner de l'espoir pour tout abandonner à cause de ses préjugés. Mais vous avez demandé pourquoi il a choisi ce projet. Il pensait que ce serait un règlement de comptes.

— Il paraît si calme et si maître de lui.

— Il l'est. Il a veillé sur toute sa famille. Il a élevé ses frère qui l'adorent. Il a voulu acheter une jolie maison au Canada à sa mère. Il n'a jamais compris qu'elle avait vécu si longtemps à New York qu'elle s'y sentait chez elle à présent.

— Elle n'y est donc pas allée ?

— Non, elle avait tous ses amis dans son quartier, et même des souvenirs heureux de son mari. C'est incompréhensible pour Derry. Son père est son unique faiblesse. Il est incapable d'entrer dans un pub irlandais, d'écouter de la musique irlandaise, qui, selon lui, est une glorification de l'alcool et de la violence. Il ne changera jamais s'il ne va pas en Irlande pour voir de ses propres yeux que les gens y sont aussi normaux qu'ailleurs.

— Vous êtes déjà allée en Irlande, Kimberly ?

— Pourquoi cette question ?

— Une impression.

— Vous avez raison. Quand nous avons commencé à avoir nos problèmes, j'y suis allée. J'ai même rencontré sa famille. Des gens tout ce qu'il y a de plus ordinaire. Je ne leur ai pas parlé de Derry ; je me suis un peu renseignée, c'est tout. Il a deux cousins qui, après avoir commencé comme peintres en bâtiment, possèdent leur propre entreprise à présent. Ils lui ressemblent sur bien des points. Mais il ne les connaîtra jamais.

— Vous lui avez dit ?

— J'ai essayé, mais cela n'a servi à rien. Ensuite j'ai rencontré Larry, si bien que j'ai eu d'autres choses en tête.

— Depuis combien de temps êtes-vous mariés ?

— Dix-huit mois. Et j'espère que cela va durer, fit-elle avec un petit rire.

— Vous êtes dure avec vous-même, Kimberly. Il vous adore. Cela crève les yeux.

— Ah ! j'envie votre confiance et votre optimisme.

— Mais c'est vrai. Derry aussi, d'ailleurs. Il a l'air d'être encore très amoureux de vous.

— Oh ! non, Derry n'est pas amoureux de moi. Derry est mon meilleur ami. Il monte la garde pour moi. Il garde un œil sur certaines des pires extravagances de Larry. Il ne sait pas que je sais. Et je l'aime beaucoup moi aussi, c'est mon ami. Est-ce que ce Don Richardson et vous étiez amis ?
— Quoi ?
— Je sais que vous l'aimiez, mais étiez-vous amis ?
— Non, il est parti et il m'a quittée. Mais il m'aimait encore, il me l'a écrit la veille du jour où... c'est arrivé.

Kimberly avait l'air de chercher ce qu'elle allait bien pouvoir dire.

Ella vint à sa rescousse.

— Tout va bien. Tout a changé à ce moment-là. Je peux faire ce que je veux maintenant que je sais qu'il m'aimait vraiment.

— C'est vrai, cela se voit à votre expression.

Ella avait effectivement l'air serein et calme. Quoi que ce type lui ait dit, elle le croyait et cela lui faisait du bien.

Verre en main, ils firent tranquillement le tour des tableaux. Derry King lui raconta l'histoire des jeunes artistes dont il possédait des toiles. Certains venaient de quartiers mal famés, où leurs frères et leurs voisins faisaient partie de bandes, trafiquaient, et pourtant ils avaient su voir la beauté dans la vie quotidienne.

Et Derry King ne fit pas non plus appel à un traiteur. Il entraîna Ella dans sa cuisine parfaitement équipée et lui annonça qu'il allait lui faire un sauté au wok. Il avait demandé à son boucher de lui couper la viande en lamelles et les légumes étaient prêts.

— C'est plus de l'assemblage que de la vraie cuisine.

— Pas du tout. En plus vous êtes allé vous-même chez le boucher et vous n'avez pas une armée de gens pour vous servir.

— Vous vous attendiez à ça ?

Derry avait cette habitude de poser des questions simples et directes qui vous amenaient à révéler davantage sur votre compte que vous ne le souhaitiez.

— Eh bien, je sais que vous êtes très riche. Cet immeuble est très chic. Je devais croire qu'il y aurait des gens pour vous ouvrir la porte et vous préparer vos repas.

— C'est ce que vous auriez fait, à ma place ?

— Oh non, je détesterais ça. Si j'avais un appartement comme celui-là, je m'en occuperais moi-même quel que soit mon salaire, fit-elle en regardant autour d'elle admirative.

— J'ai une équipe qui vient ici trois fois par semaine. Ils nettoient, font le repassage, et je dois avouer qu'aujourd'hui je les ai fait venir pour préparer les légumes. C'était de la triche, non ?

— Je suis sûre qu'ils vous adorent.

— Oh ! j'en doute. Ce n'est qu'un job de plus dans une longue journée de ménage dans Manhattan.

— Vous devez être leur seul client à avoir de la sympathie pour eux.

— Et de l'admiration. Ils ont repéré une niche dans le marché et l'ont saisie.

— C'est vous ou Kimberly qui les a trouvés ?

— Moi. Kimberly aimait avoir quelqu'un à demeure. C'était un style de vie et un appartement complètement différents.

— Vous ne viviez pas ici tous les deux ?

— Grand Dieu, non. Kim ne considère pas cela comme un foyer. Mais comme une sorte de lieu d'expérimentation. Non, son appartement, enfin le nôtre quand nous vivions ensemble, c'est une enfilade de salons... parfait pour recevoir. Cela ne m'arrive pas souvent... comme vous pouvez le voir – si bien que je me sens mieux ici.

Ensuite il donna l'impression d'avoir très poliment baissé un rideau de fer. Plus de questions d'ordre personnel, Ella Brady...

Elle comprit le message. Elle lui parla de ses projets pour le lendemain. Elle avait quelques économies pour acheter des cadeaux si sa mission réussissait et, comme cela avait marché, elle allait faire des courses.

— Les femmes adorent ça. Je ne vois pas trop l'intérêt : à mon avis, les vêtements sont censés tenir chaud et être sortables.

— Oh ! mais je ne vais pas acheter de vêtements. Je parle de babioles. Un faux clap de cinéma pour Nick et Sandy pour leur montrer que leur heure a sonné, de grands tournesols en papier pour ma mère, une casquette de football pour mon père, une nuisette affriolante pour Deirdre, un livre de décorations de Thanksgiving pour Brenda et Patrick Chez Quentin. Oh ! et puis un autre collier de chien pour Simon et Maud, comme celui qui vous a tellement horrifié.

— Il ne m'a pas horrifié. Il m'a ému.

— Allons, Derry, je tiens à partir d'ici sans douter de votre honnêteté.

— Regardez donc ça.

Il sortit de son portefeuille un Polaroïd d'un chiot tout brinquebalant avec le fameux collier.

— Vous l'avez mis au cou d'un animal. Vous êtes merveilleux.

— Ce n'est pas un chien ordinaire. Je vous présente Fennel.

— Eh bien, Fennel est superbe avec son collier.

— Il l'adore, apparemment. Selon les employés du chenil, il refuse qu'on le lui enlève. Il boude jusqu'à ce qu'on le lui remette.

— Il vit dans un chenil ?

— Il faut bien qu'il vive quelque part. Je ne peux pas le laisser seul ici. Il m'a suivi jusqu'ici un soir. Je ne pouvais pas l'abandonner.

— Peut-être qu'il appartient à quelqu'un.

— Il n'a jamais appartenu à personne. Il est né dans la rue. Sa mère a peut-être été tuée. Il s'est débrouillé tout seul jusqu'à ce qu'il me rencontre. C'est un survivant, ce Fennel. Il est tombé sur un des rares à New York qui soit prêt à lui rendre visite et à lui offrir une existence de rêve jusqu'à la fin de ses jours. Je le promène dans le parc. Nous nous attirons de drôles de regards avec ce collier... Peut-être que les autres chiens sont morts de jalousie ?

— Vous êtes quelqu'un de très gentil, Derry King.

— Et vous êtes une jeune femme très gentille, Ella Brady, prête à aller courir les magasins pour trouver des cadeaux pour vos amis alors que vous avez le cœur brisé.

Dès cet instant, tout changea, comme s'ils étaient des amis de longue date.

Elle l'aida à préparer la salade et lui parla très calmement de Don, de sa rencontre avec lui, de la lettre que l'on avait déposée chez ses parents.

Il posa des questions qui, sans être indiscrètes, la poussèrent à poursuivre son récit.

— Il avait l'air triste quand vous étiez ensemble en Espagne ?

— Oui, parfois. Je n'ai pas compris qu'il se faisait du souci parce qu'il organisait sa fuite. J'ai cru qu'il avait envie que cela ne se termine jamais... notre séjour là-bas.

— Peut-être était-ce le cas ?

Puis elle lui raconta son choc quand elle avait lu dans les journaux qu'il avait volé les économies d'une vie à des tas de gens. Tous ces mensonges.

— Qu'est-ce qui a été le pire ?

— Au début, les articles qui parlaient de lui et de sa femme comme d'un couple uni, alors que je savais que c'était faux. Cela m'a fait très mal. Mais le pire, c'est quand mon père a cherché à donner le change. Mon pauvre père qui n'aurait jamais trompé quelqu'un de sa vie et dont la carrière s'est terminée dans le déshonneur parce que mon petit ami lui avait donné de mauvais tuyaux. C'était déjà assez dur pour lui de savoir que j'avais une aventure avec un homme marié. Mais ça, en plus. C'était insupportable. C'est pour ça que Nick m'a fait participer à ce projet, pour que je me change les idées.

— Et vous vous êtes débrouillée comme un chef !

— Oh ! c'est grâce aux autres et à vous. Et vous vous retrouvez avec un collier de chien pour Fennel en guise de remerciements. Quel moulin à paroles je fais !

— Je vous trouve extraordinairement calme.

— C'est parce qu'il m'a aimée. Je le sais maintenant. Pendant des mois, j'ai cru que je m'étais raconté des histoires.

— Mais il est mort, Ella. Vous ne le reverrez jamais. Cela ne vous attriste pas ?

— C'est un gâchis, un affreux gâchis. Mais c'est arrivé et il faut continuer à vivre.

— Et à votre retour...

— Le projet Quentin va tellement m'occuper que...

— En fait vous allez devoir prendre quatre grandes décisions et vite.

— Quatre décisions ?

— Un… si vous allez encaisser les lettres de change pour votre père. Deux… si vous allez remettre le portable aux autorités. Trois… si vous le donnez, allez-vous effacer les renseignements sur l'endroit où se cachent sa femme et sa famille ? Quatre… si vous ne le remettez pas, qu'est-ce que vous allez en faire, le jeter ou le conserver ?

— Pas étonnant que vous ayez réussi en affaires, Derry. Vous raisonnez très bien. Vous allez droit à l'essentiel.

— Enfin, vous avez de bons amis, apparemment. Ils vous aideront.

— Je vous tiendrai au courant.

— Ce n'est pas nécessaire. Les confidences ont quelque chose de sacré, on n'en reparle que si on le veut bien.

— Peut-être, mais en matière de confidence, on est deux à donner, celui qui parle comme celui qui écoute.

— Qu'est-ce que vous voulez dire ?

— Je viens de vous déballer ma vie.

— Vous connaissez la mienne.

— Pas vraiment. Que s'est-il passé de si horrible que vous ne puissiez vous rendre dans le pays qui a vu naître votre père ? Il est mort et, comme vous me l'avez dit pour Don, vous ne le reverrez plus jamais.

— Nous ne parlons pas de la même chose, en l'occurrence, Ella.

— Je sais que pour vous, ce n'est pas un gâchis. C'est vrai, vous ne pouvez que le haïr. Mais il a bien fallu qu'il naisse quelque part, et il est né dans mon pays, ce qui fait de vous un Irlandais, au moins à demi, que vous le vouliez ou non.

— Vous ne comprenez pas.

— Alors expliquez-moi.

Et il lui expliqua. Les déceptions qu'avait accumulées son père. Il reprochait tout à tout le monde. À son pays natal de ne pas lui avoir donné de quoi vivre au début des années 1960. À son pays d'accueil de ne pas lui offrir des rues pavées d'or comme il l'avait cru. À sa gentille femme canadienne qui travaillait si dur parce qu'elle regrettait la tranquillité de son pays natal. À ses trois fils qui n'étaient jamais assez bien pour lui, puis trop bien pour lui. Il raconta les coups et sa mère qui ne l'avait jamais quitté, ni dénoncé. Sa mère estimait que, si on s'engageait « pour le meilleur et pour le pire », il était facile de rester quand tout allait bien, mais que l'important était de rester quand tout allait mal.

— Elle a préféré rester dans cet appartement délabré, d'où il disparaissait pendant des jours, où il l'avait brûlée avec une casserole de soupe brûlante.

— Peut-être qu'elle avait simplement peur de rentrer dans sa petite ville du Canada.

— Elle n'aurait rien eu à craindre là-bas. Elle y aurait trouvé sérénité, respect, des racines... loin de ce qu'il lui faisait subir.

Il était évident pour Ella que cette femme avait connu des moments très heureux avec son mari. Ça n'avait pas été sinistre tout le temps. Elle avait dû avoir des périodes d'espoir... penser qu'ils franchiraient un cap. Elle aurait bien aimé pouvoir tout résumer en quatre points comme Derry. Mais c'était plus compliqué que ça. Une vie de haine et de regrets.

— Je n'ai donc aucune envie de mettre les pieds dans le pays natal de Jim Kennedy et de voir ces superbes paysages dont il parlait quand il était ivre.

— Jim Kennedy ?

— Mon père. Vous ne croyez tout de même pas que j'ai gardé son nom ? Il ne m'a rien donné d'autre. Pourquoi devrais-je porter son nom ? Je l'ai changé dès que j'ai pu. Je me fais appeler Derry King depuis que j'ai quinze ans. Depuis le jour où j'ai commencé à travailler.

— Nous avons demandé à Ella comment vous appelleriez le bébé quand il naîtrait, annonça Maud à Cathy Scarlet.

— Vraiment ? Et elle a su vous répondre ?

— Elle a dit qu'on essayait de lui faire oublier les équations.

— Et elle n'avait pas tort, n'est-ce pas ?

— C'est vrai, mais on se demandait. Nous avons songé à des prénoms super de notre côté.

— Oh je n'en doute pas, mais c'est un choix très intime, Simon, et Tom et moi y réfléchirons le moment venu.

— Il va falloir vous y mettre. On se sait jamais quand ça arrive.

— Nous avons une vague notion de la date, et ce ne sera pas avant deux mois. Par contre, Ella revient vous donner un cours dans deux jours, alors j'espère que vous avez fait tous les problèmes qu'elle vous a donnés.

— Elle s'est remis les idées en place drôlement vite.

— En fait, elle a toujours eu les idées en place, si tu veux mon avis, renchérit Maud.

Cathy se demanda si elle ne devait pas leur conseiller de ne pas la bousculer à son retour. Ella venait d'apprendre des choses horribles. Mais mieux valait ne rien dire, Ella aurait encore plus de mal si on priait les jumeaux d'être gentils avec elle.

La mère d'Ella n'arrivait pas à dormir. Et elle ne pouvait pas en parler à Tim. Seuls eux trois étaient au courant du contenu de la lettre. Ella n'avait rien dit au téléphone de l'offre de Don de les rembourser. Tim prétendait qu'il ne pouvait pas toucher ces lettres de change pour éponger ses dettes et celles de ses clients. Ce ne serait pas juste. Rice & Richardson avait causé tant de dégâts partout. En revanche, si Ella décidait de les toucher et lui remettait l'argent, alors il l'accepterait. Barbara priait pour être capable de ne pas s'en mêler, comme son mari le lui avait demandé. Mais c'était si difficile de le voir aussi fragile et de penser que c'était à Ella de tout régler.

— Je regrette qu'il ne vienne pas avec elle, se plaignit Nick.

— Ella dit qu'elle a des pages de notes.

Assis dans l'immense appartement, ils contemplaient les lumières de New York. Ils avaient eu une conversation à bâtons rompus, ils s'étaient livrés.

— Des figues comme dessert, cela vous tente ?

— Oui, merci.

Ils avaient bu très peu de vin. Il prenait rarement plus d'un verre au dîner. Par réaction contre son père.

— De la crème ? lui lança-t-il de la cuisine.

— Avec plaisir.

Elle songea soudain à Larry qui avait conseillé à Kimberly de se priver de pâtes. Derry n'avait jamais dû servir de figues à la crème à sa superbe femme. Avait-il pu lui parler comme ils l'avaient fait ce soir? En tout cas, elle pouvait tout lui demander.

— Est-ce que Kimberly vous a aidé dans cette histoire?

— Énormément. Elle sent les choses. Elle prétendait que cela me handicapait. Elle est même allée en Irlande pour chercher mes racines, mais j'ai refusé de m'y intéresser. Je préfère la haine. Je ne veux pas que Jim Kennedy soit un homme ordinaire et convenable qui a eu une vie dure. J'ai fait ce que j'ai fait et je me suis tant refusé parce qu'il était un monstre.

— Je vois. Vous ne voulez pas qu'il soit normal, avec une famille normale qui travaille dur comme vous. Vous ne voulez pas qu'il ait des racines ordinaires. Vous voulez qu'il sorte droit de l'enfer.

— C'est un peu ça, oui.

— C'est votre histoire que nous devrions filmer.

— Oh non, on ne fait pas ce genre de films. Dans les films, le fils rentre à la maison, tout le monde l'aime, se réjouit, danse de joie et s'enivre. Ensuite le type va se recueillir sur le lieu de naissance de son père, pleure et le supplie de lui pardonner. Ça, ça se vendrait.

— Je regrette que vous ne veniez pas à Dublin avec moi demain. Non pas pour vous mais pour moi, dit Ella.

— Pourquoi?

— C'est drôle. Je ne vous connais que depuis une semaine, mais je peux vous parler en toute confiance. Quand je descendrai de l'avion en Irlande, je serai de retour dans un pays où tout peut arriver, où tout est arrivé. Il faut que je rentre dans une ville que Don Richardson n'arpentera jamais plus. C'est dur. Toutes ces décisions que vous avez énumérées... il faut que je les prenne, mais je risque de me tromper. Ce serait tellement plus facile si vous étiez là. Voilà, c'est tout.

— Très bien.

— Quoi?

— Je vous accompagne.

— Comme ça ? Vous ne pouvez pas.
— Vous venez de me le demander, non ?
— D'accord, mais pourquoi ?
— Si vous devez affronter tout cela, je peux bien affronter quelques vieux souvenirs.

Et il lui retira le plat de figues avant qu'elle ne le lâche par terre.

11

Il ne traversa jamais l'esprit d'Ella que le bureau de Derry King puisse lui retenir une première classe pour Dublin et ils ne le découvrirent tous les deux qu'une fois à Kennedy Airport.

— Ils auraient dû vérifier, dit-il en partant changer son billet.

— Non, il faut que vous soyez installé confortablement, lui dit Ella.

Mais il ne voulut rien entendre.

Ella se mit à paniquer. De quoi allait-elle pouvoir lui parler pendant six heures, tout en sachant qu'il aurait pu étendre ses jambes et visionner tranquillement un film.

Il y eut des éclats de rire dans la salle d'attente. Un groupe d'hommes au visage empourpré qui avaient dû avaler quelques verres pour se donner du cœur au ventre. Ella tendit l'oreille : ils avaient des accents américains et non irlandais.

— Ils sont des vôtres, on dirait.

— Que voulez-vous dire ?

— Vous m'avez tellement répété que les Irlandais buvaient et parlaient fort que je suis soulagée que ces gens soient américains.

— Dommage.

Il fut une compagnie aussi agréable dans l'avion qu'ailleurs. Il bavarda, lut et dormit un peu.

L'hôtesse passa, proposant des produits *duty free*.

— Vous voulez réveiller votre mari au cas où il aimerait faire des achats ?

Ella ne rectifia pas.

— Non, merci, nous ne voulons rien.

Normalement, elle aurait acheté une bouteille de gin pour Deirdre, mais les circonstances n'avaient rien de normal.

Pourquoi était-elle allée lui dire qu'elle aimerait qu'il vienne à Dublin ? Maintenant il allait falloir qu'elle veille sur lui, qu'elle s'assure que l'endroit lui plaise. Lui confirmer qu'il avait eu raison de soutenir leur entreprise. Il faudrait qu'elle l'intègre dans sa vie, qu'elle lui présente ses amis, sa famille. C'est sûr que cela l'aiderait à oublier la mort de Don, mais elle avait besoin d'un peu de temps pour y songer. Du temps pour faire son deuil, sans avoir à plonger dans tout cela. Et pour décider de la meilleure chose à faire.

Mais il fallait être juste, il ne lui avait pas demandé de prendre des dispositions pour lui. Son bureau avait retenu son hôtel et une limousine les attendrait à l'aéroport. Il savait qu'elle devait reprendre son travail. Il savait qu'elle ne serait pas libre pour dîner chaque soir avec lui parce qu'elle travaillerait peut-être justement dans les restaurants qu'il voudrait fréquenter. Chez Quentin et dans le restaurant de Colm dans Tara Road.

Elle le regarda dormir. Cet homme avait travaillé toute sa vie. Il comprendrait qu'elle doive gagner la sienne.

Elle s'endormit à son tour. Et rêva que Don l'attendait à l'aéroport, lui annonçait qu'il était revenu de l'au-delà pour vingt-quatre heures afin de lui donner un message, mais qu'il avait oublié ce que c'était. Dans son rêve, Ella avait agrippé son ordinateur.

Elle se réveilla juste avant qu'ils n'entament leur approche de Dublin dans l'aube rose irlandaise. Elle entendit l'hôtesse demander à Derry King de s'assurer que la ceinture de sa femme était bien bouclée et lui non plus ne prit pas la peine de rectifier.

Il n'y aurait pas de Don à l'aéroport, ni nulle part. Ella se mordit la lève pour dissimuler sa tristesse. S'il le remarqua, Derry ne releva pas. Il se tourna vers le hublot. C'était difficile de déchiffrer son expression.

Puis l'avion atterrit.

Elle n'était jamais rentrée en ville autrement qu'en bus. C'était bizarre de découvrir la route de l'arrière d'une grosse Mercedes noire. Le chauffeur demanda quel itinéraire il devait emprunter. Ella lui conseilla d'aller droit à l'hôtel de Derry à St. Stephens, d'où elle reviendrait par ses propres moyens.

— Commencez par Tara Road, dit Derry sans tenir compte de ses protestations.

Aucun d'eux ne fit de commentaires sur la ville qu'ils regardaient d'un œil neuf. Ella était contente qu'il fasse beau. C'était une claire matinée d'automne. Ils arrivaient avant les encombrements du matin. Les rues avaient l'air d'avoir été nettoyées par une averse récente.

Il ne pouvait pas trouver cette ville horrible, mais gracieuse.

Derry fut heureux de la voir reprendre quelques couleurs. Elle était très pâle au moment de l'atterrissage. Elle avait été confrontée à une série de coups durs depuis quatre mois. La perte d'un homme qu'elle considérait comme l'amour de sa vie, la ruine de sa famille. Puis l'annonce du suicide. Ce n'était pas facile pour elle de revenir mais au moins elle avait des amis ici. Elle survivrait.

Ils convinrent qu'elle passerait le prendre à l'hôtel pour dîner tôt ce soir-là.

— C'est une très belle rue, dit-il lorsqu'ils s'engagèrent dans Tara Road.

— Oui, mais j'utilise la porte de service maintenant, fit-elle avec un brave petit sourire.

— Cela ne durera pas éternellement.

— On verra.

— Vous voulez que je remonte l'allée, Madame ? s'enquit le chauffeur.

— Non, laissez-moi au bout, si cela ne vous ennuie pas.

Elle les salua et partit en courant vers l'annexe où ses parents devaient l'attendre, debout depuis des heures.

Ella n'arrivait pas à fermer l'œil, malgré tous ses efforts. Sa mère était partie travailler et son père remuait des papiers, assis à la table de la cuisine. Les énormes tournesols donnaient une touche de gaieté devant la fenêtre. Elle regarda leur ancienne maison. Derry lui avait dit que cela ne durerait pas éternellement. Un homme serait peut-être prêt à se tuer à la tâche pour la récupérer. Alors qu'elle était prête à la perdre si elle pensait pouvoir revoir Don rien qu'une fois. Elle aurait tant voulu trouver le sommeil pour oublier que dorénavant, sa vie serait si vide que peu importait ce qui arriverait.

Dans sa chambre d'hôtel, Derry faisait les cent pas. Il avait la nuque raide après ce voyage. Et les paupières lourdes. En théorie, il devrait être capable de fermer l'œil. Par le passé, quand il se rendait d'un bout à l'autre des États-Unis pour assister à des conventions ou à des réunions, il était célèbre pour s'endormir n'importe où. Il se réveillait frais et prêt à repartir.

Mais ici c'était différent. C'étaient les rues qu'avait arpentées Jim Kennedy dans sa jeunesse. C'était le pays qui ne lui avait pas fourni de gagne-pain, qui ne l'avait pas compris, la ville qu'il avait fuie en quête d'une vie meilleure. Jim Kennedy n'aurait pas été bienvenu dans un hôtel de cette classe. On ne l'aurait pas laissé franchir le seuil. Mais les petits bars devant lesquels ils étaient passés en arrivant de l'aéroport, ces pubs aux portes surmontées de noms de famille, auraient été son territoire. Et dans l'annuaire, il y avait des gens en mesure de raconter toute l'histoire à Derry.

Mais il n'avait pas envie de se renseigner. Il ne savait pas ce qu'il voulait faire. Pendant des années, il s'était blindé contre les regrets inutiles. Les conversations de son père avaient trop souvent été ponctuées de « si seulement ». Derry King ne suivrait pas ce chemin. Il ne perdrait pas de temps à se demander pourquoi il avait décidé de venir. Il ne regretterait pas non plus de ne pas être à New York. Il était là et il allait en profiter. Et puisque le sommeil le fuyait, il irait faire une promenade dans le parc d'en face.

Nora, l'amie de Brenda Brennan, travaillait dans la cuisine. Elle savait que l'Américain était en ville. Celui qui fournirait les fonds pour le tournage du documentaire.

— Tu crois qu'il va venir ici en douce pour jeter un coup d'œil ? demanda la *Signora* en lavant et en taillant d'une main experte les légumes que Blouse Brennan n'arrêtait pas d'apporter dans des cageots couverts de terre.

— Non, il est trop fin pour faire une chose pareille, répondit Brenda. Comme il faudra bien qu'il nous rencontre un jour ou l'autre, il ne s'y risquerait pas.

— Peut-être, mais je parierais qu'il jettera un coup d'œil par la vitrine aujourd'hui.

— Sans aucun doute.

Patrick Brennan les regarda. Les amitiés entre femmes le surprenaient toujours. Brenda et Nora O'Donoghue étaient inséparables depuis leurs études. Les années que Nora avait passées en Sicile semblaient n'y avoir rien changé; elles n'avaient pas cessé de s'envoyer de longues lettres. Peu importait que l'une dirigeât le restaurant et que l'autre fût de corvée de pluches. Elles restaient l'égale l'une de l'autre. Et elles gloussaient encore comme des gamines. Patrick regrettait que les hommes ne connaissent pas de pareilles amitiés, où il n'y avait ni secrets, ni dissimulations.

— Tu crois que c'est le genre à craquer pour moi? demanda Deirdre qui partageait un sandwich avec Ella.

— Non, je ne crois pas. Il s'intéresse trop à son travail, à l'art et aux chiens perdus pour avoir du temps à te consacrer.

— Hé, je pourrais m'intéresser à tout ça si je voulais.

— Je ne doute pas de tes pouvoirs, Dee. Quand vous vous rencontrerez, vous tomberez peut-être dans les bras l'un de l'autre.

— Parce que je vais le rencontrer?

— Bien sûr. J'essaie juste de décider où. Cela ne peut pas se passer Chez Quentin. Ça, c'est le travail. Et nous manquons d'espace en ce moment à la maison, sinon j'organiserais un déjeuner un dimanche pour lui faire rencontrer mes amis.

— Je pourrais l'organiser chez moi, proposa Deirdre.

— Tu ferais ça? Nous pourrions inviter Nick et Sandy.

— Et tes parents. Et Tom et Cathy.

— Oh! Dee, qu'est-ce que je ferais sans toi?

— Nuala est là en ce moment, mais je ne l'inviterai pas.

— Ah non, alors!

— Désolée d'en parler, mais tu risques de la croiser, elle ou Frank l'obsessionnel.

— Maintenant que Don est mort, tu crois qu'il va tenir sa langue et le laisser reposer en paix ?

— Tu veux une réponse sincère ? En bien, je ne crois pas que Frank et ses frères soient prêts à laisser reposer en paix quelqu'un qui leur doit de l'argent.

— Bon retour à la réalité, Deirdre.

— Mais tu as toujours été en plein dans la réalité. Tu as superbement tenu le coup devant toutes ces catastrophes.

— Tu as raison, je survivrai.

— Je bavasse, je bavasse parce que je ne sais pas comment te dire à quel point je suis navrée pour Don. C'est un cauchemar pour toi et je tiens à ce que tu saches que j'en suis consciente.

Deirdre avait les yeux pleins de larmes.

— Bon, si on réfléchissait au menu pour dimanche, s'écria Ella qui ne se sentait pas de taille à résister à des manifestations de sympathie.

Tom et Cathy étaient ravis de cette invitation à déjeuner. Ne rien avoir ni à préparer ni à servir, pour une fois. Ils n'avaient qu'un petit problème.

— Nous apporterons un succulent dessert.

— Ce serait adorable, mais vous n'êtes pas obligés…

— Si.

— Pourquoi ?

— Parce que nous voudrions te demander si nous pouvons amener les jumeaux. Nous sommes censés les garder dimanche. Muttie et Lizzie ont une sortie. Ils sont si impossibles que, pour compenser, nous pensions t'apporter un roulé et une pavlova.

— Impossibles ?

— Très curieux et limite indiscrets. Ils posent toutes sortes de questions intimes sans même en être conscients. Ils proposeront peut-être de danser aussi, mais nous pouvons les en empêcher.

— Oh, ce ne sera peut-être pas inutile pour décoincer l'atmosphère. Ella les aime beaucoup. Qu'ils viennent, comme ça j'aurai mes deux gâteaux.

— Qu'est-ce que Maud et Simon pourraient dire de pire à ce riche Américain, à ton avis ? demanda Cathy à Tom.
— Ils pourraient l'interroger sur ses habitudes sexuelles ; ils sont plutôt obsédés en ce moment.
— Ça c'est vrai. Ils vont vouloir savoir avec qui il couche. Tu crois qu'ils ont envie de participer au film ?
— Je suis sûr qu'il saura les gérer.

Ella fit un saut chez Firefly Films. Ils ne l'attendaient pas. Ils n'avaient pas préparé leur discours.
— C'est si injuste, dit Sandy.
— Il a été soumis à trop de pressions, renchérit Nick qui pensait jadis que Don Richardson méritait l'enfer éternel.
— D'accord, dès que Derry King sera rentré à New York, je pleurerai sur votre épaule, mais en attendant il faut que nous tirions le meilleur parti de sa soudaine décision de se déplacer. Je le vois ce soir pour revoir nos notes.

Leurs visages s'éclairèrent. C'était exactement ce qu'ils avaient espéré, mais ils ne voulaient pas paraître grossiers en passant sous silence le suicide de l'homme de sa vie. Ils s'installèrent pour planifier le reste des événements.

Nick et Sandy regardèrent avec admiration Ella repousser ses cheveux et sortir une pile de dossiers.
— Nous pouvons procéder de différentes façons. On verra qui s'exprime le mieux. Allons, examinons ces histoires.

Les entrées

Derek Barry devait inviter à déjeuner un couple de clients fortunés. Il ne les connaissait pas. Mais Bob O'Neill, son associé, avait insisté.

Ils faisaient beaucoup travailler le cabinet de comptabilité Barry et O'Neill, mais ils menaçaient d'aller voir ailleurs.

Il fallait donc les caresser dans le sens du poil. Bob pensait s'en charger, mais son avion avait été retardé à Londres. Il incombait donc à Derek de tenir le fort.

Il n'avait pas eu le temps de se renseigner sur eux. Il ne connaissait que le montant de leur fortune.

Derek avait donc retenu en soupirant une table Chez Quentin.

C'était l'avantage d'être le père du propriétaire du restaurant. On lui trouvait toujours une table. Il arriva tôt.

— Où voudriez-vous vous installer, monsieur Barry ?

Brenda Brennan était toujours d'une politesse exquise avec lui, mais il sentait bien qu'elle ne l'aimait pas.

— Peu importe, Brenda. Je retrouve deux clients, des clients de Bob, riches à millions apparemment. De parfaits inconnus.

— J'espère qu'ils apprécieront leur déjeuner.

Elle était trop détendue. Cela l'agaçait. Après tout, elle était l'employée de son fils Quentin, comme son mari, ce chef sophistiqué. Derek Barry, petit mais fier comme un paon, s'assit à sa table, avec le sentiment de ne pas avoir été traité avec suffisamment de respect.

On amena le couple à sa table. La petite quarantaine, gros, mal fagotés. La femme trimballait un vieux sac informe, l'homme arborait une veste criarde. Ils paraissaient déplacés dans ce restaurant élégant, discrètement décoré pour Noël de petits sapins constellés de minuscules ampoules blanches.

— Monsieur et madame Costello, quel plaisir, dit-il en se levant. Je me présente, M. Barry.

— Bob O'Neill ne vient pas manger ? fit la femme, surprise de voir la table dressée seulement pour trois.

« Manger » ! Dans un endroit pareil.

— Euh... non. Il vous envoie son meilleur souvenir, mais vous connaissez les pressions du travail... Il a été retenu à Londres. Et étant moi-même son associé, j'ai pensé qu'il était grand temps que nous fassions connaissance.

— Bien, moi c'est Jimmy et ma femme, c'est Cath.

— Ah !

— Et c'est quoi votre petit nom ? demanda la femme.

C'était plus de l'ignorance que de l'impolitesse, décida Derek, une femme sans aucun savoir-vivre. Il regretta de ne pas avoir pris le temps de se renseigner sur leur domaine d'activités.

— Derek.

— Alors comme ça, vous avez tiré la courte paille, Derek, dit Jimmy en étudiant le menu.

— Qu'est-ce que vous voulez dire par là ?

— Je suppose que Bob O'Neill vous a envoyé faire le sale boulot.

— Comme ça, c'est vous qu'il tiendra responsable quand nous irons voir ailleurs, renchérit Cath. Ils servent de la bière pression, ici. J'en prendrais bien une.

Derek Barry se sentit pris de vertige. Tout partait à vau-l'eau. Ils parlaient de manger, ils voulaient boire une pression Chez Quentin, et ils évoquaient tout naturellement leur désir de s'adresser ailleurs pour leur comptabilité.

— Ne précipitons rien.

— Bien sûr, Derek. Nous rentrerons simplement au bureau avec vous après avoir mangé pour récupérer nos papiers.

Derek Barry sentit la colère monter en lui. Bob O'Neill n'avait visiblement pas compris la gravité de la situation. Jimmy et Cath Costello n'étaient pas le genre que Bob fréquentait. Mais il devait savoir que quelque chose clochait. Voilà pourquoi il l'avait envoyé en première ligne.

— On prend des entrées ? s'exclama Cath avec un enthousiasme presque enfantin.

— Je comprends rien à ce que raconte ce menu, fit Jimmy.

Ils étaient sur le point de perdre des clients riches, et cette bonne femme avec ses cheveux permanentés et son foulard en Nylon autour du cou montrait décidément beaucoup d'assurance dans un restaurant de cette classe.

La serveuse annonça qu'elle s'appelait Monica, ou Mon, et qu'elle serait ravie de les aider. Là, il s'agissait d'œufs de caille, des choses minuscules, sur un lit de pâte, servis avec une sauce délicieuse. Et là, il s'agissait de rognons avec une sauce à la moutarde sur un scone toasté.

— Je n'ai jamais goûté d'œufs de caille, fit Jimmy. Et j'adorerais les rognons. Je n'arrive pas à me décider.

— Moi non plus, Jimmy. Prenons les deux.

— Je ne crois pas..., commença Derek.

Mais il s'interrompit. Il y avait quelque chose dans l'expression de Cath qui ne lui plaisait pas. On aurait dit qu'elle lisait ses pensées, qu'elle devinait son embarras et son snobisme devant ses manières directes.

— Vous prenez aussi des entrées ?

Il s'efforça de ne pas frémir. Ces gens vulgaires étaient importants pour son cabinet. Bob avait bien précisé qu'ils ne pouvaient pas se permettre de perdre leur clientèle. Derek devait donc jouer de son charme.

— Avant que je ne me décide, si je vous commandais des apéritifs ? Et vous pourriez me parler de votre activité.

— Mais vous la connaissez, dit Cath. Vous êtes nos comptables, non ?

— Eh bien, voyez-vous, c'est surtout Bob O'Neill qui s'occupe de vous... Grosse firme, beaucoup de clients, de nombreux aspects différents, le problème de l'expansion...

— Alors pourquoi vous nous avez invités à déjeuner ? fit Jimmy en déchirant son pain.

— Bob a été retardé. Il m'a demandé de prendre le relais au dernier moment...

— Et vous n'avez pas cherché à vous renseigner ? Bon Dieu, je ne durerais pas une journée si je ne connaissais rien au sujet des gens que je rencontre.

Derek avait l'air malheureux.

— Je suis désolé, monsieur Costello... euh, Jimmy. Vous avez raison. J'aurais dû mais je n'ai pas eu le temps. Je ne l'ai pas pris plus exactement. Je suis navré. Pouvez-vous me parler de vous ?

— Que voulez-vous savoir ?

Derek se posa la question.

— Vous avez des enfants ? s'entendit-il demander, surpris.

Il ne s'intéressait jamais aux familles de ses interlocuteurs.

— Et vous ? enchaîna Cath.

— Rien qu'un fils. Il n'a pas suivi mes traces, comme je l'espérais. J'avais même un bureau pour lui, mais il ne s'est jamais intéressé à la comptabilité.

— Imaginez ! Et il se débrouille bien ?

— Très bien. Il est propriétaire de ce restaurant en fait.

— Vous devez être fier de lui, reprit Cath, les yeux dans le vide.

— Et vos enfants ? Ils ont suivi vos traces ?

— Non, nous avons créé la société pour eux, en fait.

Il y eut un silence. Derek savait qu'il devait sourire et séduire. Demain il reprocherait vertement à Bob de l'avoir entraîné dans cette galère. Pour l'instant, il fallait qu'il mette ces gens dans sa poche.

— Alors ? Votre activité ? reprit-il en affichant presque un sourire.

— Nous travaillons environ seize à dix-sept heures par jour, répondit Cath.

— On commence à six heures et on finit vers dix, onze heures.

— Enfin, vous ne devez pas avoir besoin de travailler aussi dur ?

— Mais si.

— Mais Bob O'Neill m'a dit que vous n'aviez aucun problème financier. Pourquoi travailler autant ?

— Pour oublier. Pour oublier les enfants.
— Les enfants ?
— Bob ne vous a pas dit ?
— Non, il ne m'a rien dit.
— Nos trois enfants sont morts dans un incendie il y a dix ans. Nous avons failli devenir fous. On nous a conseillé de nous plonger dans le travail, en nous disant que ce serait plus supportable.

Derek les contempla, muet.

— Alors c'est ce que nous avons fait.
— Heure après heure, jour après jour, dit Cath. Cela n'a pas été facile, bien sûr, mais je crois que cela aurait été pire dans le cas contraire. Si nous avions eu le temps de penser.
— Et cela a dû vous apporter des revenus confortables en plus, fit Derek.

La compassion n'était pas son fort. Il valait mieux se concentrer sur le bon côté des choses.

Ils le dévisagèrent, effarés.

— Et qu'est-ce que vous faites exactement ? reprit Derek.
— De la collecte de fonds. Vous l'ignoriez ? Bob ne vous a donc rien dit ?
— Je commence à le croire. Il m'a signalé que vous étiez des gens très riches.
— Que cela valait le coup d'inviter à déjeuner.
— Oui, c'est ça, répondit Derek, honteux.
— Et vous ne saviez même pas que nous quittions votre cabinet ?
— Non, pas avant de vous rencontrer. Non. Et bien sûr cela n'a encore rien de définitif...
— Drôle d'associé.
— Je ne connais pas vraiment toute l'histoire.
— Nous nous sommes adressés à votre cabinet parce que vous étiez respectable et que vous aviez bonne réputation. Si nous pouvions mettre votre nom en bas de notre papier à lettres, cela nous donnait un certain standing. Les gens ne pouvaient pas nous prendre pour des voyous...
— Personne n'aurait pensé une chose pareille...

— Bien sûr que si, l'interrompit Jimmy. Deux pauvres tarés incapables de réfléchir clairement à cause de leur propre tragédie. Pourquoi nous donnerait-on de l'argent en pensant que nous en ferions bon usage ? Voilà pourquoi nous avions besoin de gens comme vous. C'est du moins ce que nous croyions.

— Mais c'est toujours...

— Non. Nous avons compris maintenant. Nous avons dit à Bob que nous trouvions les frais un peu excessifs...

— Et ce n'est pas parce que nous estimions que vous auriez dû travailler gratuitement, vu que nous sommes une entreprise charitable...

— Mais on a compris qu'il se fichait pas mal de ce que nous faisions. Il a fait remarquer que nous empochions des bénéfices élevés et qu'il ne voyait pas de quoi nous nous plaignions.

Cath était indignée.

— Selon lui, il y a des tarifs fixes par heure.

— C'est le cas, oui, dit Derek, mais j'imagine que nous pourrions discuter...

— Non. Vous voyez, il se fichait pas mal qu'on soit une œuvre de bienfaisance.

— Allons, pas du tout. Bien sûr que le cabinet comprenait bien que vous étiez une œuvre charitable...

— Vous, non.

Il n'y avait rien à dire.

Brenda Brennan tendit une enveloppe à Cath.

— Madame Costello, tout le monde dans la cuisine a été très impressionné d'apprendre que vous étiez ici tous les deux, ils ont immédiatement fait une collecte pour votre fondation pour les enfants. Tout le monde a participé.

— Comment ont-ils su que nous étions ici ?

— Nous vous avons reconnus pour vous avoir vus à la télévision. Croyez-moi, M. Barry est resté très discret à votre sujet. Il ne nous a pas du tout parlé de vous, il a même dissimulé votre identité.

Son regard était dur et glacial.

Derek se souvint de la description qu'il avait donnée de ses invités. Il rougit en y resongeant.

Jimmy sortit une carte postale pour écrire un mot de remerciement destiné aux gens de la cuisine. Et Cathy, un reçu de son grand sac miteux. Ils comptèrent l'argent et envoyèrent le reçu aux cuisines.

Deux honnêtes gens fous de douleur d'avoir perdu leurs enfants, des gens que son propre cabinet ignorait et traitait avec condescendance. Il avait envie de leur prendre la main, de les supplier de lui raconter ce qui s'était passé la nuit de la mort de leurs enfants. Il voulait sortir son chéquier et leur faire un don qui les épaterait. Il aurait pu leur dire que tout le monde n'avait pas la belle vie. Lui-même, par exemple. Sa femme l'avait quitté pendant quelques années. Elle était revenue lointaine et distante. Son fils vivait à l'étranger et ne faisait signe que très rarement. Il avait le sentiment qu'il pourrait parler de tout cela à ces gens étranges et il s'arrangerait pour qu'ils obtiennent non seulement une réduction de leurs frais, mais aussi une subvention.

Mais comme Derek était habitué à réfléchir longtemps avant de parler, il resta muet. Et il rata l'instant où Cath avait aperçu un éclair de douceur dans son regard et où Jimmy s'était dit que Derek n'était peut-être pas un mauvais bougre après tout.

Au lieu de laisser parler son cœur, Derek tint un langage de comptable.

Et, lorsqu'ils quittèrent le restaurant pour aller récupérer les papiers au bureau, il vit des gens sourire aux Costello. Certains applaudirent.

Personne ne salua Derek Barry, associé d'un cabinet de comptabilité et père du propriétaire de Chez Quentin.

Le monde avait changé, et pas en bien.

Une mère indépendante

Laura Lynch était âgée de quarante ans quand son mari quitta le domicile conjugal. Il n'y eut pas d'éclats. Il se contenta de lui dire que leur relation était vide, creuse et à sens unique. Elle n'avait ni grandi ni mûri depuis leur mariage alors que lui n'avait cessé de se bonifier.

Laura avait été si dépendante, si dénuée de punch qu'il ne pouvait plus supporter ce couple qui ne les rendait heureux ni l'un ni l'autre. Et il partit avec une collègue beaucoup plus jeune qui, elle, n'avait pas de problème de punch. Il avait été froidement et cliniquement équitable dans le partage des biens et lui avait même donné un conseil.

— À ta place, Laura, je cultiverais mon indépendance, lui dit-il très sérieusement, comme s'il n'avait jamais insisté pour qu'elle reste à la maison afin d'élever leurs enfants.

Et pendant les vingt ans qui avaient suivi son départ, Laura Lynch avait effectivement cultivé son indépendance. Et elle en avait bien eu besoin parce que cela représentait beaucoup de travail de transformer une maison de famille en pension de famille. Les enfants avaient quinze, quatorze et treize ans à l'époque de la séparation. Et tous ressemblaient à leur père. Indépendants à l'excès, pensait parfois Laura.

Chez eux, on ne s'embrassait pas; on ne se laissait pas aller à des gestes spontanés. Les enfants n'avaient pas l'air d'avoir besoin de manifestations de tendresse. Laura apprit donc à être indépendante. Elle apprit à ne rien réclamer et à ne jamais s'autoriser à se sentir déçue ou trahie.

Elle avait espéré se remarier, mais cela semblait peu probable. Elle gérait bien son argent et, une fois qu'elle eut vendu la pension de famille pour acheter un petit appartement sur jardin, elle commença à rencontrer des amis. Elle prit des leçons de bridge, des cours de théâtre et d'écriture. Elle ne passait pas ses soirées à broyer du noir en se demandant pourquoi elle avait si peu de nouvelles de ses deux filles et de son fils et des quatre petits-enfants qu'elle aimait tant. Elle avait dû être la femme sinistre et très dépendante qu'avait décrite son mari.

Elle n'en revenait pas d'avoir prêté attention à ses ultimes paroles glaciales, au lieu de les lui reprocher.

C'était génial d'avoir une mère aussi indépendante, se disaient les enfants. Nombre de leurs amis avaient des problèmes affreux avec des mères possessives, importunes et critiques. Ils avaient bien de la chance avec la leur.

Les enfants Lynch se faisaient souvent cette réflexion lorsqu'ils se retrouvaient une fois par mois Chez Quentin pour le déjeuner du samedi. C'était une tradition qu'ils appréciaient : Harry Lynch et ses sœurs, Lil et Kate. Pas de conjoints, rien qu'eux trois, douze fois par an, ils faisaient le point sur leurs existences respectives, contrairement à ces nombreuses familles de leur connaissance qui avaient perdu le contact.

Lil attendait ces samedis avec impatience. Elle allait chez le coiffeur et passait à la boutique de soldes des bonnes œuvres. Son mari, Bob, était très regardant en matière d'argent. Il disait qu'il suffisait d'avoir l'œil pour dénicher des vêtements très élégants et à très bon prix. Et il avait raison, disait souvent Lil, comme sur la défensive. Ses fils faisaient de petits boulots le samedi, parce que son mari jugeait l'oisiveté très nocive pour la jeunesse.

Kate appréciait aussi ce déjeuner familial. Ses week-ends étaient souvent solitaires puisque Charlie retrouvait sa femme et ses enfants afin de préserver la stabilité de sa famille. Charlie était si merveilleux avec son frère et sa sœur : il admirait les vestes délirantes des années 1980 de Lil et ne manquait jamais de s'enquérir des travaux de jardinage de Harry.

Harry aimait ces déjeuners. Il jugeait le mari de Lil plutôt pénible, avec sa manie de distribuer les conseils sur le moyen de faire des économies sur les appels téléphoniques et, quant au Charlie de Kate qui semblait tranquillement mener de front deux ménages, il lui faisait l'effet d'un imposteur. Il aimait voir ses deux sœurs seules et les entretenir de sa nouvelle pergola et de la belle reprise de ses azalées après qu'il les avait rempotées. Il parlerait également de Jan et des filles qui passaient toujours leur samedi au club de gym et ignoraient où déjeunait Harry, et même s'il déjeunait.

Brenda Brennan se demandait depuis combien de temps ils venaient, ces Lynch. Quinze ans ? Plus ? De temps à autre elle avait vu Kate avec le dénommé Charlie, qui amenait généralement sa femme ici pour les anniversaires de mariage ou les anniversaires tout court. Les gens s'arrangeaient comme ils voulaient, après tout. Elle savait aussi que Lil était mariée à un homme occupant un très bon poste.

Bob amenait souvent de grands groupes Chez Quentin pour des repas chers. Il vérifiait toujours la note qu'il contestait parfois. Peut-être était-ce pour cette raison que sa femme ne s'habillait qu'en vêtements de seconde main. Harry Lynch était un employé de banque terne dont le regard ne s'éclairait que lorsqu'il parlait des légumes qu'il cultivait. Brenda n'avait pas trop de mal à disserter sur ce sujet puisque le restaurant s'enorgueillissait de ses produits biologiques maison. Mais elle se demandait comment réagissaient les gens de la banque. Bah ! cela ne la concernait pas.

Son mari l'accusait de trop s'impliquer dans la vie des gens.

— Contente-toi de les servir, Brenda, la suppliait-il.

Mais c'était mortel de se contenter de ça et, de toute façon, une partie du succès de Chez Quentin tenait au fait qu'elle se rappelait tout ce qui concernait ses hôtes. Comme elle savait que la famille Lynch prenait toujours des pâtes, elle vint leur expliquer la composition de la sauce au pesto. Elle contenait des pignons bien sûr, au cas où quelqu'un serait allergique, mais elle avait un goût incomparable. Ils prirent un verre de vin chacun et, comme d'habitude, Kate s'attarderait pour lire son journal en sirotant un deuxième, voire un troisième verre de vin. Il n'échappait pas grand-chose à Brenda.

— Nous avons une réservation pour douze couverts au nom de Lynch, le jour de la Fête des Mères. C'est votre famille ? leur demanda joyeusement Brenda qui se mordit aussitôt la langue d'avoir posé la question. Ils avaient l'air ahuri.

— La Fête des Mères ? Non, ce n'est pas nous. Nous offrons généralement un bouquet de fleurs du jardin à Jan, dit Harry.

— Mes garçons n'en auraient pas les moyens... Quant à Bob, il a horreur des grandes réunions.

— Toute cette agitation autour de la Fête des Mères est purement commerciale, dit Kate, l'air sombre. L'épouse de Charlie devait avoir droit à la totale, elle.

Brenda se reprit.

— Vous avez tellement raison, Kate, cela ne profite qu'aux fleuristes et aux marchands de cartes. Nous, cela ne nous déplaît pas non plus. Toujours cet esprit purement commercial, n'est-ce pas ?

Elle partit dans la cuisine où elle s'essuya le front.

— Parfois, je dis bien parfois, tu as raison de me reprocher de trop m'impliquer dans la vie des gens, Patrick.

— Pardon ? Qu'entends-je ?

— J'ai cru que les Lynch avaient retenu une table pour la fête de leur mère, mais cette pensée n'a visiblement jamais traversé leur esprit.

— Mais nous n'avons pas besoin de nouvelles réservations. Le restaurant est déjà plein ce jour-là.

— Ce n'est pas ça l'important. Ils ont une mère, et ils n'ont rien prévu pour elle.

— Ne t'en mêle pas, Brenda.

— Vous croyez qu'elle nous demandait si nous avions retenu pour Mère ? demanda Kate.

— Mais nous n'avons jamais rien fait de pareil. Mère en aurait été surprise. Elle n'aurait pas accepté, fit Harry qui serait obligé de déployer beaucoup d'efforts pour convaincre Jan et les filles d'accepter un tel projet. Le dimanche était fait pour de longues promenades hygiéniques, non pour se gaver de calories.

— Et même si nous devions inviter Mère à déjeuner, il ne serait pas question de choisir un endroit pareil.

Kate détestait ces femmes et ces mères qui exigeaient qu'on dépense des fortunes pour elles, ne serait-ce que pour affirmer leur importance.

— De toute façon, elle est si indépendante, poursuivit Lil. Chaque fois qu'on lui propose de se voir, elle est prise.

— Oui, je suppose, fit Kate.

— Mais pas du tout, protesta Harry. Nous prenons très souvent des cafés ensemble.

— Seulement parce qu'elle va aux nocturnes du magasin de jardinage pour t'y rencontrer, riposta Kate.

Il y eut un silence.

— En tout cas, moi, je la vois, et comme dit Lil, elle est très indépendante. Quand est-ce que tu la vois ?

— Je l'appelle souvent pour lui suggérer de m'accompagner au cinéma, expliqua Kate. La moitié du temps, elle a déjà prévu autre chose.

Elle savait que les autres comprendraient qu'elle ne téléphonait à sa mère que les soirs où Charlie se décommandait.

— Cela fait une trotte pour elle de te rejoindre en ville, fit Lil.

— Et toi, qu'est-ce que tu fais pour elle ? demanda Kate, piquée au vif.

Lil réfléchit.

— Quand nous achetons des cageots entiers de légumes au marché, nous passons souvent chez elle. Il vaut mieux tout acheter en quantité, et comme ça, cela revient moins cher à Mère...

— Elle a plein d'amis, fit Harry.

— Et elle considérerait ce déjeuner comme du gaspillage.

— Oui, peut-être...

Kate venait de commettre une faute impardonnable. Elle avait jeté un doute sur l'indépendance de leur mère, la chose à laquelle ils s'accrochaient tous désespérément parce que cela leur permettait de mener tranquillement leurs vies un peu compliquées sans avoir à songer aux besoins d'une femme de soixante ans que son mari avait plaquée depuis vingt ans.

Lil et Harry étaient mal à l'aise. Kate regrettait d'avoir parlé. Leur déjeuner virait au vinaigre et c'était de sa faute. Elle avait besoin de son frère et de sa sœur, davantage que la réciproque. Après tout, ils avaient Bob et Jan, loin d'être entièrement satisfaisants, bien sûr, et leurs enfants. Elle n'avait droit qu'à l'attention à mi-temps de Charlie.

— Et si je l'appelais pour lui proposer de sortir ?

— Pas question que tu t'en charges toute seule, protesta faiblement Lil.

— Peut-être que nous pourrions, enfin..., commença Harry.

— Non, vraiment, je vais le faire. Je sais que ce dragon de Brenda Brennan déteste les mobiles, mais si je murmure, elle ne pourra rien dire.

Kate venait de sauver leur déjeuner.

Leur mère la remercia et dit que c'était gentil de sa part, mais qu'elle avait déjà prévu de sortir avec un groupe d'amies ce jour-là. Mais vraiment, elle remerciait sincèrement Kate.

Ils se regardèrent tous, soulagés. Kate était bien bête d'avoir cru que Mère, indépendante comme elle l'était, risquait de se morfondre.

Laura Lynch resta figée un moment. C'était la première fois qu'un de ses enfants proposait de fêter la Fête des Mères, ne se contentait pas d'envoyer une carte.

Et elle n'avait même pas été tentée d'accepter l'invitation de Kate. De toute façon, c'était hors de question. Elle préférait de loin son autre rendez-vous.

Forte de son indépendance, Laura avait lancé l'idée d'une sortie annuelle. Pour les orphelines d'enfants. Des femmes comme elle qui n'avaient pas de famille aimante ou démonstrative. Des femmes que leur progéniture ne gâtait jamais. Leur sortie n'avait qu'une seule règle : passer un bon moment en se gardant d'évoquer leurs enfants indifférents, ou de prendre leur défense. Cela s'était toujours très

bien déroulé. Chaque année, elles choisissaient un restaurant différent.
Cette année, ce serait Chez Quentin.
Et les orphelines d'enfants n'allaient certainement pas s'en plaindre.

Les mollusques

Patrick Brennan fut très agacé quand il apprit qu'il lui fallait faire des analyses complémentaires après son examen de routine de la prostate.

Probablement pas de quoi s'inquiéter, lui avait dit la jeune femme enjouée de l'hôpital – une femme qui devait avoir quinze ans de moins que lui et qui ne subirait jamais d'examen de ce genre.

— C'est ta faute, c'est toi qui m'as poussé à faire ce bilan, grommela-t-il à Brenda. C'est une des semaines les plus chargées de l'année et il faut que j'aille me faire tripoter avec la trouille au ventre.

Brenda ne releva pas. Elle consultait son gros carnet d'adresses. Elle trouverait quelqu'un pour le remplacer au restaurant. Patrick le savait.

— Si je mourais, il te suffirait de regarder dans ce carnet pour me remplacer en six mois.

— Pourquoi devrais-je attendre six mois ? fit Brenda, distraitement. Nous allons demander à Cathy Scarlet ou à Tom Feather. L'un d'eux le fera pour nous.

Qui qu'elle suggère, il ne serait pas d'accord, et ils le savaient tous les deux.

— Ils ont leur propre affaire. Ils ne peuvent pas l'abandonner pour diriger nos cuisines parce qu'un imbécile à l'hôpital n'a pas été fichu de me faire faire les bonnes analyses la première fois.

— Ils nous ont aidés par le passé et ils accepteront. Après tout, tu ne vas être absent que trois jours.

— C'est ce qu'ils prétendent.
— Oh! pitié, tu vas arrêter de te faire des cheveux. Et de m'angoisser. Tout ira très bien et ces deux-là seront ravis de venir. Ils sont capables de tout concilier.
— Ne leur dis pas ce qui m'arrive.
— Non, Patrick, je vais juste leur dire que c'est une maladie mystérieuse... une sorte de peste qui vient de nos cuisines.

Il se permit enfin un sourire. Puis il lui tendit la main.
— Je suis inquiet, c'est tout, si tu vois ce que je veux dire.

Elle lui serra la main très fort.
— Moi aussi, mon amour, mais nous sommes tous les deux idiots de nous en faire. Nous devrions au contraire nous réjouir de vivre à une époque aussi moderne. (Brenda se moucha.) Tu veux bien que je les appelle pour régler tout ça?

— Ne me dis pas que tu as accepté? Pas une semaine où nous avons autant d'engagements?

Cathy Scarlet était bouche bée d'horreur.
— Qu'est-ce que je pouvais leur dire? Le pauvre doit retourner à l'hôpital pour de nouvelles analyses. Manifestement il se croit foutu.
— C'est probablement des analyses de routine.
— Oui, c'est l'impression que cela nous donne parce que ce n'est pas à nous que cela arrive.
— Bien sûr, fit Cathy qui aurait accepté elle aussi.
— Alors on y va?
— Bien sûr qu'on y va. Je râlais un peu, c'est tout. Mais n'oublie pas que nous avons cette horrible famille avec leur fête de remise de diplôme.
— Je sais, mais nous pourrons nous servir de la cuisine de Chez Quentin. Brenda a dit que nous devions nous y sentir comme chez nous.

Tom avait appris qu'avec Cathy, il était plus sage de commencer par les bonnes nouvelles et de laisser les mauvaises faire leur apparition toutes seules. Il lui cacha donc que Brenda avait parlé d'un banquet de fruits de mer organisé par des gens qui étaient des emmerdeurs de première. Chaque chose en son temps.

Blouse Brennan conduisit son frère à l'hôpital.

— Qu'est-ce que je dois dire, que nous nous débrouillerons sans toi ou que nous serons complètement perdus ? demanda-t-il, candide.

Patrick réussit à sourire faiblement.

— Que vous vous débrouillerez pendant trois jours sans moi, mais qu'après vous serez complètement perdus.

— Je m'assurerai que les légumes sont top.

— C'est la semaine où je regrette que tu ne fasses pas pousser d'huîtres, de coquilles Saint-Jacques, de palourdes et de moules dans ton jardin.

— Des mollusques, fit fièrement Blouse.

— Exact.

Patrick était surpris. Son jeune frère avait eu du mal à l'école et il lui arrivait encore de lire en suivant du doigt les instructions sur un paquet. Qu'il connaisse un mot comme mollusque était étonnant.

— Oui, exactement, continua Patrick.

— Je m'intéresse à eux. Ils n'ont jamais voix au chapitre, tu savais ça, Paddy ? Ils se font trimballer par la marée et s'accrochent aux rochers. Ils ne prennent jamais une décision. C'est une drôle de vie, non ?

— Oui, je suppose, mais pas pire que pour la plupart des créatures marines.

— Ah, non ! un crustacé a des pattes, après tout, ou des pinces, et pas mal d'entre eux ont même une coquille. Ils peuvent choisir où aller. Pas comme ces pauvres mollusques.

Patrick Brennan sortit sa petite valise de la voiture et entra dans l'hôpital. Pendant qu'il attendait à l'accueil, il songea à sa conversation avec Blouse.

Il la raconterait à Brenda quand elle lui rendrait visite ce soir.

Brenda admira la manière dont Tom et Cathy se mirent au travail et leur bonne entente avec les serveurs. Monica, l'Australienne, Yan, le Breton, et Harry, un nouveau qui venait de Belfast, écoutèrent avec attention Tom leur expliquer comment cuire les plats.

— Reste un peu plus longtemps à l'hôpital, Brenda, lui suggéra Cathy. Je peux faire ton service en salle pour un soir.

Je t'ai vue à l'œuvre suffisamment souvent. Voyons d'abord les réservations pour que tu me signales les problèmes éventuels.

À en croire l'expression de Brenda, elle était à deux doigts d'accepter.

Après tout, ils avaient une solide équipe déjà en place.

Mon était une excellente serveuse, du genre radieux. Il n'y aurait pas de problèmes à sa table.

Yan était le charme incarné.

Même Harry le nouveau venu avait l'air d'un garçon fiable. Il avait l'avantage énorme d'être conscient de ne pas tout savoir et d'oser demander quand il avait des doutes.

Même si elle était tentée, Brenda se dit que Patrick ne se rétablirait jamais s'il pensait qu'il n'y avait personne aux rênes de la boutique. Elle attendit donc que le dîner se présente bien avant d'enfiler son manteau et d'aller rejoindre son mari.

— Garde tes forces pour les vraies horreurs qui nous attendent mercredi, lança-t-elle à Cathy en partant.

— Quelles vraies horreurs ? demanda Cathy à Tom.

— Oh, tu sais, juste la faune habituelle du mercredi.

— Tom, tu fais un très mauvais menteur. Dis-moi ce qui se passe mercredi ou je te jure que je t'arrache les yeux.

Il lui parla du banquet de fruits de mer pour la société de relations publiques.

— Un buffet de produits de la mer ?

— Non, que des fruits de mer. Ni saumon, ni saumon fumé, ni truite. Si le truc ne vit pas dans sa coquille, il est exclu.

— C'est impossible.

— Qu'est-ce que tu veux dire ? Nous ne pouvons pas y couper.

— Écoute, Tom, je m'occupe des achats de poisson depuis deux semaines. Il n'y a pas grand-chose. Pratiquement pas de crevettes, le homard coûte une fortune, et les huîtres sont toutes parties en France.

— Mais ils doivent avoir des contacts... C'est vrai, nous sommes Chez Quentin, tout de même. Ils doivent dépenser des sommes folles en poisson...

— Eh bien, prions pour que ce soit le cas.

— Nous avons plein de surgelés chez nous. Nous pourrions leur servir ça.

— Impossible. Nous avons tout fait dégeler pour la fête de la remise de diplôme.

— Oh! mon Dieu, faites que nous mettions la main sur des crustacés, pria Tom.

— Dis-m'en plus sur ce dîner de mercredi, demanda Cathy à Brenda après la fermeture de Chez Quentin. Assises dans la cuisine, elles se massaient les chevilles en engloutissant des litres de thé.

— Un truc que nous n'aurions jamais dû accepter. C'est un type épouvantable. Il conteste la moindre note, il est odieux avec le personnel... Comme les affaires ont été un peu lentes récemment, j'ai pensé que cela en vaudrait la peine. Mais je crains que nous n'ayons quelques problèmes.

— Comme?

— Comme une sérieuse pénurie de fruits de mer. Rien chez les sources habituelles, je le crains. Je les ai toutes contactées.

— Il faudra qu'il prenne du saumon comme tout le monde. Nous le lui dirons, Brenda, il ne peut s'attendre à des miracles. Cette époque est révolue depuis longtemps.

Brenda leva les yeux.

Elle était livide et elle avait les traits tirés.

— Tu n'aurais pas dû dire ça. J'espérais que des miracles se produisaient encore.

Le mardi parut durer une éternité à tout le monde. Pour Patrick, à l'hôpital, le temps ne passait pas. Il s'obligea à ne pas consulter de nouveau sa montre. Ils ne tarderaient pas à venir le chercher.

Dans les locaux de Scarlet Feathers, Tom, qui était en train de préparer le homard pour le déjeuner de remise de diplôme, craignait d'apercevoir l'heure de peur de paniquer en voyant leur retard. Cathy n'aurait vraiment pas été inutile aujourd'hui, mais elle était Chez Quentin.

Le visage empourpré, Cathy était en train d'essayer de sauver une sauce à la crème qui venait de tourner. Brenda escorta les convives à leur table avec son habituel sourire poli et accueillant. Intérieurement, elle bouillait. Il était midi – les médecins devaient avoir examiné Patrick maintenant. Pourquoi n'avait-elle pas de nouvelles ? Son amie dans l'équipe d'infirmières avait promis d'appeler dès l'arrivée des résultats. Mon Dieu, mon Dieu ! Faites que les nouvelles soient bonnes.

Tom téléphona à l'instant où la tension était à son comble Chez Quentin. Désolé, il savait que ce n'était pas le moment, mais le déjeuner de remise de diplôme était de nouveau à court de victuailles. Est-ce que quelqu'un pouvait apporter un grand plat de salade de tomates ? La mère du diplômé pétait les plombs et se plaignait de ne pas avoir ce qu'elle n'avait jamais commandé. S'ils savaient comment cela se passait ici !

— Si tu savais comment ça se passe ici, répondit Cathy.

Le téléphone plaqué contre son oreille, elle mélangeait un supplément de sauce tout en donnant ses instructions aux serveurs. Le visage tendu, Brenda ne cessait ses allées et venues entre la cuisine et la salle à manger. Elle n'avait pas besoin d'une nouvelle crise.

— Je t'envoie Blouse. Donne-lui l'adresse et raccroche au cas où l'hôpital appellerait.

À deux heures et demie, on annonça à Patrick que tout allait bien. Pouvait-il rentrer au restaurant ? Non, il restait quelques formalités. Et il lui fallait du repos. Mais il pourrait partir le lendemain.

Trois minutes plus tard, il avait Brenda au téléphone. Cathy lui tendit un mouchoir en papier pour qu'elle essuie les larmes sur son visage parfaitement maquillé. Le personnel détourna les yeux pour ne pas surprendre Brenda dans un rare instant de faiblesse.

— Où est Blouse ?
— Ne me le demande pas, dit Cathy.

Mais elle se demandait où il avait bien pu passer. Cela faisait une heure et demie qu'il était parti en taxi. Pitié ! qu'il n'y ait pas eu de nouvelle catastrophe. Avait-il trouvé la bonne adresse ? Dès qu'elle aurait deux secondes, elle appellerait Tom.

Mais Tom téléphona le premier.
— Nous pouvons parler ?
— Bien sûr. Bonne nouvelle : Patrick va bien. Et il rentre demain.
— Bonne nouvelle ici aussi...
— Écoute, désolée de t'interrompre, mais tu as une idée de l'endroit où se trouve Blouse ?
— Il est ici ; il nous sauve la vie.
— La salade de tomates ?
— Non, personne ne mange des trucs pareils, comme je le leur ai dit.
— Qu'est-ce qu'il fait alors ?
Rien ne pouvait plus surprendre Cathy à ce stade.
— On a environ quatorze enfants horribles, que des monstres. Ils embêtaient tout le monde, ils cassaient des trucs, boudaient. Blouse les a tous emmenés au fond du jardin. Il a organisé une séance de ramassage d'herbes.
— Quoi ?
— Tu n'en croirais pas tes yeux. Ils sont tous fascinés. Ils sont tous munis de petits pots de yaourt ou de crème. Et Blouse leur parle de livèche et de verveine.
— Et la mère du diplômé ?
— Mme Dracula va bien. Nous sommes les meilleurs amis du monde maintenant.
— Non ! Tu as dû jouer de ton charme. Peut-être pourrais-tu en faire autant pour nous dégotter des coquillages pour demain ?
— Ce n'est pas encore réglé ?
— Non, mais on s'en occupe.

De son lit d'hôpital, Patrick Brennan s'en occupait aussi. Et les nouvelles étaient très mauvaises. Pas l'ombre d'une crevette ou d'un homard. Patrick téléphona à l'homme des relations publiques.
— Pourquoi faut-il qu'il s'agisse de crustacés, vous pouvez m'expliquer ?
— C'est une image, un concept – une fois que la coquille adhère au rocher, on ne peut plus l'arracher. Nous nous sommes servis de cette idée dans notre publicité pour décro-

cher ce marché. Ne venez pas me dire que vous voulez modifier le menu prévu...

— Non. Vous faites la publicité de quoi ?

— Cela ne vous regarde pas...

— Qu'est-ce qui est censé adhérer ainsi ? Quel est le concept ? Vous pouvez me le dire ? Nous nous chargeons de la présentation pour vous, bon sang ! rugit Patrick.

— On vous a juste priés de fournir un buffet de crustacés.

— C'est dans votre intérêt d'éclairer ma lanterne.

Son interlocuteur finit par céder et lui dire qu'il s'agissait d'une nouvelle compagnie d'assurances qui ne vous lâchait jamais, pour le meilleur ou pour le pire.

— Dans ce cas, ce ne sont pas des crustacés qu'il vous faut. Mais des mollusques.

— Des quoi ?

— Les crevettes et les homards n'adhèrent à rien. Ils rampent au fond de l'océan. Vos clients vous laisseraient tomber aussi sec. Il vous faut des mollusques. Pourquoi ne pas me l'avoir dit avant ?

Il raccrocha et appela le restaurant.

— Qu'on me passe Blouse, tout de suite. Il faut le trouver et vite. Demain, on sert des mollusques.

— Des quoi ?

— Ils ne vous ont donc rien appris à l'école ? Des mollusques. Avec des coquilles. Il y en a des milliers collés aux rochers. Il suffit de les apporter sur la table.

— Tu veux dire des trucs comme des moules, des bulots ou des coques ?

— C'est ça, et le reste... des palourdes, des couteaux, des berniques... Blouse saura où les trouver. Où est-il à propos ?

— Je vais lui demander de t'appeler à l'hôpital, Patrick, soupira Cathy.

Le restaurant devait être en bien mauvaise posture si on devait envoyer Blouse Brennan à la pêche aux moules.

Tom rappela.

— La fête est finie, mais les enfants refusent de rentrer chez eux. Ils n'ont même pas accepté de poser avec le diplômé. Blouse les a hypnotisés, comme le joueur de flûte de Hamelin. Cela ne m'étonnerait pas qu'ils le suivent jusque Chez Quentin.

— Bon, dis-lui de prendre le temps de téléphoner à son frère à l'hôpital. Patrick veut qu'il joue les joueurs de flûte de Hamelin sur la côte demain pour ramasser des mollusques.

— Quelle vie de dingues, non ?

Mais Tom n'en avait pas l'air mécontent.

Cathy pensait la même chose. Mais à une condition. Elle aurait bien aimé que la soirée du lendemain soit passée. Elle ne voyait pas ce qui pouvait les sauver. Mais c'était compter sans Blouse et son assurance toute neuve.

Et le lendemain soir, ils regardèrent ébahis le garçon qu'ils jugeaient tous un peu lent désigner à l'aide d'une canne élégante les différents mollusques étalés sur ce qu'il appelait le pot-pourri de la mer. La bernique, la coque, le bulot et le bigorneau... tous loués pour leur constance. L'huître, la palourde, la moule de même. Des modèles de loyauté, dit sérieusement Blouse au groupe. Comme la compagnie d'assurances en l'honneur de qui ils étaient réunis ici, ces magnifiques mollusques se distinguaient par leur puissance d'adhésion dans un monde où, hélas, cette fidélité n'était que trop rare.

Patrick Brennan poussa un long soupir. L'homme des relations publiques était aussi ravi que le démon de mère du diplômé. Sa société était prête à réserver d'autres soirées de ce genre, à condition que Blouse soit de la partie.

— Il n'est pas donné, vous savez, s'entendit répondre Patrick d'une voix éraillée.

Il lui avait fallu des heures pour convaincre Blouse de ne pas s'étendre sur le style de vie solitaire, pathétique et futile de ces invertébrés de mollusques. Jusqu'au dernier moment, il avait douté que Blouse ait compris le message. Mais il accumulait les doutes à présent. Il n'aurait pas su expliquer comment Blouse avait trouvé tous ces enfants pour l'aider à rapporter des seaux de ces horribles trucs au restaurant. Ils avaient passé l'après-midi en allées et venues et le seul paiement qu'ils acceptaient, c'était une glace.

Mais il ne fallait pas chercher à expliquer les bonnes nouvelles, comme ce regard plein d'amour et de soulagement que Brenda lui avait adressé avant de lui caresser la main à la fin de la soirée la plus extraordinaire et réussie qu'ait connue Chez Quentin jusque-là.

Carissima

Pendant les longues années que son amie Nora avait passées en Italie, elle lui avait écrit de longues, très longues lettres. Elle commençait toujours par « *Carissima* »... Brenda trouvait cela un peu précieux, mais Nora insistait. Elle parlait l'italien, elle rêvait même dans cette langue maintenant. Commencer par « Chère Brenda » lui aurait paru plat.

Carissima... très chère... c'était une meilleure entrée en matière.

Et Brenda répondait fidèlement. Elle décrivait une Irlande en pleine mutation pour son amie qui vivait dans le village intemporel d'Anninziata en Sicile. Elle lui racontait que les vagues d'émigration avaient cessé, que les villes prospéraient et que la puissance de l'Église semblait s'estomper et se transformer en quelque chose d'entièrement différent.

Elle racontait que des jeunes de différents pays venaient chercher du travail en Irlande maintenant, que les filles qui se retrouvaient enceintes gardaient leur bébé au lieu de les confier à l'adoption, que des jeunes couples vivaient ensemble six mois, voire un an avant de se marier.

Des choses inimaginables quand Brenda et Nora étaient jeunes.

Nora parlait de ses amis au village. Le jeune couple qui louait la boutique de poterie. Signora Leone. Et Mario, bien sûr.

Mario qui dirigeait l'hôtel.

Nora n'évoquait jamais ni Gabriella, la femme de Mario, ni leurs enfants. Mais Brenda comprenait. Il était impossible d'aborder certains sujets.

Brenda lui raconta plein de choses, qu'elle avait revu ce type qu'elles surnommaient Bonnet de nuit, mais qui s'appelait Patrick Brennan maintenant, qu'ils étaient tombés amoureux et travaillaient dans de nombreux restaurants. Elle lui raconta comment l'heureuse occasion de diriger Chez Quentin s'était présentée à eux et qu'ils se faisaient rapidement un nom. Elle évoqua les gens qui allaient et venaient, le personnel, et les autres comme le frère Blouse de Patrick qui était resté et avait fort bien réussi.

Mais Brenda ne révéla qu'une fois les secrets les plus profondément enfouis en elle, leur désir d'avoir des enfants, les longs traitements parfois humiliants et décevants contre l'infécondité. C'était trop difficile d'en parler.

Brenda était très utile parce qu'elle jouait les espionnes pour Nora O'Donoghue en allant rendre visite à sa famille. Des gens durs, qui ne pardonnaient pas, qui la considéraient comme une pécheresse et une imbécile, quelqu'un qui les avait déshonorés en suivant un homme marié.

Ils se souciaient si peu de la vie de Nora que Brenda pressait son amie de les oublier.

— Ils t'ont oubliée à moins que cela ne les arrange. Je t'en supplie, ne les écoute pas s'ils te prient de rentrer pour veiller sur eux quand ils seront plus âgés.

« *Carissima*, avait répondu Nora. Je ne quitterai jamais cet endroit tant qu'il y a une chance que je voie mon cher Mario. Je regrette qu'ils ne partagent pas mon bonheur. Mais peut-être qu'un jour, ils en seront capables. »

Le Mario de Nora mourut, tué dans un accident sur les routes de montagne qu'il parcourait trop vite. Le village laissa entendre qu'il était temps que la Signora rentre dans son pays.

Brenda n'oublierait jamais le jour où Nora était apparue Chez Quentin, en robe longue, les cheveux en désordre, folle de douleur d'avoir perdu le seul homme qu'elle ait jamais aimé. Elle appelait toujours Brenda «*carissima*». Elles étaient toujours les meilleures amies du monde. Les longues années de séparation, plus de vingt ans, n'avaient rien changé entre elles.

Et quand Nora rencontra un nouvel amour, Aidan, professeur à l'école Mountainview, Brenda et elle s'enlacèrent comme des adolescentes.

— Je danserai à ton mariage.

— Attends, il y a le petit problème de sa première femme..., avait gloussé Nora.

— Allons, sois de ton temps... le divorce existe depuis 1995.

— J'ai survécu pendant plus de vingt ans sans me marier.

Nora ne réclamait pas la lune.

— Tu fais ce que tu veux, mais je ne te lâcherai pas, menaça Brenda.

Patrick n'en revenait pas qu'elles trouvent tant de sujets de conversation. Sans jamais être jaloux de leur amitié, il disait souvent que les hommes n'avaient pas grand-chose à se raconter.

— C'est vous les perdants, lui dit Brenda.

— C'est exactement ce que je voulais dire.

Nora se rendait chaque semaine à l'hôpital où son vieux père vivait dans le service de gériatrie. Qu'il pleuve ou qu'il vente, elle poussait son fauteuil roulant dans les jardins. Parfois il lui souriait et paraissait heureux, sinon il se contentait de regarder droit devant lui. Elle lui parlait de tous les moments heureux qu'elle se rappelait de son enfance. Et elle devait faire un effort de mémoire pour ça. Elle ne lui parla pas de la Sicile parce que déjà cela s'estompait dans son esprit comme une photo en couleurs abandonnée en plein soleil. Elle lui raconta donc Aidan Dunne, l'école de Mountainview et les cours d'italien. Et elle évoquait gentiment ses sœurs, Rita et Helen, et ses frères, murés dans leur silence, bien qu'elle les vît fort rarement.

Apprendre qu'elle venait de s'installer avec un professeur de latin marié les avait horrifiés de nouveau. Nora avait décidément tout de la vraie plaie.

Nora allait voir sa mère chaque semaine. L'âge n'avait

amélioré ni son caractère, ni son entêtement, mais Nora était bien décidée à garder son calme. Des années de pratique lui avaient appris l'art de rester passive. Et c'était facile de venir passer une heure avec sa mère et d'écouter sa litanie de plaintes en sachant qu'ensuite, elle prendrait le bus pour rejoindre le gentil et bon Aidan qui était si différent et ne voyait pas le mal partout.

Le jour de l'enterrement de son père fut sinistre et pluvieux. Brenda et Patrick se déplacèrent, mais ils estimèrent qu'il valait mieux que Aidan s'abstienne. Autant agiter un tissu rouge devant des taureaux.

Certains étudiants de son cours d'italien vinrent à l'église, un drôle de petit groupe qui gonfla les rangs de l'assistance.

— Je vous dirais bien de venir à la maison, mais je ne crois pas que ma mère soit en mesure de…

Non, non, ils avaient juste voulu rendre un dernier hommage au défunt. Rien de plus.

La mère de Nora critiqua tout. Le prêtre était trop jeune, trop rapide, trop impersonnel. Les gens n'étaient même pas vêtus de noir. Et l'hôtel dans lequel ils s'étaient ensuite rendus pour prendre un café, en famille, n'allait pas du tout.

Elle n'admit pas qu'on puisse parler du père. Elle n'avait pas envie d'entendre que cela avait été un homme gentil et que c'était bien qu'il repose en paix. Elle énuméra ses erreurs, apparemment innombrables, la plus grande étant qu'il n'avait jamais souscrit d'assurance-vie convenable.

— Et maintenant bien sûr vous allez tous rentrer chez vous et me laisser seule jusqu'à la fin de mes jours.

Nora attendit que les autres parlent. Mais aucun ne réagit. Ils dirent à leur mère qu'elle était en bonne santé, qu'une femme de soixante-dix ans passés n'était plus vieille à présent. Ils lui rappelèrent que son appartement était idéalement situé pour les bus, les magasins et l'église. Ils viendraient la voir régulièrement et maintenant qu'il n'était plus question de rendre visite à Père, ils l'emmèneraient faire d'autres sorties.

Leur mère soupira comme si cela ne suffisait pas.

— Vous ne venez qu'une fois par mois.

Ça, Nora l'apprenait. Il avait toujours été sous-entendu que les visites de ses sœurs et de ses frères étaient bien plus fréquentes. Cela voulait dire qu'avec sa visite hebdomadaire, elle faisait mieux qu'eux tous.

Elle s'appliqua à ne rien trahir de ses pensées.

Rita et Helen s'empressèrent de s'expliquer. Elles étaient si occupées et, franchement, les autres devaient se rappeler que c'était difficile quand on avait une famille et qu'on devait s'occuper d'un foyer digne de ce nom.

Sous-entendu, comme Nora avait tout le temps du monde et pas l'ombre d'une responsabilité, c'était à elle de jouer les infirmières. Nora, qui travaillait plus dur qu'aucun d'entre eux, Nora, qui était la seule à ne pas posséder de voiture et qui se chargeait des courses et rendait visite à sa mère quatre fois plus souvent que les autres, en lui apportant toujours un plat qu'elle avait cuisiné spécialement pour elle.

C'était carrément injuste qu'ils s'emploient tous à la culpabiliser. Et elle avait promis à Brenda qu'elle ne faiblirait jamais. Mais Nora s'était aussi fait la promesse qu'elle resterait courtoise et polie avec sa famille, qu'elle ne serait pas aussi hostile et mal élevée qu'eux.

Elle leur sourit donc comme si elle n'avait pas compris où ils voulaient en venir. Elle vit que cela les faisait enrager. Mais elle n'allait pas perdre sa dignité le jour de l'enterrement de son père.

Et après tout, ensuite elle retrouverait Aidan. Aidan, qui lui préparerait un thé bien fort, parlerait avec elle et voudrait connaître tous les détails de sa journée, sur un fond musical de belles arias.

Et demain elle verrait *Carissima* Brenda et lui raconterait tout.

Elle regarda ses sœurs, ses frères et leurs conjoints. Aucun d'entre eux ne jouissait d'une fraction du bonheur qu'elle vivait.

Cela lui donna une grande assurance et la force de supporter leurs sarcasmes et leurs suggestions à peine voilées qu'elle abandonne tout pour veiller sur leur mère à plein temps.

— Je viendrai te voir demain, promit Nora à sa mère en embrassant sa joue froide et sèche.

Est-ce que l'homme qu'ils venaient d'enterrer manquait à cette femme ? Se remémorait-elle les moments de passion et d'amour ? Peut-être n'y en avait-il jamais eu.

Nora frémit à cette pensée.

Elle qui avait connu ça deux fois dans une vie.

Rita et Helen la regardaient bizarrement. Elle savait que ses sœurs parlaient souvent d'elle avec leurs belles-sœurs. Cela n'avait pas trop d'importance.

— Vous viendrez aussi demain ?

Helen haussa les épaules.

— Si tu viens, ce n'est pas la peine que nous nous déplacions en foule.

— Et de toute façon, je passerai la semaine prochaine, lâcha sèchement Rita.

Et elles rassurèrent leur mère.

— Nora viendra demain.

— Nora fera tout ce que tu lui demanderas.

— Nora n'a rien à faire, maman, elle peut se charger de toutes les courses quand elle vient te voir..

Et ce serait toujours ainsi. Mais peu importait. Aucun des autres ne connaîtrait jamais son bonheur.

— Et finalement c'est toi qui as réglé leurs cafés et leurs sandwiches hier, n'est-ce pas ? lui demanda Brenda.

— Brenda, *mia carissima* Brenda, pourquoi toujours ces mots durs ? fit Nora en riant.

— J'avais donc raison, triompha Brenda. Ils ont gardé leurs mains au fond de leurs poches et toi, qui n'as pas un sou vaillant, tu as payé.

— Mais j'ai plein d'argent grâce à des gens adorables comme toi.

Elle continuait à faire la plonge et à éplucher les légumes Chez Quentin pour un salaire très modeste.

— Nora, tu veux bien m'écouter une seconde ? Tu gagnes trois fois rien et ces sales égoïstes t'obligent à dépenser ton argent pour leurs fichus sandwiches. Cela me fait bouillir.

— Non, Brenda *Carissima*, pas toi. Tu sais bien qu'on te surnomme le glaçon, il faut que tu restes calme. Bouillir serait une grosse erreur.

— Mais qu'est-ce que je vais faire de toi ? Je ne peux rien faire pour toi qui m'aiderait à cesser de bouillir. Tu refuses ce que tu appelles une aumône.
— Et comment !
— Bon, jure-moi quelque chose. Maintenant. Jure-moi que tu ne les écouteras pas quand ils te diront qu'elle a besoin d'une infirmière à plein temps et que tu dois t'en charger.
— Ils ne feraient pas ça.
— Jure, Nora.
— Je ne peux pas. Je ne connais pas l'avenir.
— Moi, je le connais. Et je suis très triste que tu refuses de jurer.

Cela se produisit plus tôt que Brenda ne l'aurait pensé. Quelques semaines après l'enterrement de son père, Nora s'entendit dire que la santé de sa mère avait beaucoup décliné.
Ses frères et sœurs ne la contactèrent pas chez elle parce que jamais ils n'auraient mis les pieds dans le petit appartement qu'elle partageait avec Aidan Dunne. Certaines lettres furent envoyées à l'école, d'autres chez sa mère. Helen expédia la sienne Chez Quentin, ce qui explique pourquoi Brenda eut des soupçons.
— Dis-moi, j'exige de savoir ce qu'ils te réclament.
— Tu es vraiment une amie intransigeante, *Carissima*, rit Nora en astiquant l'argenterie, une autre petite tâche qu'elle avait réussi à décrocher pour alimenter ses économies en vue de son voyage en Italie avec Aidan.
— Non, je suis très bonne pour toi. Dis-moi ce qu'ils veulent.
— Mère se lève pendant la nuit. Cela l'a prise brusquement. Elle ne supporte pas d'être seule apparemment.
— Ton père a passé plus de trois ans à l'hôpital, elle a eu amplement le temps de s'y habituer.
— Elle est vieille et fragile, *Carissima*.
— Elle a soixante-quinze ans et elle se porte comme un charme.
Elles se dévisageaient, furieuses.
— Sommes-nous en train de nous disputer ?
— Tu sais bien que c'est impossible. Tu connais tous

mes secrets, tous mes squelettes dans le placard. Mais crois-moi, j'ai tenté de te décourager de suivre Mario et il s'est révélé que j'avais tort. Tu as eu la vie que tu voulais. Mais cette fois, je n'ai pas tort et tu n'imagines pas à quel point je vais insister. Je répète : qu'est-ce qu'ils te demandent ?

— Que je passe des nuits chez ma mère. Ce n'est pas grand-chose. Je veux dire...

— Combien de nuits ?

— Jusqu'à ce qu'ils trouvent une aide à plein temps...

— Ce qu'ils ne feront pas...

— Mais si, ils finiront bien, *Carissima*.

— Arrête avec tes *carissima*. Ils t'ont demandé d'y aller tous les soirs, n'est-ce pas ?

— Cela durera très peu de temps...

— Et Aidan ?

— Il comprendra. Je voudrais qu'il le fasse s'il s'agissait d'un de ses parents.

— Écoute. Cet homme a déjà eu une immonde garce comme première femme. Tu ne vas pas tout de même pas lui en imposer une seconde complètement givrée.

— Nous le devons bien, nous avons tant de bonheur, c'est un peu comme une banque, non ? Il faut que tu donnes une partie si ton compte déborde.

— Non, Nora, ce n'est pas comme ça que cela marche.

— C'est pour moi et pour Aidan aussi. Je le sais.

Il y eut un silence.

— Ce n'est pas que je n'ai pas le courage de refuser. J'ai du cran à revendre. Je sais que ma mère me désapprouve, comme mes frères et sœurs, mais cela n'a rien à voir.

Oh, si ! cela avait à voir et Brenda savait, elle, que cette famille entendait bien détruire la bonheur de Nora.

Nora avait passé trop d'années au soleil du sud de l'Italie. Cela avait affecté son jugement. Cela allait lui coûter l'affection de cet homme bien qu'était Aidan Dunne.

— Tu veux bien me promettre quelque chose...

— Je ne peux pas faire de promesses.

— Ne fais rien pendant une semaine. Ne dis rien à quiconque pendant une semaine. Ce n'est pas long.

— À quoi bon si j'y vais quoi qu'il arrive ?

— Je t'en prie. Pour me faire plaisir.
— *Bene Carissima*... pour te faire plaisir alors.

Brenda Brennan appela une amie qui était infirmière-chef à l'hôpital.
— Kitty, je peux te demander un petit service ? Il y a un dîner pour deux au restaurant à la clé.
— Qui dois-je assassiner ? répondit aussitôt Kitty Doyle.

— Tu es contente que je sois là, mère ? demanda Nora.
— Pourquoi cette question ?
— Je m'interrogeais. Tu ne souris pas. Tu ne ris pas avec moi.
— De quoi je rirais ?
— Je te raconte des histoires drôles de temps en temps.
— Ne commence pas à perdre la tête, Nora. Comme si le reste ne suffisait pas.
— Quel reste ?
— Tu sais bien.
— Est-ce que je peux te présenter Aidan, mère ? J'ai rencontré toute sa famille.
— Pas sa femme légitime, je suppose.
— Si, en fait. Je l'ai rencontrée à l'école et chez elle. Dans la maison où Aidan habitait avant. J'ai repeint la véranda pour qu'elle puisse la transformer en salle à manger lorsqu'elle a mis la maison en vente.

Sa mère ne montra pas le moindre intérêt.
— Tu aimerais que je repeigne ta cuisine, Mère ?
— Pourquoi donc ?
— Oublions ça.

— Tu as l'air d'être à des kilomètres ce soir, Nora, lui dit Aidan. Tu as des soucis ?
— Non, pas vraiment.
— Dis-moi.
— Je te le dirai dans une semaine.
— Quelque chose ne va pas, Nora ? Je ne peux pas attendre une semaine. Dis-moi, raconte.

— Rien de grave. Juste un problème. J'ai promis d'attendre une semaine. Il t'arrive d'attendre avant de me confier certaines choses. Crois-moi, cela n'a rien de triste.

— Je t'aime tant, ma belle Nora, fit-il, les yeux embués de larmes. Et moi aussi j'aurai quelque chose à t'annoncer dans une semaine.

— Je ne suis pas belle. Je suis vieille et folle.

— Non, tu es belle.

De retour chez sa mère, Nora réfléchit à ce qu'elle devrait apporter. Des draps, une ou deux couvertures faciles à ranger quand elle ne les utiliserait pas sur le canapé.

Un nécessaire de toilette, des chaussures de rechange et des dessous qu'elle pourrait empiler dans le placard de la salle de bains. Il faudrait qu'elle achète des ampoules plus fortes. Elle pourrait peut-être broder pendant que sa mère dormirait.

Elle allait se sentir seule sans Aidan, et lui, sans elle. Mais cela ne servait à rien d'essayer de l'amener chez sa mère. L'hostilité était trop vive.

Brenda avait rendu visite à sa mère la veille.

Comme toujours, Mme O'Donoghue avait soupiré que c'était tellement dommage que Nora n'ait pas aussi bien tourné que son amie. Mariée normalement avec de bons revenus.

— Ce sont des égoïstes bien sûr, de ne pas avoir d'enfants pour ne pas entraver leur carrière.

— Peut-être qu'ils ont essayé et que Dieu ne les a pas exaucés, dit Nora qui savait, elle.

— Peuh! fit sa mère.

— Et il paraît que Helen était là?

— Cela fait une éternité qu'elle n'est pas venue.

Difficile de savoir qui croire.

Helen avait dit qu'elle laissait une lettre sur la commode pour Nora. Nora la lut. Le baratin habituel: leur mère s'affaiblissait chaque jour, il fallait trouver un arrangement, les autres avaient tous un foyer, une famille.

Il y avait deux autres lettres. À propos de la santé de leur mère. L'une était une lettre tapée à la machine d'une certaine K. Doyle, infirmière-chef dans un grand hôpital, qui répondait à une requête au sujet d'aides à domicile à plein temps.

Le cœur de Nora s'emballa. Elle avait toujours su que ses sœurs avaient dû prendre des dispositions pour leur mère. Mais c'était agréable d'en voir la preuve.

Miss Doyle proposait plusieurs solutions, mais suggérait qu'on fasse d'abord passer un bilan de santé à leur mère pour établir ce dont elle avait besoin. Puis bizarrement, il y avait une photocopie de la lettre que Helen avait dû renvoyer.

Merci de votre intérêt. Je ne sais vraiment pas qui vous a contactée, peut-être ma sœur Nora qui a passé beaucoup de temps à l'étranger et qui est très déséquilibrée. Elle ne comprend pas que notre mère est une femme de soixante-quinze ans en excellente santé et parfaitement capable de prendre soin d'elle-même. Comme tous les gens âgés qui vivent seuls, il lui arrive d'avoir envie de compagnie. Mais maintenant que Nora est rentrée définitivement en Irlande, elle pourrait aussi bien passer des nuits chez ma mère, ce qui la sortirait d'une autre situation fort peu recommandable. Nous n'avons donc pas besoin d'aide pour l'instant, ni dans un futur proche.

Je suis désolée que ma sœur vous ait dérangée à ce sujet, elle avait certainement de bonnes intentions mais, comme vous pouvez le voir, elle comprend assez mal la situation. Je suis surprise qu'elle vous ait demandé de me répondre, mais je suis heureuse d'avoir eu l'occasion de mettre les choses au point.

Nora a toujours été le grand problème de notre famille. Nous ne suggérons pas qu'elle vive à plein temps avec notre mère car elle fait une bien piètre compagnie. Néanmoins, sa présence la nuit leur rendrait service à toutes les deux.

Merci encore pour votre gentille lettre.

Nora resta longtemps assise avec la lettre à la main. Sa sœur ne pensait sûrement pas qu'elle la lirait. Elle devait avoir été envoyée par erreur. C'était une erreur. Helen ne désirait certainement pas qu'elle sache ce qu'elle avait écrit. Que Nora était une bonne à rien, que Mère était en bonne santé, qu'elle n'avait besoin de personne, que la famille tentait de tirer Nora d'une situation peu recommandable.

Mais si Helen n'avait pas laissé cette lettre, qui s'en était chargé ?

Un long moment Nora songea à son amie Brenda, sa chère, chère, *Carissima* Brenda, qui avait toujours été si loyale et lui avait demandé d'attendre une semaine. Brenda n'avait pas pu organiser tout cela.

Celle qui avait écrit existait... Mlle K. Doyle, son nom figurait sur le papier à en-tête de l'hôpital. C'était bien l'écriture de Helen. Brenda ne manquait pas d'astuce, certes, mais elle ne pouvait pas avoir tramé un coup pareil.

Nora rentra chez elle.

— La semaine est terminée, je t'annonce donc que je vais passer toutes mes nuits avec toi jusqu'à ma mort, dit-elle à Aidan.

— C'est ça qui t'inquiétait ?

— Oui, je croyais être obligée de passer toutes mes nuits sur le canapé de ma mère.

— Nous aurions très mal dormi sur un canapé.

— Toi, non, tu serais resté ici.

— Je n'aurais pas pu dormir sans toi.

— Et ta nouvelle à toi ?

— J'ai vu Nell à propos du divorce. Elle est d'accord mais prétend que nous sommes bien trop vieux pour nous marier.

— Elle a raison.

— Faux ! Nous allons nous marier, avec tous nos amis pour fêter notre chance et notre bonheur.

— Aidan, tu es merveilleux, mais c'est impossible, nous n'avons pas un sou vaillant.

— Mais j'aurai l'argent.

— Comment feras-tu ?

— Tu sais, ce dénommé Richardson, dont j'ai les enfants comme élèves. C'est un grand conseiller financier et il m'a expliqué comment faire fructifier mon argent. Au lieu de me verser mes honoraires, il les investit toutes les semaines. Il a multiplié le tout par deux. Tu te rends compte !

— Non !

— Et toi ? Cette décision à propos du canapé de ta mère a été facile à prendre ?
— Finalement cela m'a pris environ dix secondes. Il faut juste que je prévienne Carissima.
— Elle sera surprise.
— On ne sait jamais avec Brenda. Elle sera contente, mais je mourrai sans savoir si elle est vraiment surprise.

Retour au pays

— Pourquoi le restaurant s'appelle-t-il Chez Quentin ? demanda Mon un matin pendant la pause café.

— C'est le nom du propriétaire, répondit Brenda, surprise que la jeune Australienne l'ignore.

— Je croyais que c'était vous les propriétaires ? Ça veut dire qu'on pourrait vous mettre à la porte, comme moi ?

— Oh! pas comme vous, fit Brenda en riant. Il sait que nous sommes fiables. Vous êtes encore en train de faire vos preuves.

— Il connaît mon existence ?

— Oui, il sait que nous vous avons engagée et que nous sommes satisfaits. Cela vous va, comme ça ?

— Il ne vient jamais ici ?

— Très peu, surtout depuis qu'il nous a confié les rênes. Il lui arrive de nous envoyer des amis et de nous dire ensuite qu'ils ont trouvé ça très bien.

— Il doit vous faire une confiance totale.

— Nous lui envoyons régulièrement les comptes, mais je ne suis pas sûre qu'il les regarde. Et cela fait un moment que je n'ai pas eu de ses nouvelles. Je crois que je vais lui envoyer un gentil message aujourd'hui si j'ai une seconde.

— Qu'est-ce qui vous fait croire que vous aurez une seconde aujourd'hui ? Ce n'est jamais le cas.

Mon rinça sa tasse et alla vérifier les tables parfaitement dressées de Chez Quentin.

Le hasard voulut que le père de Quentin vienne justement déjeuner ce jour-là. Il avait pris sa retraite. Décontenancé par le désir de son fils d'aller peindre à l'étranger, il n'était pas mécontent que Quentin n'ait pas réalisé son rêve de devenir un grand artiste.

— Vous avez des nouvelles du Maroc ? lui demanda Brenda en l'installant à sa table.

— Vous en avez plus souvent que moi.

— Pas du tout. Quentin est l'employeur idéal. Pas un mot sinon pour nous annoncer une augmentation à Noël, et on s'étonne qu'on ait l'arrogance, Patrick et moi, de nous croire les propriétaires.

— Vous devriez l'être. N'est-ce pas vous qui avez fait de ce restaurant ce qu'il est ?

— Non, c'est votre fils qui en a eu l'idée. Nous l'avons juste aidé à en faire une réalité.

Brenda et Patrick n'auraient jamais pu réunir la somme nécessaire pour acheter le restaurant, mais cela n'avait pas d'importance. Tant que Quentin menait sa vie paisible dans les collines du Maroc et leur laissait toute liberté, ils n'avaient pas de soucis. Ils se demandaient parfois ce qui adviendrait si Quentin mourait brutalement. Mais chaque jour passant, leur réputation grandissait. Brenda et Patrick Brennan ne resteraient pas longtemps sans emploi à Dublin.

— On complimente beaucoup mon fils pour ce restaurant, mais en fait c'est à vous que ces louanges devraient s'adresser.

— Mais cela se produit, monsieur Barry, et vous avez la gentillesse de nous envoyer de nombreux clients merveilleux... et nous vous en sommes très reconnaissants.

Avec le temps, elle avait appris à quel point les gens aimaient être reconnus, sans être monopolisés par le personnel. Elle aurait bien aimé que Quentin revienne ne serait-ce qu'une semaine, s'installe à la table du box et voie comment tournait le restaurant qui portait son nom pendant qu'il vivait et peignait sous le chaud soleil africain.

Elle téléphonerait à Quentin cet après-midi. Il fallait qu'elle le tienne au courant pour le documentaire. Elle lui avait écrit quand l'idée avait germé pour lui demander son autorisation mais, comme ils s'y étaient attendus, il avait répondu que c'était à eux de décider, qu'il savait qu'ils feraient le bon choix.

Elle décrocha le combiné.

Il prenait son thé à la menthe du début de soirée. L'un des jeunes garçons de la boutique de Fatama le lui apportait tous les jours à cinq heures et demie. Comme les gens qui lui envoyaient des saladiers de légumes nettoyés pour en faire de la soupe, ou des paniers de fruits soigneusement essuyés. Ils étaient si gentils avec lui. Quentin n'aurait pu rêver compagnie plus agréable, mais il ressentait le besoin de rentrer chez lui. Juste pour voir si c'était bien ça ou un autre pays, un monde différent. C'est à ce moment-là que Brenda appela.

Ils venaient de servir cent vingt déjeuners, son père était venu, et l'une des serveuses, Mon, une jeune femme rieuse ne voulait pas croire qu'ils n'étaient pas propriétaires et qu'un dénommé Quentin existait vraiment.

— Vous lui avez dit qu'elle ne serait guère avancée avec moi ? plaisanta-t-il comme chaque fois qu'il évoquait sa sexualité.

— Non. Mais, grâce à vous, elle a la chance de se former dans un grand restaurant. De toute façon, elle n'a pas besoin de vous, elle a séduit l'un de nos plus prestigieux clients de la banque voisine.

Il ne demanda pas à Brenda la raison de son appel. Elle y viendrait.

— Vous reviendriez nous rendre visite, Quentin ? Rien que pour nous observer discrètement. Nous adorerions ça.

— Vous devez être médium... j'y songeais justement.

Ils fixèrent une date. Dans quelques semaines.

— Je vous laisse le soin de prévenir votre père.

— Merci. J'emmènerai ma mère s'acheter un chapeau et j'irai probablement voir mon père la veille de mon départ. Pas la peine d'en faire trop. Vous avez aussi ce sentiment vis-à-vis de la famille ?

Quentin était toujours poli et jamais indiscret. Personne ne voyait d'inconvénient à répondre à une de ses questions sans détour.

— Eh bien, mes parents vont bien dans l'ensemble, mais j'ai plein de sœurs avec qui les partager, contrairement à vous. Cela allège le fardeau.

— J'imagine, fit-il, plein d'amertume.

— Vous viendrez seul ?

Une fois, il avait débarqué avec un charmant jeune homme, Katar.

— Je serai seul.

— Je vais m'assurer que Patrick vous proposera un de nos plats d'inspiration marocaine. Nous servons une très bonne salade à l'orange et à la cannelle avec un tajine au poulet, mais ce n'est pas assez exotique.

— Ce doit l'être suffisamment pour Dublin, répondit Quentin en riant.

— Cela fait longtemps que vous n'êtes pas venu.

Elle en discuta avec Patrick ce soir-là.

— Tu aurais dû parler d'un couscous. Comme ça, il aurait vu qu'au moins, nous faisons des efforts.

— Il ne rentre pas pour inspecter nos plats.

— Pourquoi alors ?

— Je ne sais pas.

Elle préférait se taire. Cela aurait paru trop étrange de répondre qu'elle pensait qu'il rentrait pour faire ses adieux.

Il arriva exactement le jour dit et sourit chaleureusement lorsqu'on lui présenta le personnel. Un homme grand et mince, âgé d'une quarantaine d'années, encore beau, bronzé, mais l'air fatigué.

— Où est-ce qu'il a trouvé l'argent pour s'acheter un endroit pareil ? glissa Mon à Yan.

— Il paraît qu'il a touché un héritage.

— Mais de qui ? Pas de son horreur de père, tout de même. Tu as vu son visage. On dirait un saint, non ?

Ils ignoraient que Brenda pouvait lire sur les lèvres.

— Quentin n'est pas exactement un saint. Mais il a hérité de cet endroit en toute légalité. D'un ami.

Ils restèrent bouche bée qu'elle ait pu les entendre. Quentin la vit sourire en s'approchant de sa table.

— J'adorerais savoir ce que vous pensez, lui dit-il gentiment.

— Je vous le dirai peut-être tout à l'heure. Là, il faut que je veille au bon déroulement du repas.

Elle s'assura qu'on servirait deux sortes d'eau minérale

à Quentin. Elle avait senti qu'il ne boirait pas de vin. Elle commanda une assiette d'amuse-gueules. Pour lui permettre de picorer. Elle avait croisé suffisamment de gens dans sa vie pour savoir qu'il ne mangerait pas beaucoup. Quentin était un homme malade.

Installé dans le box, il vit sa mère arriver pour déjeuner avec trois amies. Sara Barry avait pris un coup de vieux. Elle avait l'air bouffi et plutôt idiot. Il lui aurait déconseillé les couleurs pastel et ce débordement de bijoux.

La mère de Quentin n'imaginait pas une seconde qu'on l'observait attentivement de l'autre bout de la salle. Tout ce qui lui importait, c'était que les quatre femmes à sa table prennent conscience des sommes qu'elle dépensait pour sa garde-robe. Elle leur expliqua à quel point c'était pratique d'avoir un compte chez Hayward. Il suffisait de montrer sa carte; ils étaient si aimables.

Quentin eut pitié d'elle. Le personnel des magasins Hayward aurait fait preuve d'autant d'amabilité si elle avait montré une carte de crédit, un carnet de chèques ou une liasse de billets. Il y avait travaillé suffisamment longtemps pour le savoir. Toutes ces années avant qu'il n'ait la chance de sa vie. Il connaissait M. George, M. Harold et Mlle Lucy, et le peu de respect qu'ils avaient justement pour les détenteurs de carte.

Il songea à Toby Hayward, dont la générosité lui avait permis de posséder son propre restaurant et qui lui écrivait encore d'Australie.

Toute cette affaire avait été si mystérieuse.

Katar disait que c'était Dieu qui lui avait offert ce restaurant, un vague dieu irlandais qui savait que Quentin était malheureux et qui souhaitait lui permettre d'avoir les fonds nécessaires pour s'installer au Maroc. Mais Katar était l'être le plus lumineux que Quentin avait jamais connu.

Impossible de croire qu'il n'entendrait plus ce rire ou ne verrait plus ces yeux brillants. Il avait amené Katar à cette table même une fois. Quentin sourit à ce souvenir.

« J'aimerais passer d'une table à l'autre pour leur dire à tous que ce restaurant est le nôtre, le nôtre ! Puis une trompette sonnerait, tu te lèverais et nous t'applaudirions tous. »

Katar aurait apprécié et n'y aurait rien vu de stupide. Rien qu'une fête de plus, comme sa vie entière. Même pendant les derniers mois de sa maladie.

— J'ai tellement de chance, tu es là pour veiller sur moi, me raconter des histoires au plus profond de la nuit. Qui va en faire autant pour toi ?

— Oh ! ils sont légion, avait répondu Quentin en baignant le front brûlant de Katar d'eau de rose fraîche.

— Alors, va les chercher, prépare-toi à le leur demander, fais-leur savoir que tu as besoin d'aide. Ne t'avise pas de crâner, jure-le-moi. De toute façon, je le saurai, je t'observerai.

— Je te le jure, Katar. Je ne crânerai pas.

Mais étrangement, le moment venu, Quentin n'eut pas besoin d'amis. Il se contenta de contempler la beauté du pays qu'il en était venu à considérer comme le sien. La vie n'était pas si importante. On faisait partie d'un tout, comme les chaînes de montagne, les tempêtes de sable et les bourgeons qui fleurissaient au printemps. La semaine prochaine, il serait de retour là-bas et il attendrait. Cela n'aurait rien d'effrayant. Mais d'abord, il avait des décisions à prendre ici.

Avec son père et sa mère, il n'y aurait guère de problèmes. Cela faisait déjà longtemps qu'ils lui avaient pratiquement claqué la porte au nez.

— Mère, je t'emmène acheter un chapeau ?

— Pas question que j'aille dans un de ces affreux souks de Marrakech.

— Je suis à Dublin.

— Ah bon !

— Alors ?

— Bien sûr que j'adorerais un chapeau, reprit Sara Barry. Elle ne dit pas qu'elle adorerait voir son fils, mais il faut dire qu'elle ignorait qu'il était en train de mourir.

— Tu savais que Quentin est à Dublin ? demanda-t-elle à son mari ce soir-là.

— Non, mais il appellera de l'aéroport avant de partir, c'est ce qu'il fait généralement, répondit Derek Barry en levant à peine les yeux de son journal.

— C'est parce que tu n'as rien à lui dire.

— Oui, c'est vrai, contrairement à toi qui peux discuter de la différence entre deux rouges à lèvres avec lui.

— C'est bien ce que je disais, tu es toujours prêt à créer des conflits.

— Oh ! il y a bien longtemps que je n'ai plus de conflits avec Quentin.

Il ne restait plus à Quentin qu'une décision à prendre. Le restaurant. L'endroit qui portait son nom.

Il avait demandé son avis à Tobe Hayward.

— Croyez-moi, lui avait simplement répondu le vieil homme, le moment venu, vous ferez ce qu'il faut.

Tobe Hayward lui avait aussi rappelé que tout était à son nom.

Quentin s'était toujours dit qu'il saurait quoi faire le moment venu. Mais il n'avait pas songé que ce moment viendrait aussi vite. Ridiculement tôt, en fait. Pourtant il avait le sentiment que tout était clair à présent, comme Tobe l'avait prédit. Il savait.

Pour l'instant, il allait apprendre à connaître le personnel en bavardant avec eux.

La belle Mon lui confia tous les détails de son histoire d'amour avec M. Clive Harris et ajouta qu'elle se moquait bien de l'Italien qui l'avait escroquée de toutes ses économies.

Yan lui raconta que son père voulait investir dans un petit restaurant pour lui en Bretagne et qu'il ne savait pas comment lui avouer qu'il se plaisait trop en Irlande pour en partir.

Harry, quant à lui, s'était dit que travailler à Dublin, la capitale de la république irlandaise, serait une épreuve à supporter le temps d'acquérir une bonne formation. En fait, il n'avait jamais été aussi heureux, et tous ses amis venaient passer leurs week-ends à Dublin maintenant. Les temps avaient changé.

Quentin rencontra des amis de Brenda et de Patrick. La femme extraordinaire qui se faisait appeler Signora qui coupait les légumes, astiquait les cuivres et parlait un italien impeccable allait, à son âge, se marier avec un divorcé, et elle confia à Quentin qu'elle était la femme la plus heureuse de la terre.

Il rencontra Blouse Brennan, le frère de Patrick, si fier de sa rousse de femme Mary et de leur petit garçon. Blouse lui dit que, par comparaison avec ceux qui étaient avec lui en classe, comme Horse et Shay Harris, il avait très bien réussi. Et personne ne l'aurait cru à l'époque.

Quentin rencontra toutes sortes de gens qu'il n'aurait jamais croisés dans l'Irlande d'antan. Ella Brady et Derry King qui allaient tourner un documentaire sur le restaurant. Son restaurant ! Quentin se dit qu'il fallait absolument qu'il raconte ça à Tobe.

Et leurs confrères de Firefly Films, Sandy et Nick. Passionnés par leur travail.

Y avait-il des gens comme ça quand il était jeune, pleins de courage et de détermination ? Il ne pouvait poser la question à personne. Le frère Rooney n'était plus de ce monde. Il était parti pour un immense jardin au ciel.

Et Tom et Cathy qui dirigeaient une maison de traiteurs. Comme il leur arrivait de préparer des plats pour les clients du restaurant, ils y passaient souvent. Ils attendaient un bébé, ce qui leur valait régulièrement de chaleureuses félicitations.

Quentin remarqua l'air triste de Brenda un jour après leur départ.

— Vous auriez aimé avoir un enfant ?

— Oh oui, beaucoup. Et Patrick aurait fait un père merveilleux.

— Mais vous avez eu des compensations ? demanda-t-il avec espoir.

— Ce restaurant est notre enfant, répondit Brenda en regardant fièrement autour d'elle.

Il sourit et elle comprit soudain qu'elle avait peut-être été présomptueuse.

— Je voulais simplement dire que nous adorons travailler ici.

— Vous êtes-vous demandé pourquoi je suis revenu, Brenda ?

— Pourquoi ne reviendriez-vous pas pour vous assurer que tout va bien ? Je vous avais dit que nous voulions faire étalage de notre réussite.

Elle avait les yeux trop brillants. Elle savait.

— Je suis en train de mourir, Brenda.

— J'ai apporté ces dattes et ces noisettes au box, comme tu me l'as demandé, expliqua Blouse Brennan à son frère, mais comme Brenda et Quentin pleuraient, j'ai décidé de ne pas les déranger.

— Ils pleuraient ? fit Patrick, surpris.

— Oui, Brenda s'essuyait les yeux avec une serviette empesée.

— Alors, c'est sérieux. Tu as bien fait de ne pas les déranger. D'autres drames en salle ?

— Je n'ai pas osé regarder. On est plus en sécurité dans la cuisine.

Et il se remit à la préparation des légumes avec Signora. Un excellent moyen de se changer les idées.

— Et votre ami, Katar ?

— Il est mort avant moi, l'année dernière. C'est gentil de vous rappeler son nom.

— Qui pourrait l'oublier ? Il était adorable, plein de vie...

— Il aimait ce restaurant. Nous étions assis à cette table et il m'a dit que, si les pauvres et les malades pouvaient se régaler d'une telle cuisine, ils se sentiraient certainement mieux... ou du moins, ils mourraient heureux.

Ils rirent au souvenir du beau Marocain souriant, qui n'avait pas peur d'affronter la mort, qui était resté philosophe jusqu'à la fin.

— Voilà ce que vous pourriez faire, Quentin. Vendre le restaurant et, avec l'argent, ouvrir un endroit charitable – de la cuisine de très haute qualité pour ceux qui n'auraient jamais les moyens de se l'offrir.

— Je ne peux pas vous faire ça... Patrick et vous en avez fait ce qu'il est.

— Nous trouverons un autre emploi, nous avons bonne réputation...

— Mais c'est un peu votre enfant, non ?

— Nous en trouverons d'autres, Quentin.
— Et Blouse, Signora et les autres…
— Ils survivront aussi.
— Il y aurait assez d'argent pour faire les deux… garder cet endroit et créer l'autre ?
— Bien sûr, vous ne lisez jamais les rapports des comptables ? Ils n'arrêtent pas de dire que vous devriez vous agrandir… mais vous aurez besoin d'argent pour les médicaments, l'hôpital…
— Non, je vais rentrer dans la maison où je vivais avec Katar, c'est mieux.

Son visage retrouva une expression sereine lorsqu'ils évoquèrent des détails pratiques. Blouse leur apporta des dattes, du miel et des noisettes. On nota des chiffres.

— Et ce documentaire, vous ne voulez pas y participer ? demanda Brenda.

Il secoua doucement la tête. Il ne voulait rien avoir à faire avec ça, mais il était content qu'on le tourne.

Maintenant il fallait qu'elle l'écoute attentivement.

Quentin Barry vendait son entreprise à Brenda et Patrick Brennan qui lui feraient un unique petit versement, et une partie de leurs bénéfices irait chaque année à une société baptisée La Bonté de Katar. Où l'on servirait de la grande cuisine aux malades en phase terminale.

— Nous allons avoir besoin d'un avocat. Je ne veux pas faire appel aux vieux amis compassés de mon père.
— Je connais celle qu'il nous faut. Maggie Nolan. Elle est en partie la raison de notre venue ici. Ce serait un joli moyen de boucler la boucle.

Il eut la larme à l'œil lorsqu'elle lui raconta l'histoire de Maggie.

— Katar disait que je pleurais très facilement. S'il pouvait me voir maintenant !

À la fin de la semaine, Maggie et ses confrères étaient venus à plusieurs reprises et tout était signé.

Quentin Barry avait acheté un élégant chapeau à sa mère et lui avait dit qu'elle avait les plus jolies pommettes de Dublin. Il avait emmené son père faire une longue promenade au bord de la mer et s'était extasié devant les beaux bateaux et l'excellent état de l'économie irlandaise. Il tint leur main un peu plus longtemps que d'habitude en leur disant au revoir, mais pas trop longtemps pour éviter qu'ils ne se doutent de quelque chose.

  Et lorsqu'il quitta le restaurant, il serra longuement Brenda et Patrick dans ses bras. Avant de monter dans le taxi, il leur murmura que lui aussi avait un enfant et qu'il le laissait entre de bonnes mains.

IV

12

Tim et Barbara Brady déjeunèrent tard d'une soupe comme ils le faisaient pratiquement tous les jours.
— Elle ne s'est pas couchée du tout ? demanda Barbara.
— Apparemment pas. Elle a passé plusieurs coups de téléphone avec son mobile. Puis elle est sortie.
— Et vous n'avez parlé de rien... enfin, tu vois ?
— Non, Barbara. Je n'allais pas commenter le contenu d'une lettre que nous n'aurions jamais dû lire.
— Je ne sais pas, il n'y avait pas d'enveloppe après tout.
— Quoi qu'il en soit, nous n'avons rien évoqué, et je ne mettrai pas le sujet sur le tapis. Et elle a rappelé pour nous demander de venir au brunch qu'organise Deirdre dimanche pour que nous rencontrions le millionnaire.
— Excellent !
— Je ne sais pas. J'en ai jusque-là des millionnaires, si tu veux savoir.

— Apparemment, ton amie Ella était en Amérique et il ne lui a pas fallu longtemps pour se dégotter un vieux friqué là-bas, dit Frank à sa femme Nuala.
— Je ne vois pas de quoi tu parles.
— Tu n'en sais vraiment pas long sur le compte de tes soi-disant amies. On les a vus descendre du vol de New York et monter dans une limousine ce matin. Tu peux l'appeler ?
— Impossible, Frank.
— Pourquoi pas ? Tu t'es toujours tant vantée de votre amitié à toutes les deux.

— Pas depuis que tu as décidé que je devrais cesser d'être son amie. Elle l'a très mal pris.
— Téléphone-lui aujourd'hui, Nuala.
— Il est mort, quelle importance maintenant ?
— Aujourd'hui, Nuala.

Ella arriva en avance à leur rendez-vous, mais Derry l'attendait déjà au bar.
— J'ai eu une drôle de journée agitée, et vous ?
— Moi aussi.
— Vous avez dormi ?
— Pas du tout. Et vous ?
— Pas une seconde non plus. Je ne crois pas que nous devrions aller Chez Quentin ce soir. Nous souffrons tellement du décalage horaire que nous risquons de nous endormir dans nos assiettes.
— Qu'est-ce que vous suggérez ?
Elle ne sut quoi répondre. Si elle avait encore eu son appartement, elle aurait pu lui préparer un dîner.
— Je n'ai pas la moindre idée, Derry.
— Quel couple de cinéastes nous faisons. À New York, nous avons discuté jour et nuit de la ville de Dublin et de la manière de raconter son histoire et maintenant que nous y sommes, nous ne savons pas par quoi commencer.
Ils éclatèrent de rire tous les deux. Ils décidèrent de dîner au restaurant de l'hôtel. Un homme s'approcha d'eux.
— Ella Brady ? Je m'appelle Mike Martin. Souvenez-vous, nous avons parlé de feu Don Richardson un jour...
— Oui, et j'ai été désolée d'apprendre sa mort, répondit-elle sans s'arrêter.
Voyant que l'homme les suivait, Derry l'entraîna en direction de l'ascenseur.
L'homme se planta devant eux.
— Je sais qu'il a essayé d'entrer en contact avec vous avant de mourir.
— Il faut que j'y aille maintenant, fit-elle en se tournant vers Derry qui s'interposa entre eux.
— Je vous en prie, Ella... c'était important pour lui.
— Excusez-moi, fit-elle en s'approchant de l'ascenseur.

Derry était derrière elle. Il fit face à l'homme qui tentait toujours d'agripper Ella par le bras.

— Je pense que vous avez entendu ce que la dame a dit.

— Fichez-moi la paix.

Derry réagit très rapidement. Il entra dans l'ascenseur et tira Ella à l'intérieur. Elle tremblait. Il la prit dans ses bras pour la calmer et appuya sur le bouton de son étage. Une étreinte d'ours, un geste fraternel. Le genre d'étreinte qu'il aurait donnée à n'importe quelle victime d'un choc. Cela ne dura que quelques secondes. Puis l'ascenseur s'arrêta.

Dans la suite, il ouvrit une petite bouteille de cognac.

— Une potion. Je la partage avec vous.

Elle but une gorgée et cessa de trembler.

— Qui était-ce ?

— Un homme de main. Je suis désolée que vous ayez été mêlé à ça.

— Ce n'est pas de votre faute.

— Il n'est rien. Il n'est pas important. Ce n'est pas grave.

— Vous savez bien que c'est faux.

— Pourquoi dites-vous cela, Derry ?

— Parce qu'il s'est attaqué à vous dans un endroit public, qu'il a évoqué devant tout Dublin des choses qu'il n'est pas censé savoir. Il vient de se dévoiler, Ella, et peu lui importe qui est au courant. Il m'a bousculé. Il s'apprêtait à vous malmener. C'est très grave et vous le savez.

Elle le fixait sans rien dire.

— Et si ce n'est pas grave, pourquoi avez-vous apporté ce portable dans ce sac en bandoulière ? Vous aviez peur de le laisser à la maison, Ella. Vous voulez bien arrêter de me dire que les gens n'ont pas d'importance, que la situation n'est pas grave ? Vous me prenez pour un imbécile ou quoi ?

— Très bien. Je vais vous raconter. J'ai reçu un coup de téléphone de Nuala. Vous vous souvenez d'elle ?

Il acquiesça.

— Elle a dit qu'elle appelait pour prendre de mes nouvelles, mais je sais que son mari et ses frères sont à ma recherche. Je ne sais pas trop pourquoi. Mais j'ai pris peur et j'ai emporté le portable avec moi. J'espérais que vous ne le remarqueriez pas... mais vous n'avez pas les yeux dans votre poche. Et je vous suis très reconnaissante de m'avoir tirée de ce mauvais pas en bas.

— Peut-être, mais et demain et après-demain ? Qui va vous tirer d'affaire ?

— Il faut que je réfléchisse.

— Vous me faites confiance ?

— Vous savez bien que oui.

— Alors pourquoi ne pas y jeter un coup d'œil ensemble ?

— Quoi ?

— Commandez-nous du café et des sandwiches, et nous allons ouvrir ce portable et décider quoi faire.

Elle décrocha le téléphone avec des larmes de soulagement.

— Non, Nuala, je ne sais pas où est Ella ce soir, dit Deirdre.

— Enfin tu dois le savoir, tu es son amie.

— Et toi aussi avant que tu ne commences à te prendre pour une sorte de limier tentant de la persuader de parler à Frank.

— Ce n'est pas Frank, mais ses frères.

— Peu importe, ils sont complètement dénués de sensibilité. Ella est bouleversée par la mort de Don et ils n'ont aucune sympathie pour elle. Ils continuent à se comporter comme des chiens pisteurs qui cherchent à savoir si elle sait quoi que ce soit des affaires de Don. Pas étonnant qu'elle ne te rappelle pas ou qu'elle refuse de t'adresser la parole.

— Mais elle m'a parlé. Elle a juste dit qu'elle sortait. Je croyais que c'était avec toi.

— Non, Nuala, alors fiche-lui la paix, tu veux !

— Laisse-moi te dire une chose, ils la trouveront.

— Et laisse-moi te dire une chose. Je n'aime pas ta façon de parler. Cela sonne comme des menaces.

— Ce ne sont pas des menaces, c'est juste que les frères de Frank m'inquiètent.

— Avec raison, et si tu m'embêtes encore avec eux, je clamerai haut et fort ce que j'ai fait avec Eric, l'un desdits frères, le jour de ton mariage. Alors réfléchis bien avant de te remettre à pourchasser Ella. Tu piges ?

Deirdre raccrocha et ouvrit le livre de cuisine.

— Qu'est-ce que c'est que cette série de chiffres ? demanda Ella à Derry.

— On dirait une série de transferts, de transactions. On achète quelque chose ici, on le revend là, puis quelqu'un d'autre le revend, on investit l'argent à un endroit, quelqu'un le retire pour l'investir ailleurs.

— Mais pourriez-vous remonter une piste ? Supposons que vous gériez ce programme.

— Oui, mais il n'y a aucune preuve que tout serait au même nom, au même propriétaire qu'au début, si vous voyez ce que je veux dire.

— Et je suppose que les gens ordinaires ne tiennent pas leurs comptes d'une manière aussi complexe.

— Non, à moins de vouloir cacher quelque chose.

— Et vous pouvez me dire si c'est comme ça depuis le tout début ?

— Cela remonte à pas mal d'années, sans aucun doute, puisqu'ils ont créé ce programme pour conserver des traces.

— Ce n'est pas le fruit d'une panique de dernière minute ?

— Je crains que non, Ella.

— Je dois avoir envie de croire qu'ils étaient honnêtes au départ, mais d'après vous ils ont toujours donné dans la dissimulation.

— Peut-être le faisaient-ils au vu et au su de clients qui avaient peut-être aussi des choses à cacher. (Derry King s'efforçait d'être juste.) Mais on dirait bien que les clients n'étaient pas au courant de ces transactions.

— Je ne crois pas. Cela signifie qu'ils ont toujours tout planifié, Don et Ricky Rice.

— Ricky Rice ?

— Son beau-père. Il tirait toutes les ficelles, prenait toutes les décisions. C'est lui qui a mêlé Don à tout ça. Il s'efforçait de se libérer.

— Bien sûr.

— Non, je sais que j'ai l'air de défendre Don, mais c'était Ricky Rice le cerveau. Il dirigeait tout avec un gant de fer. Chaque jour, ils étaient obligés de faire des disquettes de leurs négociations et de les envoyer à Ricky. Cela donne une idée de son pouvoir.

— Ouais.

— Arrêtez de me répondre par des grognements. Que voulez-vous dire ?

— Il n'est fait aucune mention de Ricky Rice ici, pas la moindre. Cet homme pourrait revenir ici sans rien craindre. Son nom n'apparaît nulle part, ici, nulle part.

— Qu'est-ce que vous voulez dire ?

— Il n'y a rien pour le relier à tout cela. Tout a été organisé par Don Richardson.

— Tu as retrouvé Ella ? demanda Frank en rentrant.

— Non.

— Eh bien, tu peux remercier le ciel que quelqu'un soit prêt à partir à sa recherche. Mike Martin a téléphoné. Il l'a retrouvée en train de dîner avec un Américain dans Stephen's Green. Elle est même descendue avec lui à l'hôtel. Elle se console vite.

— Frank, écoute-moi.

— Non, pourquoi ? C'est à toi de m'écouter. Mes frères t'ont demandé un truc simple et tu as refusé de le faire. Tu sais ce que nous leur devons et là, tu avais l'occasion de fureter un peu...

— J'ai fureté comme tu dis et ils ne vont pas aimer ce que j'ai découvert. Pas une seconde. Et si nous n'arrêtons pas de pourchasser Ella, tout le monde saura. Y compris Carmel, bon sang.

— Saura quoi ?

— Ce que ton superbe frère a fait...

— Tu as parlé de Carmel ?

— Oui, parce que ton frère Eric, si tu te souviens bien, est son cher et fidèle mari. Elle serait ravie d'apprendre ce qu'il a fait le jour de notre mariage. Le jour de notre propre mariage, Frank.

Elle comprit à son expression que l'aventure avec Deirdre n'était pas vraiment une découverte pour Frank.

— Oh merde !

— Exactement. Et tu savais, tu étais au courant, n'est-ce pas ? De quoi rigoler ensemble entre mecs. Eh bien, voyons ce qu'en dit Carmel.

— Tu ne vas pas aller lui raconter ?

Frank n'en menait pas large maintenant. Carmel était la plus impressionnante de ses belles-sœurs.

— Je n'en avais pas l'intention, mais crois-moi, Deirdre s'en fera un plaisir si on touche à un cheveu d'Ella.

— Deirdre se mettrait dans le coup à ce moment-là.

— Elle s'en fout. Et si j'ai l'impression que c'est le genre de truc que tu cautionnes, je vais me charger de le dire à Carmel.

— Nuala, je t'en prie. Tu sais que je n'ai jamais regardé une autre femme de ma vie. Tu le sais, n'est-ce pas ?

— Non, je ne le sais pas, mais je suis sûre que ton frère le saura et qu'il me racontera dès qu'il aura eu affaire à Carmel.

Ella s'efforçait de digérer ce qu'elle venait d'apprendre. Pas la moindre mention de Ricky Rice dans la société qui portait son nom.

— Est-ce qu'il manque des données, auxquelles nous n'aurions pas pu accéder ?

— Je ne vois pas.

— Mais le nom de la société. Il doit bien y avoir quelque chose là-dedans qui prouve qu'elle appartenait à M. Rice.

— Tout est là. Regardez. Il y a trois ans, il y a eu un transfert par acte notarié. Rice a tout donné à Richardson. Devant témoins. Tout à fait légalement. La société appartenait entièrement à Don Richardson.

— Mais alors pourquoi son beau-père s'est-il enfui avec lui ?

Ella avait la tête qui tournait.

— Peut-être qu'il s'agissait d'un coup monté. Si le scandale éclatait, le beau-père pouvait s'enfuir avec eux. Si tout passait comme une lettre à la poste, le beau-père pouvait rentrer libre comme l'air. Il est plus âgé, il est peut-être plus attaché à l'Irlande.

— Et sa fille, elle ne possédait pas de parts ?

— Si l'on en croit ce qu'on trouve ici, non.

— Alors ils peuvent tous rentrer maintenant ? Maintenant que Don est mort ?

— Allons, Ella. Je ne suis pas un spécialiste, mais d'après ce que nous venons de lire depuis deux heures, c'est probable. Ils ne seraient pas tenus responsables.

Elle resta coite.

— Mais ils n'en ont pas forcément envie, fit-il hésitant.

— Derry, je ne me sens pas très bien. Je ne pense pas pouvoir rentrer à la maison ce soir. Cela vous ennuierait beaucoup que je reste ici ?

— Pas du tout. J'allais suggérer quelque chose d'approchant.

— Vraiment ? Bien. Il faut que j'appelle mes parents. Je peux ?

Elle s'adressa d'une voix neutre à sa mère. Elle allait passer la nuit à l'hôtel. Ils avaient beaucoup de travail à faire.

— Votre mère a été d'accord ?

— Elle n'est d'accord avec aucune de mes initiatives depuis deux ans, mais elle n'en fait pas tout un foin.

— C'était Ella, expliqua Barbara. Il ne faut pas que nous l'attendions. Elle va passer la nuit à l'hôtel. Ils ont beaucoup de travail apparemment.

— Je vois, fit le père d'Ella.

— Ne sois pas comme ça, Tim.

— Mais je n'ai rien dit. Elle est adulte. Elle est libre de faire ce qui lui plaît, répondit-il d'un ton pincé.

— Si tu lui avais parlé, tu aurais eu la même sensation que moi. Cela n'a rien à voir avec la dernière fois. Il n'y a rien entre eux. J'en ai l'intuition.

— Je suis sûr que tu as raison. Mais ni toi ni moi n'avons fait preuve de beaucoup d'intuition la dernière fois.

— On commande un café et peut-être un dessert ? Pour nous soutenir pendant que nous prenons une décision.

— D'accord, fit-elle vaguement. Mais de quelle décision parlez-vous ?

Derry se mit à arpenter la pièce. Pour la première fois depuis leur rencontre, il avait l'air peu sûr de lui. Lorsqu'il parlait de sa Fondation, de Kimberly, de son travail, de sa haine pour son père, il allait droit au but. Là, il semblait chercher ses mots.

— Si vous allez toucher les lettres de change pour votre père. Si vous allez remettre cet appareil.

Elle l'observa avec objectivité. Un homme de grande taille, carré, en manches de chemise. Quelqu'un de si connu que même Harriet et ses amies avaient entendu parler de lui. Fatigué à présent, las. Il avait le visage marqué de rides qui donnaient l'impression qu'elles ne s'effaceraient jamais.

— Que devrais-je faire à votre avis, Derry ?

— Non, Ella, non. C'est à vous d'agir. Je n'ai fait que vous défricher le terrain.

— Il faut que je fasse tout ça maintenant ?

Elle était consciente d'être pathétique en cherchant à repousser le moment fatidique.

— Il vaudrait mieux ne pas trop attendre, si vous voulez mon avis.

— Pourquoi ? Cela fait des mois que cela dure. Pourquoi ne pouvons-nous pas attendre un peu plus ?

— À cause de ce type qui nous a bousculés au bar. À cause de votre amie avec tous ces beaux-frères. Parce qu'on sait que vous avez ce portable et que tous veulent savoir ce qu'il y a dedans pour récupérer ce qu'ils peuvent.

— Je ne suis pas encore prête à prendre une décision.

— Comme je l'ai dit, c'est à vous d'agir.

Il commanda le café. Elle regarda les voitures tourner autour de Stephen's Green.

Puis ils changèrent de sujet. Elle lui parla du jour de son permis de conduire. Elle devait bien être la seule au monde à être rentrée dans une moto à peine trois minutes après avoir démarré. L'examinateur avait affirmé que c'était la faute du motard et qu'elle avait réagi avec beaucoup de calme.

Derry ne se souvenait pas comment il avait appris à conduire. Il devait avoir douze ans. Peut-être qu'un ami de son père l'avait initié. Il avait souvent pris le volant pour ramener la camionnette à la maison quand son père avait trop bu.

Et qu'avait-elle fait d'autre pendant cette drôle de journée agitée ?

Elle lui raconta son déjeuner avec Deirdre, la réunion prévue dimanche en son honneur, réunion à laquelle les diables de jumeaux assisteraient.

— Ne leur révélez rien sur vous, lui conseilla-t-elle.

— Je suis assez doué dans ce domaine.

— Ça, c'est vrai, fit-elle avec un sourire.

— Désolé. Est-ce que c'est agaçant ?

— Non, rafraîchissant au contraire. Ici, tout le monde n'arrête pas de tout déballer.

— Demandez-moi ce que vous voudrez, Ella, et je vous répondrai.

— Pas question.

— Si, j'insiste. J'ai envie d'être libre, franc. Cela ne m'est pas arrivé depuis longtemps.

— Je peux poser une question pour moi ?

— Tout ce que vous voudrez.

— D'accord, Derry, si ce n'est pas tricher... Que feriez-vous pour le portable et tout ça à ma place ?

Il réfléchit. Elle ne chercha pas à presser le mouvement. Elle savait qu'il répondrait.

— Je ne suis pas vous, Ella. Mais j'ai promis de répondre. Je toucherais les lettres de change pour votre père, mais je sais que vous n'en ferez rien. Et je sais aussi sans que vous ayez besoin de me le dire que lui non plus ne les toucherait pas.

Elle écarquilla les yeux : il lisait en elle.

— Quant au reste, je le remettrais. Mais je ne sais pas ce que vous devriez faire. Si j'étais dans mon propre pays, il faudrait que je le fasse. Je jugerais illégal de détenir de tels renseignements et de n'en rien dire. Mais ici, c'est peut-être différent. Et je sais à quel point vous avez aimé cet homme et que vous ne souhaitez pas qu'on vienne fouiner dans ses affaires. il est donc possible que ce ne soit pas du tout une option pour vous. Et que cela ne le soit jamais.

Elle ressentit une telle gratitude pour lui qu'elle en resta muette.

— Merci, Derry, finit-elle par articuler. Vous avez été

très bon avec moi. Un vrai ami. J'aimerais vous rendre la pareille.

— Peut-être que l'occasion se présentera.

— Vous avez raison sur un point. Je ne vais pas toucher ces lettres de change. Il y a des gens qui ont bien plus souffert que nous dans ce cataclysme. Et vous avez raison de dire que mon père n'y toucherait pas non plus.

Il acquiesça.

— Mais en vérité, je ne sais pas du tout ce que je vais faire pour tout ce que contient ce portable. Vous avez raison, il ne faut pas perdre trop de temps. Mais j'ai d'abord une chose à régler. Je peux vous en parler demain ?

— Quand vous voudrez.

— Merci.

Et ils restèrent assis comme deux amis quand ils sont fatigués et qu'il n'y a rien à ajouter parce qu'ils se sont compris.

Ils firent des projets pour la journée du samedi. Derry allait faire le tour de Dublin en bus. Ella se rendrait Chez Quentin. Ils ne se reverraient que chez Deirdre, le dimanche à midi.

— Qu'est-ce que j'apporte ?

— Du vin.

— En quelle quantité ?

— Du calme. Je sais que nous sommes à Dublin, mais une bouteille suffira. Du blanc ou du rouge.

— Merci pour vos conseils.

— Merci de m'offrir un toit pour cette nuit, répondit-elle en retirant ses chaussures.

— Ah non. Je suis un gentleman. Prenez la chambre, s'il vous plaît.

— Pas question, Derry. Je vais dormir sur ce ravissant canapé. Posez cette couverture sur moi, vous voulez bien ? Je serai partie avant votre réveil.

— Vous êtes une fille bien, Ella, et c'est un plaisir de travailler avec vous.

— Vous êtes un peu un héros, marmonna-t-elle.

— Quoi ?

Mais elle dormait déjà.

À neuf heures du matin, le téléphone réveilla Derry. C'était Kimberly.

— Oh! désolée, tu dormais. Comme je n'arrive pas à fermer l'œil, je me suis dit que j'allais t'appeler.

— Ne t'inquiète pas, il faut que je me lève de toute façon.

— Je voulais juste savoir, tu as survécu?

— Je crois, oui. Je n'ai pas encore vu grand-chose.

— Mais ni drames, ni scènes, ni regrets?

— Non, rien de tout cela, Kim.

Il regarda la porte du salon qu'il avait laissée ouverte. Ella était-elle éveillée? Écoutait-elle? Il ferait bien d'aller vérifier. Il demanda à Kimberly de rester en ligne. La couverture était pliée sur le canapé, son portable était posé à côté, et il y avait un mot dessus.

Vous êtes la générosité même, Derry King. Je n'oublierai jamais votre gentillesse à mon égard hier soir. Puis-je laisser la machine à votre garde? J'aurai pris ma décision à propos de son contenu dimanche soir. J'apprécie votre aide.

Affectueusement, Ella.

Il reprit le téléphone.

— Désolé, Kim, j'avais cru qu'on frappait. Non, tout va bien ici, comme tu me l'as dit il y a des années. C'est un endroit ordinaire, qui ne grouille pas de dragons, comme je le croyais.

— Dieu soit loué, Derry! Je souhaitais tellement ça pour toi. Tu le mérites.

Ensuite, il réfléchit à la conversation qu'ils venaient d'avoir. Jamais il ne lui avait autant menti. Tout n'allait pas bien ici. Personne n'avait frappé. Cela faisait longtemps qu'il n'avait pas croisé autant de dragons. Pas les siens, mais ceux d'Ella Brady.

13

— Je suis désolée de ne pas être rentrée cette nuit, dit Ella. J'espère que vous ne vous êtes pas inquiétés ?
— Non, puisque tu as prévenu.
— Je voulais dire que je ne me lance pas dans une autre histoire impossible.
— Bien sûr que non.
— Derry n'est pas du tout le même genre. Il ne pense qu'au travail, il n'a pas une seconde pour le reste. De toute façon, vous allez le rencontrer demain chez Dee.
— Et Dublin lui plaît ? demanda sa mère.
— Difficile à dire. Il est très secret.
Ella était pensive. Elle avait l'air à des kilomètres de là.
— Tu seras à la maison aujourd'hui ?
— Non, maman, j'ai un tas de choses à régler. Je voudrais que vous réfléchissiez très sérieusement à quelque chose. Tout l'argent que vous avez perdu à cause de Don est là, vous le savez, dans ce coffre, des lettres de change, du liquide, Dieu sait quoi. Vous avez lu la lettre. Si vous voulez le prendre, je serai heureuse de le faire pour vous.
— Tu vois, Tim, triompha sa mère. Je savais qu'elle penserait ça. Ton père a dit de ne pas t'en parler, mais je savais que tu aurais une réaction de bon sens. Après tout, c'était son ultime volonté que tu sois tirée d'affaire et que tu n'aies plus à travailler comme une folle.
— Oh ! il n'est pas question que j'en prenne un seul euro, maman, mais papa et toi, c'est différent. C'est à vous de décider.

— Et bien sûr, si nous ne le récupérons pas, cela restera là-bas, reprit Barbara, presque suppliante.

— Ou nous pourrions le donner à d'autres victimes de l'escroquerie, continua Ella, un peu sèchement.

— Nous n'en voulons pas, dit son père.

— Tim !

— Parlez-en aujourd'hui. Vous me direz demain quelle décision vous avez prise. Ah ! Autre chose, papa. D'après ce que tu as pu entendre, c'était Don ou Ricky, le cerveau de l'affaire ?

— Ricky Rice, il paraît, mais Don apportait le charme et le baratin.

— Tu serais surpris t'apprendre que Ricky Rice ne possédait rien, que tout était au nom de Don ? Ricky est libre de rentrer quand il veut et il est possible qu'il le fasse maintenant que Don est mort.

— Il n'aurait pas cette audace. Il ne pourrait regarder en face tous ceux qui ont perdu de l'argent.

— Mais s'il n'était pas partie prenante, pourquoi a-t-il fui ? (La mère d'Ella avait l'esprit pratique.)

— Je ne sais pas. J'y ai réfléchi toute la nuit.

— Il doit y avoir une bonne raison.

Ella se gara près de la Liffey. Elle marcha jusqu'aux immeubles où Don Richardson avait sa garçonnière, l'endroit où il était censé vivre pendant qu'il passait tout son temps avec elle. Des appartements petits et pratiques. Il n'y avait pas beaucoup de mouvement en ce samedi matin. Peut-être que les gens sortiraient plus tard pour acheter le journal. Il fallait qu'elle apprenne ce qu'il était advenu de son appartement. Qui l'avait acheté, qui vivait entre ces quatre murs à présent.

Puis elle reprit sa voiture et se rendit à son ancien appartement. Là où elle avait été si heureuse avec Don. Maintenant il était loué par deux filles qui travaillaient pour la chaîne de télévision au bout de la rue. Ella les avait trouvées en vingt-quatre heures, après avoir décidé de déménager. Elle leur avait rendu un appartement nickel, et elle avait même fait don de certains de ses biens. Comme la couette. Elle n'aurait jamais pu s'en servir de nouveau.

Elle se gara en face et contempla pensivement la maison un long moment. Si elle n'avait pas rencontré Don Richardson, elle y vivrait peut-être encore aujourd'hui. Le jardin était à l'abandon. Elle eut envie d'aller ramasser les feuilles mortes, couper les fleurs desséchées. Mais que diraient les nouvelles locataires si elles la voyaient ? Déjà qu'elles la prenaient pour une excentrique. Après tout, quand elles s'étaient rencontrées, elle était célèbre, sa photo s'étalait tous les jours dans le journal du soir, généralement à côté des mots « nid d'amour ». Si elles la voyaient à genoux dans leur jardin, elles prendraient peur.

Elle passa devant l'école où elle avait enseigné. Là aussi, elle avait été heureuse, avant que Don Richardson n'entre dans sa vie. Les gamins étaient plutôt sympa. Est-ce que sa remplaçante s'en tirait bien ? Surtout avec cette effrontée de Jacinta. Pour les enfants, il n'y avait pas de souci à se faire, ils étaient pleins de ressource.

Ce qui lui rappela Maud et Simon, qui venaient déjeuner le lendemain. Il fallait qu'elle leur demande leur lien de parenté exact avec Tom ou Cathy. Ils n'arrêtaient pas de répéter que les parents de Cathy n'étaient pas vraiment leurs grands-parents, mais ils avaient l'art de s'emmêler les pinceaux. Dee prétendait qu'on lui avait expliqué un jour mais que c'était tellement compliqué qu'elle s'était endormie avant la fin.

Elle traversa Dublin, puis les faubourgs et longea la mer. Elle se rendait à Killiney, là où Don et Margery vivaient dans leur belle maison. Là où ses fils jouaient au tennis, là où son beau-père passait tant de temps que c'était presque un second foyer pour lui. Elle connaissait l'adresse, mais elle n'avait jamais vu l'endroit. Aujourd'hui il fallait qu'elle le fasse.

Une pancarte annonçait que la voie était privée, mais il n'y avait pas de chaîne pour vous décourager d'entrer. Elle roula lentement, remarquant les jardiniers, les laveurs de vitres, l'activité d'un quartier prospère un samedi matin. De grosses voitures étaient garées devant les garages. Des femmes, en tenue décontractée, se rendaient au supermarché. Toutes les maisons étaient équipées de systèmes de sécurité coûteux. C'était là que Margery Rice avait vécu pendant des années avec son père, son mari et ses fils. Mais elle avait dû passer beaucoup de temps toute seule, avec ses fils à l'école, son père au bureau, son mari dans les bras d'Ella Brady. Et aujourd'hui, Margery se faisait appeler Mme Brady et elle habitait la Playa de los Angeles, en Espagne. Regrettait-elle sa splendide demeure avec sa pelouse impeccable ? L'avaient-ils vendue, la louaient-ils ? Est-ce que Margery et son père, s'ils avaient les mains si propres que ça, allaient rentrer et reprendre une existence normale ?

Elle descendit de voiture et s'accouda au portail. Il fallait qu'elle examine cet endroit pour voir si cela pouvait l'aider à comprendre ce qui était arrivé.

Une femme s'approcha. Environ vingt-cinq ans, les cheveux en désordre, en jean, et un gamin de deux ans à la main.

— Je peux vous renseigner ?

— Oh ! j'admire simplement ces splendides propriétés. Je connaissais les gens qui vivaient ici, les Richardson.

— Ah oui ?

— Vous les connaissiez ?

— Non, j'ai seulement entendu parler d'eux. Je garde la maison en quelque sorte. Mon oncle l'a louée après leur départ. C'était un grand ami à eux.

— Il a dû être bouleversé quand Don est mort.

— Je crois, oui, fit la fille en récupérant l'enfant qui venait de lui échapper.

— Il est trop mignon, dit Ella.

— Je vous présente Max. Une vraie plaie. Comme avec lui cela m'est difficile d'aller travailler, j'ai été ravie d'hériter de la garde de cette maison. Je m'appelle Sasha.

— Et moi, Ella.

— Je vous offre un café ?

Ella réfléchit un instant. Son nom ne disait apparemment rien à la jeune femme. Pourquoi pas, après tout ? Elle suivit Sasha à l'intérieur de la maison de Don et de Margery.

Visiblement aucun meuble ne manquait. Les murs disparaissaient sous des tableaux de peintres que Don appréciait. Elle reconnut les livres qu'il aimait. Rien ne pouvait avoir changé. La maison était dans le même état que le jour où ils avaient pris la fuite.

— J'aurais cru que ce serait… plus nu.

— Moi aussi quand mon oncle m'a proposé de la garder. Comme Max n'a pas de père, je suis un peu un problème pour la famille, expliqua la jeune femme avec un charmant sourire.

Elle était jolie. Elle montra à Ella qu'elle avait recouvert de draps tout ce qu'il y avait de précieux pour éviter que Max n'y laisse des traces de doigts collants. D'un côté de la maison, on avait vue sur la mer, de l'autre sur les monts Wicklow. Un endroit de rêve. Pas étonnant que Sasha ait été ravie d'y habiter.

— Et votre oncle vit ici aussi ?

— Il va et il vient, mais il voyage beaucoup. On ne sait jamais très bien où se trouve Mike.

— Mike ?

— Mon oncle. Il s'appelle Mike Martin. Vous devez le connaître.

— Je l'ai vu à la télévision bien sûr. Et vous pensez qu'il passera aujourd'hui ?

— Il ne prévient jamais, il débarque, c'est tout.

Ella posa sa tasse de café et annonça qu'elle devait partir. Sasha fut déçue.

— À dire vrai, j'espérais que vous resteriez. Il n'y a que des vieux dans le coin, affreusement riches. Vous êtes normale, vous au moins.

Mais Ella ne s'attarda pas. Mike Martin la recherchait, elle et le portable.

— Vous ne m'avez pas raconté comment vous avez connu la famille ? dit Sasha en la raccompagnant.

Ella réfléchit un instant. Sasha parlerait de son passage de toute façon. Autant dire la vérité.

— En fait, moi aussi je suis un peu un problème pour ma famille, Sasha. Je les connaissais parce que j'étais amoureuse de Don Richardson. J'étais folle de lui et j'ai le cœur brisé depuis sa mort. Je voulais juste voir où il habitait de son vivant.

— Oh ! mon Dieu.

— Ce serait peut-être mieux que vous ne parliez pas de ma visite à votre oncle. Mieux pour tout le monde.

Sasha hocha vigoureusement la tête et Max tendit une joue couverte de glace.

On ne parlerait pas de sa visite.

Pour l'instant.

Ella avait apporté un sandwich et une brique de lait. Elle poussa jusqu'à Wicklow Gap où l'on ne voyait rien d'autre que des moutons et des chemins rocailleux qui descendaient vers une rivière au fond d'une vallée. Elle avait toujours aimé cet endroit qui lui permettait d'y voir clair lorsqu'elle avait des soucis.

Elle sortit une couverture et resta longtemps assise à contempler le paysage. Il arrivait que des véhicules passent, et un ou deux se garèrent pour laisser leurs occupants admirer le panorama, mais personne ne vint l'embêter et elle se rendit à peine compte de leur présence. La beauté du lieu eut son effet habituel sur Ella qui reprit sa voiture pour rentrer.

Ses parents voulurent parler des fameuses lettres de change, mais Ella leur dit que ce n'était pas la peine.

— Écoute, lui dit sa mère. Ton père refuse de prendre cet argent et je suis tombée d'accord avec lui.

— Oui, mais à contrecœur.

— Non, il a raison. Il y a des gens qui ont souffert plus que nous et ce ne serait pas juste.

— Je n'ai pas à agir avant demain soir. Vous pouvez encore réfléchir.

— Et qu'est-ce que tu vas faire demain soir ?

— Je ne sais pas trop, maman. C'est vrai. Je crois le savoir, mais je ne suis pas encore sûre.

Deirdre annonça que tout serait prêt à midi et qu'Ella pouvait amener Derry tôt pour qu'il ne se retrouve pas dans une pièce pleine d'inconnus.

Il fut horrifié par la façon de conduire d'Ella.

— Je n'aurais jamais cru qu'un jour je mettrais ma vie entre vos mains, fit-il en se bouchant les yeux.

— Vous me vexez. Vous m'avez promenée dans New

York et je n'en suis pas morte, rétorqua-t-elle en évitant un bus de justesse.
— Il n'y a donc pas d'agents de la circulation ici ?
— Allons, Derry. Ça roule tout seul aujourd'hui. Vous devriez voir ce trajet en pleine heure de pointe. Et il ne faut pas oublier qu'ici personne ne signale jamais qu'il tourne à droite ou à gauche.
— Vous non plus ?
— Allons ! Ils seraient complètement perdus si je le faisais.

— Je vais bousculer mes habitudes et prendre un verre d'alcool, sec, dit Derry quand ils arrivèrent chez Deirdre.
— Dieu soit loué. Ella m'a raconté que vous aviez siroté un verre de vin pendant trois heures et je me demandais ce qu'on allait faire de vous. Maud et Simon sont arrivés avec une heure d'avance pour préparer leur spectacle de marionnettes.
— Ici, c'est différent, répondit Derry King en s'asseyant pour se remettre de ses émotions.

14

— Il paraît que vous avez été adorables, votre femme et vous, avec Ella quand elle était à New York, dit Barbara Brady.

— Mon ex-femme Kimberly a une très haute opinion d'Ella et moi aussi. Vous avez une fille très brillante, Barbara.

— Merci, fit le père d'Ella. C'est toujours agréable pour des parents d'entendre des compliments sur leurs enfants. Avez-vous des enfants, monsieur King ?

— Oh ! appelez-moi Derry, s'il vous plaît. Non, pas d'enfants. Et je le regrette. Nous formons un couple plutôt rare : notre séparation n'a pas fait de nous des ennemis. Le partage de la garde aurait été paisible. Je souhaite tout le bonheur du monde à Kim, et c'est réciproque. J'ai longtemps résisté à l'idée de venir en Irlande pour des tas de raisons personnelles. Kim est ravie que je me sois enfin décidé.

— Et vous, êtes-vous ravi ?

— Je ne suis pas encore sûr, Tim. Je viens à peine d'arriver.

— Vous reviendrez peut-être ici ensemble un jour.

— Oh non, Kimberly a un nouveau mari. Ils sont très heureux ensemble.

Brenda Brennan fit son entrée. Il la reconnut grâce aux photos dans le dossier Quentin qu'il avait épluché si soigneusement à New York. Tirée à quatre épingles et très maîtresse d'elle-même. Mais chaleureuse aussi. Elle espérait de tout cœur qu'il apprécierait son séjour.

— Nous préférerions que vous restiez avec nous à Dublin, mais vous aurez peut-être envie d'aller dans l'ouest. Ce n'est pas loin selon les critères américains.

— Mais c'est plutôt dangereux sur ces petites routes, non ?

— Pas du tout. Nous avons de grandes et belles autoroutes bien larges à présent. D'où votre famille est-elle issue, à propos ?

— Je n'ai pas de famille.

— Pardon, j'ai dû mal comprendre. J'ai cru entendre Ella parler de vos origines irlandaises, comme tant d'Américains qui viennent ici.

— J'ai effectivement des antécédents irlandais d'un côté de ma famille, mais pas de parents.

— Vous ne partirez pas en quête de vos racines, alors ?

— Certainement pas. (Derry eut conscience d'avoir été un peu sec. Il fallait arranger ça.) En fait, la famille de mon père venait de Dublin.

— Génial. J'adore apprendre que des Dublinois ont réussi. Mon mari vient de la campagne et il prétend que seuls les ruraux s'en sortent à l'étranger.

— Je ne dirais pas que mon père a réussi.

— Non ? Eh bien, son fils ne me fait pas l'effet d'un perdant en tout cas, répondit-elle avec un grand sourire.

Il se détendit et lui rendit son sourire.

— Venez que je vous présente quelques personnes. Voici Ria et Colm. Ils dirigent un merveilleux restaurant dans Tara Road, il faudra que vous y alliez, vous en profiterez pour laisser des cartes de Chez Quentin sur toutes les tables.

— Comme si elle avait besoin de ça !

Ria était une petite brune aux cheveux bouclés avec un immense sourire. Son mari était un bel homme à l'air sérieux.

Derry remarqua que Ella le regardait pour s'assurer que tout allait bien. Il leva son verre à sa santé. Il avait l'impression d'être chez lui dans cette maison où personne ne lui réclamait rien. Mais il fallait qu'il se méfie de cette sensation. Elle était probablement due au verre d'alcool fort qu'il avait avalé pour se remettre de ses émotions après le trajet en voiture. Il n'en reprendrait pas, il enchaînerait au jus d'orange.

Une petite blonde de dix, onze ans au visage sérieux fit son apparition à ses côtés.

— Je peux vous resservir ?

— Oh ! c'est très gentil... est-ce que je connais votre nom ?

— On vous a peut-être parlé de nous. Je m'appelle Maud Mitchell. Mon frère Simon et moi nous chargeons du spectacle cet après-midi.

— Excellent. Je m'appelle Derry, Derry King.

— Et comment on doit vous appeler ? Mon frère et moi, nous nous trompons toujours.

— Derry.

— Vous êtes sûr ? Vous êtes bien plus âgé que nous.

— Peut-être mais j'ai envie de me sentir plus jeune.

Maud jugea apparemment cela normal et suggéra à Derry de prendre un jus de pamplemousse au Schweppes. C'était censé être rafraîchissant. Bien sûr, au sens strict, cela représentait deux boissons mais comme il était l'invité d'honneur, cela devrait aller.

— Je suis l'invité d'honneur ?

— Oui, parce qu'on doit vous demander votre avis pour le spectacle. Nous ne pouvons pas danser parce qu'ici il n'y a pas de plancher, rien qu'une vieille moquette. Nous avons apporté un spectacle de marionnettes, mais Tom et Cathy pensent que cela risque d'être trop long. Nous devions chanter, et comme vous êtes américain, nous devions chanter des trucs horribles du genre « Come back to Erin », des machins traditionnels qu'ils ont tous adorés quand nous étions à Chicago.

— C'est vraiment horrible ?

— Oh ! on ne les chanterait jamais ici, si vous voyez ce que je veux dire. Et puis on nous a dit que vous n'apprécieriez pas parce que vous n'êtes pas un Américain normal.

— Effectivement, c'est vrai. (Cette enfant plaisait beaucoup à Derry.) Et qu'est-ce qu'on chanterait ici, à votre avis ?

— Eh bien, « Raglan Road » ou « Carrickfergus ». Je vais consulter Simon,; il est meilleur juge que moi. Mais l'important, c'est que nous ne sommes pas censés chanter trop longtemps pour ne pas vous barber. Ça nous arrive d'être un peu longs. Le spectacle de marionnettes dure sept minutes, si bien que si nous chantions deux chansons, cela irait ?

— Ce serait génial. Vous commencez maintenant ?

— Vous devez avoir de drôles de fêtes en Amérique. Bien sûr que nous ne pouvons pas commencer maintenant, il faut que nous attendions que tout le monde soit assis avec sa tasse de café et son dessert.

— Ella, je suis vraiment navrée que les jumeaux monopolisent M. King, dit Cathy. J'ai essayé de les éloigner une bonne demi-douzaine de fois, mais il prétend qu'ils l'enchantent. Il refuse de prêter attention à quelqu'un d'autre.

— Ne t'inquiète pas. Il se sent vraiment bien avec eux. Je ne l'ai jamais vu aussi heureux.

— C'est une très belle fête, Dee, dit Ella.

— Nick et Sandy sont un peu déçus de ne pas pouvoir lui parler davantage – il passe tout son temps avec ces mômes.

— Il n'arrête pas d'éloigner ceux qui tentent de le tirer de leurs griffes. J'aimerais bien savoir ce qu'ils se racontent.

— Brenda sait lire sur les lèvres. Je lui demanderai tout à l'heure.

Les jumeaux étaient occupés à expliquer qui ils étaient.

— Vous voyez Cathy là-bas avec son gros ventre ? Il y a un bébé dedans, mais ce n'est pas où je veux en venir. Eh bien, elle est la fille de Muttie et Lizzie, sa femme. Et dans le temps nous sommes allés vivre avec Cathy et son mari d'alors, qui était Neil Mitchell, notre cousin. Le père de Neil et le nôtre sont frères. Voilà !

— Mais vous vivez avec Muttie.

— Oui. Et sa femme Lizzie.

— Bien. Mais pourquoi exactement ?

— Père et Mère ne peuvent pas nous garder. Ils aimeraient bien mais ils en sont incapables, alors nous allons les voir le week-end. Muttie nous y conduit dans sa camionnette.

— Et pourquoi vos parents ne peuvent-ils pas vous garder ?
— Mère a les nerfs en mauvais état et Père voyage beaucoup. C'est mieux que nous habitions avec Muttie et Lizzie.
— Les nerfs ?
— Oui, elle se fait du souci, alors elle boit plein de vodka et puis elle oublie où elle est.
— Et pourquoi fait-elle ça ? Boire de la vodka ?
— Cela lui calme les nerfs. C'est comme une potion magique. Elle oublie ce qui la bouleversait. L'ennui c'est qu'elle ne sait plus ce qu'elle dit, qu'elle tombe par terre et que cela contrarie tout le monde.
— Mais si elle arrêtait la vodka, vous pourriez aller vivre avec elle, non ?

Derry ne comprenait pas qu'une femme puisse laisser de si merveilleux enfants avec des inconnus.

Ils expliquèrent qu'ils avaient un frère, mais qu'il avait commis un crime quelconque, donc on n'en parlait jamais et il ne venait pas à la maison. Un temps il avait travaillé dans le bureau du père de Neil avec Oncle Jock, mais c'était fini et il était parti.

— Est-ce que nous parlons trop de nous ? s'inquiéta Maud. Comme nous ne vous avons pas posé une seule question, vous n'avez pas pu dire grand-chose.
— Il n'y a pas grand-chose à raconter sur mon compte. Mon père avait les nerfs en mauvais état lui aussi. Il se servait du whisky comme potion magique pour les apaiser. Des litres.
— Et cela marchait ? demanda Maud.
— Non, pas du tout.
— Et est-ce que votre mère voyageait beaucoup comme notre père ?

Simon était si innocent que Derry eut presque le cœur brisé de voir ces enfants accepter cette situation intolérable.

— Non, elle ne pouvait pas. Il fallait qu'elle élève ses enfants, et sans argent ni aide.

Les enfants remarquèrent que son expression s'était durcie.

— Mais s'il avait les nerfs en mauvais état, reprit gentiment Maud, personne ne pouvait rien y faire ?

— Il aurait pu essayer d'arrêter de boire. Cela lui aurait évité d'insulter ma mère.

— Allons, fit Simon, il ne le pensait pas. Quand maman a bu, elle dit des choses horribles à notre père, elle l'accuse de voir d'autres femmes, et elle dit que nous sommes des monstres qui lui volent de l'argent dans son porte-monnaie. Mais aucun de nous n'y prête attention.

— Quoi ?

— C'est vrai, ce n'est pas la peine, ils ne pensent pas ce qu'ils disent. Vous ne croyez pas qu'ils préféreraient de loin mener une vie agréable et paisible comme tout le monde ?

— Et vous ne les détestez pas ?

Simon et Maud échangèrent un regard stupéfait.

— Les détester ? Notre mère et notre père ? C'est impossible, lui répondirent-ils en chœur.

Il resta silencieux un moment. Les jumeaux se regardèrent. Il avait l'air au bord des larmes.

— Ça va, monsieur Derry ?

— Est-ce que nous parlons trop ?

Derry King secoua la tête.

— Tu penses qu'on devrait passer au spectacle ? demanda Simon à Maud.

— Peut-être que notre idée n'est pas la bonne. Tu sais bien que quelquefois on se trompe et que tout le monde pense qu'on aurait dû le comprendre.

— Je pourrais interroger Cathy.

— Nous ne pouvons pas l'abandonner alors qu'il est tout chamboulé.

Derry ne disait toujours rien. Il s'efforçait de dissimuler son émotion.

— Monsieur Derry, peut-être que vous devriez aller derrière le canapé pleurer un bon coup si vous voulez à cause des nerfs de votre père, après vous vous sentirez mieux. Souvent quand on va voir maman, après on pleure en songeant à tout ce qu'elle rate. Vous aimeriez faire ça ?

— Pas maintenant, mais peut-être plus tard.

— Ça vous ferait du bien, fit-elle en lui tapotant la main.

Brenda rapporta la conversation à Ella.

— Maud l'incite à aller pleurer un bon coup derrière le canapé.

— Jésus, Marie, Joseph. Et il va le faire ?
— Plus tard, a-t-il dit.
— Et que raconte le garçon ?
— Il se demande si nous ne devrions pas commencer le spectacle.
— Il n'y a pas de temps à perdre, vous ne croyez pas ?

Cathy annonça que le spectacle de marionnettes qui durait environ sept minutes s'appelait « le Saumon plein de sagesse » mais que la marionnette du saumon avait souffert pendant le voyage et avait perdu des écailles ; il fallait donc que tout le monde l'imagine avec davantage d'écailles. Le public applaudit à tout rompre, et Maud et Simon saluèrent plusieurs fois. Ils demandèrent si quelqu'un voulait entendre une chanson particulière. Ils avaient le droit d'en chanter deux, précisèrent-ils en regardant autour d'eux, sûrs de la réception enthousiaste qu'ils allaient recevoir.

Désireux de leur épargner une trop longue attente, Derry s'entendit réclamer « Carrickfergus ». Il ne connaissait pas la chanson, il se rappelait seulement le titre.

Immobiles, côte à côte, ils entonnèrent la chanson d'amour et de rêves perdus. Ils avaient des voix ravissantes.

Derry sentit un picotement inhabituel dans ses yeux. Il détestait ce genre de musique, qui glorifiait la nostalgie et présentait une image sentimentale du vieux pays. Il n'allait pas laisser deux enfants qui avaient été témoins de violence chez eux changer son état d'esprit. Jim Kennedy était un homme violent qui avait fait vivre un enfer à tout son entourage. Derry n'allait pas s'attendrir sur son compte. Mais il commençait à se dire qu'il comprenait pourquoi sa mère lui avait pardonné aussi souvent. Elle devait croire, comme ces enfants, que Jim Kennedy comme tous les ivrognes aurait préféré vivre autrement, mais qu'il n'avait pas pu. Était-ce le sentiment de sa mère quand elle avait insisté pour rester dans la maison que Derry voulait à tout prix la voir abandonner ?

Les enfants qui en étaient au dernier couplet invitèrent le public à se joindre à eux.

Tout le monde applaudit et félicita Maud et Simon. Les jumeaux étaient occupés à décider de leur second et dernier titre.

— Vous savez, c'était tellement bien, que je me demande si vous ne devriez pas vous en tenir là, pour partir en pleine gloire, leur suggéra Cathy.

C'était un concept que les jumeaux avaient du mal à saisir. Mais Maud regarda Derry King. Il était l'invité d'honneur, l'homme qu'on leur avait demandé de distraire. Elle vit que les autres avaient déjà remarqué. Il avait le visage baigné de larmes.

— Tu as raison, Cathy. Je crois que nous devrions arrêter là. Pour cette fois.

— Vous êtes des amours tous les deux.

— Ils sont drôlement bizarres tous, tout d'un coup, dit Simon qui aurait bien aimé chanter la seconde chanson.

— Ce n'est pas parce que j'ai pleuré que vous devez garder le silence et conduire à dix à l'heure, grommela Derry.

— Eh bien! c'est dur de vous satisfaire aujourd'hui, soupira Ella.

— Je suis satisfait, comme vous dites. J'ai adoré ce déjeuner. Tout le monde était si gentil. Merci, Ella.

— Vous leur avez beaucoup plu.

— Vraiment?

— Oh oui, et Brenda prétend que maintenant qu'elle vous connaît, le projet l'inquiète moins. Mes parents ne vous prennent pas pour un affreux Yankee dangereux. Mes élèves de maths vous adorent littéralement.

— J'ai passé une très bonne journée.

— Moi aussi. Et c'est tant mieux, parce que j'ai plein de choses à faire.

— Oui?

— Oui, Derry. Je veux régler cette histoire de portable. En finir une fois pour toutes. Et je me demandais si je pouvais le faire de votre suite à l'hôtel.

— Bien sûr.

— Vous êtes très reposant, vous savez. Vous ne vous lancez pas dans de grandes phrases quand un seul mot suffit.

— Bien, fit-il en souriant.

— Je serais incapable de faire ça sans vous, Derry.

Elle lui fut reconnaissante de ne pas lui demander ce qu'elle comptait faire, mais Derry était un homme d'affaires pratique. Il savait qu'il le découvrirait dès qu'il entrerait dans sa suite.

— Et si vous prépariez quelques sandwiches pour Muttie et Lizzie ? dit Cathy aux jumeaux en les déposant devant son ancienne maison de St. Jarlath's Crescent. Je vais aussi leur laisser du gâteau. Apparemment Dee est au régime et elle a refusé que cela reste chez elle, pour ne pas être tentée.
— Est-ce qu'il t'est arrivé de détester Muttie et sa femme Lizzie ? demanda Maud sur le ton de la conversation.
— Non, Maud, jamais. Et toi ?
— Bien sûr que non.
— Alors pourquoi cette question ?
— À cause d'un truc que Derry a dit. Qu'il détestait son père.
— Il a dit ça ?
Cathy était choquée.
— Pas exactement, mais presque. Il a des cousins ici, mais il ne va pas chercher à les voir, confirma Simon.
— Ils s'appellent Kennedy et ils sont peintres en bâtiment ici à Dublin, précisa Maud, fière de détenir ces renseignements.
— Je les connais, dit Cathy. Ils travaillent avec le père de Tom.
— On leur organise une fête surprise pour les réunir ? suggéra Maud.
— Non, Maud. Je sais que je suis rabat-joie, mais je te jure, ce n'est pas une bonne idée, répondit Cathy qui décida de téléphoner à Dee pour la mettre au courant.

Ella et Derry se préparèrent un thé dans la chambre.
— D'abord, je vais appeler mes parents pour leur demander s'ils sont bien sûrs de ne pas prendre l'argent.
Ils refusaient d'être remboursés de cette façon. Si une enquête apportait la preuve de délit d'initié, alors ils accepteraient volontiers une part en guise de compensation, mais pas comme ça.
— Derry King nous a beaucoup plu, conclut sa mère.

— Et la réciproque est vraie, maman.
Elle resta longtemps silencieuse après cet échange. Derry, tout aussi calme, sirotait son thé.
— Bon, finit-elle par dire.
— Racontez-moi ce que vous allez faire.
— Je vais appeler sa femme. Pour lui demander quelles sont ses intentions. Souhaite-t-elle revenir vivre en Irlande, est-elle propriétaire de la maison de Playa de los Angeles ? C'est la seule qui n'appartienne pas complètement à Don. Peut-être voulait-il que sa femme et ses enfants aient cette maison. Peut-être qu'il lui a laissé un mot aussi.
— Et ensuite ?
— Et ensuite, selon ce qu'elle me répond, je vais probablement appeler la brigade des Fraudes pour leur demander de venir chercher le portable dans le hall de l'hôtel.
— Et que pourrait-elle dire qui vous ferait changer d'avis ?
— Si elle répond qu'elle n'aura pas de toit et qu'elle ne supporte pas la honte, je vous demanderai de m'aider à effacer ce qui concerne sa maison.
— C'est très généreux de votre part.
— Je dois bien ça à Don.
— Vous ne lui devez rien. Nous en avons déjà parlé.
— Oui, mais rappelez-vous que je tiens à me conduire de façon impeccable.
— Il est mort, Ella. Il ne saura pas à quel point vous vous conduisez bien.
— Je vous en prie, Derry. Aidez-moi.
— Comment ?
— Asseyez-vous à côté de moi pendant que je passe ce coup de téléphone.
— Vous avez tout mis au point, c'est ça ?
— Hier, j'y ai réfléchi toute la journée. J'ai fait un bilan du passé. C'est ce que je souhaite faire.
— Soit, je viens m'asseoir à côté de vous.

Le téléphone ne sonna que six fois, mais cela parut une éternité. Un homme décrocha.
— Pourrais-je parler à Mme Margery Brady, s'il vous plaît ? fit-elle d'une voix un peu tremblante.

Derry lui tapota la main.
— À qui ?
— Mme Brady. Margery.
— Où avez-vous trouvé ce numéro ?
— Je suis bien au 23, Playa de los Angeles ?
— Oui, mais... tout le monde n'a pas ce numéro...

La voix était familière. Affreusement familière.
— Don ?
— Mon ange ? Ella, c'est toi ?

Elle en avait le souffle coupé.

Derry lui avait passé un bras autour des épaules et lui offrait un verre d'eau. Elle repoussa le verre, mais serra sa main.
— Don, c'est vraiment toi ? Je te croyais mort ?
— Où es-tu, mon ange ? insistait-il, inquiet.
— Tu m'as dit que tu allais mourir, te suicider...
— J'ai failli, mais finalement... je suis incapable d'aller au bout des choses.

Il eut un petit rire creux. Le rire des situations très graves.
— Je te croyais mort, Don. Mort, au fond de la mer. J'ai pleuré pour toi, j'ai regretté que tu ne puisses jamais revoir les feuilles dorées de l'automne. J'ai même pleuré pour tes fils, qui n'apprendraient pas à te connaître... et en fait, tu n'étais pas mort.
— C'est bien, non, mon ange ? Nous serons ensemble dès que j'aurai réglé tous ces problèmes.
— Tu ne m'as jamais aimée, Don.
— Bien sûr que si... et je t'aime encore.
— Qu'est-ce que tu avais l'intention de faire, Don ?
— Attendre jusqu'à ce que je puisse récupérer le portable pour tout régler. Remettre notre vie en ordre.

Elle resta coite.

Derry lui serra la main plus fort. Elle avait tenu le combiné de sorte qu'il puisse entendre la conversation.
— Ella ? Mon ange, tu es là ?
— Tu ne m'as jamais aimée. C'était seulement une histoire de fesses, c'est ça ? Parce que j'étais jeune ?
— Nous allons nous revoir. Apporte-moi le portable. Je te raconterai tout.

— Je ne peux pas faire ça, Don.
— Pourquoi pas ?
— Parce que je l'ai remis à la brigade des Fraudes.
— Et l'argent pour tes parents ? Je peux prouver que tu l'as touché.
— Non, je l'ai également rendu.
— Je ne te crois pas.
— Pourquoi ?
— Parce qu'on serait venu m'arrêter.
— Mais cela va arriver, Don.
— Quand est-ce que tu le leur as remis ?
— Il y a une heure, répondit Ella avant de raccrocher.

15

L'opération prit bien moins de temps qu'ils ne l'auraient cru.

Les inspecteurs vinrent à l'hôtel. Deux hommes tranquilles, ordinaires, dont un grand brun qu'elle avait déjà rencontré la fois où elle avait menti à propos du portable.

— Alors comme ça il est réapparu ? dit-il en la regardant.

— Oui.

— Et vous êtes… ? fit-il en s'adressant à Derry.

Derry lui tendit une carte de visite.

— Derry King, ami et associé de Mlle Brady.

— Et qu'est-ce que c'est que ça ?

— Le ticket et la clé d'un coffre. Don Richardson prétend y avoir laissé des lettres de change ou des chèques visés pour moi.

— Et vous ne l'avez pas ouvert ?

— Non.

— Mais si c'était pour vous…

— Il a escroqué mon père. C'était une manière de s'excuser, c'est du moins ce que j'ai pensé.

— Il fallait d'autant plus les prendre alors…

L'inspecteur ne terminait jamais une phrase, il la laissait en suspens, attendant que quelqu'un d'autre complète.

Cette fois, Derry s'en chargea.

— Mlle Brady et ses parents, qui ont un grand sens moral, ont décidé qu'ils ne pouvaient pas prendre l'argent comme ça sans rien dire. Ils vous le rendent.

— Admirable.
— Et le mot de passe pour le portable est Playa de los Angeles.
— Ah, vous avez deviné ça...
— Pas exactement...
— Alors M. Richardson vous l'a donné...
— Pas exactement non plus. Il m'avait dit que c'était «ange» et, récemment, quand je l'ai essayé, cela n'a pas marché, alors j'ai réfléchi à ce qui pouvait s'en rapprocher et cela a fonctionné.
— Bravo, mademoiselle Brady.
— Mais ce n'est pas le plus important..., bafouilla-t-elle. Non, le plus important, c'est qu'il n'est pas mort. Il est vivant. Je lui ai parlé ce soir. Il ne s'est jamais suicidé.

Elle les regarda tour à tour, s'attendant à des expressions de surprise. Pas du tout.

— Nous n'avons jamais vraiment cru à sa mort. Cela ne collait pas. Cela ne tenait pas debout qu'il se suicide.
— Je l'ai cru mort et je le connaissais très bien, dit Ella.
— Je n'en doute pas.
— Vous auriez pu me le dire, reprit-elle, les larmes aux yeux. Cela m'aurait épargné tout ce chagrin.
— Nous ne vous avons pas vraiment rencontrée depuis. Nous vous avons demandé de rester en contact avec nous au cas où ce portable réapparaîtrait et vous n'en avez rien fait...

Derry intervint.

— Mais maintenant que le portable a fait sa réapparition et qu'Ella vous a contactés, nous en avons terminé, je crois.

Les deux hommes se levèrent et leur serrèrent la main. Ils les remercièrent pour leur coopération et demandèrent si Ella et Derry, bien sûr, s'ils le souhaitaient, voulaient bien les accompagner au coffre, pour que la remise de son contenu soit officielle.

— Son nom, son adresse, et ses numéros, tout est là, leur dit Ella. Il se fait appeler Brady, ironique, non?

Les inspecteurs eurent l'air de sincèrement compatir. Tout était bouclé une heure après.

Ella appela sa mère.

— C'est fait. J'ai tout rendu. Enfin j'ai tout donné à la brigade.

— Tu as bien fait. Merci, Ella.

— Non, merci à vous deux d'avoir été aussi gentils et confiants avec quelqu'un que je vous ai présenté. Je vous revaudrai ça, je vous le promets.

— Arrête, Ella.

Sa mère avait remarqué la voix tremblante de sa fille.

— Encore une chose, maman...

— Tu ne rentres pas ce soir ?

— C'est ça. Tu as de vrais dons de médium.

— Arrête de te ronger les sangs, Ella. C'est tout ce que je te demande. Il est mort, oublie-le. Personne ne saura jamais s'il n'a pas eu de regrets à la fin. On ne peut pas juger les morts.

— Il n'est pas mort, maman. Il est vivant, en bonne santé et il est installé en Espagne avec sa famille.

— Non, Ella. Il a été tué dans cet horrible accident de bateau...

— C'était un coup monté. Il vit là-bas avec l'argent de papa, et tu ne devineras jamais : il se fait appeler Brady ! Voilà.

— Derry est avec toi ?

Ella lui tendit l'appareil.

— Oui, bien sûr, ne vous inquiétez pas. Oui, certainement. Non, en fait elle est beaucoup plus calme que vous ne le pensez. C'est de l'annoncer pour la première fois à quelqu'un qui est le plus dur. Non, elle ne court aucun danger, Barbara, croyez-moi. Moi aussi. Au revoir.

Ils parlaient d'elle comme si elle n'avait pas été là.

— Vous savez, Derry, la seule chose qui va m'aider à tenir le coup, c'est de me plonger à corps perdu dans le travail.

— Bien. J'espérais vous entendre dire ça.

Elle en fut surprise.

— J'aurais cru que vous me conseilleriez de parler, d'analyser la situation.

— Non, ce n'est pas la peine. Cela ne nous avancera à rien de chercher à savoir ce qui meut cet homme. Vous avez fait ce que vous deviez faire. Maintenant remettez-vous à vivre.

— Et je peux rester ici ?

— Bien sûr. Mettons-nous tout de suite au travail. Étudions certaines de ces histoires. Pour voir comment nous pourrions les raconter... devrions-nous passer de table en table ? Par exemple, Mon et M. Harris nous expliqueraient comment tout a commencé à une table, puis nous passerions à une autre table avec une autre histoire... Ou devrions-nous procéder chronologiquement... le restaurant qui commence à s'animer à cinq heures du matin...

Ella éclata de rire.

— Je ne crois pas qu'il y ait quelqu'un pour bouger à cinq heures du matin à Dublin.

— Attendez ! Vous n'avez pas arrêté de me vanter le modernisme de cette ville.

— Disons sept heures, ce sera plus réaliste.

— Cela ne tient pas debout, Ella. Pensez au ramassage des poubelles, aux victuailles rapportées du marché. Cela doit s'animer plus tôt.

— Nous demanderons à Brenda et Patrick demain soir. En attendant, reprenons les meilleures histoires et celles qui seront plus dures à raconter.

— Cet Écossais, Drew, il ne va pas raconter sa propre histoire, n'est-ce pas ? Révéler qu'il a failli se transformer en voleur ?

— Apparemment, si, sa chance a tourné ce soir-là, sa fiancée était tellement admirative lorsqu'elle a appris qu'il avait résisté à la tentation ! D'après Brenda, il meurt d'envie de tout raconter.

Derry secoua la tête, ébahi.

— Les gens d'ici sont extraordinaires, non ?

— Non. Cela ne se produit pas qu'en Irlande. C'est pareil partout, en Angleterre, aux États-Unis, ils meurent tous d'envie de raconter leur histoire et de vivre leur quart d'heure de célébrité.

— Ils risquent de se faire exploiter.

— Bien sûr, mais ce n'est pas notre genre. Derry, vous ne commencez pas à douter de moi tout de même ?

— Non, bien sûr. Mais puisqu'on parle de doutes...

— Oui.

— Je voulais juste vous dire qu'une fois votre colère retombée, vous serez probablement soulagée qu'il soit en vie. Don, je veux dire. C'est normal. Vous l'avez aimé et il vous a aimée. C'est mieux qu'il soit vivant que mort au fond de la mer. Donc si vous avez des doutes à propos de votre position actuelle et que finalement vous vous réjouissiez qu'il soit vivant, c'est normal. C'est tout ce que je voulais dire.

Il avait l'air étrangement mal à l'aise, comme s'il ne croyait pas vraiment à son discours, mais estimait qu'il fallait rester objectif.

— Non, je ne me réjouirais jamais de tout ce qui pourrait le concerner. Qu'il soit mort ou vif n'a pas vraiment d'importance pour moi. Je crois que je le préférais mort. Je ne l'aime pas, c'est sûr. Je n'aurai donc pas de doutes. Mais je ne vais pas non plus passer ma vie rongée par la haine. Ce serait moi la perdante dans l'affaire.

Il parut très satisfait, mais peut-être interprétait-elle mal son charmant sourire.

Quand elle se réveilla de nouveau sur le canapé, elle trouva un mot.

Je suis parti explorer Dublin à l'aube. Rendez-vous ce soir Chez Quentin à sept heures et demie. Appelez-moi sur mon mobile si vous avez besoin de moi.
Affectueusement, Derry.

Ella passa au restaurant de Colm dans Tara Road.
— Je ne vois pas pourquoi je devrais t'aider à vanter les mérites d'un restaurant rival.
— Parce que je suis une fille du quartier, parce que tu n'es pas en concurrence avec moi et que tu adores parler de la prunelle de tes yeux. Je veux juste savoir à quoi ressemble une journée typique.
— Comme si cela existait. Viens, je vais t'expliquer devant un café.

À midi, elle avait une bonne idée de la chose. Ce serait très visuel. Cela plairait à Derry. Patrick et Brenda n'y verraient pas d'objection, leur restaurant était immaculé et toute cette activité de coulisses était quelque chose dont on pouvait être fier.

— Tu as l'air fatigué, Ella. Reste déjeuner. Tu as assisté à la préparation. Régale-toi maintenant.

— Non, j'ai plein de trucs à faire. J'ai quelque chose à dire à plusieurs personnes, mais j'aimerais faire une répétition avec toi, Colm. Juste pour m'assurer que je peux le faire sans fondre en larmes.

— Vas-y.

— Don Richardson n'est pas mort. Je lui ai parlé hier. Il est en Espagne, en fuite.

— C'est un secret.

— Non, plus maintenant.

— Bien. Je vais dire à l'ancien mari de Ria d'aller lui régler son compte, d'accord ?

Ella eut un rire nerveux.

— Non, mais merci de m'avoir fait rire. Je ne pense pas que les autres réagissent d'une manière aussi pragmatique.

Elle annonça la nouvelle à Dee. Qui l'écouta avec un visage fermé.

— Nom de nom ! Mais il ne pouvait pas s'y prendre mieux ? Il a échoué sur une plage quelque part ou quoi ?

— Non, je ne pense pas qu'il ait même essayé.

— Et bien entendu, maintenant, tu vas lui ouvrir les bras ?

— Non, Dee. Je voulais juste te prévenir au cas où les journaux en parleraient.

— Non, tu vas lui ouvrir les bras, je le sais !

— Oh ! tais-toi, Deirdre. Tu es censée me remonter le moral, non me dire que je vais lui ouvrir les bras.

— Je me demande si Nuala est au courant.

— Apprenons-le-lui alors, dit Ella, l'œil coquin.

Et Deirdre se dit que tout irait bien. Que ce grand amour d'Ella ne pourrait pas la récupérer.

— Nuala ? C'est Dee.

— Non, Dee, je refuse de te parler. La dernière fois, tu m'as fichu la trouille de ma vie – j'ai été obligée de leur faire du chantage pour qu'ils fichent la paix à Ella, en leur disant que j'allais révéler à Carmel ta conduite inqualifiable avec Eric. Vous faites deux drôles d'amies toutes les deux.

— La ferme, Nuala. Je t'ai dit que si nous avions du nouveau, nous te préviendrions.

— Et c'est le cas ?

— Oui. Ella est près de moi, et nous avons une nouvelle pour Frank et ses frères.

— Vraiment ?

— Je te passe Ella ?

— Bonjour, Nuala.

— Oh ! Ella, je suis désolée. Je ne crois pas que Dee t'ait bien expliqué à l'époque.

— Oh ! mais si. Tu as de quoi noter ?

— Oui.

— Voilà le numéro de téléphone de Don en Espagne. Oh ! à propos, il n'est pas mort. C'était une erreur. Il est vivant, mais il se fait appeler M. Brady. Je sais, c'est à mourir de rire, non ? Non, je ne suis pas ivre, Nuala. Voilà pour le numéro, et l'autre nouvelle, c'est que la brigade des Fraudes a son portable, avec tous les détails, tout son contenu. Ah ! une dernière chose : Dee aurait tout raconté à Carmel. C'est une amie merveilleuse.

— Ella, fit Nuala d'une voix tendue. Ils vont être dans de sales draps si tout est révélé. Non seulement ils auront perdu de l'argent et des biens, mais cela va revenir aux oreilles des impôts.

— Oui, c'est le risque, Nuala. Quoi qu'il en soit, tout est clair et net maintenant.

Ella raccrocha et les deux amies eurent un beau fou rire.

— Plus la journée avance, et moins j'ai de mal à dire ce que j'ai à dire, dit Ella chez Firefly Films.

— J'ai horreur des énigmes, fit Nick.

— Don Richardson est vivant et il va certainement revenir dans ce pays, avec des fers aux pieds.

— Tu plaisantes ? Sandy et moi nous sommes demandé si tout n'était pas une mise en scène.

— Vous aviez raison.

— Comment l'as-tu découvert ?

— Je lui ai parlé au téléphone, dit Ella qui en eut les larmes aux yeux. Il m'a appelée mon ange comme avant et il ne s'était jamais suicidé. Tu te rends compte ?
— Et ça va ?
— Oui, ça va, ça va, mais j'ai besoin de m'occuper. Est-ce que je pourrais travailler ici cet après-midi jusqu'à ce que nous allions tous Chez Quentin ? Je suis un peu à cran et j'ai besoin d'être entourée.
— Pourquoi t'a-t-il téléphoné ? reprit Nick.
— C'est moi qui ai appelé. En fait, je voulais joindre sa femme. Je ne savais pas qu'il était en vie.
— Et cela te fait plaisir ? dit Sandy.
— Je m'en fiche. Vraiment. Il s'est passé trop de choses.

Ils la crurent, allèrent lui acheter un sandwich et elle entreprit de taper une sorte d'ordre de passage à revoir lors de la réunion du soir au restaurant.

Ils la regardèrent à travers la vitre.
— Tu crois qu'elle va revenir avec lui ? demanda Sandy.
— Avec un peu de chance, il ne sera pas en mesure de le lui demander.

Cathy et Tom de Scarlet Feather apprirent par Ria et Colm que Don Richardson était toujours vivant. Nora O'Donoghue venait d'arriver chez eux pour commander une petite fête de mariage. Elle avait l'intention de servir des canapés et du vin dans l'arrière-boutique d'une librairie, parce qu'ils pouvaient profiter des lieux gratuitement. Ils ne seraient pas très nombreux mais ils avaient un budget très serré.

Cathy savait que la discussion était inutile puisque Brenda et Patrick projetaient de leur offrir comme cadeau de mariage une réception chez Quentin. Mais on ne les préviendrait qu'au dernier moment.

C'est là que la nouvelle tomba.
— Je savais qu'il n'était pas mort, dit Nora.
— Comment cela ? fit Tom, sceptique.
— Je l'ai vu ce matin descendre d'un taxi dans Stephen's Green.

Tom et Cathy prévinrent aussitôt Deirdre.

— Elle en est sûre ? Elle est parfois un peu bizarre cette femme.

— Non, elle l'a effectivement vu, mais elle ne voulait rien dire parce que Aidan, son futur époux, est une de ses victimes et elle ne voulait pas lui rappeler de mauvais souvenirs avant le mariage.

— Heureusement qu'elle vous l'a dit. Maintenant nous pouvons prévenir Ella.

— Et peut-être aussi la police, ajouta Cathy.

Le mobile d'Ella sonnait occupé. Deirdre appela donc Nick à Firefly Films.

— Pas de panique, tout va bien, elle est au téléphone, dans la pièce voisine.

— Elle n'est pas en train de lui parler, j'espère ?

— Il n'a pas ce numéro. C'est un nouveau.

— Qu'est-ce que nous allons faire, Nick ?

— Tu devrais chercher Derry. Je vais le dire à ses parents. Mais cela m'étonnerait qu'il fasse quelque chose en plein jour.

— Prions pour qu'il ne surprenne personne. Tu lui diras, Nick. Avec ménagement ?

— Bien sûr. Dès qu'elle aura raccroché.

Ella téléphonait à Sasha, la nièce de Michael Martin.

— Vous vous souvenez de moi ? Ella Brady. Je suis passée vous voir samedi.

— Je peux vous dire que je suis ravie de vous entendre.

— Ah bon ?

— Je cherchais quelqu'un susceptible de connaître votre adresse.

— Mais pourquoi ? Je voulais vous dire que...

— Il n'est pas mort. Il ne s'est jamais suicidé. C'était une mise en scène. Il est vivant et il rentre, il vous recherche.

— Impossible, la police est au courant, il n'oserait pas revenir ici.

— Il est parti d'Espagne hier soir. Il sera là aujourd'hui. Il dit que s'il arrive à vous voir à temps, vous ne le vendrez pas.

— Mais c'est fait. J'ai tout remis à la police.

— Il ne le croit pas.

— Qui vous a dit ça, Sasha ? Qui prétend qu'il ne le croit pas ?

— Mike Martin, mon oncle. Il m'a dit de faire mes valises et de tout ranger au cas où M. Richardson voudrait rentrer chez lui.

— Sous son propre toit ? Mais il est recherché pour escroquerie. Il ne s'y risquerait jamais.

— Je sais. Voilà pourquoi je tenais à vous parler. Il est évident qu'il ne vient pas ici, il veut vous retrouver.

Derry King avait commencé sa journée à cinq heures et demie en se rendant à pied au restaurant Chez Quentin pour voir s'il y avait des signes de vie. Et il avait eu raison.

Huit grosses poubelles s'alignaient dans la ruelle. Une compagnie privée d'éboueurs emportait les sacs.

Derry hocha la tête, satisfait. Il venait de marquer un point. Ella qui prétendait que personne n'était réveillé à cette heure-là.

Quel courage, cette fille ! Elle avait tout affronté avec un tel calme. La seule bonne nouvelle, c'était que maintenant ce Don Richardson ne pouvait pas revenir en Irlande. Ce serait bien trop risqué. Au moins Derry n'avait pas à craindre qu'Ella ne coure un danger. Il alla prendre un thé dans un petit café voisin. C'était à ces moments-là que Derry regrettait New York. Mais le café n'était pas si mauvais.

Il salua les hommes installés aux tables.

— Vous êtes bien matinaux, leur lança-t-il.

— On a un contrat urgent, dans l'immeuble de bureaux là-bas. On touche trois fois plus en travaillant avant sept heures du matin.

— Pas mal. Il a fallu beaucoup négocier ?

— Non, les Kennedy sont sévères mais justes. Si vous travaillez bien le nombre d'heures voulu, vous rentrez chez vous avec une bonne paie à la fin de la semaine.

— Les Kennedy ?

— C'est nous, enfin, les patrons.

— Sean et Michael Kennedy ?

— Exactement.

— Comme le monde est petit.

— Vous les connaissez ?

— Non, mon ex-femme les a rencontrés il y a quelques années, elle m'a dit que c'était de braves types.

— Ça, c'est sûr.

— Ils vont passer aujourd'hui, vous croyez ?

— Certainement, ils viennent généralement vers sept heures quand nous sommes censés quitter les lieux. Vous voulez que je leur dise que vous voulez les voir ?

— Non, je reviendrai.

Il n'avait pas du tout l'intention de revenir. Quelle extraordinaire coïncidence qu'il tombe par hasard sur la famille de son père ! Et on appelait cette ville une capitale ? Allons, c'était un village.

Sandy téléphona à Tim et Barbara Brady pour leur dire que Don Richardson avait été vu à Dublin.

— Merci, Sandy. En fait, M. Richardson est justement ici. Je lui disais que nous n'avions aucune idée de l'endroit où se trouvait Ella et que vous non plus.

— Elle est ici, madame Brady, murmura Sandy. Ne vous inquiétez pas. Nous appelons la police.

À l'autre bout de la ligne, on raccrocha.

— Nick, appelle-les vite, dis-leur qu'il est chez les parents d'Ella.

— Ils n'ont pas l'air de considérer ça comme une urgence, expliqua ensuite Nick. Ils ont l'air de dire que cela relève de la brigade des fraudes.

— On ne peut pas appeler les Fraudes ? Ils réagiront peut-être différemment.

— La police a transmis le message.

— Nous ne pensions pas vous revoir, Don, dit Barbara Brady une fois remise de son choc de le découvrir devant sa porte.

— Je sais, je sais. Mais saviez-vous que j'étais vivant ? Ella a dû vous le dire.

— Oui, hier soir. Elle était bouleversée.

— Votre mari est ici, Barbara ? J'aimerais parler avec lui. Ce ne sera pas long.

— Tim est chez le médecin. Il dort très mal, et on parle de l'envoyer chez un psychologue.
— Je suis navré.
Don était bronzé mais il avait l'air amaigri. Il avait perdu sa nonchalance et son regard semblait ne jamais se poser nulle part.
— Oui.
— J'ai tant de regrets pour cette triste affaire. J'aimais beaucoup converser avec lui. C'est un homme tellement intègre, un homme de foi à sa façon.
— Plus maintenant.
— J'ai fait mon possible pour me faire pardonner. J'ai envoyé de l'argent. Ella vous l'a dit, n'est-ce pas ?
— Nous ne pouvions pas l'accepter.
— Pourrais-je m'asseoir, s'il vous plaît ?
Tout à coup le grand Don Richardson avait l'air fatigué, voire un peu effrayé.
— Non, Don, je suis désolée, ce serait hypocrite de faire comme si vous étiez le bienvenu ici.
— Ella ?
— Je ne sais pas. Vraiment pas. Elle n'est pas rentrée la nuit dernière.
— Je vous en prie.
— Je ne peux pas vous dire ce que j'ignore.
— Je ne lui parlerai que dix minutes, en votre présence si vous voulez, ou ici chez vous. Je vous en prie, j'ai quelque chose à lui demander.
— Je pense que vous lui avez déjà demandé suffisamment.
— Non, je vais vous dire. Je la connais. Je la connais, bon Dieu. Au téléphone hier soir, elle m'a dit qu'elle avait remis le portable. Elle ne disait pas la vérité. Il faut que je la voie pour lui dire ce qu'elle peut sauver, pour tout le monde, si elle ne le remet pas. Je peux tout arranger, c'est ce que j'essaie de faire en ce moment. Je peux récupérer les investissements des gens, et ceux de Tim aussi.
— Je ne pense pas qu'elle se soucie du portable.
— Vous avez raison et je ne crois pas qu'elle l'ait remis.
— Elle m'a dit qu'elle l'avait rendu.
— Rendu ?

— Ce sont ses termes. Puis elle a ajouté, à la police en tout cas.

— Je n'arrive toujours pas à le croire. Je connais sa voix.
Le téléphone sonna.

— Vous pouvez répondre ? C'est peut-être elle.
Mais c'était Sandy de Firefly Films.

— Qui était-ce ?

— Rien que des amis inquiets pour elle.

— Ils savent donc que je suis revenu, vous voyez que je n'ai pas beaucoup de temps.

— Si vous saviez comme je m'en fiche, Don Richardson. Notre fille unique a eu le malheur de vous aimer et elle est sortie abîmée de cette histoire. Elle se sent coupable et honteuse à cause de vous, malheureuse que son père ne soit plus que l'ombre de lui-même, déshonoré et que je vive dans un préfabriqué au lieu de cette maison derrière vous. Elle a versé des torrents de larmes quand vous l'avez quittée pour retrouver un couple qu'elle croyait mort. Vous comprenez pourquoi je me fiche pas mal que vous ayez ou non du temps ? Je ne sais pas où se trouve Ella, et même si je le savais, je ne vous le dirais pas.

— Je vais partir, Barbara, je n'ajouterai rien. Et je vous invite à en faire autant. Souvenez-vous qu'il est encore possible que Ella me pardonne et vienne avec moi. Je ne voudrais pas qu'elle ait l'impression que sa mère et son père lui claquent la porte au nez.

Après son départ, Barbara resta sur le seuil, encore tremblante après sa courageuse sortie et terrifiée que Don Richardson ne dise vrai. Était-il possible qu'après tout cela, Ella revienne à lui ?

Derry passa de nouveau devant Chez Quentin. Cette fois, on s'activait à l'intérieur. Il frappa à la porte des cuisines.

— Je m'appelle Derry King, nous devons nous rencontrer ce soir.

Le grand brun essuya ses mains blanches de farine et de sucre et serra chaleureusement celle de Derry.

— Brenda m'a raconté qu'elle vous a rencontré chez Deirdre. Je n'ai pas pu venir. Il fallait faire tourner la boutique.

— Une boutique élégante, d'après ce qu'on m'a dit.
— Et grâce à vous, elle va être encore plus connue. Entrez donc.

Si Patrick Brennan était un peu surpris d'avoir de la visite à six heures et demie du matin, il n'en montra rien. Il était là tous les jours pour faire de la pâtisserie, sa spécialité, ce qu'il préférait. Il n'avait pas l'art de déléguer, avouat-il. Aujourd'hui, il devait faire deux tartes au citron, un roulé au chocolat, une mousse au chocolat, des poires pochées, deux litres de glace à la praline et un coulis de framboise.

— Mais il faut vraiment que vous commenciez si tôt ?
— Oui, les desserts nécessitent une température constante. Et après, dans la journée, on n'arrête pas d'ouvrir et de refermer les fours.

Et avant que la ville ne s'éveille vraiment, Chez Quentin avait l'air d'une vraie ruche. Un dénommé Buzzo vint laver les poubelles au jet dans la venelle avant d'y mettre des sacs propres. Il nettoya la cuisine de fond en comble et dressa une liste des produits à acheter.

— C'est mon frère qui se chargeait de tout ça au début, expliqua Patrick. Mais il est marié et père de famille maintenant et il s'occupe des légumes, c'est pour cela que nous avons engagé Buzzo. Le pauvre, c'est son seul moyen de manger un vrai petit déjeuner et de gagner quelques euros avant d'aller à l'école à neuf heures. Je lui remets l'argent en mains propres. Je ne suis pas trop partisan de ce genre de méthodes, mais si vous connaissiez la famille de Buzzo…

— L'alcool ?
— Oh non. L'alcool, ce ne serait pas trop grave. La drogue, plutôt. Il vit dans un quartier mal famé. Tous ses frères sont des drogués et son père est un dealer.
— Et sa mère ?
— Elle plane depuis longtemps.
— Aucun espoir pour ce gosse alors ?
— Jusqu'ici il a survécu. Il est très brillant, alors nous sommes quelques-uns à faire en sorte qu'il ne soit pas tenté par l'argent de la drogue. Bientôt il aura l'âge de s'installer seul. En ce moment, il prépare le thé et il nettoie un peu pour l'équipe des Kennedy, qui travaille à côté.
— C'est une bonne entreprise ?

— Pratiquement la meilleure. Ils ont refait toute la peinture ici et c'était parfait.

Un coup de Klaxon retentit à l'extérieur.

— C'est le linge, monsieur Brennan. Je leur descends le sac, cria Buzzo.

Les nappes et les serviettes de la veille partirent au bout de la venelle et Buzzo revint avec un grand carton de linge propre. Il venait juste de le ranger dans ce qu'on appelait l'armoire de Brenda quand on livra la viande.

Comme l'apprenti venait d'arriver, il prit le relais et Buzzo, son billet plié en poche, partit pour son second job de la journée. Derry avait l'impression de se revoir à son âge. Il aurait bien dit à Buzzo qu'après avoir accumulé les petits boulots, il avait fini par très bien s'en tirer, mais il savait combien les jeunes avaient horreur de ce genre de discours.

L'apprenti, un peu trop lent au goût de Patrick, se vit prier de finir son café. Il devait découper la viande pour le Chef. Et préparer un bouillon avec les os, des carcasses de poulet et des légumes.

Puis Blouse Brennan vint voir ce dont ils avaient besoin.

— Il va falloir que j'achète des courgettes. Les miennes sont ridicules.

— Ce n'est pas grave, Blouse, des tas de restaurants achètent tous leurs légumes à l'extérieur.

Puis la livraison de poisson arriva, suivie de caisses de vin et des fromages.

La seconde du chef, Katie, annonça qu'il y avait trois nouveaux fromages. Elle les disposa avec art sur la plaque de marbre d'une table roulante dans le cellier.

— Il va falloir que les serveurs retiennent leur histoire et apprennent à en prononcer correctement le nom. Je vais appeler le crémier pour me renseigner. Pas question qu'on passe pour des idiots.

Derry lui sourit. Si elle devait expliquer tout cela devant la caméra, elle ferait un tabac. Ella avait raison. Suivre une journée au restaurant était la meilleure façon de procéder.

Ella ! Elle devait aller bien. Elle avait promis d'appeler dans le cas contraire.

Ella avait envie d'être seule. Elle avait besoin de réfléchir. D'échapper à tous ces amis qui ne cessaient de lui répéter qu'elle allait bien, que tout allait bien et que tout irait bien. Elle savait qu'il n'en était rien.

Don Richardson la recherchait. Vraiment ?

Pouvait-elle prendre Sasha au sérieux ? Elle avait besoin d'en parler avec quelqu'un. Ce ne serait pas juste d'infliger encore ça à Derry. Peut-être que Don irait chez ses parents.

Elle appela sa mère. Et découvrit qu'il venait de partir.

— Comment il était maman ?

La question parut bouleverser Barbara.

— Il était... il allait bien.

— Allons, maman, la vérité.

— Qu'est-ce que tu veux savoir ? Il n'était ni pâle ni inquiet...

— Je veux dire, avait-il toute sa tête ou avait-il l'air d'être prêt à me poursuivre avec une hache ?

— Il pense qu'il arrive avec une offre que tu ne peux refuser. Il pense qu'il va te récupérer.

— Là, tu as répondu à ma question, maman. Il est loin d'avoir toute sa tête et il faut qu'on appelle la cavalerie.

Elle téléphona à la brigade des Fraudes. Ils étaient au courant. Il serait en état d'arrestation avant la fin de la journée.

Dee ne pouvait pas prendre les appels, disait son message. Ella remarqua que Nick et Sandy la regardaient du coin de l'œil à travers la vitre. Elle ne pouvait pas attendre qu'il vienne la piéger ici. Il fallait qu'elle parte. Mais elle savait que Nick et Sandy s'y opposeraient.

Elle laissa sa veste sur le dossier de sa chaise, son sac sur le bureau, pour qu'ils pensent qu'elle allait revenir, et emporta son mobile et son portefeuille. Elle se glissa dans les toilettes et sortit dans la venelle par la porte de secours. Ils lui en voudraient, mais elle avait besoin d'être seule. Elle arrêta un taxi et demanda qu'on la conduise à Stephen's Green. Elle demanda le numéro de Michael Martin aux renseignements. Il décrocha aussitôt.

— Oui ?

— Dites-lui d'arrêter de chercher. Je me dirige vers Stephen's Green. Je serai à côté de la mare aux canards. Je l'attends là-bas.

— C'est ça, avec tous les flics d'Irlande.

— S'ils y sont, ce ne sera pas grâce à moi.

Elle raccrocha.

— Ça va ? lui demanda le chauffeur en la regardant dans son rétroviseur.

— Je ne sais pas. Pourquoi cette question ?

— Vous frissonnez. Vous n'avez pas de manteau. Vous avez l'air inquiet.

— Vrai sur toute la ligne.

— Et alors ?

— Alors, je dois faire quelque chose que je n'ai pas envie de faire et j'ai un peu peur.

— Emmenez quelqu'un avec vous.

— Impossible.

— Vous avez un mobile. Alors prévenez quelqu'un.

— Mais je ne veux pas qu'on vienne m'interrompre.

— Vous êtes dans de sales draps, hein ?

— Effectivement.

Derry King revint vers l'immeuble où l'on faisait des travaux de peinture. Il vit la publicité de l'entreprise. Son père aurait pu en faire partie, vivre dans cette ville. Derry aurait grandi ici. Mais il aurait peut-être connu le sort de Buzzo qui nettoyait des poubelles avant d'aller en classe. Comme lui à New York quand il était jeune.

Il vit deux hommes se diriger vers une camionnette sur laquelle figurait le nom de Kennedy. Ils discutaient, penchés sur des papiers. Il les observa longtemps avec la gorge serrée. Des hommes carrés comme lui, un peu plus grands, mais avec les mêmes rides d'expression autour des yeux. Il n'était pas nécessaire d'avoir un diplôme de génétique pour savoir qu'il s'agissait de ses cousins.

Il devrait être leur ami. Mais il y avait tant de regrets. Tant à oublier. Il allait tourner les talons.

Ils levèrent le nez de leurs feuilles. Il ne pouvait plus fuir.

— Sean ? Michael ? dit-il.

— Derry, tu es enfin venu nous voir, dit l'un d'eux.

— Vous me connaissiez ?
— Bien sûr.
— Kim, je suppose ?
— Elle nous a effectivement montré une photo de toi, mais cela fait un bail, et tu es notre portrait craché, non ?
— Exact.
Derry paraissait encore mal à l'aise.
— Pour nous, c'est facile, tu es tout seul. Alors voilà Michael, le cerveau de la boîte, et moi, c'est Sean. On t'offre un petit déjeuner ?
— Ça fait des heures que je prends des petits déjeuners, dit-il avec un demi sourire.
— On n'en prend jamais assez.
Sean avait l'air impatient d'inviter le cousin qui les avait ignorés pendant des dizaines d'années.
— Vous n'avez pas l'air surpris de me voir.
— Kimberly nous a prévenus.
— Et un des peintres nous a dit qu'ils avaient vu un Amerloque qui était notre portrait craché au café.
Ils éclatèrent tous de rire comme de vieux amis.

Peut-être que les canards n'étaient pas aussi heureux qu'ils en avaient l'air. Peut-être qu'ils étaient plongés dans les problèmes jusqu'au cou, mais ils paraissaient en assez bonne forme. Comme s'ils avaient tout réglé.
Elle regarda autour d'elle. Aucun signe de lui.
Elle s'assit sur un banc où elle trouva un sac en papier avec les restes d'un croissant dedans. En temps normal, elle aurait critiqué l'absence de propreté de Dublin. Là elle se réjouissait d'avoir quelque chose à donner aux canards.
Elle vit des gens passer, certains pressés, d'autres non. Toujours pas de signe de Don. Mais elle savait qu'il viendrait. Il était venu si vite d'Espagne. Il devait vraiment vouloir la retrouver. Peut-être avait-il compris qu'elle mentait en lui disant qu'elle avait déjà remis le portable. Il avait dû sauter dans le premier avion. Avec quel passeport ?
Soudain elle eut peur. Pourquoi lui avait-elle donné rendez-vous ici ?
Elle composa le numéro du mobile de Derry. Le numéro s'afficha sur l'écran, et il ne lui restait plus qu'à appuyer sur

le bouton vert pour que la communication soit établie. C'est à ce moment-là qu'elle vit Don.

— Mon ange, s'écria-t-il. Mon ange, rien n'a plus d'importance maintenant. Je suis si heureux de te revoir.

Derry n'avait pas vu passer la journée. Il s'était passé tellement de choses. Même à l'époque où il montait son entreprise aux États-Unis, il n'avait jamais croisé autant de gens en si peu de temps.

Ses cousins le ramenèrent au siège de leur société et lui expliquèrent comment ils l'avaient créée et développée. Ils lui parlèrent de leur propre père et de leur mère qui était dans une maison de retraite et qui adorerait le voir, mais ce serait peut-être pour sa prochaine visite. Il avait l'impression de toujours les avoir connus.

Il retourna chez Quentin. Il rencontra le personnel, vit les serveurs apprendre les noms des nouveaux fromages, observa les judicieux changements de tables à mesure qu'arrivaient de nouvelles réservations. Dans la cuisine, tout fonctionnait avec la précision d'une horloge.

Brenda lui apprit qu'elle venait d'apprendre que Don Richardson se trouvait à Dublin.

— Ella est au courant ? demanda-t-il aussitôt.

— Apparemment, mais elle est à l'abri chez Firefly Films. Avec Nick et Sandy.

— Il n'a pas perdu de temps.

— Il a dû se dire qu'il avait intérêt à venir avant que la police n'agisse.

— S'il la voit...

— Il ne la verra pas.

— Mais si c'est le cas, vous croyez qu'il pourra la récupérer ?

Brenda comprit que son intérêt pour la chose n'était pas purement professionnel. Il avait l'air très inquiet. En croisant les doigts mentalement, elle lui assura que cela ne risquait pas d'arriver.

— Bonjour, Don, fit Ella d'une voix éteinte.
— Oh ! mon amour.
— Je t'en prie, Don. Pas ça.

— Mais rien n'a changé. Je sais que je t'ai fait vivre un enfer, mais il le fallait. Pour que nous finissions par...
— Non, Don, c'est faux.
— Tout va s'arranger maintenant, mon ange. Nous pouvons partir ensemble. Nous prendrons l'argent que ton père et ta mère ont refusé, cela nous permettra de partir à l'étranger, et avec le portable, nous pourrons tout régler.

Elle n'en croyait pas ses oreilles. Il avait l'air sérieux. Il avait l'air de penser qu'elle allait tout lâcher pour le suivre.

Est-ce qu'il imaginait un instant ce qu'elle venait de vivre? Il n'avait aucun sens des réalités.

— Je n'arrive pas à croire que tu sois revenu, Don. Pour te jeter dans la gueule du loup.
— Mais tu ne le leur as pas remis, Ella. Je connais ta voix. Je sais tout de toi. Je pense à toi tout le temps. Je sais quand tu mens, quand tu as peur. Je n'ai jamais connu personne aussi bien que toi.

Il tremblait de tous ses membres à présent, et son front luisait de sueur.

Soudain elle eut peur. Elle appuya sur le bouton vert de son mobile qu'elle tenait derrière elle. Elle entendit le bruit du numéro qui se composait. Mon Dieu! Faites que Derry réponde. Qu'il m'entende.

— Don, crois-moi, je ne pars pas avec toi.
— Mais si, mon ange, et nous serons ensemble comme nous en avons toujours rêvé.

Elle entendit un déclic. Peut-être que Derry décrochait.

— Je n'ai pas voulu te rencontrer dans Stephens's Green pour parler de ça, Don.
— Alors pourquoi es-tu venue, si tu ne m'aimes pas, si tu ne veux pas me suivre? Pourquoi?
— Pour te dire au revoir et te dire que je suis désolée.
— Désolée? Mais tu n'as pas de raison de l'être, mon ange. Tu n'as rien donné à personne. Il suffit que nous allions tout récupérer.
— Non, j'ai tout remis.
— Avant ou après le coup de téléphone?
— Après, répondit-elle en fixant le sol.

Il eut un sourire presque rêveur.

— Je le savais, je ne m'étais pas trompé, je sais quand tu mens.

— Et maintenant ? Tu vas deviner ? Quand je vais te dire qu'à peine après avoir raccroché, j'ai appelé la brigade des Fraudes et qu'ils sont venus chercher le portable. Et nous sommes allés ensemble récupérer les lettres de change. Qu'ils ont également embarquées.

Là il la croyait apparemment.

— Pourquoi m'as-tu fait ça ?

— Pour avoir le courage de te regarder en face en te disant que tout est fini et que tu devrais te rendre à la police. Dis que tu regrettes. Il faut bien qu'il y ait quelque chose à sauver. Purge ta peine de prison. Donne une image digne de leur père à tes enfants. Et à ta femme, par la même occasion.

Il avait le visage déformé à présent.

— Tu vas te taire, oui ? Tu m'entends ? Ferme-la avec tes vœux pieux. Tu viendras me rendre visite en prison pendant vingt-cinq ans ?

Maintenant il la terrifiait, elle avait peur qu'il ne la frappe.

— C'est à deux pas, cria-t-elle en espérant qu'on l'entendrait au bout du fil.

— Mais qu'est-ce que tu racontes ? hurla-t-il.

— Je dis où je me trouve pour ne plus avoir peur de toi et de l'expression effrayante de ton regard. Je suis dans Stephen's Green à côté de la mare aux canards. Voilà où je suis et je n'ai pas peur. C'est en plein centre de Dublin. Tu ne vas pas aggraver ton cas en me rouant de coups.

— Te rouer de coups, mon ange ? Tu es folle ou quoi ? Je t'aime.

— Non, tu ne m'as jamais aimée. Je le sais à présent.

— Je suis revenu pour toi...

— Tu es revenu pour le portable.

Il avait l'air d'un dément.

— Pars, Don. s'il te plaît. Va-t'en.

— Pas sans toi.

— Tu n'as plus besoin de moi. J'ai remis tout ce que tu croyais être en ma possession. Tu n'aurais jamais dû revenir.

— Tu es la pire des gourdes, mon ange.
— Oh oui, je sais, Don, que je l'ai été.
— Tu aurais pu tout avoir, mon ange, tout ce que tu voulais.
— Pars, s'il te plaît. Tu réussiras peut-être à t'enfuir. Tu as des tas d'amis prêts à te cacher.
— Plus tant que ça, mon ange. Pas sans le portable.

C'est alors qu'elle vit des gens venir vers eux. Sortir de l'ombre des arbres et des buissons. La cane avait éloigné ses petits comme si elle avait senti que ce n'était pas un spectacle pour eux. Un adulte en train de sangloter comme un enfant devant des policiers et qui hurlait :

— Je l'ai fait pour toi, mon ange. J'ai tout fait pour toi.

Et Ella Brady se retrouva tremblante dans les bras de Derry King qui la serrait contre lui comme s'il entendait ne plus jamais la lâcher.

16

La réunion prévue ce soir-là chez Quentin fut annulée. On venait de vivre trop de drames. Il était impossible de réfléchir au concept d'un éventuel documentaire alors que la vie réelle était pleine de passion et de terreur. Tous revinrent constamment sur les événements de la fin de l'après-midi. Nick et Sandy racontèrent à Deirdre qu'ils avaient sauté dans un taxi pour se rendre à Stephen's Green dès que Derry les avait prévenus de ce qui se passait. Brenda et Patrick dirent à Cathy et Tom que Blouse traversait Stephen's Green quand il avait vu M. Richardson sangloter et gémir comme un enfant.

Barbara raconta à qui voulait bien l'écouter qu'elle avait finalement trouvé le courage de réagir quand il était trop tard. Mais elle n'oublierait jamais qu'elle avait tenu tête à Don Richardson et lui avait dit qu'elle se moquait bien de ce que l'avenir pouvait lui réserver.

Sasha apprit de son oncle Mike Martin qu'il fallait qu'elle déballe ses valises sans attendre et qu'elle s'installe de nouveau dans la maison de Killiney. M. Richardson ne reviendrait pas et il valait mieux occuper les lieux.

Nuala téléphona à Deirdre pour lui dire que deux des frères de Frank se trouvaient aussi dans Stephen's Green, au cas où Ella remettrait le portable à Don. Mike Martin les avait appelés en dernier recours. Le comportement de Don les avait horrifiés et ils avaient expliqué que Ella avait engagé un avocat américain pour défendre ses intérêts.

Un type carré du nom de King.

Le journal du matin publiait des photos de Don Richardson menottes aux poignets et des récits de témoins de l'arrestation. On y voyait aussi une photo d'Ella, avec la légende suivante : « Une femme que l'on réconfortait sur les lieux ». Seuls ceux qui la connaissaient la reconnurent. Ni la presse ni le public ne firent le lien avec la fameuse Ella du nid d'amour. À l'exception de Harriet qui l'avait rencontrée à l'aéroport de New York. Elle se dit qu'elle pourrait peut-être récolter quelques euros si elle refilait le tuyau aux journaux. Mais Ella était une fille sympa. Elle méritait de souffler un peu.

Et il y avait tant d'autres moyens d'empocher de l'argent. Les témoins censés avoir tout entendu sur les lieux rapportaient que Don Richardson ne cessait de répéter : « J'ai fait tout ça pour toi. » C'était difficile à interpréter.

Les chroniqueurs pensèrent qu'il s'adressait peut-être à sa femme tant aimée qui était restée en Espagne mais qu'on attendait d'une minute à l'autre en Irlande. Pour soutenir son mari, selon certains. Pour répondre à des accusations, selon d'autres.

Comme le dîner prévu de longue date Chez Quentin était remis jusqu'à ce que tout le monde ait retrouvé son calme, tout le monde parut partir du principe que Ella rentrerait à l'hôtel avec Derry.

— Je suppose que vous n'avez pas envie de dormir dans le lit ce soir, lui dit Derry.

— Mon Dieu, non. J'ai vécu trop de bouleversements aujourd'hui pour songer à ce genre de choses.

— Je ne voulais pas dire partager mon lit. Mais que je dormirais sur le canapé.

— Oh! je vois. Désolée.

Et tout à coup la chose leur parut irrésistiblement drôle et ils éclatèrent de rire avant de commander du saumon fumé et des œufs brouillés.

Ils firent une partie d'échecs comme cela leur arrivait souvent. Ils n'évoquèrent pas une seule fois Don Richardson. Ils ne parlèrent pas non plus de Quentin. En fait, ils échangèrent à peine trois mots.

Et une fois étendue sur le canapé, qu'Ella prétendait trouver très confortable maintenant, Derry nota que son regard n'avait plus rien de terrifié et que sa voix ne tremblait plus.

— Je ne voudrais pas vous retenir trop longtemps à Dublin, Derry. Nous nous mettrons sérieusement au travail dès demain.

— Je ne suis pas pressé de partir. Il y a beaucoup à faire ici, répondit-il en déposant un baiser léger sur son front.

— Mais et l'Amérique ? marmonna-t-elle, presque endormie.

— Elle survivra sans moi.

Qu'est-ce qui avait bien pu se produire cette semaine-là qui incita tout le monde à changer d'avis au sujet du documentaire ? Et comment cela avait-il commencé ?

Peut-être dans la cuisine de chez Quentin.

Blouse Brennan triait et rangeait les fruits : les citrons au bar, les baies sur la table de travail où on les saupoudrerait de sucre avant de les disposer sur les desserts.

— Je parie qu'ils vont te filmer en train de faire ça, Blouse, lui dit Brenda. Tu as des gestes très gracieux.

Blouse rougit.

— Ils ne vont pas me filmer, pas moi.

— Bien sûr que si, Blouse, et aussi à la parcelle avec tes poules. Tu es le plus original de nous tous, renchérit Patrick.

Mais Blouse resta insensible à la flatterie.

— Je n'ai pas envie que des gens m'observent.

— Mais ils sont tous adorables, et tu en connais la plupart, Nick, Sandy et Ella.

— Non, je ne parlais pas d'eux.

— M. King est passé, et c'est un homme délicieux.

— Non, je voulais dire les vrais gens, ceux de l'extérieur. Des gens comme Horse et Shay du village. Les Frères qui m'ont formé. Je ne veux pas qu'ils me voient et qu'ils apprennent ce que je fais.

— Il n'est pas question de t'obliger à participer si tu ne le souhaites pas, Blouse, dit Patrick.

— Ce serait dommage, continua Brenda, mais si tel est ton choix, oublions tout cela.

— Merci Brenda, merci Patrick... je ne voudrais pas avoir l'air de vous laisser tomber.
— Mais non, Blouse, dit Patrick entre ses dents.

Ou tout avait peut-être commencé à Firefly Films. Ils avaient obtenu le contrat dont ils rêvaient depuis toujours : filmer l'un des plus grands groupes de rock irlandais de l'instant où ils composaient et répétaient les chansons jusqu'à leur interprétation à un immense festival de rock. S'ils voulaient décrocher l'affaire, il fallait s'y mettre immédiatement.

Nick faillit refuser. Ils s'étaient engagés vis-à-vis de Quentin.

Sandy déclara qu'ils pouvaient les faire patienter une semaine, parce que beaucoup de choses pouvaient se passer entre-temps et que Derry King pouvait très bien changer d'avis.

Ou peut-être était-ce à cause de Buzzo. Il expliqua qu'il ne pouvait pas apparaître dans le film parce que personne à l'école ne savait qu'il travaillait au restaurant et que ses frères s'empresseraient de lui faucher son argent.

Et Monica dit que son mari Clive qui était certes un amour d'homme commençait à se demander s'ils devaient raconter leur histoire d'amour. Les gens de la banque étaient des cas, sans une once d'humour. Ils risquaient de moins respecter M. Harris s'ils apprenaient qu'il avait dévoré des livres sur la meilleure manière de séduire le sexe opposé. Ils le regrettaient, mais ils préféraient s'abstenir.

Quelqu'un avait dit à Yan, le serveur breton, que si le film avait du succès, il serait diffusé partout, même en France. Alors son père l'entendrait dire que tout n'avait pas toujours été rose entre eux. Dans sa région de Bretagne, on n'évoquait pas ses problèmes en public. Il était navré, mais il ne pourrait pas participer.

Puis Patrick Brennan fit son bilan de santé annuel. Il fit tous les tests d'endurance sur le tapis de course et sur le vélo d'exercice. Puis il s'assit, encore en nage, pour discuter avec le conseiller.

— Diriger un restaurant est très stressant, mais une fois que nous en aurons terminé avec ce documentaire, tout devrait aller mieux. Nous nous sommes promis de prendre des vacances ensemble, de déléguer davantage.

— Et c'est prévu pour quand ?

— Oh ! c'est une affaire de quelques semaines.

Nora O'Donoghue coupait des légumes dans la cuisine. Brenda la regarda affectueusement. C'était une si belle femme. Elle n'imaginait pas à quel point elle était merveilleuse. Même occupée à rincer les légumes, elle ressemblait à une déesse sortie d'un tableau ancien.

— J'aimerais que tu t'interrompes pour qu'on parle, Nora.

— Écoute, je dois trois heures de travail à ton mari, pas à toi. Tu n'as qu'à me parler pendant que je travaille.

— Cela t'ennuierait d'être filmée en train de faire ces gestes ?

— Ils n'y songeront jamais, Brenda. Je ne suis qu'une vieille folle.

— Oh ! mais si, Nora. Tu es ravissante. Cela t'ennuierait ?

— Pas du tout, si cela peut vous être utile à Patrick et toi. J'en serais honorée.

Brenda eut la gorge serrée. Quelle femme généreuse. Elle se moquait bien que sa mère et ses garces de sœurs, que ses élèves d'italien, que les collègues d'Aidan, la voient en train de gratter des légumes dans une cuisine.

— Tu es fatiguée, Brenda.

— En d'autres termes, tu es moche, Brenda.

— Non, en d'autres termes, tu es inquiète, Brenda.

— Tu as raison, je suis inquiète. Ce documentaire me rend malade d'angoisse.

— Tu n'es pas obligée de le faire.

— Si nous avons une quelconque importance, autant laisser une trace.

— Vous ? Une quelconque importance ? Mais vous êtes déjà une légende. Qu'est-ce qu'il te faut de plus ?

— C'est gentil, Nora. Mais ce n'est pas ainsi que je vois les choses. Je me disais que ce documentaire nous définirait d'une certaine manière.

— Enfin, Brenda, vous avez ce merveilleux endroit. Qu'est-ce qu'il te faut de plus ?

Cela faisait trois jours qu'Ella ne faisait qu'entrevoir Derry. Il passait ses journées entières avec ses cousins.
— Vous ne vous êtes pas disputés ? lui demanda sa mère.
— On ne se dispute pas avec Derry.
Elle se souvenait que son ex-femme Kimberly avait fait une réflexion analogue.
Lorsqu'il lui téléphona, il demanda à la voir.
— Il faut qu'on parle, Ella. Si on dînait Chez Quentin ?
— Je demande à Nick et à Sandy de venir.
— Non, seulement vous.
Il y avait dîné tous les soirs avec ses cousins. Sean et Michael avaient l'habitude d'y fêter les grands événements.
— C'est dommage que tu t'apprêtes à transformer tout cela en cirque, lui avait dit Sean.
— Qu'est-ce que tu veux dire ?
— Eh bien une fois que tous ces gens seront passés à la télévision, ils seront des célébrités et on viendra ici pour les dévisager. Ils ne pourront plus travailler tranquillement. Comme avant. Avant qu'ils ne deviennent acteurs, je veux dire.
— Allons, Sean, ne décourage pas Derry. C'est son travail, sa responsabilité. Tu n'apprécierais pas qu'on te donne des conseils sur la meilleure manière de peindre un mur.
— Oui, si cela doit m'apprendre quelque chose.
Et ce soir-là, Derry raconta tout cela à Ella. Les frères lui avaient ouvert les yeux. Tourner des films n'était pas son métier, c'était la vente, créer des besoins pour les consommateurs et ensuite les satisfaire. C'était ça son domaine. Il avait passé du temps dans leur entreprise et leur avait indiqué des solutions pour s'agrandir. En vendant de la peinture en plus. En créant un service de conseil en nocturne, ou le samedi matin. Attirer les jeunes couples, leur montrer des nuanciers, les guider dans leur choix.

Et il les avait aussi écoutés. Et il avait compris ce qu'ils voulaient dire. Il s'était attaché au restaurant, et trop de publicité risquait de le détruire comme tous les gens adorables qui s'y dépensaient sans compter. Il avait les idées très claires à ce sujet maintenant. Le seul problème était de tout expliquer à Ella et aux autres. Il n'en revint pas quand cela passa comme une lettre à la poste.

Deirdre fut la seule à mal prendre la nouvelle.
— Depuis des semaines, je parle, je dors, je rêve, je respire en pensant à ce documentaire. Et tout à coup, je suis censée me réjouir parce que le projet est abandonné. J'ai l'impression d'être une vraie gourde.
— Allons, Dee.
— Non, je suis sérieuse. C'est ridicule. Toi, tu vas te remettre à l'enseignement, ton homme va rentrer en Amérique, ton autre homme croupit en prison, Firefly Films se transforme en groupies de rockers, Chez Quentin n'entrera jamais dans la légende. C'est sinistre.
— Allez, remets-toi. Tu es invitée à une grande fête pour célébrer l'événement.
— Vous êtes vraiment une bande de tarés. Une fête ! Alors que tout le monde devrait pleurer à chaudes larmes.
— Non, Dee, on va fêter beaucoup de choses... la nouvelle entreprise Kennedy et King. Derry s'associe avec ses cousins. Le mariage d'Aidan et de Nora. Le nouveau contrat de Nick et de Sandy. Le fait que je fasse enfin ce qui me plaît, enseigner à mi-temps en retournant à l'université pour préparer un doctorat. Et mon père qui va devenir conseiller financier de l'entreprise Kennedy et King. Et plein d'autres choses encore... Tu ne vas pas jouer les rabat-joie, tout de même.

Deirdre la serra dans ses bras.
— Je ne t'ai jamais vue aussi heureuse. Je crois que je vais courir m'acheter une robe neuve. Tu crois que j'aurai quelque chose à me mettre sous la dent à cette soirée ?
— Dieu seul le sait, mais c'est fort possible... Cela promet d'être une soirée très inhabituelle.

— Oui, madame Mitchell. Je sais que c'est ennuyeux. Mais peut-être pourriez-vous retenir pour un autre soir ?
— Mais ma belle fille... enfin, mon ex-belle fille me dit qu'elle va Chez Quentin samedi soir... demain.

— Mais elle a dû vous préciser qu'il s'agissait d'une soirée privée, madame Mitchell.

— Je croyais qu'on ferait peut-être une exception pour les habitués.

— Cela fait trois semaines que c'est prévu, et nous avons même fait paraître une annonce dans le journal.

Brenda raccrocha et leva les yeux au ciel.

— Comment Cathy a-t-elle réussi à ne pas la tuer ? Quelle emmerdeuse !

Ensuite, ce fut la mère de Nora qui appela.

— Je me demande à quoi vous songez en vous imaginant que ma famille et moi pourrions participer à une fête surprise pour Nora. C'est d'un ridicule à son âge ! D'autant que vous nous prévenez au dernier moment.

— Il fallait bien pour éviter qu'ils ne l'apprennent.

— Mais je croyais que la cérémonie aurait lieu dans une librairie. C'est ce que Nora avait dit et nous n'y serions pas allés non plus de toute façon.

— Nous aimerions tellement que vous vous joigniez à nous demain. C'est une grande fête et le jour de son mariage, une femme tient à ce que sa mère soit là.

— Comme s'il s'agissait d'un mariage digne de ce nom.

— Ce sera un merveilleux mariage. Je suis un des témoins. Puis-je compter sur vous ou votre refus est-il définitif ?

La mère de Nora n'avait pas envie de s'exclure d'une fête.

— Je ne sais pas encore.

— Nous espérons vous voir en tout cas. En attendant, n'en soufflez pas mot à Nora et à Aidan.

Brendra savait que cette vieille chouette tenterait de les joindre pour tout gâcher, mais elle n'y parviendrait pas. Nora passait la nuit Chez Quentin et Aidan chez son beau-fils. Mme O'Donoghue ne pourrait pas leur mettre la main dessus.

On expliqua à Maud et à Simon qu'ils ne pouvaient pas venir avec leur chien même si cela devait le rendre affreusement triste. Malgré son collier pareil à celui du chien de Derry en Amérique, il n'avait aucune chance d'être accepté.

Cathy les avertit que deux chansons suffiraient, des chansons d'amour de préférence.

Ils annoncèrent qu'ils allaient se documenter.

— Et vous me soumettrez vos choix, d'accord ? C'est un ordre.

Sean et Michael Kennedy arrivèrent les premiers. Ils goûtèrent les canapés tout en examinant les banderoles accrochées au mur. Une pour Kennedy et King, une pour Firefly Films et une pour le futur diplôme d'Ella. Et il y avait un menu gravé aux noms de Nora et d'Aidan.

Au piano, deux enfants blonds à l'air fort sérieux observaient un vieux monsieur qui tentait de leur apprendre à interpréter une chanson.

— Nous ferions mieux de noter les paroles, dit le garçon.

— Tout le monde les connaît. Et puis vous auriez bien du mal, elles ne sont pas en anglais.

— Alors pourquoi on la chante ?

— Parce que Cathy prétend qu'ils vont l'adorer. Elle dit que vous finirez par la retenir si vous vous concentrez suffisamment.

Derry passa prendre la famille Brady chez elle.

— Nous ne sommes pas de grands amateurs de fêtes, protesta Tim, mais Ella remarqua qu'il s'était fait très beau.

— Impossible de faire la fête sans la présence de mon conseiller financier. C'est un coup à me pousser à agir comme mon père et à m'enivrer.

Ella lui sourit. Il était capable de plaisanter à ce sujet. Enfin.

— Nous ne la raterions pour rien au monde, Derry, dit sa mère.

Ella regarda les rues qu'ils empruntèrent pour se rendre Chez Quentin. C'était son univers à elle. Il n'y en aurait jamais d'autre.

Patrick fit son apparition en tenue de chef, toque comprise.

— Brenda est avec eux. Elle les emmène prendre le thé Chez Holly, et ensuite ils sont persuadés qu'ils vont à la librairie.

— Ils ne craignent pas que Nora fasse une crise cardiaque en trouvant la boutique fermée ?

— Non, ne vous inquiétez pas.

L'officier de l'état civil était un gentil. En voyant ce petit groupe de six personnes et ces mariés d'un âge déjà certain, il comprit qu'il fallait leur offrir une cérémonie empreinte de la plus grande dignité. Il souligna l'importance de la décision qu'ils prenaient devant tous ces témoins.

Ils le remercièrent chaleureusement et le prièrent de se joindre à eux pour le thé Chez Holly. Il était souvent invité et il n'acceptait jamais. Là, pour la première fois, il fut tenté. Ils étaient tellement heureux que c'en était touchant. Il fut obligé de se moucher plusieurs fois. Ils avaient visiblement parcouru un chemin plein d'embûches pour en arriver là.

Ils se rendirent chez Holly où on les accueillit à bras ouverts. On prit des photos dans le jardin sous les arbres immenses. On leur servit de minuscules sandwichs et des petits gâteaux à la crème. Tout le monde était très détendu. Mais la mariée gardait un œil sur sa montre.

— Il faut que nous soyons à l'heure à la librairie.

Brenda s'efforça de retarder le mouvement.

— Oh ! ne t'inquiète pas. Ils commenceront sans nous… ils savent que nous arrivons.

— Nous serons combien en tout ? demanda Brigid, la fille d'Aidan.

Elle trouvait tout cela super. Vraiment cool.

— Quatorze. J'aurais adoré inviter davantage de monde, mais tu sais… dit Nora.

— Ce sont ces quatorze qui sont importants et les autres comprendront. Ne commence pas à te faire des cheveux, madame Dunne.

— Oh mon Dieu, tu m'as fait peur. J'ai cru que ta première femme venait de débarquer.

Nick, Sandy et Deirdre arrivèrent ensemble. Brenda avait insisté pour qu'ils passent entre les invités et se chargent de les présenter les uns aux autres. Il y aurait des gens d'horizons complètement différents et ils avaient besoin qu'on les aide à faire connaissance. Brenda s'en serait chargée avec son aisance habituelle, mais elle était retenue ailleurs.

Nick, Sandy et Deirdre prirent un premier verre et s'employèrent à faire ce qu'on leur avait demandé, à passer d'un groupe à l'autre pour faire les présentations.

— Vous êtes ravissante. Vous êtes une actrice ou une star de cinéma ? demanda un homme à Deirdre.

— Oh non, pas du tout. Je travaille dans un laboratoire et je suis hyper contrariée.

— Et pourquoi ?

L'homme était bien mis, avec les mêmes cheveux en brosse que Derry. Ce devait être un de ses cousins peintres.

— Vous êtes Sean ou Michael ?

— Sean. Vous avez entendu parler de nous ?

— Tout le monde a entendu parler de vous. Je m'appelle Deirdre.

— Et pourquoi êtes-vous contrariée, Deirdre ?

— J'ai payé cette robe quatre cents euros et j'ai l'air d'un épouvantail dedans.

— Pas du tout. Elle vous va très bien.

Deirdre s'examina dans un miroir. Elle eut l'air très déçue.

Une femme avec d'étonnants cheveux cuivre s'approcha d'elle.

— Il vous faut une écharpe avec ça. Pour mettre la couleur en valeur.

— Cela ne m'avance pas à grand-chose. Pourtant, elle avait l'air géniale dans la boutique.

— Ils vous ont proposé une écharpe ?

— Effectivement. Moi, c'est Dee, à propos, l'amie d'Ella.

— Harriet, une amie de Nora et aussi d'Ella. Nous nous sommes rencontrées à New York.

— Oh oui, elle m'a parlé de vous. Vous lui avez vendu un collier de chien.

— Je peux vous vendre une écharpe sur-le-champ si vous voulez. Je vais regarder ce que j'ai dans le sac que j'ai laissé au vestiaire.

En quelques minutes Deirdre était transformée.

— Je vous laisse maintenant. C'est un des plus beaux partis de Dublin.
— Qui ça ?
— Sean Kennedy. Il est plein aux as et il est raide dingue de vous.
— Mais je suis censée jouer les hôtesses.
— Je crois qu'il est temps que vous passiez à autre chose.

En voyant la pancarte sur la porte, Nora fondit en larmes.
— Oh! Aidan. C'est affreux. Qu'est-ce qu'ils entendent par des circonstances imprévues ?
— Ils avaient promis, fit Aidan qui était blême. Et qu'est-ce qu'ils ont fait du vin et des canapés ?
Puis ils trouvèrent l'autre mot.
— Apparemment la réception Dunne a été transférée huit numéros plus loin.
— Dans quelle direction ?
— Chez Quentin, apparemment.
Ils regardèrent les autres qui rayonnaient littéralement.
— Mais nous ne pouvons pas aller Chez Quentin, pas un samedi soir. Non, *Carissima* Brenda, même pour un mariage. Nous ne pouvons pas t'imposer ça.
Brenda avait les yeux brillants de larmes.
— J'ai comme l'impression que tout se passera très bien, dit-elle en entraînant le petit groupe.
Quand les mariés franchirent le seuil, le pianiste joua la marche nuptiale et tous ceux qu'ils avaient rêvé d'inviter à leur noces vinrent les embrasser.
Avec sa robe lilas et sa veste sans manches en mousseline assortie, Nora était superbe. Harriet avait bien fait les choses.
Les jumeaux s'approchèrent.
— On ne nous a autorisés que deux chansons. Vous voulez qu'on les chante maintenant ?
— Bien sûr, articula Nora avec difficulté.
Simon et Maud firent leur annonce.
— Comme le marié et la mariée ont des liens avec l'Italie parce que la mariée y a longtemps vécu et qu'elle enseigne l'italien ici, nous avons pensé que *Volare* leur plairait.

Et toute l'assistance se joignit à eux.

Maud annonça la chanson suivante.

— Peu importe l'âge auquel on se marie, le jour des noces est censé être le plus heureux d'une vie, si bien que nous allons chanter « True Love ».

Les jumeaux s'en étaient drôlement bien tirés. Alors pourquoi tout le monde pleurait-il ? Plus cela allait, moins Simon et Maud comprenaient les adultes.

— Ils sont extraordinaires, ces deux-là ; ils sont capables d'émouvoir une salle entière, dit Cathy à Tom dans la cuisine.

Elle était venue s'asseoir un peu. La semaine passée, elle était allée trois fois à l'hôpital, certaine d'être sur le point d'accoucher. On l'avait chaque fois renvoyée chez elle en disant que rien ne s'annonçait. Elle n'avait donc pas trop prêté attention aux douleurs qu'elle avait ressenties dans la matinée. Elle tenait tant à assister à la réception. Et elle savait que l'hôpital l'aurait de nouveau renvoyée dans ses foyers, mais tout de même elle avait mal, de vraies contractions.

— Ça va, Cathy ? lui demanda soudain Tom.

— Oui, il le faut, mais...

— Mais quoi ?

— Mais je crois que le bébé arrive, Tom.

Blouse et Mary furent les premiers à se rendre compte de ce qui se passait. Et ils comprirent qu'ils n'avaient pas le temps d'appeler une ambulance ou de transporter Cathy à l'étage.

Ils la portèrent dans la réserve et l'installèrent dans un fauteuil. Mary courut chercher des draps et des serviettes. Blouse fonça prévenir Brenda et Patrick.

Ella entra à ce moment-là et comprit aussitôt.

— Ne t'inquiète pas, Cathy. Tout va bien se passer.

Sa voix calme apaisa aussitôt le couple qui se tenait la main si fort qu'on avait l'impression qu'on ne pourrait plus jamais les séparer.

— C'est l'endroit idéal, plein d'eau bouillie. Tom, demande à Derry de te montrer un certain Brian Kennedy. Il est médecin. Vous ne pourriez pas tomber mieux. Vite.

Cathy avait l'air terrifié.
Mary et Ella s'employèrent à la rassurer.
Brenda les rejoignit.
Tout le monde se pencha au-dessus de Cathy.
— Pousse, Cathy.
On voyait déjà la tête du bébé.
Le Dr Brian Kennedy raconta que, le temps qu'il arrive, tout était déjà fini. Le bébé était né. Tom et Cathy avaient un fils.
Derry entra alors dans la cuisine en quête d'Ella.
Cet instant resterait à jamais gravé dans leurs esprits.
Il y eut un silence que rompirent les premiers cris du petit garçon qu'on baptiserait James Muttance Feather.
— Je t'aime, dit Cathy à Tom.
Et Mary en dit autant à Blouse.
Et Patrick Brennan à Brenda.
Et Derry et Ella s'avouèrent la même chose, exactement au même instant.

Composition Chesteroc Ltd

*Impression réalisée sur CAMERON
par BRODARD ET TAUPIN
La Flèche
en décembre 2003*

Imprimé en France
Dépôt légal : décembre 2003
N° d'édition : 48738 – N° d'impression : 22001